21世纪高等学校研究生教材

艺 术 专 业 系 列 教 材

中国当代文艺思潮研究

ZHONGGUO DANGDAI WENYI SICHAO YANJIU

桂青山／主　编

北京师范大学出版集团
BEIJING NORMAL UNIVERSITY PUBLISHING GROUP
北京师范大学出版社

图书在版编目（CIP）数据

中国当代文艺思潮研究/桂春山主编. —北京：北京师范大学出版社，2010.5（2020.11 重印）
ISBN 978-7-303-10867-1

Ⅰ.①中… Ⅱ.①桂… Ⅲ.①文艺思潮－研究－中国－当代 Ⅳ.①I209.7

中国版本图书馆 CIP 数据核字（2010）第 046377 号

营销中心电话 010－58802181 58808006
北师大出版社高等教育分社网 http://gaojiao.bnup.com.cn
电子信箱 beishida168@126.com

出版发行：北京师范大学出版社 www.bnup.com
北京市西城区新街口外大街 12-3 号
邮政编码：100088
印　　刷：北京玺诚印务有限公司
经　　销：全国新华书店
开　　本：170 mm×230 mm
印　　张：20.5
字　　数：346 千字
版　　次：2010 年 5 月第 1 版
印　　次：2020 年 11 月第 2 次印刷
定　　价：35.00 元

策划编辑：景　宏　陈佳宵　　责任编辑：陈佳宵
美术编辑：毛　佳　　装帧设计：毛　佳
责任校对：李　菡　　责任印制：马　洁

前言

“当代文艺思潮研究”是艺术学科研究生的基础性重要课程之一，是艺术学科各专业必修的专业课程，对研究生学术视野的开阔、当代艺术研究与创作的健康发展都有着不可或缺的作用。

本课程现在国内各个相关院校均有不同形式与内容的设置，但或者过于散漫，或不无陈旧，或多个人化的感受性体验，或过于纯学理的探讨而缺失对当前我国艺术实际的深入研究。鉴于此，本教材由三大部分组成——

第一编：当代中国文化现状的动态认知与历史把握。主要包括 20 世纪 80 年代以来中国文化的演变与发展，以及在全球化背景下对我国当代文化历史趋势的科学把握。

第二编：包括上、下两编。

上编：关于当代中国文艺思潮的总体发展演变的梳理与研究。主要包括宏观视野审视下当代中外艺术思潮的交流与碰撞，中国当代不同时期艺术思潮的发生发展演变过程及其时代影响、社会意义、历史评说，以及相关整体规律性认知与学术研讨。

下编：当代中国各个具体艺术门类（文学与戏剧、美术、影视、音乐与艺术设计）有代表性的思潮发展演变过程以及相应的意义、价值的理论评判与实证解析。

第三编：21 世纪中国文艺的全球化前瞻。

本书著述，立足于我国历史转型期及 21 世纪经济、文化全球化的大背景，力求确切反映中国当代文化现状，进行一定学术前沿性探讨，进而推动“当代文艺思潮研究”研究生精品课程的建设。

目　录

第一编

当代中国文化现状的动态认知与历史把握

第一章 中国当代文艺思潮研究总论

第一节 中国当代文艺思潮研究的现状与意义

一、中国当代“文艺思潮”的界定

（一）“文艺思潮”研究范式的选取

近几十年，“文艺思潮”作为一个文艺学的概念，在中国人文学界基本等同于“文学思潮”。其实，“文艺思潮”可以仅指“文学思潮”，也可以是“文学思潮”和“艺术思潮”的总称。因为“文艺”一词有狭义和广义两种解释，广义的文艺就是文学和艺术，是对包括文学在内的一切艺术种类的统称；狭义的文艺单指文学，我们一般所理解的文艺是狭义的理解。这种对“文艺”的理解，主要是源于“文艺学”这一学科概念的确立和词义的演变。

“文艺学”这一词语是20世纪50年代从苏联传入中国的。当时，它的“内涵是明确的，没有所谓的广义和狭义之分。至少在20世纪80年代以前，文艺学一词在文艺理论教科书、辞书和百科全书中，都只有一种含义，那就是指文学理论、文学史和文学批评学科的统称”①。但自20世纪80年代以来，“文艺学”的词语释义开始出现广义和狭义的认定，如1991年出版的《文学百科大辞典》中指出：“文艺学有广狭二义。广义的文艺学指研究包括文学在内的各种艺术样式的科学，狭义的文艺学是指研究作为艺术之一的文学的科学。”②

由于这种“文艺”的广义和狭义之分，无形中造成了文艺学学术研究对象的模棱两可和莫衷一是，也牵连到“文艺思潮”的内涵外延以及研究范畴的暧

① 毛庆耆：《关于文艺学概念涵义问题的讨论》，载《毛泽东文艺思想研究》第十四辑暨全国毛泽东文艺思想研究会论文汇编，2002。

② 胡敬署：《文学百科大辞典》，6页，北京，华龄出版社，1991。

昧不清。所以，我们有必要先界定本书的“文艺思潮”的研究对象和科学属性。本书的研究对象是文学思潮和艺术思潮，即采用“文艺”一词广义上的概念。

（二）原因分析

本书选择包括文学、音乐、影视、戏剧、绘画等众多艺术门类的诸思潮作为研究对象，并在前几章结合文化批评介绍诸思潮产生的社会背景和文化语境，主要有以下几点原因：

第一，近年来对艺术思潮和文学思潮相结合的整体性研究较少。“20 世纪中国的艺术思潮风起云涌，各艺术门类里形形色色的思潮持续不断，最显著者则属文学和美术领域，而严格意义上的艺术整体视野的艺术思潮理论的研究却百年缺席。”① 从历史文献上看，如谭丕谟的《文艺思潮之演进》（1932 年出版）、徐懋庸的《文艺思潮小史》（1936 年出版）、朱维之的《中国文艺思潮史略》（1939 年出版）、李何林的《近二十年中国文艺思潮论》（1940 年出版），其中的“文艺思潮”一词，皆指称“文学思潮”。而且，在这些著作中，即使是对文学思潮的研究也均停留在对西方理论的介绍和感性片面的认识，准确、系统的理论探讨几乎没有。新中国成立到 20 世纪 80 年代以后，直接的理论成果如吴中杰的《中国现代文艺思潮史》（复旦大学出版社，1996 年出版），卢铁澎的《文学思潮论》（青岛出版社，2000 年出版），陆贵山《中国当代文艺思潮》（中国人民大学出版社，2002 年出版），葛红兵的《20 世纪中国文艺思潮史论》（上海大学出版社，2006 年出版），都是关于文学思潮的研究，完成了关于文学思潮理论体系的初步建立。然而，面对形形色色的诸如音乐、美术、影视、戏剧等艺术门类和创作实践的日新月异，对这些艺术思潮的探讨却非常有限，主要集中在文学思潮领域，或是一些仅有的对艺术思潮或美术思潮理论问题的论文和词条。

鉴于“文艺思潮”领域中各门类之间理论研究的不平衡以及诸多艺术门类近几十年的蓬勃发展和其自身相关思潮研究的匮乏，迫切需要我们在关于“文艺思潮”研究对象的选取上要同时兼顾文学思潮和艺术思潮，这也是本书不同于其他“文艺思潮”类著作的价值所在。

第二，从中国当代文学发展的状态和艺术学的学科建构与未来发展来看，

---

① 卢铁澎：《中国现代艺术思潮观的历史发展》，载《淮阴师范学院学报》，2006（1）。

包括研究文学规律的“文艺学”自身，都已经出现了研究对象与研究内容的转型，文艺学学科的边界问题成为学术界的一个热点①。20世纪末21世纪初，更有一个令人吃惊的命题传到中国来：“文学的时代将不复存在”“文学将要终结”，甚至连哲学、精神分析学也“在劫难逃”②，似乎文学及哲学等都将面临灭顶之灾。20世纪末以来，随着全球化后工业时代的到来，世界各国间的竞争模式由经济等的硬实力不断向文化、信息等软实力过渡，当今社会在印刷纸媒、广告、广播、影视等大众媒介工业和各种文化符号的共谋中经历着剧烈的变革。

在这种电子媒介时代（或曰电信技术王国时代、全球化时代），文学艺术及整个学术界受到巨大冲击。于是，近几年中国学术界有许多新的学术前沿问题备受关注，并且引起热烈争论。例如，电子媒介时代给世界造成怎样的影响？“电信技术王国”的出现，是使世界发生巨变的最重要、最根本的因素之一，也是引起目前学术发展和变化的根本原因之一。在信息社会时代，视觉和图像带给语言和文字极大的冲击力，电子媒介的图像实时传播具有不可比拟的优越性和诱惑力。人们的阅读习惯、接受方式、表达机制，甚至语言结构和思维逻辑，全都面临着一次次新的洗礼。因此，当下人类的生存境界、审美文化实践，都发生了深刻的变化，而且未来的变化还难以预料。很多学者甚至开始探讨和论证文学会不会消亡。

在电子媒介时代，各种艺术的表现方式、传播方式以及接受方式都在发生天翻地覆的改变，网络等新兴的电子媒介也在不断革新着人们欣赏艺术的途径和方式，很多艺术样式的美学风格也逐渐向浅表化、零散化、世俗化靠拢，随着大众文化消费社会的到来，艺术也更多地表现出文化产品属性。正如沃尔特·本雅明所预言的那样，机械复制技术的飞速发展，给整个社会的艺术活动带来了方方面面的巨大变化。艺术脱下了精英文化的外衣，导致文学艺术的整体格局发生了根本的改变。作为学者们必须关注和研究这些前沿问题，必须对文艺领域发生的变化和新的现象进行思考和研究，并且作出积极的回答。

大量占据了人们日常审美、文化消费的非文学形态，也对传统文学的研究对象提出了挑战。如果所谓的“文艺思潮”还继续指称“文学思潮”，“文艺思

① 参见姚朝文：《日常生活审美化与文艺学边界问题》，载《文艺争鸣》，2007（1）。

② 参见美国著名学者J. 希利斯·米勒教授2000年秋在北京召开的“文学理论的未来：中国与世界”国际学术研讨会上的发言。

潮”如果还仅仅是停留在“文学思潮”的研究领域，这样的“文艺思潮”是片面、保守、不合理的，因为它已经无法解释和概括当今社会和学术界的新的“文艺”现象。

第三，本书试图将文艺思潮与孕育这些文艺思潮的社会思潮、文化语境等融合在一起，揭示彼此之间的内在联系与深层原因。因为文艺思潮作为产生在某种社会经济、政治、文化之中的文艺形态，必然与产生它的体系有着千丝万缕的关系。如果单纯的就“文艺思潮”来研究，容易只是集中于文艺的创作方面，或是只重视创作的结果，也就是作品。这样就忽略了产生它们的动机、观念以及人们的反应，也就是文化方面的东西。这也是美国学者阿兰·P·马里安批评艺术研究忽视文化意义的倾向。他认为：“艺术中包含了四重组织模式，即观念、观念导致的行为、行为的结果——作品、对观念的反馈。在艺术创作过程的这四个方面中，只有作品才得到各种方式的详尽研究。观念、行为以及对观念的反馈几乎被完全忽略了。”[①] 这里的观念和观念的反馈，其实正是孕育这种观念的社会文化和这种观念所引发或影响的社会文化的反馈。

但在“文艺思潮”的研究中，引入文化研究和社会学方法后容易出现的另一个问题是，文艺思潮的研究重点可能会从文艺的思潮变成文艺中反映的各种社会思潮、政治思潮、文化思潮等，从而混淆了它们之间的区别和各自的独立性，这就偏离了研究对象本身。例如在20世纪30年代，蔡振华的《中国文艺思潮》中各章节广泛地谈到“民族特性、宗教哲学、自然界、恋爱、民族思想、非战、社会经济、新文学运动”等，但却没有“文艺思潮”的具体内容。其实只是围绕文艺思潮就当时的社会、文化思潮来研究。

为了避免只局限于文艺思潮中的创作和作品本身而缺少文化的视野，同时也要注意不能够把文艺思潮中反映的社会、文化思潮喧宾夺主地作为考察对象，就需要选择更好的方式把二者结合在一起。本书选择在前几章单独介绍和分析当代文艺思潮所产生的社会、经济、文化背景以及诸种对文艺思潮影响深远的社会思潮等，以便给读者一种开阔的视野和整体的眼光，从而能够更深刻、更思辨地去理解很多文艺思潮产生的原因和表现形态。在后几章再详细介绍诸多文艺思潮的具体内容，并作深入细致的本体研究，揭示文艺思潮中的各要素及其发展规律。希望通过这种结构，既揭示了文艺思潮形成的社会政治、经济变化等背景原因和思想基础，又能集中于文艺思潮的内在本质研究。

---

① 周宪等编：《当代西方艺术文化学》，298页，北京，北京大学出版社，1988。

（三）概念界定

既然本书中的“文艺思潮”研究不同于“文学思潮”研究，那么具体的概念是什么呢？

在这里我们有必要借鉴对“文学思潮”的科学界定。每一个概念的出现都不是一次性地达到准确、客观的程度的，都是前人在一次次总结、探讨、思辨、校正之后，逐渐接近科学性的。“文学思潮”的本质属性和概念界定也经历了容易让人产生误解的阶段，比如说有些定义把文学思潮理解为创作现象或只是局限于作家作品，这无形中缩小了“文学思潮”的研究范围，是一种片面的界定；或是把“文学思潮”界定为文学中的社会思潮在文艺领域的反映，模糊了文学这一研究对象的特殊性；或是把文学思潮理解为一种思想倾向，这往往与文学作品的“倾向性”相混淆，让人误以为“倾向性”是文学思潮的一种本质，容易造成人们以为具有某些倾向性的文学现象都是文学思潮，导致文学思潮界定的泛化。

就目前的文献来看，对“文学思潮”的界定比较科学的是陆贵山主编的《中国当代文艺思潮》中的概念。“文学思潮是特定历史时期文学活动系统中受某种文学规范体系所支配的作家的群体性思想趋向。”[①] 它基本上避免了上述在概念界定中容易出现的问题。因为本书的“文艺思潮”包括文学思潮和诸多艺术思潮，虽然研究的范畴有所扩大，但所考察内容的性质和方法基本一致，所以本书中的“文艺思潮”的概念在将研究对象扩大之后，还将借鉴文学领域中的比较科学的界定，认为“文艺思潮”是特定历史时期文艺活动系统中受某种文学规范体系所支配的作家的群体性思想趋向。

二、中国当代文艺思潮研究现状和问题

中国当代的艺术思潮理论研究主要集中于文学思潮领域[②]。直接的理论研究成果在20世纪80年代初开始出现，接着在某些思潮史、思潮批评著作或某些文学研究论文中也有程度与范围不同的有关思潮理论的直接论述。

---

① 陆贵山主编：《中国当代文艺思潮》，20页，北京，中国人民大学出版社，2002。

② 参见吴中杰：《中国现代文艺思潮史》，上海，复旦大学出版社，1996；葛红兵：《20世纪中国文艺思潮史论》，上海，上海大学出版社，2006；陆贵山：《中国当代文艺思潮》，北京，中国人民大学出版社，2002。

> 严格意义上从艺术整体视野进行的艺术思潮理论研究在20世纪可谓百年缺席，唯有诸如文学、美术等艺术门类思潮的理论探讨，在现代阶段主要表现为在对外来思潮的介绍和思潮史、思潮批评中夹杂和透露的某些朦胧体认，包含着明显的误读和片面认识。尽管“文艺思潮”“美术思潮”等概念运用频繁，而能自觉地进行明确的理论界定和阐释的可谓凤毛麟角，系统完整的理论探讨几乎是一片空白。历史进入新时期，中国艺术思潮的发展才进入一个新阶段，出现了少量明确讨论文艺思潮、文学思潮、美术思潮、艺术思潮理论问题的词条与论文。在20世纪最后20余年，随着西方现代主义、后现代主义的引进与论争，“重写文学史”热的推动以及对繁荣兴旺的形形色色的艺术思潮的创作实践的评价、研究，中国艺术思潮的理论自觉时代才随之姗姗迟来，而且依然处于一种不平衡的发展状态，文学、美术、音乐、影视、戏剧……几乎所有艺术门类在创作实践方面都新潮迭起，变化万千，但思潮理论的探讨却主要集中在文学领域，而且有限、零星。①

在文学思潮研究领域，近年来比较系统化的著作已经有几部。卢铁澎的《文学思潮论》作为第一部研究文学思潮原理的专著，于2000年出版。该书初步完成较为系统完整的文学思潮理论的建构，对文学思潮的概念内涵、内外特征、构成要素、系统功能作了关于历史和现状的梳理整合。

在文艺理论的论述中，陆贵山教授主编的《中国当代文艺思潮》一书，可以说是近年对文艺思潮研究的重要成果。这本书以论带史，史论互相渗透，把文艺学基础理论与实践领域相结合。《中国当代文艺思潮》一书的重要理论贡献之一是在《导论》中对文艺思潮这个基本概念作了非常详细的历史性梳理和全面的阐释，对文艺思潮理论的本质问题作出了深刻的回答。它对中国近20年产生一定影响的14种文学思潮进行了细致的分析。

> 这其中有出于对文艺根本性质的看法所引发出来的文艺思潮，如文艺本体论、文艺主体论、文艺生产论、文艺价值论等，有涉及文艺的精神资源和价值支撑的文艺思潮，如人本主义文艺思潮、非理性主

① 卢铁澎：《中国当代的艺术思潮理论建构》，载《首都师范大学学报》，2007（1）。

> 义文艺思潮等，有与文艺的创作方法、文艺风格、文艺形态相关的文艺思潮，如现实主义、自然主义、现代主义、形式主义等文艺思潮和通俗文艺思潮等，也有20世纪90年代新引入的西方的新历史主义文艺思潮、后现代主义文艺思潮等。①

虽然在文艺思潮研究领域，近年来的成果不断，但在现阶段的中国，艺术思潮理论研究还主要局限在文学领域，艺术领域内明确的思潮理论探索十分罕见，总体上明显缺乏艺术思潮的理论自觉。其中一个重要原因是诸如音乐、美术、舞蹈、戏剧、电影等艺术学科在当前的教育领域中一直被当作"文学"学科门类下面的"二级学科"来对待。之所以存在这种情况，主要是因为我国的艺术教育在各高校学科发展中长期处于边缘的状态。从招生规模来说，艺术专业的学生数量都非常少。从授课内容和方式来说，大多是通过经验积累式的口传身教，缺乏理论性研究及指导。因此，相当一部分专业或院校直至20世纪末，其办学层次仍上升不到研究生培养层面。在这种情况下，要将艺术学科列为和文学一样的独立门类是比较困难的，加上我国教育中长期的重德轻艺的文化传统，艺术学科被迫由文学门类"托管"。

> 在现行的专业目录中，将艺术列在文学这个门类之下，似乎艺术是文学范围内的一个学科种类，是不符合实际情况的。从人类文化的发展历程来看，以音乐、美术、舞蹈等作为艺术的始源，都先于并区别于人类语言的形成，之后文学才产生。随着人类社会和文化的发展进程，各不同种类艺术的发展都沿着各自的不同性质越来越趋向独立化，特别是由于近现代科学技术的发展，一些新的艺术种类，如电影等相继产生并得到迅速发展。这一切都说明，有必要破除艺术从属于文学的观念，而在学科分类上将艺术与文学视为两个不同的门类。事实上，在当今我国的社会文化生活、教育结构和体制上，早已将文学与艺术二者置于并列的层次。②

---

① 冯宪光：《中国当代文艺现象研究的新成果——评陆贵山主编的〈中国当代文艺思潮〉》，载《文学评论》，2004（2）。

② 郭晓、鞠向玲：《艺术学：呼唤突破"一级学科"的瓶颈——全国综合性艺术院校第十三次交流协作会暨"艺术学学科定位与建设发展高层论坛"见闻》，载《艺术教育》，2008（2）。

那么，作为研究艺术系统中的艺术发展领域理论的“艺术思潮”，不仅为艺术学科教学通过经验积累、口传身教的方式提供了更多的理论指导意义，也更凸显了艺术学科理论区别于文学的独立特性和功能性。本书的目的之一，也在于把“文学思潮”和“艺术思潮”在理论和实践上并置研究，尊重学科发展以及社会文化教育现实中的“真实”状态，进行科学的理论梳理和整合。

第二节　中国当代文艺思潮研究与相关学科的关系

一、艺术学学科建构与中国当代文艺思潮

1996年，国务院学位委员会增设二级学科的“艺术学”，它与音乐学、美术学、设计艺术学、戏剧戏曲学、电影学、广播电视艺术学、舞蹈学等艺术类二级学科并列。二级学科艺术学的增设，说明我国的艺术教育已上升到一个新的阶段，即由一般的艺术实践进入到人文科学的理论研究范畴，也标志着艺术学学科在我国从组织体制上得到确立。但是，“艺术学作为一门以研究艺术活动的发生、发展、本质特征、演进规律及社会功能为宗旨的独立学科，长期以来却在学科定位上与文艺学混淆不清”。[①]

从学科设置来看，我们可以把它和同样作为二级学科的“文艺学”来做比较和区别，文艺学也就是“文学学”，是研究文学的各种现象，从而阐明其基本规律和基本原理的科学，包括三个部分组成，即探讨文学方法、体裁、风格的文学理论；以发现文学历史发展过程规律性为目的的文学史；对具体作品解释和评价的文学批评。那么，作为二级学科的艺术学，是为跨越各门类艺术而实施一般研究的“艺术学”，学者竹内敏雄指出，“考察艺术性创作、艺术的根源、诸艺术的区分和功能也属于一般艺术学的课题”。总之，艺术学是一门针对艺术主体、艺术实践、艺术作品、艺术规律、艺术价值、艺术现象等做科学研究并辅以哲学思考的人文科学，艺术学是以科学方法及哲学方法论为工具，以整体艺术系统为研究对象的人文科学。[②] 艺术学的基本组成部分包括艺术理

① 江山华：《寻找艺术学自己》，载《江苏教育研究》，2006（1）。

② 参见易存国：《从所“非”看艺术学之所“是”》，载《东南大学学报》，2007（9）。

论、艺术史和艺术批评。

当然，我们说艺术学不同于文艺学不等于说它们之间没有任何关联；恰恰相反，艺术学和文艺学的关系非常密切。艺术学主要是研究艺术的总体特性，而文学作为一种艺术，对它所作的文艺学的研究必然地要涉及艺术学的相关内容。由于文艺学和艺术学的密切关系，决定了这两个概念在某些语境中难以截然区分，也造成了一些习惯用语上的混淆，这都是需要我们注意的。“艺术学”作为一门独立的门类学科，其理论体系还没有成熟。但随着我国高校建设的快速展开，艺术学这门学科渐渐开始普及。

> 对于一门在实际教学中已经开始操作的学科来说，其具体的学科框架构建日渐清晰，而摆在我们面前的当务之急则是如何设置科学的课程纲要。其关键是要立足于既有的研究成果，分析二级学科艺术学的研究界域与主要方向，并在此基础上确定二级学科艺术学的课程设置的原则：既要深入到学科内部的本体特质，又要与相关人文交叉学科进行必要的链接。[①]

但由于缺乏长期的理论准备，目前国内二级学科艺术学的专业设置还很粗糙，如何设置合理的分支学科至今尚在讨论之中。而且由于受到欧美的学术传统影响，作为艺术学重要内容的艺术理论和艺术史，分别在哲学和美术学的基本格局内进行研究，人们的观念还停留在一提到艺术即联想到视觉艺术的范畴。

今天看来，作为完整的艺术学科建构的重要任务，就是在横向（区域史、国别史）和纵向（断代史、类型史、专题史）的基础上建立“艺术史”，并形成与“艺术理论”“艺术批评”三足鼎立的学科体系。那么，其中的“艺术思潮”作为艺术系统中的史论结合点，既包括艺术发展过程中的“艺术史”，又包括艺术风格探讨的“艺术理论”，是艺术学科教材建设和理论完备过程中非常重要的研究领域。

本书作为一本结合“文学思潮”和“艺术思潮”研究的“文艺思潮”专著，在结构方式上会借鉴文学思潮教材篇章结构条理清晰的诸多特点，但同时会注重突出艺术学“艺”的特点，令读者在阅读之余，对艺术学与文学之间的关系豁然开朗。

---

① 方仪：《二级学科艺术学研究界域与课程结构之探讨》，载《徐州师范大学学报》，2008（1）。

二、文艺学与中国当代文艺思潮的关系

德里达在他的著作《明信片》中借作品人物之口说出了："在特定的电信技术王国中，整个的所谓文学的时代（即使不是全部）将不复存在。"这在国内引起了学者们的多方探讨和批评，其中，李洁非在论及文学的衰微时，表述道：

> 归根结底，在现代的文化格局中，文学已注定是一个迟暮老迈的角色，尽管它想方设法保存元气、黾勉自撑，甚至不惜以体衰之身迈开大步来追赶年轻的已不属于它的时代，但是这都不能改变它日薄西山的命运……城市文明从始至今一直在不断繁衍它自己的文化品种——报纸、广播、电影、电视直到日前的互联网，从改变人们的阅读口味开始最终发展到使人们远离阅读。①

由于在"文学是否消亡"的问题上，许多学者在连续地说"不会"，而另一部分学者则认为在我们的实际生活中传统文学的分量越来越轻、越来越边缘化，所以要为文艺寻找新的"增长点"。于是，"文学的边界"就成为争论的热点。

陶东风在《日常生活的审美化与文化研究的兴起——兼论文艺学的学科反思》中认为，中国文艺学的本质主义思维形式使我们在解释20世纪90年代新的文化与文艺状态时显得无力，不能对变化着的文学艺术活动做出及时且有力的回应。同时封闭的自律论文艺学还导致了文艺学在研究的对象上作茧自缚，拒绝研究日常生活中的审美现象与文化现象。他进而认为：由于导致文艺审美活动巨大变化的根本原因是当代中国社会文化环境而不是艺术本身，所以文艺研究的当务之急是重建文艺学与现实生活之间的有机的、积极的联系。文化研究实际上就是一种文艺——社会研究的方法。② 例如文艺学研究"日常生活的审美化"，是想避免文艺理论的僵硬、拓展文艺学的研究空间，而且，他很想采用新材料、研究新领域、更新知识结构。

---

① 李洁非：《现代性城市与文学的现代性转型》，陈晓明主编：《现代性与中国当代文学转型》，62、63页，昆明，云南人民出版社，2003。

② 参见陶东风：《日常生活的审美化与文艺社会学的重建》，载《文艺研究》，2004（1）。

赵勇等学者针对陶东风的这一文章提出，当下的中国还是一个前现代为主体的世界，现代性或现代化还是一项未竟的事业，担心这种研究与国内真实文化文学现状不符。

“文学性”在漂移，文学自然也跟着发生了位移。在法国的结构主义、后结构主义那里，“文本”的范围被扩大了，从传统上所理解的“书面语言书写”的文本扩大为将“社会”也视为文本。所以才出现了文学有没有边界的问题的讨论。

如果说文艺学的学科为了顺应现实的变化而打破研究边界，在近年来呈现出新的研究领域，如“日常生活的审美化”以及文艺学研究也开始走向与具有批判性、跨学科性、实践性的文化研究相结合的方式，那么，近年来“文艺思潮”的研究体系中，也必然要发展多形态的文学和艺术理论思潮。在文学思潮的研究中，要借鉴文艺学领域对文学对象扩大后所产生的研究成果。而且，随着很多新兴艺术或是时尚形式的不断变化，我们的艺术思潮研究，则不仅仅是纯艺术的理论研究，而应该把现代生活中新生的艺术现象作深层剖析，谋求艺术思潮研究的新的突破。譬如，目前的艺术思潮研究中，就急需对审美和艺术的新现象，如网络艺术、街头舞蹈、人体艺术、行为艺术、卡拉 OK、音乐 TV 等，进行理论思潮的解说。总之，当代的文艺思潮研究，应该走出以往文艺思潮研究的学院狭窄线路，加强文艺思潮研究的“实践”意义。

第三节　中国当代文艺思潮研究的文化缺失

一、文化研究与批评对中国当代文艺思潮研究的重要性

自新中国成立至今，中国乃至世界范围内的文艺思潮都面临着多次转型。这种转型的根源除了文艺学科内部的知识更新之外，主要源于文艺思潮所处的经济环境、意识形态、社会语境等的变迁。所以，以文化的视角介入到中国当代文艺思潮研究的过程中，是必要而且可行的。之所以文化研究和文化批评在世界领域近几十年内显示出生机，之所以文艺研究发生向文化学靠拢的这种明显的变化趋势，原因是多种多样的。其中最主要的还是来自于世界经济、政治、技术等格局的剧烈变迁，“随着社会历史地向前发展和高科技的开发与应用，随着工业文明和后工业文明中的西方文化自身的危机的出现，随着全球交往的扩大和世界主义的形成，人类所面临的文化形式和情境越来越复杂，人们

需要对种种价值信仰、行为规范、文化模式、象征符号、思维方式进行选择、认同和重构”①。

尤其在今天这样一个经济产业结构发生巨大转型，文艺生产方式、传播方式的日新月异，世俗化的大众消费社会初步形成的阶段，面对经济、文化全球化的复杂语境，单纯的概括式的文艺思潮研究的原有范式和知识体系，经常与它所处的历史语境出现脱节和错位。一种加入文化的外部研究、更能凸现中国当代文艺思潮的民族性和历史性的研究方式，就变得迫切起来。

全球范围内，文化批评和文化研究都在迅速兴起②。“主张开辟艺术研究的文化途径的学者在当代西方是一个广大的群体。受马克思主义影响程度不等的雷蒙德·威廉斯（文化唯物论）、葛兰西（文化霸权理论）、詹姆逊（第三世界理论）、格林布拉特（新历史主义）以及伊格尔顿等人的理论，基本上都是一种社会文化学的批评。后工业社会的文化矛盾、现代主义向后现代主义的转变，以及由此派生出的文化问题，是西方艺术文化研究的一个中心议题。”③比如“二战”以来兴起的法兰克福学派对现代文学和艺术等的研究方法是采取社会、文化的批判方式，从否定资本主义商品拜物教的逻辑出发，用大众文化的研究立场来否定批判资本主义的文艺本质，反思现代社会中艺术所应具有的历史与文化性质。

自20世纪90年代至今，来自西方学术界的文化研究和文化批评，越来越受到中国人文学科领域学者的关注④，文学界也开始采用此种方法来进行中国当代文学的研究，试图用文化批评和研究的话语资源，来重建中国本土的文学批评范式，无不体现出文化研究的深刻影响。但面对西方的诸多产生于其自身社会的文化问题和研究对象，并不都是中国这个复杂的发展中国家的问题，我

---

① 丁亚平：《艺术文化学》，23页，北京，文化艺术出版社，2005。

② 文化研究的兴起以1964年英国伯明翰大学当代文化研究中心（CCCS）的成立为机构化标志，文化研究逐渐从CCCS走向国际化。

③ 丁亚平：《艺术文化学》，19页，北京，文化艺术出版社，2005。

④ 对西方文化研究成果的译介大量出现，如中国社会科学出版社的“知识分子图书馆”、商务印书馆的“现代性研究译丛”、中央编译出版社的“大众文化研究译丛”等。而且，《文化研究》丛刊等有关于文化研究的学术集刊出版，还有“文化研究：西方与中国”“当代文化研究”等关注当代文艺学、社会热点问题的网站。

们要借鉴西方文化研究的更多的是一种品格和方法[①]，去研究中国本土文艺思潮的各种形态与特征。面对这种中国文学理论和美学的重大转型，作为其学科中的史论部分的文艺思潮史研究，自然也要出现适合其自身发展并能充分解释其错综复杂原因的理论武器。

“在每个中国当代文学精神发展的环节、链条上，都蕴涵着一种独特的刺激——反应模式，时代刺激了作家的想象，作家对生活的干预欲望又通过作品回送给时代，然后，时代会对作家的态度作出反应（或批判、冷漠或褒扬、提倡），在潜意识深处急于得到时代和政府、读者认同的作家们于是又根据客观要求对自己的个性进行再调整……如此循环往复。”[②] 文学和艺术的存在，一直是处于开放的文化关系之中。无论具体到某部文艺作品还是扩大到某种文艺思潮，无论这些艺术成果和理论形态怎样拒绝或漠视社会现实环境以及避免外部研究方式的干扰，它们总会带有大量的文化意义，总深深植根于社会历史与文化之中。在这种情况下，艺术研究尤其需要扩大视野。

“文艺思潮”与其所属文化系统尤其是所属意识形态的各种思潮是息息相关的，文艺是文化的自我意识，必然要反映文化的丰富内容，包括各种社会意识：哲学的、宗教的、政治的、经济的、心理学的、美学的、文本的、形式的、历史的、伦理的、道德的，等等。构成这背景的原因很复杂，我们应该对各方面有充分的认识。这些要素随时代的发展而变化，决定了文学思潮的某些具体的特征。但是，如果其中的某一要素在文艺思潮的研究中被特别偏重时，也会使文艺思潮失去自身的独立性，使学科品格丧失殆尽。例如，当历史要素受到特别偏重甚至走向极端时，会导致文艺思潮往往趋于只管反映论和庸俗社会学的倾向。这在社会主义文学的发展中曾有过深刻的教训，如苏联 20 世纪二三十年代的拉普文学思潮，把文学艺术等同于政治。20 世纪 50 年代至“文化大革命”结束之前，极“左”思潮也在中国盛行，马克思主义美学和文论被教条化、庸俗化。这也是我们在本书加入文化批评时要引以为戒的。

二、文化批评的开放性与传统社会学批评的区别

在中国当代文艺思潮的研究中，文化批评的视角与传统文学社会学的批评

---

① 即“突出的政治学旨趣、跨学科方法、实践性品格、边缘化立场与批判性精神”，参见陶东风、徐艳蕊：《当代中国的文化批评》，34 页，北京，北京大学出版社，2006。

② 李扬：《中国当代文学思潮史》，2 页，上海，上海社会科学出版社，2005。

虽然都是揭示文学艺术与时代、与社会文化环境的紧密联系，但文学社会学是诞生于19世纪，以泰纳为代表的实证主义和马克思开创的辩证唯物主义社会学（不是20世纪的西方马克思主义）为代表，两者都存在机械决定论或是简单的阶级论、经济基础和上层建筑的二元模式。而文化批评吸收了语言学与结构主义等的分析方法，关注的是比阶级关系更加复杂细微的社会关系与权力关系。

本书所采用的文化研究视角，区别于早期的某些文艺思潮研究专著，不是把"文艺思潮"作为一个完整的概念，而是将其割裂开来，所谈的实际上也是文艺中反映的社会思想、文化思潮，或者说是作为文艺背景的思想、思潮。本书的结构是把文化研究和批评的视野作为中国当代文艺思潮转型的背景和理论支撑，单独成章节，以利于保持"文艺思潮"系统的完整和纯粹，同时，又有了能够更好地理解这种文艺现象的社会、经济、历史等根基。

> 具有深切的政治关怀的文化批评并不是原先的庸俗社会学批评，这一点主要表现在真正具有学术价值的文化批评的政治关怀是建立在深刻、细致、扎实的文本分析基础上的，而不是建立在学术与政治的简单比附上，更不是建立在脱离文本细读的"离弦说像"式的随意发挥上。否则文化研究的政治关怀就成为空洞的口号而不是扎实的学术研究。①

这种文化批评的优点在于跨学科性、批判性、实践性等，它对当代中国的文艺研究产生着重大的影响。

> 这种影响的意义有如下四个方面：一、它使得当代中国的文艺研究超出了传统的文学社会学关于文化、经济、意识、存在的二元模式，而具备了新的研究视角；二、文化研究对宏大叙事的质疑，使当代中国的文艺研究抛弃了传统文艺学所持的庸俗社会学的简单的阶级还原论，对文艺确定人的身份认同方面起着重要作用；三、文化研究对我们思考文学的本质开启了一种批判性的视野，它解构了文学本质的神话；四、文化研究所作的使文学、审美、政治、意识形态诸多因

---

① 参见陶东风、徐艳蕊：《当代中国的文化批评》，47页，北京，北京大学出版社，2006。

素贯穿起来的努力，极大地丰富了文艺研究。①

但是我们也要规避文艺思潮研究中加入文化研究后，容易出现的另一种极端，就是“在某些冠以‘文化学’的教科书中，‘文化’成了哲学与思想史、政治与道德、语言与文字、文学与艺术、科学与技术等诸多学科的杂烩一样，在某些文学研究计划中，我们也可以经常发现‘X＋文化’这一公式，即将不能明确表述的研究对象或多种研究对象统统放在‘文化’里。于是，‘文化’成了一只无所不包的‘筐’，什么都可以往里装”②。

文化研究在文艺研究领域里也有很多成功的例子，“如果究其成功的原因，恐怕主要在于研究对象的‘文化性’，即研究对象本身就是一个复杂的集合体，仅限于某一学科（哲学、伦理学、美学、语言学、社会学、心理学等）展开研究显然力所不及或以偏赅全。也就是说，这类成功的‘文化研究’，其对象是非常确定的，绝非大而无当的‘文化’。我们之所以称其为‘文化研究’，不在于其对象的不确定性，恰恰相反，而在于对特定对象本身复杂内涵的多途径、多角度、多方位、多方法的综合研究”③。

---

① 孙兴义、朱军：《文艺学与文化研究学术研讨会综述》，载《文学评论》，2002 (6)。

② 赵宪章：《文艺学的学科性质、历史及其发展趋向》，载《江海学刊》，2002 (2)。

③ 同上。

第二章 中国当代文艺思潮深层背景分析：1949 年至 1976 年

1949 年，中国共产党领导中国人民，取得了新民主主义革命的伟大胜利，建立了中华人民共和国。60 多年来，中国完成了新民主主义社会向社会主义社会的过渡，并且取得了社会主义建设事业的成功，在生产力方面得到了前所未有的发展，而改革开放和商品经济的实现，让人们的物质生活和精神面貌都发生了很大的变化。中国在各方面取得的辉煌成绩，是举世公认的。

但是，历史的道路也总是曲折的，中国也经历了那些痛苦的积重难返的岁月，给中国人民造成了不可逆转的伤害。“文化大革命”的发生和发展就是其中的一段曲折经历。新中国成立后中国共产党在指导思想上的“左”倾理论，进而产生的极“左”的社会思潮，是产生“文化大革命”的基本原因，它同时也贯穿于“文化大革命”的始终。作为一种盛行长达十余年的强大社会思潮，极“左”思潮深刻影响着人们的思维方式与行为方式。极“左”思潮的形态呈现为以极端化阶级斗争理论为核心观念的结构，“极端化阶级斗争理论犹如具有强大吸力的磁石，把各种游离于历史与现实之中的旧的、落后的思想观念都聚合在自己的周围，为这些旧观念提供了改头换面再生的历史环境和新的外在形式。所以，这里所说的极‘左’思潮已不单纯是一种激进的社会主张，而是一个集各种社会旧落后观念之大成的思潮体系，惟其如此，在新中国成立后的十数年间，没有任何思潮能像极‘左’思潮这样给社会主义制度造成如此强烈的冲击和巨大的破坏”。“除了极端化的阶级斗争理论外，作为极‘左’思潮的构成得较为显著的观念主要有：无政府主义、封建的宗法观念和专制意识、小生产的平均主义思想、文化虚无主义、暴力崇拜观念等。”①

但这十余年的“左”倾社会思潮，是有一个逐渐的过程，并表现在经济、政治、哲学等各个领域。在新中国成立后的几年内，面对新中国面临崩溃的国民经济和国内外复杂的政治形势以及中国共产党地位的变化，党的领导人在指导思想上都保持了高度的理论自省，正确客观地分析判断形势，使中国顺利进入社会主义改造时期。但是随着历史条件的变化，需要人们不断总结各种思想

① 杜蒲：《极左思潮的历史考察》，16 页，郑州，河南人民出版社，1994。

理论倾向的不同特点，以规避在新的形势下可能出现的与过去在内容和形式上都可能已经变化了的“左”倾错误。由于当时的领导人对社会主义建设经验不足和对经济发展规律认识不足，缺少对现实情况的科学的分析，再加上急于求成，忽视了客观规律，夸大了主观努力的作用，造成了“左”倾错误的发生。进入20世纪60年代以后，在经济、政治、文化诸方面“左”倾思想都在进一步发展，最终导致了“文化大革命”的爆发和极“左”社会思潮的盛行。

第一节　经济上的社会主义国家

从中华人民共和国成立，到社会主义改造基本完成，这是一个过渡时期。党在这个过渡时期的总路线和总任务是要在一个相当长的时期内逐步实现国家的社会主义工业化，并逐步实现国家对农业、对手工业和对资本主义工商业的社会主义改造。“毛泽东的建国构想，既不是欧美国家以私有制为基础的资本主义经济，也不是苏联及东欧国家以公有制为基础的社会主义经济，而是第三条道路，即中国的新民主主义经济。确切地讲它是一个混合经济，既有资本主义经济成分，也有社会主义经济成分。这是毛泽东根据当时中国经济十分落后的基本国情，创造性地、务实地提出的新的建国构想。”①

1949年至1956年中国经济呈现良好的态势，党将工作重点转移到经济建设上来，党内的民主生活和集体决策机制得到有效贯彻。这种国家对经济的全面规划和控制，延伸到社会的各个层面，在新中国成立初期，挽救了中国陷入崩溃的经济，并最大限度地调动了各种建设资源的分配和人民生产劳动的热情，成功地化解了一道道难题，初步建立了社会主义国家。

1957年12月2日，刘少奇在中华全国总工会大会上，公开宣布了毛泽东提出关于在15年的时间内，中国在钢铁及其他重要工业产品的产量上赶上或是超过英国的目标，标志着“大跃进”的开始。

由于“大跃进”和“人民公社化运动”，这1957年至1966年是中华人民共和国历史上经济增长率最低，经济波动系数最显著，生产率最低下的时期。②

---

① 胡鞍钢：《中国政治经济史论》，149页，北京，清华大学出版社，2007。

② 参见胡鞍钢：《中国政治经济史论》，500页，北京，清华大学出版社，2007。

在“文化大革命”发生前，中国克服了反右运动的扩大化、“大跃进”和三年天灾人祸造成的消极后果，正步入经济发展的繁荣兴旺期。就在1965年，农业生产超过了历史上的最高水平，全国居民平均消费水平比情况较好的上年又提高了8.8%。[①] 但就在这种经济良性运转的旺盛期，却酝酿着一场巨大的社会风暴。

“文化大革命”是中华人民共和国政治、经济史上的一个特殊的历史时期，今天我们要怎样评价“文化大革命”呢？如何从我们自己的历史中沉痛反思并吸取教训呢？

1981年6月中共中央十一届六中全会通过《关于建国以来党的若干历史问题的决议》，对十年“文化大革命”做出历史总结和评价：“‘文化大革命’十年是党、国家和人民遭到建国以来最严重的挫折和损失的十年。‘文化大革命’不是也不可能是任何意义的革命或社会进步。历史已经判明，‘文化大革命’是一场由领导者错误发动，被反革命集团利用，给党、国家和各族人民带来严重灾难的政治动乱。”[②]

“文化大革命”的爆发打乱了中国经济发展的良好势态，国民经济立即陷入全面衰退状态。“研究结果表明，‘文化大革命’期间，中国经济增长的损失和人力资本的损失是相当巨大的，如果没有这些重大的决策失误，我们能够取得的成绩，远比1978年的实际经济增长和人力资本积累情况要好得多。”[③]

第二节　国家意识形态的确立：社会主义、共产主义

一、政治意识上的理想主义、红色话语

社会主义作为一种制度，其基本的含义即是作为人剥削人的社会制度的对立面出现的，以生产资料公有制、人与人之间的平等互利关系和按劳分配为本

① 杜蒲：《极左思潮的历史考察》，2页，郑州，河南人民出版社，1994。

②《关于建国以来党的若干历史问题的决议》，中共中央文献研究室编：《三中全会以来重要文献选编》（下），808、811页，北京，人民出版社，1982。

③ 胡鞍钢：《中国政治经济史论》，710页，北京，清华大学出版社，2007。

质特征的一种社会制度。绝对的公有制和自给自足的理想社会，成为国家意识形态的一部分，进而衍生出国家的惯用话语，在社会文化中从语言转变为一种思维，逐步深入人心。

“国家话语既是意识形态本身，也是它的皮肤和语貌。在权力、组织和话语的三位一体之中，话语始终放射着最夺目的光辉。标准化的国家话语载体是公文、报纸和宣传标语。在很长一个时期，国家通过定期的‘政治学习’来强化这种话语对民众的支配力。”① 从新中国成立初期到“文化大革命”结束前，中国社会中的话语体系始终是充满着意识形态特征的理想主义、革命主义，以阶级斗争为核心。

二、从党内整风到反右派斗争

1956 年 9 月，中共八大对国内形势和主要矛盾变化，作出了正确的分析——“国内的主要矛盾，已经是人民对于建立先进的工业国的要求同落后的农业国现实之间的矛盾，已经是人民对于经济文化迅速发展的需要同当前经济文化不能满足人民需要的状况之间的矛盾。这一矛盾的实质，在我国社会主义制度已经建立的情况下，也就是先进的社会主义制度同落后的社会生产力之间的矛盾。”② 但在中共八大召开后不久，中央就放弃了这一路线，改为阶级斗争路线。

1957 年 5 月，党内整风运动转为全国“反右派”斗争。同年 10 月党的八届三中全会上，毛泽东提出“无产阶级和资产阶级、社会主义道路和资本主义道路的矛盾，毫无疑问，这是当前我国社会的主要矛盾”③。

八届十中全会以公报形式正式批准了毛泽东关于社会主义时期阶级斗争的理论：“在无产阶级革命和无产阶级专政的整个历史时期，在由资本主义过渡到共产主义的整个历史时期存在着无产阶级和资产阶级之间的阶级斗争，存在着社会主义和资本主义这两条道路的斗争。这种阶级斗争是错综复

① 朱大可：《流氓的盛宴——当代中国的流氓叙事》，31、32 页，北京，新星出版社，2006。

② 1981 年 6 月 27 日中共十一届六中全会一致认为“八大”的路线是正确的，见《关于建国以来党的若干历史问题的决议》，中共中央文献研究室编：《三中全会以来重要文献汇编》（下），802 页，北京，人民出版社，1982。

③ 薄一波：《若干重大决策与事件的回顾（修订本）》（下卷），629 页，北京，人民出版社，1997。

杂的、曲折的、时起时伏的，有时甚至是很激烈的。这种阶级斗争，不可避免地要反映到党内来。”① “以阶级斗争为纲”，成为日后形成极“左”思潮的核心观念之一。

三、“文化大革命”意识形态的严重曲折

当“左”倾思想发展到极致，在“文化大革命”时造成了意识形态的严重扭曲。“在意识形态和文化领域的一系列做法很像斯大林时期的做法。在斯大林时期，苏共采取了垄断性的思想文化专制模式，它有三个特点：第一，高度的舆论统一。全党、全社会的舆论都高度统一于联共中央，最后统一于斯大林。第二，学术问题政治化。第三，以行政干预手段作为主要的管理手段。由斯大林亲自领导的学术批判，最终都被政治化，被用来实现一定的政治目标。经过几次大规模的学术批判后，到20世纪30年代末，95.5%的人文社会科学团体，92.9%的文艺创作团体，69%的普通文化教育团体，48%的自然科学和技术学会，都停止了活动。”② 同样的情况，在“文化大革命”中，中国的文化团体、艺术团体、科技团体、学校的教学都基本上被强制终止，极大地阻碍了中国文化、艺术、科技、教育的发展。

同时，人民群众的无政府主义发展到极致。一方面是领袖拥有至高权威被顶礼膜拜，一方面法制、传统礼数却荡然无存，夺权和派系斗争都在激进和革命的名义下实行暴力，社会陷入混乱与动荡之中。

第三节　文化哲学上的一元主义

一、马克思主义从理论形态到意识形态

意识形态理论是马克思主义学说的一个重要组成部分，在马克思之后，这个概念又有一定的演变。马克思认为：“统治阶级的思想在每一时代都是占统治地位的思想……他们还作为思维着的人，作为生产者而进行统治，他们调节

① 武汉大学中文系当代文学教研室编：《中国当代文学史参考资料》，（内部使用），534、535页，1978。

② 陆南泉：《苏联兴亡史论》（修订版），485页，北京，人民出版社，2002。转引自胡鞍钢：《中国政治经济史论》，482页，北京，清华大学出版社，2007。

着自己时代思想的生产和分配……每一个企图代替旧统治阶级的地位的新阶级，就是为了达到自己的目的而不得不把自己的利益说成是社会全体成员的共同利益。”①

马克思认为意识形态是阶级统治的产物，目的便是维护、巩固统治阶级的利益和统治，协调个人与现存统治秩序之间可能出现的矛盾冲突，是经过加工的，有自觉的、鲜明的阶级目的的系统化思想观念。意识形态作为一个哲学范畴，伴随着哲学史基本框架和文化思潮的变迁，其内涵所指和社会功能也经历了变异和演化。马克思之后的革命哲学家，如列宁、葛兰西及法兰克福学派也从不同程度发展了意识形态理论。西方马克思主义学者葛兰西等人，强调无产阶级革命在社会机构和意识形态领域夺取文化思想的领导权的理论。阿尔都塞将意识形态问题纳入到社会物质生产结构当中，很大程度上避免了将意识形态当成精神现象和理论体系的窠臼。他在 1969 年的《意识形态和意识形态国家机器》中，认为国家权力的实施可以通过两种方式，在两种国家机器中进行：一种是强制性和镇压性国家机器，另一种则是意识形态国家机器。前者包括政府、行政机构、警察、法庭和监狱，等等，它们通过暴力或强制方式发挥其功能。后者包括宗教、教育、家庭、法律、传媒（出版、广播、电视等）以及诸多文化方面（如文学、艺术、体育等）的意识形态国家机器，后者统统以意识形态方式发挥作用。②

> 如果说在革命战争年代，马克思列宁主义、毛泽东思想还主要是我们党和军队的指导思想，它只是在特定的范围内具有意识形态的性质，那么在 1949 年 10 月 1 日中华人民共和国成立后，马克思列宁主义、毛泽东思想则成为新中国的国家意识形态，这是我国意识形态领域翻天覆地的变化。③

新中国成立初期，为了在全国人民中间普及和宣传马克思主义，展开了全

① 北京大学中文系编：《马克思恩格斯列宁斯大林论文艺》，25～28 页，北京，人民文学出版社，1980。

② 参见［法］路易·阿尔都塞：《意识形态和意识形态国家机器》，载《当代电影》，1987（3，4）。

③ 林国标：《中国社会主义意识形态发展史——马克思主义哲学中国化的视角》，171 页，长沙，湖南人民出版社，2007。

民学马克思主义哲学的运动，学术界翻译出版了大量马克思主义经典著作和其他相关读物，重新出版了毛泽东的哲学著作《实践论》和《矛盾论》，全党和全国人民掀起学习这两部书的热潮。在确定马克思主义哲学的指导地位的同时，开展了大规模的对文艺界、学术界的思想政治批判，包括对《武训传》《红楼梦研究》的批判，对胡风“反党集团”的批判，在哲学界展开了对胡适、梁漱溟、冯友兰等人的哲学思想批判。

二、意识形态领域的思想批判：社会主义与知识分子

事实上，“文化大革命”确实是从教育领域发起的，从1966年开始的“停课闹革命”，到1967年的知识青年上山下乡，直到1974年取消大学入学考试制度，等等，由此带来的新中国成立以来对知识、文化的极大破坏。用阶级斗争的观点来治国，缺乏对现代化是以人才为第一资源的基本认识。知识分子是文化资源和精神产品的主要拥有者和创造者，和其他社会阶层相比，具有优越的精神文化地位。“文化大革命”中出现了对知识分子阶级属性、社会地位的批判和重新划分。贬低知识分子的社会劳动的价值和意义，这也源于中国社会长期存在的落后的社会现实和以农民为主体的小生产意识的作祟。一个社会的文明越发达，生产力越发展，就越要依赖科学技术和知识分子发展科学文化，而当时中国的情况恰恰与此相反。

“文化大革命”这种文化资源占有形式的“革命”，它不是通过迅速发展教育和科学事业，提高全民族的文化水平，充分重视和发挥知识分子的作用，来满足人们日益增长的精神文化需要，而是着眼于本身就十分贫乏的文化资源与文化产品的重新调整和分配。“主要是通过剥夺一部分社会成员的文化生产和占有的权利，给另外一部分社会成员以优惠的文化权利，以期达到所谓‘反修防修’，实现劳动者对上层建筑的管理权，完成在文化领域内的‘社会主义改造’，最终达到公平原则等目的。然而，这种对现有文化资源近乎于平均主义的分配，只能导致全民族文化水平的急剧下降，它非但没有提高一般民众的普遍文化程度，反而把高文化的社会阶层人为地、强制性地降低到低文化层次的阶层。”①

① 杜蒲：《极左思潮的历史考察》，162页，郑州，河南人民出版社，1994。

第四节　极“左”社会思潮的文化心理

> 所谓“文化革命”从一开始就是一种否定性的政治行为，它号称要破除“旧文化、旧思想”，但实际上破掉的却是古今中外的一切文化传统和文明结晶……罢尽文化百家，独尊“革命样板戏”，它把数亿人的精神文化需求压缩到了极点，造成了近10年之久的文化荒漠时代，制造出现今被称为“文化断层”的现象，其后果之严重较之经济破坏所造成的直接损失更甚。①

但就是这样一种根本不能给予社会大多数人的现实利益和长远利益的社会思潮，却让社会的大多数成员都义无反顾地投入其中。说明这种社会思潮在某些方面反映和暗合了当时人们的某些价值观念和社会心态。

这与我国的国情与人们长期以来生活内容的高度“政治化”有很大的关系。中国的近代史是中华民族不断遭受外族入侵，人民受尽苦难和压迫，经济文化都十分落后的历史，而中国共产党运用马克思主义无产阶级理论，带领中国人取得了新民主主义和社会主义改造的一次次的胜利，终于建立了社会主义制度。这种革命的成果极大地激发了全国人民的革命热情和对革命的无限信任。所以，他们相信革命可以超越一般的政治方式而进入到社会生活的各个领域来解决各种矛盾。虽然群众在现实生活中未必真正感受到，但对过去社会状况的惨痛回忆和对来之不易的革命成果的珍惜，引发了全社会对资本主义复辟的恐惧感和愤怒，很多人便带着对革命的信仰和自己的使命感投身到这场思潮之中。而且，新中国成立后的发展模式，使人民已经习惯多年来的社会政治组织方式，每个社会成员所属的单位都把政治内容作为核心工作。人们政治上的觉悟和表现是否积极，往往与个人的前途、晋升、生活条件能否改善密切相关，在这场最终引发了“文化大革命”的极“左”思潮中的积极表现，也同样牵扯到了人们的各种利益。

由于“文化大革命”期间，人们也可以自由地串联、成立各种组织、任意批判自己的领导甚至把更高的领导“拉下马”，这种造反有理、推翻一切传统的“自由”，也是长期处在专制统治下的很多中国人的渴望。人们对传统文化的盲目毁坏和与之决裂，也源于传统文化曾经在半封建半殖民地的中国社会中显得软弱无力，人们与马克思主义以外的西方文化、科学、艺术的决裂，也源

① 杜蒲：《极左思潮的历史考察》，162页，郑州，河南人民出版社，1994。

于这种褊狭的文化心态。这种民族的危机造成的文化危机，尤其在冲动的文化素质低下的大众中表现明显。但是，“当‘文化大革命’中我们自以为是站在世界文化思想的最高峰而充当裁判官时，恰恰是我们与世界现代文化和文明的距离日益拉大之际。用文化虚无主义来对待历史和现实，毁掉的是真正的文化，复活的却是各种腐朽的传统观念”①。

我们也可以从中国几千年来的小生产者意识的影响及群众一般素质的角度来考察这种社会历史方面的因素。在中国，封建社会中自给自足的小农经济有两千年之久，小农经济的主要特征即是衣食住行的生活必需品都是由这种经济的自身提供，所以其首要特征就是自给自足性。因此，小农经济有极强的保守性、封闭性和脆弱性，天灾人祸可以使小农经济无法维持简单的再生产，商品经济也可以使其土地和产品卷入流通的领域。所以这种自给自足的自然经济构成了数千年来中国社会的基本经济结构，它决定了以家庭为本位的宗法等级关系渗透到社会生活的各个领域和最深层。在小生产的条件下，家长制起着组织生产和调节家庭成员相互关系的作用。在此基础上，形成了宗法等级的社会政治制度。自然经济中分散的家庭和农民，需要有高高在上、君临一切的中央集权的专制制度把他们统一起来。小农经济与宗法政治制度的结合反映在小生产者的观念中，便是皇权主义的盛行。②

虽然大多数的农民和小生产者通过社会主义改造被纳入到集体所有制中来，几千年的以宗法关系为本位的小农经济模式虽然在几年之内被废除，但几千年来小生产者的文化心理和传统观念却不可能在短短几年便失去影响。而且例如人民公社的性质和打击知识分子、限制资产阶级法权的运动，无形中就是采取硬性手段来达到各种资源的平均主义的目的，这也都迎合了小生产者的心态。

以农民为主体的社会成员结构的另一个现象是整个民族的文化程度十分低下。以1964年为例，“全国共有人口69000万人左右，其中具有大学文化程度的人数只有288万人，占国民总数的0.4%。而小学文化程度的人数有近2亿人，文盲和半文盲人数有26340万人，二者相加占国民总数的近67%”③。整个民众低下的文化素质使大多数人缺少独立思考和客观分析事物的能力，也容易产生对某些社会思潮的从众心理。

---

① 杜蒲：《极左思潮的历史考察》，190页，郑州，河南人民出版社，1994。

② 参见杜蒲：《极左思潮的历史考察》，211页，郑州，河南人民出版社，1994。

③ 国家统计局社会统计司编：《中国社会统计资料1987年》，125页，北京，中国统计出版社，1987。

第三章　中国当代文艺思潮深层背景分析：1976年至今

第一节　经济上改革与对外开放

“文化大革命”成为邓小平发动改革开放的直接动因，也成为中国能够在1978年后保持政治稳定和社会稳定的根本原因。中国的改革开放发生于“文化大革命”之后绝非偶然，它遵循了物极必反、教训变财富、坏事变好事的逻辑。这是“文化大革命”的最大“功劳”。① 粉碎“四人帮”后，鉴于历史的沉痛教训和经验，邓小平在辩证唯物主义基础上提出：“只有解放思想，坚持实事求是，一切从实际出发，理论联系实际，我们的现代化建设才能顺利进行，我们党的马列主义、毛泽东思想的理论也才能顺利进行。”② 因此，邓小平“总结‘文化大革命’的经验，提出一些改革措施，从政治上、经济上改变我们的面貌”③。

1981年6月，党的十一届六中全会通过的《关于建国以来党的若干历史问题的决议》，第一次正式提出“我们的社会主义制度还是处于初级阶段”④ 的科学论断。

1984年10月，党的十二届三中全会首次把计划经济同商品经济联系在一起，明确提出“有计划的商品经济”⑤ 概念。有计划的商品经济理论的提出，也使新的经济体制的确立、各方面配套改革的实行有了指导原则。而且，这一

---

① 龚育之：《从毛泽东到邓小平》，283－285页，北京，中共党史出版社，1994。

② 邓小平：《邓小平文选》第二卷，143页，北京，人民出版社，1994。

③ 邓小平：《邓小平文选》第三卷，172页，北京，人民出版社，1994。

④《关于建国以来党的若干历史问题的决议》，中共中央文献研究室编：《三中全会以来重要文献汇编》（下），838页，北京，人民出版社，1982。

⑤ 中共中央文献研究室编：《十二大以来重要文献选编》（中），568页，北京，人民出版社，1986。

理论的重要意义还在于，它为以后的社会主义市场经济理论的形成奠定了理论基础。

1987 年，党的十三大明确提出："为了解决现阶段的主要矛盾，就必须大力发展商品经济，提高劳动生产率，逐步实现工业、农业、国防和科学技术的现代化，并且为此而改革生产关系和上层建筑中不适应生产力发展的部分。……社会主义社会的根本任务是发展生产力。在初级阶段，为了摆脱贫穷和落后，尤其要把发展生产力作为全部工作的中心。是否有利于发展生产力，应当成为我们考虑一切问题的出发点和检验一切工作的根本标准。"①

任何国家的发展都不能是孤立的，中国长期的历史教训也证明了这一点。在对当代世界经济、科技发展和国际形势发展进行敏锐观察后，邓小平提出："对外开放具有重要意义，任何一个国家要发展，孤立起来，闭关自守是不可能的，不加强国际交往，不引进发达国家的先进经验、先进科学技术和资金，是不可能的。"②

随着"有计划的商品经济"理论的提出以及一系列经济改革措施的实施与对外开放，我国出现了文化的繁荣。

第二节　新世纪多元共生的文化哲学趋向

一、真理标准大讨论、实践唯物主义、人道主义问题的研究

"文化大革命"结束后，意识形态领域的混乱亟待澄清，中国该何去何从，于是就有了 20 世纪 70 年代末关于真理标准大讨论的思想解放运动，拉开了改革开放的序幕。新阶段在哲学和意识形态的思维方式上都有所变革。在真理标准问题大讨论之后，学术界还进行了人道主义与异化问题、实践唯物主义问题的讨论，这些讨论都在一定程度上打破了思想的禁锢。

1978 年 3 月 26 日，《人民日报》发表了《标准只有一个》的思想评论文章，提出了社会实践是检验真理的唯一标准的观点，为真理标准问题大讨论拉开了序幕。文章实际是批判了 1977 年 2 月 7 日社论文章《学习文件抓住纲》

① 中共中央文献研究室编：《十三大以来重要文献选编》（上），12、13 页，北京，人民出版社，1992。

② 邓小平：《邓小平文选》第三卷，117 页，北京，人民出版社，1994。

中“两个凡是”① 的观点。

1978 年 5 月 11 日，《光明日报》发表长篇文章《实践是检验真理的唯一标准》，标志着真理标准大讨论的正式开始。文章针对“两个凡是”对毛泽东及毛泽东著作神化的观念进行了批驳，指出：“无论在理论上或实际工作中，四人帮都设置了不少禁锢人们思想的禁区，对于这些禁区，我们要敢于去触及，敢于去弄清是非，科学无禁区。凡是超越实践并自封绝对的‘禁区’的地方，就没有科学，就没有真正的马克思主义、毛泽东思想，而只有蒙昧主义、唯心主义、文化专制主义。”随着这篇文章的发表，中国的思想界乃至整个社会都重新获得了朝气，这场讨论具有哲学革命的意义，为中国的改革提供了理论的先导。

二、精英文化的短暂复苏与通俗世俗价值取向的消费文化哲学

随着 20 世纪 70 年代末真理标准问题的大讨论以及思想文化领域的逐渐放开，以善于反思、自省、批判、宣扬人道主义以及对国家、社会的使命感等为特征的精英文化，在 20 世纪 70 年代末到 80 年代末的文化格局中占有重要地位。“精英文化传播作为一种旨在进行教化、引导、规范社会大众道德伦理、价值观念、行为规范的文化类型，始终执行着分析现实、探索未来的功能，因而它潜在地包含着反思意识、批判意识、探索意识、教化意识等，它关注社会现实中的不满足、不合理现象，把它们揭示、展示、暴露出来，并发掘此事件产生的社会历史根源，使社会主体在思考、震颤中达到精神的升华，试图建构新的生活方式，实现人类理想精神家园的追求。也就是说，反思、批判现实，探索理想、合理的社会状态，引导人们走向更加人性化、合理化、积极向上的生活方式，是精英文化传播的主导文化精神。”② 精英文化作为知识分子文化的主要表现形态，在当时的文化生活中具有非常突出的地位。精英文化在一定程度上与中国的传统士大夫文化一脉相承，往往是“先天下之忧而忧”，“以天下为己任”。

但随着改革开放，20 世纪 90 年代商品经济的大潮席卷中国，在转型社会中，商品逻辑成为衡量文化的标准后，文化成为商品，随之而来的，是大众文化、消费文化开始流行。人的自我意识开始觉醒，同时社会集体意识逐渐淡

---

① “两个凡是”，即“凡是毛主席作出的决策，我们都坚决拥护，凡是毛主席的指示，我们都始终不渝地遵循”。

② 参见熊斌、刘海涛：《转型中的困惑：精英文化与大众文化之辩》，载《声屏世界》，2006 (2)。

弱，个人主义正式亮相并获得大众认可。文化开始出现世俗、实用以及通俗价值取向的转型。所谓的大众文化，是以大众为消费的对象，以娱乐和消费为目的，以工业批量生产方式的文化形态。精英文化在大众文化的大潮中开始逐渐暗淡。

> 知识分子面临着“五四”退潮时代的相似情境：80 年代共同开拓启蒙事件的作家、学者在历史巨变以后，有的高升，有的退隐，有的出国，始终坚守启蒙重任和批判精神的知识分子所剩无几。与之相伴而生的是退回内心的新写实小说，与市场共舞的私语化小说；而在文学研究界，一批理论家退回书斋，国学热再度兴起……这一切，几乎是“五四”一代情势的重现。这预示着经历了百年风云沧桑的中国知识分子依然没有逃脱前辈的宿命，依然徘徊于兼善天下/独善其身的怪圈中无力自拔，又在企盼着下一轮春暖花开的时日。①

而世俗消费文化在中国的兴起，也有其历史原因。从新中国成立到改革开放期间，为了尽快实现国家的工业化，中国政府在十分贫穷和落后的经济条件下，长期执行高积累、低消费的政策，并且从生产、分配到消费都严格执行国家计划。包括 1953 年开始，中央相继决定对粮、油、布等生活消费品实行定量分配，统购统销。这一阶段取得的社会经济方面的主要成就，就是使几亿人口从绝大多数的赤贫状态逐步过渡到温饱状态，但由于人口的高速增长和一些不合理的经济政策所致的劳动生产率低下，人民的收入总的来说还是起点很低且增长缓慢，到 1979 年全国还有 1.4 亿农村居民人均全年口粮不足 280 斤，实际上处于半温饱的状态。②

从 1979 年开始，我国逐步实行经济体制的改革和对外开放政策，中国居民的生活质量有了较大的提升，消费水平也相应地持续高速增长。“中国城乡居民的日常生活中，消费能力与消费内容正在逐渐成为社会地位、个人成功、声望的评价依据，而当人们尚无力改变他们在生产中的地位及相对关系的时候，消费能力、消费内容、消费方式的改变似乎成为首要的追求目标，人们试

---

① 李扬：《中国当代文学思潮史》，231 页，上海，上海社会科学院出版社，2005。

② 陆学艺：《当代中国农村与当代中国农民》，12 页，北京，知识出版社，1991。

图以此来缩小与他人在消费水平方面的差距或表明自己的地位和成功以及享受生活的质量。因此消费实际上创造了一种新型的社会关系和生活方式，它为日常生活中的人们提供了不同于从阶级与生产关系角度来看待现实生活的观念体系和生活体验，从而构建出一个活生生的现实生活世界。”①

经历了长期物质条件的匮乏和缺少消费条件的状态，一旦社会经济高速发展，物质水平极大提高后，人们对物质生活的渴望和追求也是一种必然的社会性补偿心态。加上极“左”思潮长期束缚人的精神，阶级斗争的政治理念使人们的放松娱乐都被视为资产阶级思想，所以在改革开放后，当这些思想禁锢都被打破后，人们热切希望实现自身的现实幸福的功利主义和世俗化的感性享乐必然会成为一种潮流。

> 消费主义在中国的扩散表明，支持这种生活方式的意识形态正在中国日常生活中取得文化主导权地位。从传统生活消费方式向消费主义生活方式的转变是中国传统消费价值和生活伦理的衰落与所谓现代消费生活观念逐渐深入人心的过程。节俭、适度、平和、单薄等生活伦理是与中国天人合一的哲学思想和中庸之道的处世原则一脉相承的，显然，这种伦理价值和生活艺术与消费主义所倡导的奢侈、炫耀、放纵及标新立异大相径庭。从前者向后者的转变绝不单纯是因为经济条件的改变，其变化也已超出了经济范畴。富裕从来不是奢靡的立法者，尤其不是消费主义生活方式的直接原因。只有文化才能为一种生活方式提供价值、观念、知识以及道德上的合法性。消费主义文化——意识形态的合法性正在中国得到普遍的认同，因此文化主导权是我国居民生活方式逐渐消费主义化的实质。②

第三节　中国文化现代性的断裂

从1989年下半年开始，很多人面对改革的新生事物，还是要强调和质疑姓“社”还是姓“资”的问题，“左”的倾向又开始回潮。在彷徨四顾的重要

① 陈昕：《救赎与消费——当代中国日常生活中的消费主义》，15页，南京，江苏人民出版社，2003。

② 陈昕：《救赎与消费——当代中国日常生活中的消费主义》，16页，南京，江苏人民出版社，2003。

时刻，邓小平在1992年视察了武昌、深圳、珠海、上海，并发表了著名的南巡讲话，提出判断是不是社会主义的标准，应该是主要看“是否有利于发展社会主义社会的生产力，是否有利于增强社会主义国家的综合国力，是否有利于提高人民的生活水平”①。这次讲话理清了这一时期纠缠不休的社会主义本质问题、“左”和“右”的问题，总结了改革开放的经验和不足，在意识形态领域给了思想解放以强有力的支持。“发展才是硬道理”成了中国经济、政治政策制定的考量，市场经济的大潮汹涌而来，市场化、股份制等经济术语，开始为大众所熟知。

当我们的经济模式和城市发展不断向现代化迈进的时候，中国的文化也在经历了若干年的苦难后开始向“现代性”靠拢。应该说“现代性”是一个性质复杂的跨学科课题，是非常矛盾的概念。一方面，它是欧洲的启蒙学者有关未来社会的一套哲理设计，它代表了人类历史上空前的变革逻辑，宣告要用理性的方式把人类带入到自由的境界。于是，西方人一扫中世纪的蒙昧和封建传统的僵化，告别了那个神权专制、行会层层压榨的时代，率先走进了现代社会，即以三位一体形式体现的民主政治、科学精神、艺术自由。另一方面，资本主义社会发展中，又有太多与现代性理想相悖的冲击和震撼，包括战争、异化、商品拜物教。所以，现代性往往又伴随着人类对自身发展的重重危机和困惑，当然这也是尼采得以降生、后现代性文化能够滋生的母体。

在当时，中国社会离现代性的公民社会还有一段路要走，言论、艺术自由，民主法制，科学精神的迸发，在20世纪80年代曾有过那么灵光一现，随后，商品经济社会的来临，商品的逻辑成为衡量一切事物的逻辑，使向来高高在上的文化，也可以成为一种产业，大众文化于是产生了，用一种不自觉的歌舞升平方式维护着现有政治、经济秩序的合理性。后现代也在全球化的背景中猝不及防地到来了。

一个还没有真正进入现代的文化，被提早升格或在历史的夹缝中被“强迫”进入后现代。我们的精英文化还没来得及与主流意识形态和中心体制博弈，我们以快乐原则为准绳的诸多“狂欢节”已经席卷而来了。我们的大众文化的促就土壤，也许比起诸多西方国家来得更有营养，“今天的人们一心一意想着他们的家庭和房子，他们在那儿找到安息，忘掉世界的愚蠢和自由地体验他们的创造性才华”。

---

① 邓小平：《在武昌、深圳、珠海、上海等地的谈话要点》，《邓小平文选》第三卷，375页，北京，人民出版社，1993。

在当代中国这个现代性被割裂的后现代社会，有着比西方后现代社会更为诡谲的尴尬和荒诞，例如以大众传媒的“神话”“超级女声”作以阐述。在2005年，中国的老百姓为了一档娱乐节目疯狂了，至于疯狂指数可以在各种媒介的报道中随处看到，这里不作赘言。有些评论说这是平民意识能够参与并决定比赛胜负的“民主”带来的魔力①，海选、短信投票、大众评审团、“PK”的魔力，随着公民意识的觉醒，“超女”评选迸发了中国人独立参与公共事务的激情。它实现的是民意在一个假象模拟民主环境中的适度表达，完成了某种层面上的“现代性”进程。其实，到头来，它还是在为商业权力意志服务，“黑幕”和太多次评委违心决定的PK场面足以说明。所以，2006年“超女”远不如2005年火爆，除了观众的审美疲劳以及主办方面临的一些困难等原因之外，大众的眼睛是雪亮的，人民的智商是不可忽视的，即使他们表达不出来，但潜意识里也玩儿够了这种劣迹逐渐显露的“假民主”游戏。因为假民主有时候比真威权还要可怕，因为它既有民主之名更有威权之手段。就像超女中对付“黑幕说”的有力说辞便是：我们有歌迷投票。

通过“超女”事件，我们看到了人们追求“现代性”的一种渴望。现代性启蒙之实在当今这个以大众文化、后现代解构的中国社会中，以一种另类的方式在发生、发展。同时，也启示我们，只有制度、好的制度才能保证“己域要自由、群域要民主”② 的现代意志和社会的实现。

第四节　中国式消费社会的兴起

1985年剧作家米勒（Arthur Miller）在其剧本《代价》中写道：“许多年以前，一个人如果难受，不知如何是好，他也许上教堂，也许闹革命，诸如此类。今天，你如果难受，不知所措，怎么解脱呢？去消费！”③

当今西方社会，消费已经承载并部分代替了政治、宗教和生产活动所具有的社会与文化的整合功能，成为人们生活的重要主题。一些理论家使用“消费社会”这个术语来形容他们感受到的这种经济高速发展、物质产品极大丰富的

① 学者尹鸿曾在他的博客中第一次提出这种观点。

② 秦晖：《“启蒙的反思”学术座谈》，载《开放时代》，2006（3）。

③ 高丙中：《西方生活方式研究的理论发展叙述》，载《社会学研究》，1998（3）。

社会形态。目前，国外学者对“消费社会”的界定和研究存在多种范式，缺少一个公认的高度性概括，但我们可以认为“消费社会”通常用来指涉一种社会状况，一种在经济、社会、文化诸方面所出现的异于传统社会的各种症候——“从以生产为主导的社会转向了以消费为主导的社会，这种转变不仅是社会结构和经济形态的变化，也是社会文化的全面转型，革新了人们社会生活的方式、价值观、文化体验”①。在全球化的今天，消费主义已经扩展到几乎所有的发展中国家，中国也不例外。但中国式的消费社会有其自身的特殊性，因此，处于这种社会语境中的人们的精神世界也更复杂、暧昧，这些特征都在深深影响着中国社会文化的表现形态。

一、中国与西方相似的消费主义倾向

美国学者丹尼尔·贝尔指出：“现代社会的文化改造主要是由于大众消费的兴起。”②“消费社会”的范畴和形态，绝非只是经济的与社会的，它更多地呈现出鲜明的文化特征。一些研究者强调“消费社会”是以消费而不是以生产作为自我表达、身份认同和文化追求的手段，消费的目的很多时候主要不在于物质性，而在于非功利原因。商品被制造成与其有关或无关的符号体系和视觉形象，借助大众媒介不断地制造消费神话，消费的方式更建构了身份和社会地位区分的意义。当“消费”成为文化，它很大程度上取代了文化的许多传统功能，例如寻求心理和生理上的愉悦和自我实现、治愈、救赎……所以，有关大众消费不能简单地归结为个人对商品的消费问题，而是与社会意识形态、个人与社会的关系、现代性的理性社会和后现代性的符号社会过渡的文化问题有关。

中国近年来大中城市中的社会文化形态，也具有与西方社会相似的特征。伴随着改革开放和社会的转型，人们的观念也发生了很大的变化，尤其是进入20世纪90年代，中国社会原来以维系和发展国家秩序为优先目标、把个人生存与发展权诠释为“团体权利”的意识形态体系③，经历了大众文化和社会的

---

① 莫少群：《20世纪西方消费社会理论研究》，32页，北京，社会科学文献出版社，2006。

② [美] 丹尼尔·贝尔：《资本主义文化矛盾》，113页，北京，三联书店，1989。

③ 参见朱大可：《流氓的盛宴——当代中国的流氓叙事》，28～30页，北京，新星出版社，2006。

商业化转型后，在民间意识形态中被逐渐边缘化。取而代之的是现代化商品批量生产和传媒工业发展背景下的大规模消费，这本来是西方现代工业社会进入中晚期的一种社会形态，但在中国经济转型和跨国资本的全球化过程中，消费主义已经渗透到中国经济发达地区的城乡日常生活领域，产生的结果与西方发达国家相似。在大中城市，特别是南部和东部沿海经济较发达的地区，消费品更新非常快。炫耀性消费，娱乐、休闲消费，影像、电子消费，各种节日消费……消费主义的价值观和生活方式深入人心，社会学者对京津两地居民的消费观念进行调查，结果表明，具有消费主义倾向的占了总人数的77.3%①。“人们似乎是为商品而生活，小轿车、高清晰度的传真装置、错层式家庭住宅以及厨房设备成了人们生活的灵魂。把个人束缚于社会的机制已经改变，而社会控制就是在它所产生的新的需要中得以稳定的。”② 当然，媒介工业在其中起了推波助澜的巨大作用，印刷纸媒、广告、影视等大众媒介都传播着各种符号商品，人们由此获得一种普遍的消费认同。即使是处于中国经济欠发达的农村地区的农民，也可以通过种种媒介接受与城市中产阶级一样的消费欲望的冲击。有学者调查显示，即使在生活刚刚解决温饱问题，但远不够富裕的村落，观念性和现实的消费主义生活方式都很明显，比如在住房、家电、装修方面的炫耀性消费和攀比性消费。③ 在中国社会中，“挣钱”成为很大一部分中国人的追求与信念，其目的是为了“消费”，为了“理想的生活”。消费主义逐渐成为中国当下的一种主流意识形态。

二、中国式“消费社会”中的文化困境：大话文化与犬儒主义

我们不能认同中国社会现在已经进入西方意义上的消费社会，西方社会经历了从工业化向后工业化社会的渐进发展模式，消费也是从大众消费逐步过渡到追求时尚、风格、特定群体文化表达的后现代消费过程。但中国的情况不同，我们是从农业社会向工业社会转型，同时出现了后工业社会状况。中国西部的贫困地区和广大农村以及城市中依靠最低生活保障生存的群体，有些还处

---

① 陈昕：《救赎与消费——当代中国日常生活中的消费主义》，137页，南京，江苏人民出版社，2003。

② ［美］马尔库塞：《单向度的人：发达工业社会意识形态研究》，转引自陶东风、徐艳蕊：《当代中国的文化批评》，236页，北京，北京大学出版社，2006。

③ 参见谭华：《现代传媒与村落中的消费主义——以鄂西南的一个民族村落为参照》，载《湖北民族学院学报》，2005（3）。

于刚解决温饱的境遇，还不能算是大众消费的群体。而且，与西方消费主义是伴随着民主、法制等现代性制度非常健全的情况有所不同，“中国真正值得关怀的现实由于进入不了传媒而被逐出了‘现实’”，“今天的公共空间充斥着以身体为核心的各种图像和话语……这样的结果可能导致一个糟糕的状况：实际上我们目前生活在一个急需争取与扩大公民的基本政治权利、推进公民的政治参与的社会环境里，而大家都在那里关注自己的生活方式……有理由认为：在今天，我们最应该警惕和担心的是出现一种没有政治自由而有所谓消费自由的社会”①。

因此，伴随消费主义同时并存于中国当下社会文化语境中的，还有另外两种主流文化现象，一种是采取怀疑、拒绝态度的“犬儒主义”②，另一种是借助于网络等新兴媒体，采取消解、颠覆、戏拟话语价值体系为手段的“大话文化”③。犬儒主义有玩世不恭、愤世嫉俗的一面，也有委曲求全、接受现实的一面，把对现有秩序的不满，转化为一种不拒绝的理解，一种不反抗的清醒，一种不认同的接受。④ 而伴随犬儒主义出现的“大话文化”，则是“一方面消解了人为树立偶像、权威的可能性；但是另一方面，这种叛逆、怀疑精神由于采取了后现代式的自我解构方式，由于没有正面的价值与理想的支撑，因而很容易转变为批判与颠覆的反面，一种虚无主义与犬儒式的人生态度”⑤。两种文化的特点都是以“玩世不恭和冷嘲热讽作为宣泄情绪的主要手段”。

总体而言，犬儒主义和“大话文化”都是人们对公众生活规范的不满意、不信任又无能为力的结果，由于“非大话式的”理性批判话语很难甚至不可能自由进入公共话语领域，因此，以非建设性的彻底怀疑和颠覆权威为特征的犬

---

① 陶东风、徐艳蕊：《当代中国的文化批评》，236、241页，北京，北京大学出版社，2006。

② 犬儒主义是个人和社会的一种关系，Timothy Bewes、陶东风、徐贲等学者都指出其核心含义是对于世界的不信任和拒绝的态度。

③ “大话”在汉语中有不同的意思，这里借用《大话西游》中“大话”的“无厘头”、滑稽模仿的意思。

④ 参见徐贲:《当今中国大众社会的犬儒主义》，见 http：//www. sohoxiaobao. com /chinese/bbs/blog _ view. php? id=477873。

⑤ 陶东风、徐艳蕊：《当代中国的文化批评》，264页，北京，北京大学出版社，2006。

儒主义与“大话文化”的流行具有相当大的必然性与无奈性，正是这点凸显了它相对于官方话语的受制性。① “不作为”与不相信一切所谓的“真理”，便成为一种态度选择。大众基于实用主义原则和现实的物质利益，不愿认真、严肃地对待意识形态问题有关。这两种文化又从另一方面将大众的兴趣转向私人化领域的商品消费。

中国大众的这种大话文化和犬儒主义的“偏好”，正在通过各种媒介展现出来，尤其是互联网等新兴媒体的发展，带来的大众话语权力的重组，网络的匿名制更是给人们提供了宣泄各种情绪的契机。尤其是青年人，戏仿、颠覆、狂欢式的大话文化，打破了诸多权威的限制和压抑，更成为青年亚文化的典型。

三、中国特殊的“中产阶级”

伴随着中国“消费社会”特征而来的，是中产阶级的出现，或者更准确地说是关于中产阶级神话的出现。中产阶级其实也可以称为是“中间阶层”“白领阶层”等。欧美国家消费社会中的文化在全球化的今天深深影响了中国，因为格调和趣味成了重新划分阶级的标准，于是代表着西方发达国家中产阶级品位的豪华汽车、别墅洋房、名牌商品……成为中国“消费社会”的传媒用来吸引大众眼球的符号和形象。戴锦华曾指出：“于90年代陡然繁荣之至的大众文化与大众传媒，至少在1993年至1995年间，不约而同地将自己定位在所谓‘中产阶级’的趣味与消费上。然而，这与其说是一种现实的文化需求，不如说是基于某种有效的文化想象；作为一个倒置的过程，它以自身的强大攻势，在尝试‘喂养’、构造中国的中产阶级社群。”②

中国伴随着市场经济的发展，在20世纪90年代以来国内各行业确实涌现出一批在知识和金钱上都富有的中间阶层，虽然近年来他们在数量上持续增长，也集中于大城市和发达地区，但在中国的人口比例中，绝对不是大多数。③ 正如很多学者所言，因为各种传媒的宣传和中产阶级自身的社会经济地

① 参见陶东风、徐艳蕊：《当代中国的文化批评》，264—271页，北京，北京大学出版社，2006。

② 戴锦华：《隐形书写——90年代中国文化研究》，269页，南京，江苏人民出版社，1999。

③ 参见李春玲：《2004年：中国社会形势分析与预测》，北京，社会科学文献出版社，2005。

位，才使他们在许多人的心目中代替了社会成员的大多数，在传媒里引领时尚、审美和品位，以至于形成一种潜在的话语霸权。

凡勃伦在《有闲阶级论》中曾针对美国新兴的上流社会消费模式和心理进行分析，认为他们的财富都是新近获得的，为了赢得社会的承认和博取荣誉，他们竭力模仿欧洲的贵族，进行"炫耀式消费"。其实，这种暴发户的心态，与中国的中产阶级很相似。这群新生的拥有越来越多的文化资本的社会群体，会去剧院看戏，到音乐厅看歌剧，在体育馆里锻炼……有几人是真正懂得欣赏或是出于需要，不得而知，但效果却很显著，"平民"对他们效仿的趋势及他们要保有差别、区分的趋势，构成了时尚消费的动力。可以说，中国的中产阶级底子薄、人数少、横空出世、只能以境外中产阶级为参照和仿效，媒体和他们自身对于他们的想象大于现实。

中国的中产阶级具有孕育他们的社会的特殊性，段运冬指出"由于依附于高度的政治话语或者是强大的资本权利，形成中国中产阶级的两面性：'极度无奈'与'过度纵娱'"[①]。他认为"极度无奈"是因为在强大的竞争中努力工作，形成工作中的压力，而"过度纵娱"是借助大众传媒释放感情，消解生存压力。而实际上"极度无奈"不仅是因为按照市场经济原则公平竞争的压力，而且因为中国的很大一部分中产阶级是依附于高度的意识形态生存，这种"两栖"生存状态更容易导致他们的"犬儒主义"和虚无主义的"无奈"。向荣指出中国的"中产阶级基本上是以自我利益作为处理公众事务和社会问题的出发点和参照系，自我利益高于一切。这个阶级缺少道德理想和人文情怀，不少中产人士还有一种忽视、乃至歧视底层弱势人群的心理意识"[②]。

那么，中国中产阶级在社会中的文化地位，或者更准确地说是社会中的"非中产阶级""准中产阶级"关于对中产阶级地位的想象和向往，深深影响了当前以消费文化为主流的社会文化，形成一种文化的优势和霸权。中国社会中的中产阶级又有其文化偏好上的特殊性，作为中国各种媒体极力营造其阶级地位神话的符号，作为最有可能成为潜在"犬儒主义"生存方式的人群，中国中产阶级文化正在以一种很强大的影响力作用于当代中国社会。

---

① 段运冬：《中产阶级的审美想象与中国主流电影的文化生态》，载《当代电影》，2007（6）。

② 向荣：《想象的中产阶级与文学的中产化写作》，载《天涯》，2007（1）。

四、结论：关于中国“消费社会”的尴尬

中国是以大部分地区处于前现代、一部分地区处于现代性的断裂状态进入到后现代的“消费社会”的，而且不仅在区域差别上，在大众的意识、阶层属性中，也存在着前现代、现代、后现代的分层。也就是说中国社会在启蒙没有完成、农业社会向工业社会过渡的同时出现后工业社会，广大刚实现温饱的贫穷地区和经济较发达的大中城市、东南沿海城市共存的情况下，出现了大规模的文化商品消费、消费主义的生活方式以及炫耀性消费等西方消费社会的特征。而且，在转型社会的特殊语境中，“大话文化”和“犬儒主义”成为中国消费社会中特有的文化现象。中国式的消费社会也没有出现大规模的中产阶级，但对于中产阶级的想象和媒介对中产阶级的打造却证据确凿。中国的“消费社会”比西方的消费社会要复杂、暧昧很多，也许我们在论文中只能用带引号的具有多意的“消费社会”来描述这个时代。在当今中国，“文化已经完全大众化了，高雅文化与通俗文化、纯文化与通俗文学的距离正在消失。后现代主义的文化已经从过去那种特定的文化范围中扩张出来，进入人们的日常生活，成为消费品。后现代主义不再与现实对立，而是构成了消费社会的文化霸权”①。

① 丁亚平：《艺术文化学》，19页，北京，文化艺术出版社，2005。

第四章　关于文化全球化理论的探讨与认知

第一节　何谓文化全球化

一、对各学派观点进行学术的介绍、梳理

何谓“全球化”？到现在为止，“全球化”的解释已经有100多种，很难说哪种解释是最标准的，但大致上，全球化（Globalization）是近年来出现的一个社会现象，一般认为，随着社会和科技的发展，世界各国之间的交流日益增多，互相融合，互相依存，正在走向经济、文化（包括文学）等诸多方面，影响到社会结构、日常生活和各种意识形态，关系到社会发展和人类进步以及每个个人的利益。①

其实，关于全球化的探讨，最早产生于经济领域，即认为全球化是资本主义发展到跨国资本主义阶段，而世界市场是其发展到这个新阶段的生产关系适应生产力的必需，其特征往往是出现了跨国公司的资本调控，国际化的劳动分工、新的价值符号体系的形成和消费模式的不断增长。但由于文化是资本组织并传播生产和消费欲望的所在，所以资本必然会渗透到文化生产和消费的空间。也就是说，资本主义发达国家越来越倚仗其经济和文化的力量，进入不发达国家开辟更具活力的市场，以获得更廉价的生产资料、劳动力以及更广阔的消费市场，在创造巨大经济利润的同时，也在输入其文化、价值观、意识形态等。所以说，随着资本、经济的全球化，文化必然也将进入到跨国化、全球化的阶段，因为只有通过信息、传媒、符号的不断渗透和整合，改变各种文化的原有特征，而使其更接近跨国资本主义的文化特征——消除差异、一致性、标准化，资本才可以借由这种社会文化整合功能，更好地实现其世界范围的渗透和重构。只有这样借助影响个人的消费意识形态的传播，才能将世界范围内的

① 参见赵一凡等主编：《西方文论关键词》，457页，北京，外语教学与研究出版社，2006。

更多的人改造成消费的主体。

当人们开始逐渐接受并进入到跨国资本主义的意识形态范畴和文化模式之中，开始接纳它制造的欲望和兴趣、情感和意识时，其原有的文化身份的完整性和同一性就被打破，代之以文化、资本全球化的观念和价值判断。而这种力量往往是借助现代诸种新的传媒来实现，当人们为追求西方电影里中产阶级的生活方式或是被广告中精美的各种图像符号所代表的生活质量和时尚征服时，资本便借助文化实现了其对当地经济的重构，那些装修豪华的住宅和时尚的衣着、生活方式，都通过现代传媒潜移默化地影响着人们的生活观念和消费意识。以网络和各种现代媒介为支撑的信息革命，从根本上变革了通信工具和交流方式，开辟了文化传播的新时代。

当我们无法避免地卷入到经济全球化的浪潮中，当文化消融于经济而经济也渗入到文化中时，我们又怎样认识文化全球化？

在后现代社会的多元差异与区别之中，当西方资本主义文化伴随着经济跨国渗透的时候，世界各国的文化如何在一种纷繁的多元文化中彼此对话、相互包容？民族文化、本土文化在面临全球化、标准化、美国化、西方化的今天，将如何保持其自身的特点？是抵抗抑或是融合？当新媒体的网络技术给人们提供了更广泛的选择信息和交流的空间时，不同的种族、性别、群体是否在不断地“视听”中选择新的价值、信仰、观念和意识形态，而使官方和传统的意识形态约束力渐渐地丧失其地位？其实，全球化进程一方面促进了全球化经济文化的一体化、同质化过程，同时也导致民族文化认同与民族文化意识的突出与强化。如同学术界一致认为的那样，全球化是一个同一化与差异化同时存在的现象。①

我国关于全球化的讨论进行的略晚，在20世纪90年代，国内经济学、社会学、哲学、文学等不同领域的学者，都开始广泛关注全球化问题，展开了热烈的讨论，继而全球化也更多地成为现实领域内耳熟能详的话题。但学术界的很多这方面的论文和专著，往往对全球化进程和实质并未作深入的学理探究，也不顾中国社会现实情况，急于作价值的判断和情绪化的表达；或是过多地停留在“全球化是机遇还是挑战”“全球化是双刃剑，具有双重性”等是非观念上，程光泉指出：“诸如全球化是机遇还是挑战这样的问题，本身就不是一个全球化的问题。全球化本身的复杂性和随机性，决定了全球化到底是机遇还是

① 参见陶东风、徐艳蕊：《当代中国的文化批评》，130页，北京，北京大学出版社，2006。

挑战是不确定的。一个事物对一个国家是机遇，对另一个国家可能是危机。今天是机遇，明天可能就是挑战。再如，多数论者认为全球化是双刃剑，具有双重性。令人疑惑的是，什么事物的性质是单一的？又有什么事情的作用不具有双重性呢？”① 但国内也有很多优秀的学者，立足于中国的社会语境与文化现实，深刻、严谨地对中国的诸多全球化经济、文化现象进行事实的分析和客观的学理研究。我们对全球化的认识也逐渐由感性和表象，走向理性和深层。

二、关于全球化背景下的人类文明和世界格局的两种认知

随着20世纪80年代末到90年代初苏联的解体，这场巨大的政治风波导致国际社会主义阵营的瓦解，原来在世界文化格局中的社会主义和资本主义的意识形态冲突式微，而伴随着文明形态和民族利益的不同，有些学者开始关注民族文化、文明认同等在国际关系中的重要性。

（一）美国学者亨廷顿是“文明冲突论”的代表，其代表作为《文明的冲突与世界秩序的重建》

他认为未来的世界将不会出现单一的普世文化，而是有许多文化和文明共存，而文明冲突是多元文化的必然。他代表一种对世界格局两分法的认知，用对立的范式来归属，其实是一种以西方为中心的文化霸权的模式。他的主要观点可以归纳为：20世纪80年代末，随着苏联的解体，世界格局结束了冷战的模式而进入到了“后冷战”的新阶段，引发政治危机的矛盾已不再是过去的意识形态的冲突，而是不同文明集团的冲突。“全世界的人在更大程度上依据文化界限来区分自己，意味着文化集团之间的冲突越来越重要；文明是最广泛的文化实体；因此，不同文明集团之间的冲突就成为全球政治的中心。”②

人们的民族身份、种族集团、宗教、语言、习俗、生活方式、价值观念等之间的冲突，也就是“文明”之间的冲突，将超越意识形态、政治、经济、阶级的冲突，成为最为重要的冲突。文明、文化之间的共性和差异性，将决定不同国家之间的利益以及是否抵抗抑或合作的选择。种种文明之间的关系，也在现代世界有所变化，他认为长期占有影响力和支配地位的西方文明的地位在逐渐下降，而非西方文明正在扩展、确立自己的文明地位，以“文明”为基础的

---

① 沈湘平：《全球化与现代性》，8页，长沙，湖南人民出版社，2003。

② ［美］萨缪尔·亨廷顿：《文明的冲突与世界秩序的重建》，133页，北京，新华出版社，1998。

新的世界秩序正在出现，全球政治呈现为一种多极、多文明的国际体系。

他把文明区分为西方文明和非西方文明，其中“非西方文明”被他划分为：儒家文明、拉美文明、伊斯兰文明、印度文明、斯拉夫一东正教文明、非洲文明。这里的“西方”文明不仅指欧洲大陆，还包括北美、澳大利亚、新西兰等，他也并没有用简单的“东方”与“西方”作地缘上和文化上的对立，而是把“西方”以外的所有文明统称为“非西方”。其实，进入20世纪90年代，很多“非西方”的国家在广泛利用了西方的新的科技成果、新能源以及高度发达的信息后，在经济和军事上已经有了一定的力量，综合国力正在向西方国家靠近。西方在20世纪政治、经济、军事上所具有的让“非西方”无法抗衡的“霸主”地位已然相对下降，而“非西方”国家的崛起，自身文化的发展和民族的价值观念等，却保持着和西方社会不同的特色，这种文明的差异，伴随着非西方综合国力的提升，成为引发冲突的潜在威胁。

亨廷顿认为尤其是伊斯兰文明和儒家文明是西方文明的挑战力量，他甚至预测中国可能同西方对抗，把中国当成假想敌。王岳川就此说法曾犀利地指出：“至于中国经过百年的现代化历程，今天占主导地位的是否是儒家文明也都还是一个问题。再加上今天中国文化现状究竟是人文精神的失落或是人文价值关怀的弱化，还是儒家文明思想的整合和秩序，也同样是一个问题。”① 在当代中国这个呈现出前现代、现代、后现代文化特征的复杂社会实体中，在大众文化盛行的文化语境中，绝对没法用儒家文明来对其进行描述与概括。“……亨廷顿的文明冲突论的实质在于从西方中心论出发，维护西方中心话语和文化优势地位，并且为西方文化的‘主流话语场’确立新的世界地图的坐标。”② 在多元文化和多元权力格局确立的今天，这种狭隘的文化冲突论或是不切实际的文化趋同、一元论，都是缺少客观、正常的现实和理论支撑的，各民族文化间的差异整合以及多元沟通、对话、理解，才是世界各文明、文化今后发展的方向。

值得我们思考的是，虽然亨廷顿的理论未免夸张和片面，但从东亚国家元首提出的“亚洲价值论”以及中国文化界的“大中华文化圈”和出版界一系列的说“不”的图书（如《中国可以说“不”》《妖魔化中国的背后》）的热销等民族主义的回潮，也似乎可以为亨氏的担忧找到一定的依据。

---

① 王岳川：《后殖民主义与新历史主义文论》，85页，济南，山东教育出版社，2005。

② 同上书，73页。

（二）美国学者弗朗西斯·福山，其代表作为《历史的终结及最后的人》《大分裂：人类本性与社会秩序的重建》

他认为，自从苏联解体之后，美苏两个超级大国的对立以及意识形态的斗争已经消失，世界的冲突已经结束，西方自由民主政体由于其自身的合理性，最终战胜了各种潜藏危机的意识形态，如世袭的君主制、法西斯主义以及近代的共产主义，成为"人类意识形态发展的终点"和"人类最后一种统治形式"，并因此构成"历史的终结"，也就是文化根基的一元皈依。

这种观点显然忽略了世界上诸多现象的复杂性和历史发展的不同轨迹。秦晖指出，"全球化进程不始于今日。自从19世纪40年代英国军舰轰开虎门、马克思号召全球无产者联合起来，就开始了两种对立的全球化：资本主义和共产主义的全球化。冷战结束后这个对立告一段落。但世界既未'大同'，也不可能重建'铁幕'隔绝彼此。我们注定生活在一个有矛盾的因而是多元的地球村中，依然面临多种而不是一种全球化。冷战的教训是：不同的全球化不可能'谁战胜谁'"①。

第二节　两种主流文化态度：文化霸权主义与民族主义思潮

一、文化霸权主义、文化同质化

一种观点认为美国（西方）现代文化应该得以推广，引领世界而成世界文化。由此出现的学说，大体有英国学者约翰·汤林森《全球化与文化》《文化帝国主义》与美国学者罗兰·罗伯森《全球化：社会理论与全球文化》等。

英国学者汤林森的《文化帝国主义》主要涉及四个方面，即媒体帝国主义、民族国家话语、对全球资本主义的批判以及对现代性的批判。他提出"资本主义蕴涵了一个文化整体，由技术的、经济的、政治的、社会关系的、经验上的以及形象上的种种要素组合而成"②。文化帝国主义把媒体中介作为重要

① 秦晖：《全球化：问题与方法——多元化的全球化》，载《中国社会科学》，2003（2）。

② ［英］汤林森：《文化帝国主义》，冯建三译，52页，上海，上海人民出版社，1999。

的文化传播者，将意识形态、思想价值等扩散到第三世界。并且他认为，媒介是中性、平等地传播而不是“强加、制约、霸权、支配”，这一点不同于杰姆逊的后现代媒介批评理论。

后殖民学者把“文化帝国主义”看成是外来文化对第三世界、边缘国的本土文化的“侵略”，其实，说“影响”也许更准确些。文化帝国主义的范畴不仅是本土与外来文化的地理性的范畴，而更多的应该是代表传统与现代的时间、历史性的研究范畴，以全球性、历史性的眼光去强调文化帝国主义的同一性，而不是强调文化的差异性和民族性。所有国家都在全球化的过程中被整编，“被纳进‘民族—国家’体系与全球资本主义市场的次序，这是所有文化体在社会经济层面现代性的‘宿命’；但这个整编过程是一个结构的‘既成事实’，不是一个文化上的‘选择’，一了百了，永不可能回头地变动了文化的内涵，因为它所带动的是单方向的流动，从‘传统’到‘现代’的旅程”①。

二、后殖民研究、文化侵略说

1978年爱德华·赛义德的《东方主义》问世，开创了“后殖民”研究。赛义德的《东方主义》正是把19世纪欧洲的学术，尤其是西方学者关于东方（主要指中东）的历史和文化研究，与当时帝国主义侵略和殖民主义扩张的政治背景联系起来。“东方主义”是西方强权文明虚构、制造出的“东方”，作为西方的“被看”，西方成为话语权力的操纵者，通过赋予东方种种的文化想象，来实现西方文化的优越感。“东方主义者总是想改变东方的本来面目使其神秘化，这种做法是为了自己和自己的工作，也是为其所信仰的东方。东方主义将东方打碎后按西方的趣味和利益重组成一个容易被驾驭的‘单位’，因此，这种东方主义研究是‘偏执狂’的一种形式，是一种知识——权力运作的结果。”②

赛义德正是就“东方主义”的以上特征，指出西方为了自己的经济、政治、文化利益而重构东方，并通过诸种文化形式来规范西方对东方的理解，指出这实际上是种族主义思想、文化霸权和文化帝国主义的体现。他写作此书的目的在于想要超越宗主国政治、经济、文化与边缘国文化的明显的二元对立，

---

① ［英］汤林森：《文化帝国主义》，冯建三译，265页，上海，上海人民出版社，1999。

② 王岳川：《后殖民主义与新历史主义文论》，45页，济南，山东教育出版社，2005。

试图消除非此即彼、二元对立的东西文化冲突模式，不是要用一种新的权力中心来消除原有的权力中心，而是要打破“中心—边缘”的模式，从而使东西方建立起对话理解、文化互渗、多元共存的后现代格局，共享文明资源，你中有我，我中有你。

但是，充满悖论的情形是，很多人对赛义德的《东方主义》这本书是充满了无意或是故意的误读的，有一些第三世界国家的民族主义者，他们大量翻译甚至改译这本书，使这本书成了强调东西方文化差异甚至是反西方色彩的著作，很多人因此把赛义德看成是代表东方向西方发起反抗和挑战的人物。《东方主义》正是站在文化多元主义和批判西方的“东方主义”的立场，但赛义德并不是赞同民族主义式地对抗西方霸权，更不是要煽动东方种族主义的情绪，而是试图用多元对话、共生来打破东西方不平等的对峙，消解“中心—边缘”的文化格局，试图建立一种超越东西方利益的全球性的各民族文化相互融合的立场。

同时，赛义德的《东方主义》又存在着一些矛盾，比如他在批判东方主义歪曲了东方世界时，就是隐含地承认存在一个可以真实再现的东方，但他却不断引用福柯的“话语权力”“知识——权力”等观点，认为世界上任何知识都是认知主体建构的，坚信“一个文化体系与文化交流通常并不包含‘真理’，而只是对它的一种表述”。但这样也就谈不上西方的东方主义者对东方的想象和歪曲了，因为任何关于东方的再现都不能是客观、真实的。同时，他断言西方用二元对立的东方主义观点来看东方是一种霸权，但没有看到西方思想界并不是完全一体、统一的，西方文化内部有多元的形态，有史以来便存在着诸多的反对西方霸权的理论，没有看到一种文化内部本身的复杂、矛盾、抗衡、多元的状态。

其实，文化之间都可能因为隔着种族、民族、语言和历史的鸿沟而缺少共同性和普遍性，而西方学界、文化界对东方文化的认识的偏颇，就一定会体现带有殖民主义色彩的“东方主义”？都只是在论证西方文化比东方文化优越吗？

许纪霖在其文章《“后殖民文化批评”面面观》中认为后殖民批评的最大问题是它的泛意识形态性，把所有的学术文本都看做是意识形态的文本。而且他认为即使西方作者的认识和学术话语中出现“东方主义”，也不必大惊小怪，正如中国人在认识西方时也免不了“西方主义”一样。“西方文本是否成为客观化的后殖民话语权力，主要不是取决于西方人的主观意图，倒是要看东方人如何对待人家的东西。假设第三世界的学者以一种自卑的殖民地心态将其奉若神明，真的变出一个什么后殖民主义文化霸权来，这能怪谁呢？”他进一步剖析中国的后殖民批评者在潜意识中有一种报仇雪恨的心理，以意识形态的二元对立关系来把所有的话语形态和关系都视为权力的关系。他指出实际上无论西方文明还是中国文明都是极为复杂多元的复合物，西方文明内部之间的差异，有时比与中国文明的差异还要大。“所谓‘东方文明’纯粹是按照‘西方文明’的对立思路杜撰出来的莫须有的捏造。”①

一些学者主张坚守与发扬民族文化，强调保持世界多元文化的态势。由此出现的学说，大体有：美国学者、东方人赛义德的《东方主义》、法国学者阿尔芒·马拉特的《全球传播与文化特权》等著述以及因之发生的“后殖民主义学说”，对美国为首的西方文化及其对东方的态度进行批判与攻击。他们认为当代世界的“帝国主义”的表现，已经不再是对第三世界国家和边缘国家进行领土的征服和运用武装力量来进行明目张胆的殖民侵略，而是注重在文化领域里进行所谓的文化殖民主义，即运用意识形态、经济、价值观念、文学艺术等文化载体来征服后殖民地的人民，这种批判的矛头往往指向西方发达国家，或直接针对美国，于是，“文化帝国主义”“文化霸权”“文化侵略”等名词成为当代文化批评领域里出现频率很高的概念。

“文化霸权”这个词随着后殖民批评等思潮的涌入，渐渐被中国学者关注。在我们中文的语境中，这个词很容易让人望文生义，因为“霸权”总是让人联想到暴力、欺压和强制因素，其实这个词跟这些因素并没有关系，相反倒是以从属集团颇为自觉接受、无意识地认同、潜移默化地整合出一套世界观为基础。“文化霸权意指代表某一历史集团利益的意识形态力量，为取得政治、知识和道德领域里的领导地位，不断与其他力量冲突、商讨、妥协以及接合的过程。”②

其中的悖论便是，如果世界上其他民族的人们自愿并普遍地接受甚至强烈欢迎一种文化，在不影响、危害他人，而且是在法律允许的范围内，那这种文化的接受并非是强制的，又怎么能称为“霸权”呢？而强制他人不能接受某种文化，相对来讲，倒有了些“霸权”的味道。

有学者认为今天的世界名为文化多元化，实则文化一元化。西方所谓“强势文化”作为强权政治的伴生物，强力地渗透到了世界的每个角落，使世界人民普遍接受了的西方世界的价值观。其实这种担心是多余的，人对价值、信仰

---

① 许纪霖：《“后殖民文化批评”面面观》，载《东方》，1994（5）。

② 赵一凡等主编：《西方文论关键词》，549页，北京，外语教学与研究出版社，2006。

等文化或是意识形态的选择，如果在完全自由的情况下，大多数人都会有趋利避害的选择机制，而具有普世价值的合理性的文化，自然会成为大多数人的选择。而“现代性、自由、民主”等看似西方的制度性文化，莫不如说是人类共同的需要，不过是西方告别了中世纪神权专制的黑暗时代，先进入到了这个阶段而已，怎么又能说这只是西方的独有的文化呢？如果人们自愿选择这些，又怎么说是“霸权”呢？如果我们为了保持所谓的民族性，或是认为世界会以牺牲其丰富性为代价，而呼吁甚至“强制”某些国家的人们保留着如“贫困、愚昧、独裁、闭关锁国”等自身本土所具有的传统文化特征，那才是真正的“霸权”。

陶东风认为在经济与文化密不可分的时代，文化就是经济，经济必含文化，而我们就必须对于所谓“文化霸权”这个可疑的概念进行分析。“现在的世界上的确存在弱势文化与强势文化的差别，问题是强势文化不必然是应该反的，而弱势文化也不必然是应该保护的。另一方面，衡量一种文化是否已经成为‘霸权’应该有多种角度，在民族国家探讨文化霸权当然无可厚非，但是也应该在民族国家内部界定与批判文化霸权。在国际文化格局中处于边缘地位的文化话语，在一个民族的内部语境中可能依然是中心、霸权；在许多西方民主国家已经成为从属地位的文化，在一些第三世界国家可能依然稳居霸权地位。”①

其实，正是因为民主制度保障思想和言论的自由，包括批判任何主流文化、霸权文化和这种制度本身的自由，所以在西方学院里可以产生对西方传统、西方主流、强势文化的激烈批判。如果我们不是具有这种独立的批判意识，而是简单地把别人文化中的“问题”直接嫁接在我们自己的本土文化语境中，就会出现问题的错位甚至遮蔽本身的问题。

---

① 陶东风、徐艳蕊：《当代中国的文化批评》，142页，北京，北京大学出版社，2006。

第五章　全球化背景下的当代中国文化状态与趋向

第一节　全球化与中国身份

一、后殖民主义、保守主义、民族主义与中国现代性

“文化身份”“民族身份认同”是西方文化研究的重要问题，它尤其是后殖民理论关注批评的主要焦点。文化身份意味着一种文化与他种文化相区别的文化品格和文化精神，是民族国家用以维护其政治统一的国家机器之外的一个民族的想象的共同体、集体无意识，必须依赖于本民族的文化传承才能实现其文化的统一。

一种民族文化伴随着历史的进程，必然对自身身份进行重新书写和选择，也就是所谓的“民族身份认同”。这种身份认同往往“在强势与弱势文化之间进行集体身份选择，由此产生了强烈的思想震荡和巨大的精神磨难。其显著特征可以概括为一种焦虑与希冀、痛苦与欣悦并存的主体体验”①。就中国而言，在现代化过程中，面对全球化进程中的文化身份，就要面对自我身份定位的焦虑。第三世界国家的文化身份的合法性，更是成为其对抗文化霸权的前提。但民族身份认同的目的，是在当代全球化的世界中，建立与西方对话的新的世界格局，从边缘化走向非边缘化，从冲突、差异、对抗走向理解、对话、和谐，这也需要我们在“全球化”和“本土化”的矛盾统一中，不断准确地确认自己的文化身份。既不能走向文化的全盘西化，也不能走向狭隘的民族主义、闭关锁国。

可以说，中国学者对后殖民理论的关注和兴趣，是因为它非常直接地涉及中国学术界自身的身份认同。赛义德的《东方主义》一书最早出版于1978年，但直到20世纪90年代中后期，国内有影响的各种刊物才陆续推出与之相关的

---

① 赵一凡等主编：《西方文论关键词》，465页，北京，外语教学与研究出版社，2006。

文章，引起了相当大的反响。后殖民理论的出现，打破了20世纪80年代以来中国学术界对中西方文化关系的思考模式——当时对中西方文化研究的焦点是关注文化领域的思想解放运动，关注中国的现代化问题，批判新中国成立以来的“左”倾思潮和自身文化历史遗留的问题。而对这些进行反思的批判武器，都是来自西方的现代性理论，也就是说这一时期，其实是延续了中国五四时期以来的启蒙主义和自由主义思潮。“拿来主义”和“奋起直追”是当时学术界和文化精英层的心态。这体现了“现代性”理论的基本特征，是在国家民族内部思考和解决政治、社会、文化的诸问题，而不是像后现代理论关注全球化、关注世界体系中各国间的文化关系。

而出现在西方学术界的“后殖民”研究，是在世界范围内从中心国和边缘国的角度来进行文化批判。“后殖民”研究在中国内地迅速流行起来，中国学者转而开始关注民族文化身份问题、建构本土文化问题以及摆脱西方文化霸权的问题。中国的知识界开始把眼光从20世纪80年代的从传统文化和中国自身的历史中去寻找中国沦落为“第三世界”的原因，到近年来后殖民理论家们把这个原因归咎于“不平等的世界格局”“西方的文化霸权”，等等，打破了传统对现代化和现代性的理解，即中国与西方的经济、文化领域的差距是时间上的，我们也会在将来由落后走向先进，但后殖民理论却把这一问题变成了空间性的、共时性的问题。

徐贲指出“后殖民批评”在中国文化界兴起的原因：“1989年以后，商品经济大潮的兴起和政治冷淡反映在人们的生活态度中……中国文化及文学理论和批评也明显地非现实政治化了。它放弃了前一阶段政治性很强的文化和思想讨论。尽管它没有彻底放弃批判，但却不得不为其批判选择一些无风险或低风险对象，诸如商品文化、人文精神的失落、西方文化的‘东方主义’等等。”① 在20世纪80年代，知识分子原先批判的对象是极“左”的官方意识形态与传统文化，而到了20世纪90年代，原来的批判对象由于各种原因不可能再作为批判对象，取而代之的便是新兴的市场经济与西方资本主义。同时，徐贲指出：“由于中国的政治体制和结构，本土知识分子在本土范围内实际上是处于权力的边缘，他们的自我增势的唯一途径就是加入官方权力。但这也同时意味着失去‘知识分子’的独特身份。要想既保持知识分子的独特身份，又摆脱彻底边缘的无力感，进入具有代表权的中心话语地位，知识分子便需要有一个能

① 徐贲：《走向后现代与后殖民》，221～222页，北京，中国社会科学出版社，1996。

为之代言的群体，而‘民族’也就顺应了这一需要。……本土主义知识分子的自我增势的基本策略不是对本土官方的中心地位直接质疑和挑战，而是把官方和他自己放到同样‘弱势’的地位上。”①

与此同时，学术界、文化界兴起了对“现代性”的反思与“国学”热，文化民族主义回潮。“从20世纪90年代初开始，‘国学’研究开始在中国大陆悄悄兴起，各种各样的‘国学’研究刊物不断问世；数量可观的关于传统文化研究的论文与专著相继发表或出版。与此同时，不少文化人开始抵制西方文化影响，反思五四以来激进的反传统的文化革命的失误，重估‘现代性’和以现代性为核心的启蒙话语。‘东方文化复兴论’重新出笼，有人断言：21世纪是中国文化的世纪，我们应该让下一代从小就系统学习‘四书’、‘五经’，以重建国民的‘人文精神’。新的国学热、弘扬热正在冲击中国大陆：从官方到民间、从海内到海外、从学术界到商业界。这与20世纪80年代文化与学术界继承五四传统、批判传统文化、高扬西方现代性的精神气候恰成鲜明对比。”② 如学者张宽在介绍赛义德的文章里，把西方主义定义为“中国的学术界在西方强势文明冲击下，产生出来的一种浮躁的、盲目的、非理性的对待西方文化”③ 的态度。他在《离经叛道》中转引这样一种观点：“西方文明可以说是压迫性的文明。”最后得出“也就可以说西方经典是压迫他人的产物”④。其《关于后殖民主义的再思考》中指出“相当一部分近现代中国知识分子，对于殖民话语缺乏必要的警惕，在接受启蒙话语的同时，一并接受了殖民话语，从而对自己的文化传统采取了粗暴不公正的简单否定态度”⑤。以种族和历史来分好坏，本来就是不客观的，世界是在不断向前发展的，历史上的绝大部分文化也都是压迫人的，正因为如此，人类发展到现在，越来越多的文化才更尊重人的平等和尊严，这种对西方文化简单的否定，就等于否定了西方文化创造出来的对人类有价值的正面的东西。

---

① 徐贲：《走向后现代与后殖民》，200页，北京，中国社会科学出版社，1996。

② 陶东风、徐艳蕊：《当代中国的文化批评》，131～132页，北京，北京大学出版社，2006。

③ 张宽：《欧美人眼中的“非我族类”》，载《读书》，1993（9）。

④ 张宽：《离经叛道》，载《读书》，1994（1）。

⑤ 张宽：《关于后殖民主义的再思考》，《原道》第三辑，北京，中国广播电视出版社，1996。

赛义德的后殖民理论被拿来当做反思与批判中国思想史上的启蒙主义，在中国的后殖民理论者的话语解释框架中，中国现代化、文明化的过程，伴随着后殖民理论的引入，成为西方殖民扩张的过程，而且已经深入到人文科学领域，第三世界的知识界应该抵抗的是人文科学领域的后殖民因素，而启蒙主义与反传统被解读为殖民主义或后殖民主义。五四以来的反传统思潮与学习西方的启蒙过程，成为中国自身身份丧失的过程。近现代中国学者们引进西方的民主、科学、自由等先进的制度、技术以及观念，目的也不是为了彰显西方文化的伟大，而是为了使落后的中国变得更强大，与赛义德的“东方主义”毫不相干。赛义德的后殖民批评属于西方学界的产物，他反对的即是把东方和西方对立的二元模式，可中国的后殖民批评依然是用这种模式，只是用来分析西方的现代性罢了，并没有用超越的、全球性的立场来看待现代性的构成，这种反思现代性的话语，依然不是中国本土的，而是纯粹西方的。无论是东方主义还是其他西方后殖民理论，我们都应该审慎地对待，不能简单套用来否定中国的启蒙主义。

在王一川、张法、陶东风、张荣冀、孙津五人对话式的文章《中心·边缘·东方·西方》里，陶东风分析了近年来中国学术界东方主义、后殖民主义话题流行的社会文化背景，指出这与当前中国学术界流行的文化保守主义东方文化复兴论、世界政治新格局下的民族主义等有关。

张隆溪就张宽等人的观点指出，不能“在反对19世纪西方殖民主义的同时，又把20世纪的当代西方理论作为判断东方问题的标准”①。并引用鲁迅的话指出“多有不自满的民族才是有希望的民族”，“宁愿多批判自己的文化传统，而不愿在责怪西方之中得到廉价的自我满足”。

徐贲指出后殖民理论在中国的不适用性，他对比印度等第三世界国家，其后殖民理论是“反压迫”，批判的主要对象则是民族主义和官方话语的结合以及殖民权力形态在独立后的本土政权中的遗留，所以后殖民理论的“出发点也正是特定生存环境中人们所面临的切肤压迫和现实反抗”。“与西方及其他一些第三世界国家的后殖民批判相比，中国第三世界批评的核心是‘本土性’，而不是反压迫。尽管它也谈反压迫，但那是指第一世界对第三世界的话语压迫。”② 他认为这实际上是回避了存在于本土社会现实生活中的文化压迫，认

① 张隆溪：《关于几个时新题目》，载《读书》，1994（5）。

② 徐贲：《走向后现代与后殖民》，222页，北京，中国社会科学出版社，1996。

为这种只有“国际性”而没有“国内性”的“对抗性”批评，是舍近求远、避实就虚的做法，可以和官方民族主义相安共处，并“提供了一种极有利于官方意识形态控制和化解的所谓‘对抗性’人文批判模式”。

王宁认为与其将西方后殖民主义说成是真正的对抗性文化策略，还不如说这种理论中的论辩性多于对抗性。因为，“挑起后殖民主义讨论的一些批评家并非真的来自西方列强的‘前’殖民地国家或称‘后殖民地’国家，而是一些虽有第三世界血统（如赛义德和巴巴）或在第三世界接手了基本教育（如斯皮瓦克），但他/她们实际上是在第三世界的主流话语圈内身居高位并在逐步向其中心运动的知识分子精英贵族，因此他/她难免不带有明显的‘文化优越感’，或者说，他/她们本身也处于一种难以摆脱的两难：一方面，作为有着东方或是第三世界民族血统的知识分子精英，他/她们与真正的主流理论家格格不入，因而无时无刻不试图向居于‘中心’地位的西方主流文化发起进攻，以寻找契机步入‘中心’；但另一方面，由于他/她们操持着纯正的第一世界‘英语’，有着收入丰厚的第一世界的薪俸，因而难免不流露出某种身份上的优越感，而与之相比较，那些真正的‘第三世界’批评家或‘后殖民地’批评家，则使用的是带有当地语音和语法特征的第三世界‘英语’。这样的批评应该说仍然是一种第一世界内部的话语主导权的争夺，与真正的后殖民地批评相去甚远，因而自然是一种新殖民主义”①。后殖民批评其实还是一种改良了的西方话语，并不是真正的第三世界批评，这些具有第三世界背景和第一世界处境的知识分子，对西方文化霸权不满，但他们的知识谱系和教育背景，却又深受这种文化的影响和制约。

赛义德的后殖民理论的两个出发点，一个是在西方学术界的话语中的“东方主义”经验，一个是关于阿拉伯世界和印度的实际经验，但中国并没有阿拉伯和印度的殖民过程，也并不在西方或是美国等资本主义第一世界，当我们使用赛义德后殖民理论中“第三世界”这个笼统的概念时，是很容易在我们的文化语境中出现错位和脱节的。

西方文化理论产生在西方国家的社会文化关系中，批判的是他们本土语境中的支配性压迫力量，移植在中国的语境中是值得我们思考的，如果我们不假反思和选择地套用在中国本土的现实问题中，会出现不适用与偏颇，失去了原来的实践品格和批判精神，甚至可能出现他人的问题冲击或是遮蔽了本土的文化现实。西方文化领域对现代性的反思，是从现代到后现代的研究思潮的转

① 王宁：《超越后现代主义》，39页，北京，人民文学出版社，2002。

变，是西方社会和文化内部的转变，是其自身时代性的转变，进而再转到后殖民主义的研究上，我们不能把这种始于西方社会文化领域的问题变成一个全球问题，甚至是中国的问题。

二、自由主义的民族主义之路，现代性的多元多向性思维

近年来，民族主义在为第三世界国家反对西方大国霸权提供思想依据和力量的同时，也以其极端的排外性和种族对立，日益成为当今世界冲突的祸根和不稳定因素。融合自由主义和民族主义两种原本对立的思想意识形态，主张一种与极权和威权的民族主义形式相区别的自由主义的民族主义，吸收自由主义理念而更加温和、理性，在全球化的过程中，让新的“全球化”与新的“本土化”共生，应是一种可取的方略。

对于中国来说，近年来也出现了民族主义、保守主义等文化势头。随着资本主义全球化的不断推进，西方发达国家的中心化与第三世界的边缘化的差距日益明显，中国也不可避免地卷入到全球化的过程中，而中国知识界和大众中的反美情绪也在日益高涨，“国学”热开始回潮，民族主义思想抬头。有些人盲目自大，声称“21 世纪是中国文化的世纪”，还有一部分人则是一味排外，用一种二元思维来看待中国与西方、中国与美国。其实，文化的冲突，其核心是价值观的冲突，在全球化时代，我们要做的“不是消除不同的价值观，而是提倡更好地理解、更好地尊重别的文化”①。

对于前现代、现代、后现代的历史文明进程交织着的中国，面对国际社会各方面的强烈竞争，最重要的是发展，而发展就是要不断追求现代化，把一个很大程度上还是前现代的国家建成一个现代性的国家。“因为，现代性是由一系列的现代性观念和制度体现出来的，现代化无非是现代性在物质、制度、观念层面的增长与扩展。”②

> 中国后现代与西方后现代有着千丝万缕的联系，或者说中国后现代具有类后现代性，即它因为经济地位落后的原因正在走向后现代，但其文化的超越性和精英们引进的急迫性，又使它具有较明显的后现代特征。因此，经济的复苏，文化的振兴，传统的强盛，意识话语的

---

① ［丹麦］奥斯特罗姆·莫勒：《全球化危机》，贾宗谊等译，258 页，北京，新华出版社，2003。

② 沈湘平：《全球化与现代性》，255 页，长沙，湖南人民出版社，2003。

权力，市民文化的崛起和乡村文化的落后，在这多元的差异的调色板上，中国后现代显得步履蹒跚，步调也难以和谐，故而文化交锋是不可避免的。正是因为这种不可避免，所以跨世纪对话才尤有必要。而且，在对话时既不能采取民族或民粹主义去搞封闭，也不能采取中心主义的态度去做非此即彼的二元对立，甚至认定自己天生就拥有判断失误优劣的恒定的权力；相反，应承认个体的差异，强调达到共识合理的具体步骤的合法性。在思维论上中国似乎更应走向多元多向思维，在价值论上走向新个体性，强调个人的选择及对此选择负责。①

第二节 文化全球化进程中的中西文化融合与新世纪的多元共建

一、文化侵略说、文化霸权说的悖论

在全球化时代，有些中国学者不断强调要警惕西方文化霸权和文化的“殖民”，并用一种二元对立的思维与话语模式来看待中西文化的不同。世界文化中的中心、边缘的格局是如何以及以何为基础形成的？西方对于东方以及世界其他地区的所谓“文化殖民”，是基于文化上的种族偏见，还是基于资本自身的逻辑？陶东风认为“西方文化的扩张从根本上说是资本主义现代性的合乎逻辑的结果，它主要不是起于对东方或其他非西方民族的文化偏见，而是起于资本本身的扩张逻辑。资本的本质就是扩张，不扩张不成其为资本。这就可以解释为什么最早进入现代化进程的西欧国家，其殖民的对象恰恰不是亚、非、拉各国，而是东欧。东欧是最早成为第三世界的国家，也是最早被殖民的国家。资本的逻辑是不分族类的，两次世界大战也同样说明了这一点……”②

二、反全球化浪潮与极端民族主义的兴起

世界各国人士对全球化的进程历来是充满了争议和分歧的，有支持全球化的观点，认为全球化是世界范围内的市场经济发展的大趋势，是科技进步和经

① 王岳川：《后殖民主义与新历史主义文论》，151页，济南，山东教育出版社，2005。

② 陶东风、徐艳蕊：《当代中国的文化批评》，165、166页，北京，北京大学出版社，2006。

济发展的必然结果，资本、贸易、金融、信息技术等要求冲破地区的壁垒，进行全球的流通，而使利润最大化，各国经济特别是发展中国家的经济也加入了飞速发展的行列，“市场”和“民主”都得到普及，消除世界的贫穷与落后，达到共同的和平发展。也有与其对立的反对全球化的观点，尤其是近年来，全球化的进程逐渐表现出复杂的形态，而反对全球化的声音也逐渐增多。他们认为全球化的弊大于利。

在经济方面，虽然全球化不同程度地推动了世界各国的经济发展，但是发达国家才是赢家，因为全球化是以资本的推进为动力，是由西方资本主义强国的跨国公司来操纵，由于其在财富分配、就业和全球发展方面的不受限制以及资本不顾一切的利润追求和盲目扩张，资本主导的全球化并不注重社会财富的分配和就业、发展问题，导致世界范围内的贫富差距进一步被拉大，经济发展和利益分配的更加不均衡、生态环境由于资源盲目开发导致的恶化和市场的无序恶性的竞争等。认为全球化其实是发达国家在全世界掠夺生产资源，而跨国资本借助在全球配置资源的竞争优势，利用发展中国家劳动力价格与发达国家劳动力价格差异来赚取利润，不但使发展中国家劳工的权益受损，也同样使西方在与大量廉价劳动力的竞争中失业人数增加。

在文化方面，反对者们认为全球化给世界文化的多样性和地域、民族文化造成了破坏，弱势民族的文化在强势国家的文化工业体系的冲击下，正趋向单一化，如文化的好莱坞化、麦当劳化，消费文化成为主流。这必然会引发世界各国文化面对全球化带来的文化的冲突与融合、差异化与同质化、民族文化的认同危机等问题。

任何问题和事物都有两面性，当然全球化也不例外。无论是情绪化的价值判断，还是学理化的现实分析，都有其存在的合理性和必要性。但处于全球化进程中的人们，正在遭遇一种日益猖狂的威胁，即狭隘、极端的种族主义和民族主义。

民族主义在近年的兴起，也是由于随着“冷战”的结束，世界东西方的军事和意识形态对抗的基本框架也随之结束，民族主义越来越被民族国家作为争取自身利益体的表述方式。如果在尊重其他民族的前提下，适度、理性、健康的民族意识和民族自尊心，是一个民族和国家在国际社会中维护民族尊严和国家独立的必然要求，这种开放、温和、包容的民族精神和爱国主义情感，正是一个国家民族凝聚力的最好体现。“只要有可能，国家和政权都该把握每一个机会，利用公民对‘想象的共同体’的情感与象征，来加强国家爱国主义。”①

但是，近年来激进的、极端的民族主义在世界各地都有抬头的趋势，这主要源于全球化的过程中，各民族、国家之间的交往比以往的任何时候都多。而全球化由于是西方发达国家主导，很多时候都呈现为一种不公平的经济、政治、文化秩序。发展中国家或是边缘国为了维护自身的利益，保护和发展本民族的文化认同感和文化多样性，往往采取唤起民众的民族主义情感来对抗发达国家。但一旦过度，便有可能成为一种极端的方式。

可以说，“全球化侵蚀了原有的民族国家认同，为地区民族主义的兴起提供了外部条件。其根本原因是强烈的民族自卑与自豪交织的情绪在新的历史条件下的重生”②。“以原教旨主义为代表的极端民族主义有时是一种绝望的反射，因为挫折和怨愤，它可以把国家衰弱的过错或战败的耻辱，全部推给帝国或者国内政敌，唯有这样，才能为国政衰败找到合理解释。面对错综复杂、难以收拾的局势，人们的失败感和无力感如此深切，先前坚信不疑的意识形态、政治方略在瞬间瓦解成碎片，无法不让他们产生绝望情绪。极端主义即使不是绝望的必然反射，仍然可以适时地在民众的理想落空之际，填补人们心灵上大片空白。”③

所以，在全球化的背景中，一个民族如何能够在增强自信心和自尊心的同时，又能够保持开放、包容、理智的心态来和不同民族文化交流、融合甚至碰撞，这需要世界各民族之间建立起公正、平等的交往模式，在经济、文化上共同和平发展。

三、多元、理解、沟通、基于差异的互补，共建和谐地球村

伴随着全球化的发展，人类社会已经进入了全新的知识经济时代。文化的竞争实力更多地来源于科技的进步、经济的发达、文化的创新能力等实力，中国虽然还属于发展中国家，比较缺少这种竞争的优势，固然有着丰富、久远的传统文化资源，却难以形成文化产业上的优势。所以，让民族文化进入国际文

① ［英］埃里克·霍布斯鲍姆：《民族与民主主义》，李金梅译，107页，上海，上海人民出版社，2000。

② 云德：《全球化语境中的文化选择》，107页，北京，人民文学出版社，2008。

③ ［英］埃里克·霍布斯鲍姆：《民族与民主主义》，李金梅译，173页，上海，上海人民出版社，2000。

化市场进行产业运作，才是提高本国文化传播和交流的有效手段，而且是体现国家综合实力，也是其获得全球影响力和提升国际形象的必要条件。

有的中国学者强调经济的全球化会导致文化的一元化，但中国的现实情况证明了他们实际上是多虑了，我国加入WTO后，参与到全球市场经济的竞争和运作中，无疑在这全球化过程中，我们的文化也更加多元。

然而现在有些学者喜欢把西方的问题当成是我们的问题，于是这种假问题便掩盖、回避了我们的真问题。“人类的危机首先是理解的危机。当人们运用整体的观点、批判的观点省察、认识现代西方文明发展的局限性的同时，也就更多了一种文化的视野、一种全景式的大范围综合想象力与明辨力。”① 但如果把西方这些学者对现代性的批判，直接拿来放在中国的文化语境里，我们想说，在中国大部分地区还处于物质和精神、文化与体制都还是前现代的情况下，现代性的很多优秀的艺术自由、科学理性、民主政治等特征难道就一定是西方所特有的吗？还是人类文化只是要在不同的时期，均会分前后达到的状态？我们可以说，在物质层面或是制度层面的现代性，中国迫切需要的正是这种全球化的过程。而精神层面、价值观念、宗教层面等，有学者认为本土的文化会在西方的各种媒介的信息倾销中，被这种“权力话语”抹平差异，整合为同一种观念模式和价值认同，将丧失民族特性而归于大同：“这种抹煞民族性而张扬全球性的做法，或许能使欠发达国家在科技经济方面得到发展并缩小与发达国家之间的差距，但在文化方面却导致巨大的文化表征危机和价值认同危机，从而在西方‘他者’经济文化双重压力下，产生出‘集体记忆’重写和‘民族性丧失’的双重困境。”② 这种看法，过于侧重国家或民族的地域性个性，而偏颇了文化本身普泛性现代内涵。

文化与文明的不同。就一定可以用东方或是西方、美国与中国来作为区分与对立的标准吗？在不同之处，随处可见沟通和交流理解的可能性。每一个人的思想的复杂性和变化性，并不是种族、阶级、性别、民族可以统一归类汇总的，同民族同时代的人对待一件事物的看法绝不会都相同，而不同种族国家的人们对待很多一些问题却有共同的价值取向和需求。与其强调东方与西方的区别对立，不如看到文化、思想的不可强求性，也就是我们既不可强求全世界的文化都同质化为西方抑或美国的文化，更不可一味强求文化的单一性和对立

---

① 丁亚平：《艺术文化学》，24页，北京，文化艺术出版社，2005。

② 王岳川：《后殖民主义与新历史主义文论》，120页，济南，山东教育出版社，2005。

性，而不许文化的互渗和多元。一旦我们用文化相对主义的观点，否认不同文化之间有任何普遍性和共同性，也就否定了人类的不同文化之间有交流和沟通的可能性。

经验事实是，中国有其自身的文化传统、社会结构，无论全球化时代经济、文化是如何跨国渗透，中国的这些传统都是在变化，但不可能消失殆尽。有些学者担心西方社会中的“文化霸权”和支配性的力量，会因为全球化的过程成为我们自身的文化霸权，但经验说明，中国和西方的差异还是很大，在西方成为文化霸权的，在中国还处于边缘和弱势，并没有在各种领域里体制化或是成为压迫其他文化的力量。全球化时代资本的跨国运作，伴随着文化的渗透，有可能给中国本土文化造成各种冲击，但我们不能把我们本土文化自身存在的复杂性的问题，一味跟全球化联系在一起，中国社会是农业社会、工业社会、后工业社会的杂糅，是前现代、现代、后现代的交汇，它兼具这些因素，但又不是其中任何一种。正是这种杂糅性、拼贴性和复杂性，构成了全球化过程中的中国当代文化特征，亦古亦今，亦中亦西，不可能再用纯粹的中国文化的概念来与西方文化做思维与话语模式上的对立。

对于中国人来说，“追求‘天人合一’为一种理想的境界，而在‘天人’之间的社会规范就是‘和’。这一‘和’的观念成为中国社会内部结构各种社会关系的基本出发点。在与异民族相处时，把这种‘和’的理念置于具体的民族关系之中，出现了‘和而不同’的理念。这一点与西方的民族观念很不相同。这是历史发展的过程不同即历史的经验不一样。所以中国历史上所讲的‘和而不同’，也是我的多元一体理论的另外一种说法。承认不同，但是要‘和’，这是世界多元文化必走的一条道路，否则就要出现纷争。只强调‘同’而不能‘和’，那只能是毁灭。‘和而不同’就是人类共同生存的基本条件”①。

我们在全球化的今天，应该延续中国文化中的“中和”的观念，在文化上表现为文化宽容和文化共享。全球化的理想状态应该是“各美其美、美人之美、美美与共、天下大同”。

---

① 费孝通：《创建一个和而不同的全球社会》，载《思想战线》，2001（6）。

第二编
中国当代文艺思潮的发展演变

本编分上、下两大部分。

上编对当代中国文艺思潮作总体概览，分三个阶段：第一，新中国成立至20世纪70年代末；第二，20世纪80年代；第三，20世纪90年代至今。下编分领域细述，聚集于文学、戏剧、电影、电视、音乐、美术、设计等艺术门类。

上 编

从“文化大革命”结束前的文艺受制于政治，到之后的激情释放理想，再到20世纪90年代精英主义退场和个体化创作的兴起，中国当代文艺与当代历史一致，历经低潮曲折，也经历充分张扬发展的阶段。但是，纵观20世纪下半叶，中国并没有一条持续贯穿的明确思潮或线索维护文艺自身的发展和意识形态的更新，一方面是由于全球化大环境对发展中国家的冲击和影响所致，另一方面也源于当代文艺始终没有确立自身的意识形态。

新中国成立初期的文艺一派歌功颂德、歌唱美好家园的景象，社会主义现实主义在国家政党意识形态的许可下得到发展。但是自从“反右”开始至“文化大革命”结束，文艺遭遇政治寒冰期，虽然在政治稍有松动的情况下，出现过文艺探索的灵光乍现，但总体上来说，这个时期的文艺，主题基本上以歌颂历史、颂扬领袖的英明领导和描绘无产阶级的幸福生活为主，能广为流传的文艺作品在价值上一律是政治口号的图解。艺术家也遭到了程度不同的迫害，这对中国的文艺发展造成了巨大的损失。值得注意的是，有一股不可忽视的潜流在“地下”活动，它们在小范围内得到生存，显示了艺术的顽强生命力。承接20世纪30年代的文艺脉络，批判现实主义和现代主义的作品均有继续的探索。尤其发生在文学以外的艺术领域。

“文化大革命”结束，文艺解除了政治枷锁，压抑多年的情绪和创作能量得到充分的爆发。作品主题充分扩展，艺术表现形式也大为丰富。文艺得到多层次的发展：现实主义文艺延续拓展，现代主义勃兴演变，后现代主义思潮初登舞台。大体上，“文化大革命”结束到20世纪80年代末这一时期可以分为两个阶段，以80年代中期为界。此前以“人道”“伤痕”“反思”为主，直面现实，反思传统文化和正统文化，反思历史、现实和人自身。此后受西方现代主义哲学和文艺思潮的影响，“启蒙”“人性”“现代性”成为此时期的主题。艺术活动以“运动”为形式，个人仍然在集体的名义下进行群体叙事。艺术形式上，无视中西方历史逻辑的差异，艺术成为各种西方“主义”的图解品，简单机械化操作使得艺术失落了自身。

到了20世纪90年代，理想主义激情与冲动散去，精英主义者渐而沉潜，退隐，或自居边缘，商业大潮带来了大众文化的兴起，现实主义萎缩，现代主义退潮，取而代之的是西方后现代主义文艺思潮。80年代末的受挫使得精英主义者开始放弃对精神、真理和终极关怀等超越性价值的追求。艺术作品空间叙事表现为平面化、当下化、琐碎化、形式化、无历史。艺术创作形式和作品主题一方面退居私人空间，另一方面，艺术家们开始向外看，寻求出路。与西方的后现代所消解的理性中心所不同的是，中国的后现代主义主要消解的是一元的官方意识形态，从这个意义来说，后现代主义对建立多元化社会起到推进作用。但是，中国社会启蒙并未完成，理性尚未建立，艺术在向传统与现代的反思与探索中寻求建立自身逻辑的时期，后现代主义思潮中颓废、消解的因素将对其产生破坏性影响。

第一章　生存于政治制约中的文艺

第一节　社会主义现实主义文艺思潮

一、现实主义思潮

社会主义现实主义是中国当代文艺的主潮，作为一种创作方法，它经历了从西方的现实主义到批判现实主义、社会主义现实主义等流变过程。

从中世纪文学和绘画的自然主义风格中执著于描画自然和现实开始到文艺复兴时期，现实主义都是文艺发展的一条重要线索。但是，真正作为一个文艺思潮概念被提出来却是在19世纪中期。法国画家库尔贝将自己被拒绝的作品贴上了现实主义的标签从而引发了一场论战，尚弗勒里也于1857年出版题为《现实主义》的文集，捍卫现实主义创作信条，其友人迪朗蒂又推出文学评论杂志《现实主义》，虽然昙花一现只出了六期，但因其文风极具论战性而产生了广泛影响。现实主义是在与19世纪初浪漫主义的论争中形成自己的理论体系的。它反对浪漫主义强调主观、强调理想化的创作倾向，提出艺术作品要忠于现实，反映现实。

现实主义创作风尚源于18世纪的英国小说，它区别于此前散文小说领域里虚构的传奇作品。它受启蒙运动思想的影响，认为人们可以对人类的行为与它的环境进行理性的描绘和研究。作品描写非贵族化的角色，随着工商业的发展而出现的英国非贵族化阶层就是这些作品的第一批阅读者。其中，亨利·菲舍尔的《弃婴汤姆·琼斯的故事》是18世纪启蒙时代英国小说的典范之作。

19世纪30年代，第一批重要的现实主义代表作出现在欧洲文坛，如司汤达的《红与黑》、狄更斯的《匹克威克外传》、果戈理的《钦差大臣》等。现实主义挑战的是浪漫主义的艺术成规，它迥异于19世纪前期的浪漫主义的理论主张和创作方法，彻底抛弃浪漫主义时期的理想主义和极其夸张的创作手法，转而注重科学态度，客观地观察生活，反映社会问题，关注现实人生，尽量追求历史真实而放弃追求艺术的美等。

批判现实主义这一概念是由苏联作家高尔基提出来的。此前，狄更斯、托尔斯泰、巴尔扎克的作品对19世纪资本主义社会的深刻矛盾做了生动的描绘并加以无情的批判。高尔基认为，这一时期的文学批判地再现了当时存在的社会制度和社会关系，解剖性地暴露和撕毁了一切假面具，他把具有“锋利的唯理主义和批判精神”的文学流派称之为批判现实主义。这些作品包括狄更斯的《双城记》《大卫·科波菲尔》，托尔斯泰的《战争与和平》《安娜·卡列尼娜》《复活》以及巴尔扎克的《欧也妮·葛朗台》《高老头》等。其中，法国现实主义文学大师巴尔扎克的作品总集《人间喜剧》可谓批判现实主义的鸿篇巨制，虽然巴尔扎克本人并没有直接标明他的作品是现实主义之作，但《人间喜剧》却是公认的批判现实主义的标杆。

巴尔扎克在《人间喜剧》中细致生动地描绘了19世纪法国广阔的社会生活，用现实主义笔法真实再现了1816年至1848年，也就是“王政复辟”到七月王朝期间广阔的社会图景。《人间喜剧》这个包括91部小说的庞大创作群，采取了分类整理和人物再现的方法，组合成有机的整体。作品分为“私人生活”“外省生活”“巴黎生活”“政治生活”“军事生活”和“乡间生活”等场景。这些小说中最有名的是《欧也妮·葛朗台》和《高老头》。这两部小说都表现了资产阶级的唯利是图、自私自利，揭露了资本主义社会人与人之间赤裸裸的金钱关系。巴尔扎克在实施他的伟大文学工程的时候，遵循着严格摹写现实的艺术原则，作品具有极高的史料价值，这也是现实主义作品的一个重要价值所在。恩格斯称巴尔扎克是位“现实主义大师”，“他在《人间喜剧》里给我们提供了一部法国‘社会’，特别是巴黎‘上流社会’的卓越的现实主义历史，他用编年史的方式将这一时期对贵族社会日甚一日的冲击描写出来，围绕着这幅中心图画，他汇集了法国社会的全部历史，我从这里，甚至在经济细节里面（诸如革命以后动产和不动产的重新分配）所学到的东西，也要比从当时所有职业的史学家、经济学家和统计学家那里学到的全部东西还要多”。“他的伟大作品是对上流社会无可阻挡的崩溃的一曲无尽的挽歌；他对注定要灭亡的那个阶级寄予了全部的同情。但是，尽管如此，当他让他所深切同情的那些贵族男女行动的时候，恰恰是这个时候，他的嘲笑空前尖刻，他的讽刺空前辛辣。”恩格斯认为这是“现实主义的最伟大胜利之一，是老巴尔扎克最重大的特点之一”。强烈的批判性是巴尔扎克作品艺术成就之根本所在。

经典的现实主义作家因推崇“性恶论”而具有浓厚的悲观色彩，他们认为国际政治领域中的利益对立和冲突受到人类本性中根深蒂固的客观规律的支配，是无法避免的。因此现实主义的一个特点就在于深刻剖析人性以及人与环境的多种关系，再现社会生活的真实，直接分析社会的经济关系，对现实做出尖锐的揭露和批判。在世界文学史上，19 世纪的批判现实主义文学，成了欧洲资产阶级文学艺术发展的最高峰。19 世纪 30 年代首先在法国、英国等地出现，之后波及俄国、北欧和美国等地，成为 19 世纪欧美文学的主流，也成就了近代欧美文学的高峰。

现实主义要求客观地、按生活的原貌真实地反映生活，排斥主观的想象。重客观的观点最早可追溯到亚里士多德在《诗学》中提出的模仿论，他认为艺术要按现实本来的面目去模仿。文艺复兴时期，达·芬奇也指出："拿一面镜子去照自然"，"按照自然规律来创造"。18 世纪狄德罗更具体地提出艺术是真与美的统一的观点。福楼拜认为，"伟大的艺术应该是科学的，客观的"，反对主观和个人情绪，并说："艺术家不应在他的作品里露面，就像上帝不应该在自然里露面一样"，只有不掺杂个人东西的艺术才能冷静地观察、反映社会和人生。

再现典型环境中的典型人物，这是现实主义理论的一项核心内容。概而言之，典型论欲求解决的即是文学人物的特殊与一般的关系问题。黑格尔和谢林为典型论的流播奠定了美学基础，黑格尔认为性格是理想艺术表现的真正中心，一个性格之所以引人兴趣是它的完整性，而完整性则"是由于所代表的力量的普遍性与个别人物的特殊性融会在一起，在这种统一中变成本身统一的自己"。浪漫派首先广泛使用这个概念，典型概念从浪漫主义转移到现实主义，与巴尔扎克和泰纳的转用相关。在《人间喜剧》的序言里，巴尔扎克自称为社会典型的研究者，而这部作品也是典型论的忠实实践者。巴尔扎克认为，人是社会的产物，环境可以决定和改变人，他总是着重描写环境对人物性格形成的作用。作品开头往往是在大段精细而富有典型特征的环境描写之后，再列出人物与情节。他的环境描写包括时代背景、社会风貌、人物关系和日常生活的物质条件。不同的环境成为不同人物性格形成与发展的依据。而性格再现环境：巴尔扎克的人物，是共性与个性的统一体，是时代本质的艺术再现。那些充满贪婪、野心、拜金、兽性的人物，都是时代的产物，都是现实生活孕育出来的，通过这些典型，再现社会的本质。《人间喜剧》通过老一代的高布赛克、过渡时期的葛朗台和青春期的纽沁根这三代人追逐金钱的经营史，再现了资本主义剥削方式的演进史，这也是资本主义由崛起到成熟、到统治全世界的发迹史，创造了欧也尼·葛朗台、高老头等著名的文学典型。泰纳则频繁使用此术语讨论社会阶层人物的性格，逐渐演变成现实主义最重要的理论概念。典型也是别林斯基论俄国小说时的常用概念，他认为典型性是创造的基本法则之一，没有它就没有创造。“熟悉的陌生人”是别林斯基提出的关于典型的著名命题。他的典型理论发展和深化了批判现实主义理论。现实主义把这种个性和共性的完美结合的文学形象称为典型形象。

19世纪高度成熟的现实主义在20世纪得到进一步发展和深化。由于文学创作实践的迅速发展，出现了各种各样具有现实主义倾向或打着现实主义旗号的文学思潮、文学流派和文学运动，如批判现实主义、社会主义现实主义、超现实主义、新现实主义、结构现实主义、魔幻现实主义、心理现实主义等。从理论上来讲，作为一种美学原则和创作方法，现实主义在20世纪有一种“泛化”倾向。最典型的例子是1963年法国理论家罗杰·加洛蒂提出的“无边的现实主义”的主张。对现实主义理论本身的批判也使得现实主义面临新的发展难题。

二、社会主义现实主义文艺思潮

现实主义发展到社会主义现实主义是有着特定的历史背景的，是苏联社会主义革命胜利后的产物。社会主义现实主义这个概念具体指一定历史时期的文学流派运动，扩大为作家反映和表现现实的一种美学原则即创作方法。社会主义现实主义作为一种文学艺术创作方法是苏联文艺界于1932年到1934年提出来的。1934年苏联作家协会章程里关于社会主义现实主义的定义是：“社会主义现实主义，作为苏联文学与苏联文学批评的基本方法，要求艺术家从现实的革命发展中真实地、历史具体地去描写现实；同时，艺术描写的真实性和历史具体性必须与用社会主义精神从思想上改造和教育劳动人民的任务结合起来。社会主义现实主义保证艺术创作有特殊的可能性去发挥创造的主动性，去选择各种各样的形式、风格和体裁。”从创作的角度来说，自从高尔基创作《母亲》和《敌人》开始，社会主义现实主义文学就开始形成。社会主义现实主义是同无产阶级革命的成熟阶段相联系的。高尔基的小说《母亲》正是在第一次俄国革命的高涨时期酝酿成熟的，具有深厚的现实基础。作者在马克思主义世界观的指导下，从现实的革命发展中真实地展现了俄国无产阶级革命斗争的广阔画面，明确展示出这一革命的未来前景，通过对革命者艺术形象的刻画，揭示了在整个社会生活中运行着的革命洪流，并为工人群众树立了社会主义事业必胜的信念。在这里，高尔基运用与过去艺术家不同的方法解决了新时代对艺术提出的新课题。《母亲》的问世标志着世界艺术史上开始了一个新的时代，高尔基被公认为社会主义现实主义文学的奠基人。

恩格斯认为，现实主义“除细节的真实外，还要真实地再现典型环境中的典型人物”。就是说，艺术反映现实，不是孤立地、简单地摹写和复制现实，而要从历史发展中来描写，要表现时代发展的主导倾向；并且明确指出，经过差不多半个世纪斗争锻炼的工人阶级“应当在现实主义领域内占有自己的地位”。早在1859年，恩格斯就已为未来的艺术勾勒过一幅蓝图：“较大的思想深度”“意识到的历史内容”同“情节的生动性和丰富性的完美融合”。这里，恩格斯既预示了社会主义文学的前景，也指出了这种文学所应具有的特点：深刻的思想性和预见未来的本领，并具有完美的艺术形式。

1953年斯大林去世后，苏联出现了“解冻”的政治思潮和文艺思潮。文艺界开始抛弃长期忽视艺术特点的教条主义理论，修改了作协章程中社会主义现实主义的定义，批判了粉饰生活的“无冲突论”，强调“文学艺术要同人民生活保持密切的联系”，勇敢地干预生活，“写真实”成为当时苏联文学的一个主要创作口号。随着中国现代文学的发展，社会主义现实主义被引介到中国，这一理论也一度被教条化、形式化。

1933年，周扬在《现代》第4卷第1期发表《关于“社会主义现实主义与革命浪漫主义”——“唯物辩证法的创作方法”之否定》一文，第一次将苏联的社会主义现实主义理论介绍到中国。社会主义现实主义不再像批判现实主义那样泛泛地关注和同情“被侮辱与被迫害的”小人物，而是要求“左翼”作家具体地描写以无产阶级为主体的劳动人民受地主资产阶级所压迫的生活状况，揭示出尖锐的阶级对立，劳动人民的觉醒、反抗以及火热的斗争生活。批判现实主义以人道主义作为价值评判的标准，而社会主义现实主义则以共产主义必然实现这一历史的必然规律作为评判现实的依据，要求作家“从现实的革命发展”过程中把握现实，以展现光明前景来鼓舞人民的斗志。比如“左联”曾规定作家必须抓取“那些最能完成目前新任务的题材”：反帝国主义的题材，反对军阀地主资本家政权以及军阀混战的题材，苏维埃运动、土地革命、苏维埃领导下的民众生活、红军及工农群众英勇战斗的伟大题材。同时，在思想方法上，作家必须以无产阶级的观点、无产阶级的世界观来进行观察和描写。

1942年，毛泽东在《在延安文艺座谈会上的讲话》中指出，“文艺工作者应站在无产阶级和人民大众的立场。对于共产党员来说，也就是要站在党的立场，站在党性和党的政策的立场。他强调文艺工作者要学习马克思列宁主义和学习社会，只有这样才能使我们的文艺有丰富的内容和正确的方向”。“我们的文学艺术都是为人民大众的，首先是为工农兵的，为工农兵而创作，为工农兵所利用的。”《在延安文艺座谈会上的讲话》也成为中国社会主义现实主义的纲领性文件，毛泽东以无产阶级政治领导人的身份明确提出了文艺“为工农兵服务”和“为无产阶级政治服务”的革命功利主义文学价值观。

革命的现实主义，以批判的现实主义最为有力，在推翻资产阶级统治的革命时期，是对敌对阶级进行斗争的武器。在社会主义革命和建设时期，除了以漫画来揭露批判敌对政治集团之外，基本不提倡批判现实主义。反映社会主义国家的政治现实，只允许采用正面歌颂的态度，用写实性的手法表现革命历史题材、共和国的领袖、英雄和建设者们。因此，革命的现实主义转换为社会主义现实主义，工农兵是社会主义文学艺术表现的主体，革命斗争和工农业的大生产是社会主义文学艺术的主题，以写实手法“再现典型环境中的典型人物”成为社会主义现实主义创作理论的基本核心。

1953 年，全国“文代会”正式将社会主义现实主义确定为党的文艺方针。此时，现实主义不再只是一种艺术观念，而是有政治意识形态作用的“革命武器”。当文艺遭遇政治的强势干预，其作为一种艺术创作方法体系的面目已经被改造得不堪辨认。

三、新中国成立后的“现实主义”体现

《在延安文艺座谈会上的讲话》所提出的文学价值观不但指导了当时的文艺实践，而且影响了以后中国数十年的文学创作和文学理论。既然文艺创作方法是社会主义现实主义，那么创作主题也就集中于几个方面：展现中国共产党的光荣历史，歌颂党的伟大领袖，歌唱人民群众的幸福生活。在文艺的功能上强调“文艺为政治服务”“为工农兵服务”，使文艺变成了政治斗争的工具。于是“斗争”“战士”“工人阶级”“共产主义”等词语频繁见诸这一时期的各种与文艺相关的会议决议中。

在这一总的基本方针指导下，文艺创作开始从多样走向单一。由于国家意识形态逐步地渗透到各个领域，包括文艺创作领域，一统化的思维方式和创作模式影响了新中国成立以来的文艺工作者。以政治挂帅，社会主义现实主义理论成为官方许可并推广的唯一创作理论。文艺工作者的身份也随之发生变化，如果此前文艺工作者都是相对独立的从事文学艺术创作的个体，他们的作品和立场都带有个人色彩的话，那么 1949 年以后，他们的身份发生了改变，带上了官方的特征。这一转变的标志是，中共中央宣传部直接领导全国文联及专业协会，作家艺术家都成了官方宣传部门直接管理和领导的文艺工作者。当然，这里的文艺工作者与新中国成立前的群体在组成上有所不同，他们并不只是改换门牌那么简单，在经过有所选择的重新筛选和组合之后，新的官方身份的文艺工作者开始创作和评论，他们通过官方的认可或嘉许而成为文艺领域里的正

统，他们的作品也开始获得了广泛的传播和影响。

在完成文学创作的规范“管理”之后，文学的社会功能、思想情感和写作立场成为反复强调的特性，后来几乎成为唯一的指针。文艺服务于政治，文艺服务于现实生活，反映和歌颂人民群众的生活和情感。延安的传统在诗歌中得到继承，于是，诗歌运动中基本上全是以宣扬革命激情为目的的政治抒情诗。大量颂歌涌现，成为共和国诗坛上第一个澎湃的诗潮。郭小川、贺敬之是政治抒情诗的主要代表。如郭沫若的《新华颂》、胡风的《时间开始了》、艾青的《国旗》《我想念我的祖国》、何其芳的《我们最伟大的日子》、冯至的《我的感谢》、柯仲平的《我们的快马》、田间的《天安门》、朱子奇的《我漫步在天安门广场上》、王莘的《歌唱祖国》、石方禹的长篇抒情诗《和平的最强音》、阮章竞的《祖国的早晨》等。还有“建设之歌”和“新生活的赞歌”，如李季的《玉门诗抄》和《生活之歌》、田间的《马头琴歌集》、梁上泉的《高原牧笛》、雁男的《在云彩上面》、顾工的《在世界屋脊上》、闻捷的《天山牧歌》等。无论什么题材的诗歌，尽管不无一定的艺术个性，但大家都在统一的模式中唱着“欢乐颂”的单一曲调，对生活的“光明面”做肤浅地描摹，对社会生活缺乏辩证的观照、独特的发掘和艺术的张扬。这不仅使新中国成立初期的新诗失却了现实主义的精神特质，而且也将新诗推上了庙堂文学的老路。有的作家开始变得浮躁狂热，回避现实生活中的矛盾，用神话替代理想，用矫情压抑真情实感的表达，催生了大批粗制滥造的作品。这种创作状况在1958年的新民歌运动中表现得最为充分。这种创作按照图解政策和流行的政治口号命题作诗，发表过程中又经过各级干部等的不断加工，因而失却了民间创作的基本特征和单纯、质朴、刚健、清新的品质。艺术情感的贫乏和艺术个性的丧失导致审美意象的单一。太阳、红旗、战鼓、井冈山、天安门、延安等庄严神圣的意象成为出现频率最高，甚至是唯一的审美意象。由于片面追求诗的社会功能，使诗歌艺术固有的多面的美学特质逐渐丧失。

在20世纪50年代的农村题材小说创作中，赵树理和他影响下的“山西作家群”是非常有特色的一部分。在20世纪40年代，赵树理曾创作出《小二黑结婚》《李有才板话》等作品。由于赵树理作品与当时对文学的要求契合无间，在毛泽东《在延安文艺座谈会上的讲话》发表后，“解放区”文学界对赵树理进行了大力推崇，甚至一度还提出了“赵树理方向”的口号。赵树理出身于农民家庭，又担任着共产党的基层干部，他的创作出发点既是为解决农村生活中出现的各种“问题”，又为共产党政策服务。因此，他的小说不同于五四新文学以启蒙立场来审视乡村的传统，而是基本上站在农民自身的立场，以共产党员和农民代言人的双重身份来写乡村。新中国成立后，赵树理基本上还是坚持“问题小说”的创作原则，针对农村中的现实问题进行创作，既关注农民的现实利益，也为现行农村政策服务。他的主要作品有短篇小说《登记》《“锻炼锻炼”》《套不住的手》《实干家潘永福》《老定额》《卖烟叶》，长篇小说《三里湾》《灵泉洞》（上）等。在艺术表现上，赵树理继续保持着他的农民说书体文学形式，在叙事上以故事为中心，讲究通俗易懂和生动活泼；叙述方式多用动作和对话，很少采用风景和人物心理描写；语言表达上运用幽默活泼的山西地方农民口语，叙述语言和人物语言基本一致。

但赵树理在新中国成立后在文学体制中的待遇与新中国成立前有了很大的差别。这主要是因为新中国成立后共产党的农村政策与农民真实的生活需要发生了矛盾，为农民写作的赵树理必然会与现实政治构成冲突。一方面，他是一个共产党员作家，他习惯并且乐于歌颂现实政策以促进农村发展，但同时，他又对农民生活非常关注而熟悉，对现实农村政策中存在的问题有敏感的认识。这一冲突必然会折射到赵树理的内心世界中，使他难以在二者之间寻找到一种内心和创作上的统一，以致影响他自如地发挥自己的创作才能。比如对待“大跃进”运动，赵树理最初持的是歌颂态度，但在他回到山西老家，了解到“大跃进”对农民造成危害的真实情况之后，就明确表示出对有关政策的怀疑和批评，赵树理为此受到批判，他也只能创作《套不住的手》《老定额》等肯定朴实品质的作品，含蓄地表示自己与时代精神的不和谐。赵树理思想的矛盾隐含在一些作品中，使这些作品思想的表现呈现出严重不统一的特点。创作于1958年的短篇小说《“锻炼锻炼”》是一个典型。作品的表层主题是歌颂“大跃进”、批评保守思想，“小腿疼”“吃不饱”等绰号反映出作者对落后妇女善意的嘲讽和批评态度。但是，作品的客观描写却透露出与作品表层主题不相一致的地方。尤其是其中对农业社副社长杨小四与妇女们的冲突场景，实际上呈现的是作为弱势力量的普通百姓在强权下被欺负的现实。赵树理作品中的这种矛盾现象，在20世纪80年代为研究者们所提出，并被称为“隐含主题”。赵树理五六十年代的小说创作，是一个坚持乡土精神的艺术家与时代不相和谐的悲剧。赵树理的创作在40年代“解放区”有广泛影响，出现了不少对他文学风格的学习者。50年代中期，在赵树理的故乡山西，以《火花》杂志为主要阵地，会聚了一批在创作风格上与赵树理明显趋同的作家，主要有马烽、西戎、李束为、孙谦、胡正等人。

20世纪五六十年代的长篇小说创作也取得了很大的成就，集中在历史与现实题材两方面。历史题材的作品有《保卫延安》《铁道游击队》《小城春秋》

《林海雪原》《红旗谱》《青春之歌》《战斗的青春》《野火春风斗古城》《烈火金刚》《敌后武工队》《苦菜花》《三家巷》《红岩》等。《红岩》约十年的成书过程，是当代文学“组织生产”获得成功的一次实践。这种“组织生产”的方式在戏剧、电影的制作中是经常使用的，在“个人写作”的文学体裁中并不一定常见；后来的“文化大革命”期间，则几乎成为重要作品的主要生产方式，创作动机是政治化的。作者从权威论著、从掌握意识形态含义的其他人那里，获取对原始材料的提炼、加工的依据，放弃“个人”的不适宜的体验，代之以“新”的理解。因而，从某种意义上说，《红岩》的作者是一群围着同一意识形态目的而写作的写作者的组合。

1949 年关于“可不可以写小资产阶级”的讨论，1950 年对萧也牧的小说《我们夫妇之间》的批判，都表现了进入城市的革命者和“左翼”文学对于城市、也对于产生于都市的“旧小说”的疑惧。这种疑惧，后来进一步强化（如 20 世纪 60 年代的话剧《千万不要忘记》（又名《祝你健康》）和《霓虹灯下的哨兵》中所表现的）。与此相关的是，“新感觉派”和张爱玲等，在 50 年代中国内地的文学史中，被清除和掩埋（他们的被发现是在 80 年代）。在这种情况下，作为一种文学传统，表现现代都市甚或经验的都市小说的受挫和断裂，就是必然的了。

四、正统艺术

20 世纪中期的社会主义时代，五四的“科学”传统继续被鼓励，革命的延安民间风格也继续融入艺术，苏联的社会主义现实主义也成为指导性、旗帜性文艺理论和创作标准。虽然社会主义时期的艺术并不完全单向发展，但可以看出一个总的立足点，那就是官方意识形态指导下的“现实主义”正统艺术。这是 20 世纪下半期研究中国诸多领域尤其是文艺的发展必须注意的重要现象。

如社会主义新美术的建设过程中，在有关政策的引导下，艺术家们主要根据抗战时期在边区发展的革命的“延安模式”，有选择地采用“苏联模式”和五四以“写实”为基础的中西融合性实验新美术的有益经验，在普及的基础上强调提高，鼓励大型的油画、雕塑以及建筑的新创作和新设计。大众的民族的美术被鼓励向着“科学”的道路发展，这“科学”代表着五四的传统，在具体的操作中往往又成为学院化和精英化的代名词。

延安艺术的创作指导思想直接来自党的阶级路线和群众路线，因此，反映什么，歌颂什么，揭露什么，都被这一政治尺度所衡量所取舍，对五四新艺术的继承与借鉴也受其左右；在战争年代，它结合中国的具体情况，优先发展了大众的普及性艺术门类。1953 年后，延安模式“因地制宜”的非正规化的民间艺术路线被苏式的现代“正规化”要求统一取代，而五四新艺术中的西方化的倾向和强烈的民族自立意识，在 1949 年至 1965 年间或被肯定或被否定，难以协调。如 1949 年至 1956 年，中国美术界有一个口号叫做“改造旧国画”，向苏联学习，创造新中国的新美术，“一体化”的西方化倾向被肯定；随后，便强调“中国式”的发展甚至树立中国形象；1956 年 5 月，毛泽东提出“百花齐放，百家争鸣”，实际上就在调整苏式的大一统的现代化模式，对苏联模式重新评价，鼓励艺术家的个人创造性和民族特性。因此，延安模式又被重新确认，民族、民间的美术形式在大众化的口号下迅速普及，已初步建立的正规的美术教育和创作体制重新调整，民族的“旧形式”重新受到重用，实用主义的做法比比皆是，艺术水准直线下降。1963 年至 1964 年，毛泽东发表有关文艺的一系列讲话，重点在“推陈出新”，推动中国文艺再次进入“革命性”试验，五四时期融合创造的文艺模式被再次激活，只是将“中体西用”的口号转换成“洋为中用，古为今用”。

第二节　“文化大革命”前的文艺状态

一、政治审控与个性迷失的发端

《武训传》：政治批判立场的确立

武训是中国近代史上著名的平民教育家。武训以乞丐之身而行兴学之事，艰苦备尝，终生不渝。为表彰他的义学善举，清政府赐其“义学正”之名号、“乐善好施”的匾额和象征最高荣誉的“黄马褂”。清国史馆将其事迹列入清史列传孝行节内。1944 年，孙瑜受陶行知先生之托，把武训的事迹搬上荧幕，拍成电影《武训传》。影片表现的是武训行乞办义学的故事：主人公武训出生于山东堂邑的一个贫苦农民家庭，父母早亡，后在一位好心肠的大娘抚养下长大，13 岁起便给地主做苦力，后来，自己三年的工钱被地主无端赖掉，他认为这一切都是因为自己不识字的缘故，从此萌生了兴义学的念头，遂以种种常人难以想象的方式乞讨钱物，后在当地官吏、豪绅的支持下终于办成了义学。影片虽然讲的故事是办学，但片中仍有这样一段台词，“学习他全心全意为人民服务的精神！让我们拿武训做榜样，心甘情愿地为全世界的劳苦大众做一头牛吧”！可见，影片是在主动与主流意识形态保持一致的。

对电影《武训传》的评价，无论政治上如何褒贬，如何评估它的艺术价值，这本来属于文艺批评的范畴，是一种文艺争鸣。但是，关于《武训传》的评价，50年来经历了一个由正到反再到合的过程。从1950年12月公映到1951年5月20日《人民日报》发表社论前，人们对《武训传》的评价基本是正面的。据统计，在这几个月中，各地报刊发表的有关文章共计55篇。在这55篇之中，只有贾霁、杨耳、邓友梅等少数人对武训和影片持批评态度。在反对意见中，贾霁的文章《不足为训的武训》值得一提，此文的观点不但颇有代表性，而且还有相当的"理论"色彩。贾霁认为，影片是失败的。就人物的思想而言，武训没有透过现象看本质，把不识字当作穷人受苦的根本原因而不是把阶级压迫当做本质来认识。就题材而言，武训这个题材根本不值得表现，"它与我们伟大祖国的历史不相称，与我们伟大的现实运动不相容，它对于历史和今天，都是没有意义，没有价值的"。而编导在表现这一题材上也犯了"严重的""根本性"的错误："武训既然是一个善良的劳动人民，按照他小时候的'聪明灵巧'善于学习的特征，对于私塾先生和掌柜这类人物的仇恨，到了后来为什么都丧失殆尽了呢?""武训的幼年分明已经有着对于识字的渴望，为什么一定还要到地狱里去幻游一下才有所谓的觉悟呢？那一种变态的心理分析所表现的一种小资产阶级知识分子疯癫痴迷患得患失的没落情调，难道是一个老老实实的劳动农民所能有的情绪吗?"结论是："作者在这里尽其能事地做到了一种模糊阶级斗争意识的一种无原则立场的宣传。"

贾霁的这篇文章被《人民日报》转载，成为发动这次政治批判运动的先导。两年后又成为人民出版社出版的《武训和〈武训传〉批判》一书的首篇。1951年5月20日，《人民日报》发表了毛泽东亲自撰写的社论《应当重视电影〈武训传〉的讨论》。社论则将政治标准深入到文化之中，并为《武训传》下了这样的结论：它是"污蔑农民革命斗争，污蔑中国历史，污蔑中国民族的反动宣传"。这篇社论开创了以政治手段解决文艺问题的先河。

在社论发表的当天，《人民日报》在"党员生活"栏中，发表短评《共产党员应该参加关于〈武训传〉的批判》，《人民教育》发表社论《展开〈武训传〉的讨论，打倒武训精神》，文化、教育、历史研究等部门迅速地行动起来，召开各种批判会，各界名人被组织起来，纷纷发表表态性文章为武训说过好话的人们纷纷进行自我批判。《大众电影》等刊物纷纷刊出编辑部的检讨文章。不久，教育部发布了"各地以武训命名的学校应即更改校名"的通知。从社论发表到5月底的11天中，仅报上发表的批判和检讨文章即达108篇，6月份报上批判文章的数量则翻了四番，不算各报编发的文章，仅以个人署名的文章即达410多篇，至1951年8月底，这类文章已达到850多篇。

这次讨论，开启了新中国成立以来以政治批判代替学术讨论的恶劣文风的先河，并深刻地影响了此后的中国文艺批评。

二、政治收放控制下的文艺状态

(一)“双百方针”与暧昧反应

在文艺批评走向单一的政治主导路线之后，文艺界的气氛变得很紧张，人们开始重新检讨自己，重新确立一种创作和批评模式，去顺应新的形势。但这个过程并不是那么顺利，毕竟要将文艺与政治合而为一从理论上和现实上来说都不符合学科规律的，何况，在新的政治形势下，作家、艺术家自己的身份仍然不明朗，犹疑和恐惧心理在所难免。1956年1月14日至20日，中共中央召开关于知识分子问题的会议。周恩来代表党中央作了《关于知识分子问题的报告》。他代表党中央郑重宣布：中国知识分子的绝大部分“已经是工人阶级的一部分”。知识分子在新的社会主义大家庭中找到了自己的定位。他们现在所要考虑的是如何为社会主义建设事业服务。

1951年，毛泽东曾为中国戏曲研究院题词：“百花齐放，推陈出新”。他主张京剧还是要，不单是京剧，各种戏曲形式都要去其糟粕，取其精华，加以继承。“百家争鸣”是毛泽东在1953年就中国历史问题的研究提出来的。1953年中央决定要中宣部就中国历史问题、中国文字改革问题、语文教学问题组织三个委员会加以研究。7月26日中宣部提出三个委员会的名单，8月5日中央予以批准。当时，中国历史问题研究委员会主任向毛泽东请示历史研究工作的方针，毛泽东提出要百家争鸣。10月，在中国历史问题研究会的会议上传达了这个精神。当时，“百花齐放”“百家争鸣”这两个口号都只是分别向一个领域提出，而“百家争鸣”的口号还没有公开宣传。4月28日，毛泽东在政治局扩大会议上做总结发言。他说：“百花齐放，百家争鸣”，我看这应该成为我们的方针。艺术问题上百花齐放，学术问题上百家争鸣。讲学术，这种学术可以，那种学术也可以，不要拿一种学术压倒一切。你如果是真理，信的人势必就会越多。”

1956年5月2日，毛泽东在最高国务会议第七次会议上正式提出实行“双百”方针。他说：现在春天来了嘛，一百种花都让它开放，不要让几种花开放，还有几种花不让它开放，这就叫百花齐放。又说：百家争鸣是诸子百家，春秋战国时代，两千年前那个时候，有许多学说，大家自由争论，现在我们也需要这个。他指出：在中华人民共和国宪法范围之内，各种学术思想，正确的，错误的，让他们去说，不去干涉他们。李森科、非李森科，我们搞不清，有那么多的学说，那么多的自然科学，就是社会科学，这一派，那一派，让他们去说，在刊物上、报纸上可以说各种意见。1956 年 5 月 26 日，中共中央宣传部部长陆定一向自然科学家、社会科学家、医学家、文学家和艺术家作了题为《百花齐放，百家争鸣》的讲话，系统阐述了党中央提出的“双百”方针。他强调：“我们所主张的‘百花齐放，百家争鸣’是提倡在文学艺术工作和科学研究中有独立思考的自由，有辩论的自由，有创作和批评的自由，有发表自己意见的自由。”“我们主张政治上必须分清敌我，我们又主张人民内部一定要有自由。‘百花齐放，百家争鸣’，是人民内部的自由在文艺工作和科学领域中的表现。”在自然科学工作方面，他指出：“在某一医学上，生物学或其他自然科学学说上，贴上什么‘封建’‘资本主义’‘社会主义’‘无产阶级’‘资产阶级’之类的阶级标签……就是错误的。”在文学艺术工作方面，他指出：“只许写工农兵题材，只许写新社会，只许写新人物，等等，这种限制是不对的。”“‘百花齐放，百家争鸣’，对批评工作来说，就是批评的自由和反批评的自由”，而现在的批评，有些令人害怕，应当纠正，对被批评的人来说，别人批评得对，应该虚心接受。他还强调文艺工作者和科学工作者要学习马克思列宁主义，以此来指导文学艺术创作和科学研究工作。

党的方针已经明确文艺可以争鸣，相对来说，言论也应该比此前自由了。但这是一个乍暖还寒的季节，人们对这一突然来临的“松绑”还难以适应。《人民日报》对决定实施“双百方针”的中央宣传工作不登消息，对最高国务会议的精神也不发社论。一部分人反对它的实施，认为“双百方针”不利于发展文学艺术的战斗性，并且提出要“压住阵脚进行斗争”。而另一部分人虽然从心底里欢迎它的实施，但新中国成立以来历次政治运动的惊心动魄使他们心有余悸，还在持怀疑和观望态度。但中央及时采取了一些措施让时时处于警惕中的知识分子相信他们终于可以获得一个宽松的创作和理论争鸣的环境。

基于此，尽管紧随其后 1957 年的反右斗争让中国知识界噤若寒蝉，但自 1959 年开始到 20 世纪 60 年代初期，中国文坛上还是出现了一股历史题材短篇小说创作热。与以往的革命历史题材小说不同，这一时期的历史小说多是取材于非革命的历史领域，创作意图也不是歌颂革命英雄，而是包含有比较复杂的现实内涵。之所以在这一时期出现这一创作潮流，原因是多方面的。从外在环境上讲，中国社会刚刚经历过“大跃进”和三年自然灾害，国家的政治经济政策正处于调整和整顿时期，文艺方面，随着党的几次知识分子会议的召开，周恩来、陈毅等作了一些比较开明的讲话，政治气氛有所缓和，政策也有所改善。正是在这一政治背景下，作家们才有可能突破“写工农兵”的题材囿限，到其他领域中去寻找创作素材。但时代的政治气氛毕竟还是乍暖还寒，刚刚经历过反右等政治斗争的作家们，不可能有充分的勇气去直面现实，他们只能将心中的衷曲借助历史故事曲折地进行表达，借他人之遭际，浇自己之块垒。但在客观上，此阶段文艺理论探索和自由创作的灵光乍现，对于批判现实主义、戏剧冲突、题材问题、写中间人物、现实主义深化问题都进行了一些积极的探索。

关于戏剧冲突的讨论主要针对“大跃进”时期盛行的“无冲突”论模式。《为了六十一个阶级兄弟》《英雄列车》等话剧充满政治热情，但其缺陷相当明显，人物之间少有矛盾冲突。对于这种“无冲突论”戏剧，许多刊物发表文章进行批评，陈瘦竹、陈默、田汉等人参与了这次争鸣，他们认为这违反了戏剧创作的规律，无冲突并不是一种创新，如果任其发展，将给往后的创作带来危害。

关于“题材问题”的讨论则重点放在题材多样化的问题上，1961 年第 3 期《文艺报》发表专论《题材问题》，指出人们过于狭隘的理解题材问题的原因，在于过于简单地理解了文艺与政治的关系。批评了先有题材，后有生活，先有主题，后有形象的方法。这些问题的提出，有助于排除文艺界的清规戒律，一些著名作家如老舍、夏衍、田汉、周立波也都结合自己的创作经验进行了讨论。

在这种情况下，历史题材短篇小说的创作潮流应运而生。这其中的主要创作，包括有陈翔鹤的《陶渊明写〈挽歌〉》《广陵散》，黄秋耘的《杜子美还家》《鲁亮侪摘印》，冯至的《白发生黑丝》，徐懋庸的《鸡肋》，师陀的《西门豹的遭遇》，以及蒋星煜的《李世民与魏征》，李束丝的《海瑞之死》等。这些历史题材作品有一个共同的特点，那就是都具有强烈的现实性，都是借古人的故事抒今日之情，表达着作家们现实的心曲。它们委婉而曲折地反映了当时中国知识分子的心理现实，表达了知识分子的现实处境和现实态度，实现的是“以史鉴今”的现实目的。孙犁的《铁木前传》、柳青的《狠透铁》、杜鹏程的《在和平的日子里》、方纪的《来访者》、康濯的《水滴石穿》、刘澍德的《归家》等。在这些小说中，作者比较注意以人物的性格因素来强化矛盾冲突，注意反映人物的内心世界并在一定程度上表现出对人的关怀。

进入 20 世纪 50 年代，孙犁已经成为一位有着一定自我创作风格的作家。他常常是以人为基点，从人的生存、人性的健康发展这一角度来思考民族斗争和阶级斗争的相关问题。《铁木前传》以“合作化”运动作为故事展开的一个大背景，着重写生活条件变化后，人与人之间友情的变化，抒发了作者对这种变化所生的感慨。在此书的写作过程中作者未能摆脱当时“两条道路斗争”的思维模式，将黎老东追求个人致富视作两人后来友谊破裂的全部原因，这使整篇小说情节展开的前提就存在着失误。1956 年至 1957 年的“双百”方针期间。李准敏锐地抓住现实农村工作中的问题，进行了大胆的揭露和批评。《芦花放白的时候》揭示了一个从农村到城市工作的党员干部喜新厌旧的道德问题。《灰色的帆篷》则揭露了农村基层党组织中存在的弄虚作假问题。它们都表现出很强的批判现实主义精神，是这时期出现的“干预生活”作品中的优秀之作。

“百花文学”中双视角的运用虽在一定程度上使作品呈现出新的艺术样式，但作者却并非着力于艺术形式的创新。它主要是用来将故事和叙述者对故事的评价较为清晰地分开，从而不干扰读者对故事作出自己的评判。相比于说教味道浓烈的宣传性作品，这一类作品尊重读者的主体意识，他们相信读者能够做出自己的判断，他们也倾向于和读者的平等交流。这种叙事态度的转变增大了文本的阅读空间，使读者有了仁者见仁、智者见智的审美愉悦。这一时期出现了小说《组织部新来的青年人》《改选》《小巷深处》《红豆》《美丽》《在悬崖上》等。这些作品的出现标志着“十七年文学”突出重围的一大进步。毕竟宽松的政治环境使自我意识得以复苏，五四时期弘扬的人道主义思想有所抬头，可以说知识分子在丰富自身的精神资源方面向前迈出了一大步。

“双百”方针的提出使诗歌创作的题材扩大了，诗歌不再仅仅表现重大题材，讴歌爱情、友谊、山川景物的作品开始增多，国际题材的诗也出现了，产生了艾青的《大西洋》《南美洲的旅行》等好作品。诗的主题开始深化，一些诗人面对现实，大胆探索，对我们生活中存在的问题和矛盾给予揭示，对一些社会人生问题给予积极的思考。艾青的《养花人的梦》《礁石》，流沙河的《草木篇》、公刘的《禽兽篇》，公木的《据说，开会就是工作，工作就是开会》，张明权的《更相信人吧》等作品，显示了诗歌创作中现实主义精神的深化。同时，诗的风格、体裁和形式也趋于多样，诗人队伍不断壮大。但是，“双百”方针推出后的繁荣局面是非常短暂的。

（二）“反右”：文学屈从于政治

在经过了一个酝酿和准备过程之后，党中央开展了整风运动。1957 年 5 月 1 日，《中国共产党中央委员会关于整风运动的指示》在《人民日报》发表。

《指示》指出，我们的国家已经从革命的时期进入了社会主义建设的时期，正处在一个新的剧烈的伟大的变革中。为了克服几年来党内新滋长的脱离群众和脱离实际的官僚主义、宗派主义和主观主义，必须在全党重新进行一次普遍深入的整风运动，提高全党的马克思主义的思想水平，改进作风，以便更好地领导全社会的改造、新社会的建设，更好地调动一切积极力量，团结一切可能团结的人，并且将消极力量转化为积极力量，为建设一个伟大的社会主义国家的目标而奋斗。《指示》重申要把正确处理人民内部矛盾作为当前整风的主题。《指示》提出，这次整风运动应该是一个既严肃认真又和风细雨的思想教育运动，一个恰如其分的批评和自我批评运动，应该坚决实行“知无不言，言无不尽；言者无罪，闻者足戒；有则改之，无则加勉”的原则，以达到“惩前毖后，治病救人”的目的。《指示》的公开发表，标志着全党整风运动拉开了序幕。

在文艺理论方面，一部分人在党的鼓动下开始大胆地公开表达他们对新中国成立以来文艺发展的真实意见，对新中国成立以来的文艺理论和方针进行了批判。他们建议为新中国成立以来的文艺家丁玲、陈企霞和胡风平反。开始反思社会主义现实主义创作理论，对教条主义、长官意志也进行了小心的批判。胡风对中央递交了意见书，批判教条主义，反对将文艺作品公式化概念化。他指出了“文艺为工农兵服务”指导思想的时代性，也明智地指出领导的话不一定就是金科玉律，不是不可以反对的。而秋耘也是直言不讳，“不应该在现实生活面前，在人民的疾苦面前心安理得地闭上眼睛，保持缄默的。如果一个艺术家没有胆量去揭露隐蔽的社会病症，没有胆量去积极地参与解决人民生活中关键性的问题，没有胆量去抨击一切畸形的病态的和黑暗的东西，他还算得是什么艺术家呢”[①]？同时，在创作上也开始出现真正意义上的批判现实主义作品，刘宾雁的《在桥梁工地上》，王蒙的《组织部新来的青年人》、刘绍棠的《田野落霞》等作品应运而生。

然而，“鸣放”并没有带来文艺的持续生机，相反让文艺工作者经受了一场始料未及的反右运动。一大批反映和批判现实的文艺工作者一夜之间成为要被打倒的右派。文艺领域充斥着政治批判和人身攻击，上演着一幕幕真实而可怕的闹剧。风声鹤唳之下的文艺工作者陷入了恐惧和迷茫。

1962 年之后，由于反修防修和对“千万不要忘记阶级斗争”的强调，政治抒情诗迅速发展成为诗歌主潮而独领风骚于 20 世纪 60 年代的诗坛。由于政

---

① 秋耘：《不要在人民的疾苦面前闭上眼睛》，载《人民文学》，1956 (9)。

治抒情诗的兴起和风行，60年代的诗歌与50年代的诗歌相比发生了一些明显的变化。首先，革命精神的抒发替代了现实变革的描绘，50年代诗歌的写实和叙事化倾向被扭转，诗的画面描写减少，抒情议论增多，革命的壮志豪情取代新生活的明丽图景而成为诗歌的首要构成因素。其次，颂歌主调转变为战歌主调，60年代的政治抒情诗不再满足于单纯的歌颂，战斗的呼叫超过了对美好生活的热情赞颂。另外，政治抒情诗中的“大我”成为某种群体形象的载体。

（三）“两结合”

现实主义的核心精神是它的批判性，当现实主义用来反映社会主义新中国人民的幸福生活的时候，它的批判性陷入尴尬的境地，对现实的批判在当时显得刺眼和“不合时宜”。1958年，毛泽东提出了“革命的现实主义与革命的浪漫主义相结合”的创作方法（简称“两结合”法）。将革命的浪漫主义加入了现实主义中，冲淡了现实主义的批判性，给现实增加了华丽浪漫的色彩。而这一新的理念的贯彻是从“新民歌”运动开始的。1958年3月，毛泽东在中共中央于成都召开的会议上号召搜集“大跃进”中的新民歌，他说：“中国诗的出路，第一条是民歌，第二条是古典，在这个基础上产生出新诗来。形式是民歌，内容应是现实主义和浪漫主义对立的统一。”1958年6月，《红旗》创刊号上发表了周扬的文章《新民歌开拓了诗歌的新道路》，将毛泽东上述提法概括为“革命的现实主义和革命的浪漫主义的结合”，后来又得到广泛论证。这一创作方法原则上与苏联的社会主义现实主义相一致，被概括为有三方面的基本要求：第一，作家要站在无产阶级立场上，运用共产主义的世界观，深入于群众斗争中，观察、体验、研究、分析一切斗争和各个阶级的人物及其相互间的错综复杂的社会关系，从而深刻地展现生活的本质和社会发展的规律；第二，要求作家以革命的现实主义为基础，以革命的浪漫主义为主导。两者相辅相成，有机统一；第三，作家要以革命的现实主义为基础，首先要尊重客观规律，用实事求是的态度来观察和分析生活中的矛盾，敢于反映尖锐的斗争，塑造无产阶级的典型形象，反映壮丽的革命变革。

在毛泽东的倡议和各级党委的领导下，新民歌创作成为由领导部门发动、组织的一个自上而下的群众运动。“大跃进”民歌运动是全国范围的一次大型的诗歌运动，它的发生直接受当时政治、经济政策的操纵，从某种意义上说它是由政治冒进和经济失衡延伸下来的一次文学上的片面繁荣，确立了文学为政治服务的创作理念。一时间，全国各地都订计划，下指标，像大炼钢铁一样地写民歌。比如，呼和浩特市决定搜集民歌50万首；安徽肥东的一个县半年创作民歌51万首；南京市50天创作了139万首；许昌的一个专区几个月创作了作品316万件；河北省规定创作1000万首民歌，没想到被保定一个地区全包了。“大跃进”之歌，事实上都是对党和领袖的歌颂。如《主席走遍全国》《我来了》等。

如果这个创作方法在一开始提出的时候的基本原则还是尊重客观规律的话，那么在运用它的时候就不那么实事求是了。由于对电影《武训传》的批评过程中以政治代文艺的批判使得人们不敢也无意去观察和反映现实，于是，人们在不知不觉中开始将一种想象中的社会主义幸福图景加于现实。“两结合”的创作方法因此长时期被作为中国文学艺术最好的创作方法来大力提倡。自1978年以后，学术界对“两结合”的创作方法产生了不同的看法。有人认为“两结合”体现了现实和理想的统一，具有合理性和先进性，同时也有一些学者质疑这一提法，认为它产生于“左”倾思潮泛滥的“大跃进”时期，在其原则下创作的新民歌并没有多少文学成就，其理论批评也往往简单化、公式化。“两结合”提出之后的20年间，从总体上说现实主义精神大受削弱，大多数作品把空洞的革命内容混同于客观现实，以豪言壮语代替科学精神，革命理想常常成为现实生活中矛盾冲突的粉饰物。

第三节 “文化大革命”时期的文艺

一、导火索:《海瑞罢官》及其批判

1959年4月，毛泽东针对干部中不敢讲真话的问题，提倡学习海瑞“刚正不阿，直言敢谏”的精神。北京市副市长、著名明史专家吴晗遂于6月间发表了《海瑞骂皇帝》一文。之后，他又相继写出了《论海瑞》《海瑞罢官》等文章和剧本。

“文化大革命”中，《海瑞罢官》被诬为“反党反社会主义大毒草”，并株连所有以海瑞事迹为题材的戏，使许多编剧、演员、戏剧评论工作者、学者遭到迫害。对《海瑞罢官》的批判，成为发动“文化大革命”的导火线。

二、文艺作为政治斗争、阶级斗争的工具

“三突出”原则是江青等人在其文艺实践中提出的一个创作原则，是中国

"文化大革命"期间的文艺指导理论之一。最早由于会泳1968年5月23日在《文汇报》发表的《让文艺界永远成为宣传毛泽东思想的阵地》一文中提出。"三突出"的内涵是：在所有人物中突出正面人物；在正面人物中突出英雄人物；在英雄人物中突出主要英雄人物，这一原则是主观主义的产物，是江青等人为其政治目的服务的产物，导致了文艺的概念化、脸谱化和类同化，对文艺造成了重大的损害。

被确定为样板戏的文艺作品只有8个，它们是京剧《红灯记》《沙家浜》《智取威虎山》《海港》《奇袭白虎团》，芭蕾舞剧《红色娘子军》《白毛女》，交响音乐《沙家浜》。它们在运用传统和外国艺术形式表现中国现代生活方面摸索出了一些经验。如借鉴话剧舞台美术形式，用西洋绘画的写实布景、道具、服装，改变了传统京剧重写意、象征的假定性特征；如有层次的成套唱腔，妥善处理声与情、流派与人物、韵味与形象三方面的关系；又如，以交响化乐队作为京剧的伴奏，艺术上精益求精的精雕细刻，有可取之处；但也有杂凑生硬、违反艺术样式固有特点，写实布景削弱了想象空间，表演上过分强调体验人物与贴近生活、交响化伴奏使程序化唱腔变成了"京歌"、用指挥替代鼓板以整合文武场、概念化的缺失。而从它们的创作中总结、归纳出的塑造无产阶级英雄典型人物的根本任务，"三突出"创作原则等，却被硬性确立为所有创作都必须遵循的经典规范。

从反右运动开始，中国的文艺界就面临风声鹤唳的政治环境，创作不能自主，批判"戴帽"随时发生。在生命高于艺术的信条之下，很多人不得不放弃自己的艺术信念，这是这段时期没有出现很高艺术价值作品的原因。但是，艺术同样也具有它强大的生命力，一些艺术家仍然在"地下"继续艺术创作活动。他们成为20世纪80年代现代主义文艺思潮发展的先锋。

第二章　20世纪80年代——执著于反思与启蒙运动的文艺

20世纪80年代是20世纪中国文化史上一个有着特别意义的年代，这个年代思想极为活跃，热情是其情绪基调。

许多学者将这个阶段的主题总结为反思与启蒙，“文化启蒙”这个同样用于五四新文化运动的概念是否适应于中国的这个时期暂且存疑。此时，与五四新文化运动一脉相承的是西学东渐，五四文化思想运动的努力最终被政治所侵扰，而20世纪80年代看上去非常活跃的思想却也是人们长年政治压抑后的强劲爆发。先不论真正的思想启蒙是否发生，对于传统和正统文化的反思与启蒙的迹象让人有久旱逢甘雨的欢欣。

现实主义文艺继续得以发展，更多的作品开始面对现实，批评现实，处处表现出关怀现实、关注社会、关心生命的真诚。作品层面，从舔舐伤痕的“伤痕文学”，到反思“文化大革命”、反思新中国成立后社会现实、反思中国传统文化、反思人本身的“反思文学”，再到关注现实政治经济改革的“改革文学”，这些作品无一不是高度真诚地反映和批评现实的。理论层面也在文体方面进行了诸多探讨，如对文学主体性的讨论，将人从作品中凸显出来，从理论上明确提出文艺作品不应只是政治斗争的工具或意识形态的图解，否认了文学作为政治传声筒的附属地位。

与现实主义同时发展的是现代主义思潮的兴起，承继20世纪30年代及至新中国成立后的地下现代主义探索暗流，80年代知识分子开始大量接触西方现代主义理论和文艺作品，在文艺诸领域进行了技法层面的探索，思想文化层面讨论热烈，形成了“八十年代文化热”。技法上引进与效法西方现代主义文艺流派，运用暗示、抽象、意识流等方式表达深层思维，直达抽象。现代性启蒙的热情，这种文化上的狂飙突进的态势在当时具有不可否认的进步性。它给中国带来了新的文艺观念和创作立场的转变；它打破了长久以来现实主义独步天下的文艺局面，丰富了艺术表现手法，带来了宝贵的文艺创作的新鲜经验。短短几年，艺术诸派别此起彼伏，瞬息消长。“伤痕”文艺、西方哲学作品的引进、现代主义理论的引进与探讨、现代艺术大展、“第五代”电影，等等，这些都足以代表这一代知识人当时的理想，对生命价值的重新发现，对艺术新形式的探索，现代主义作为一种文艺思潮始终没有在中国产生深刻的影响，无论艺术家和理论批评家怎样命名他们的作品，如何划分他们的流派，文艺的社会功能依然占主导，作品的主题无不相关于政治和历史诉求。“文化大革命”刚过，百废待举，直面现实才是承担历史的责任担当，这也是在中国根深蒂固的现实主义的深层作用使然。

文艺现象具体而复杂，各有其价值取向和意识形态，目前中国还没有一套理论体系适合命名中国当代的文艺思潮，我们暂且先挪用西方文艺理论的命名方法来分析我们的这个时代。在概括20世纪80年代文艺思潮时，我们大致能从中找出几条主要线索：现实主义继续拓展，现代主义勃兴演变，后现代主义的初登大陆。本编第三章我们会重点介绍后现代主义文艺思潮及其在中国的发展。本章我们来关注80年代的两种突出的思潮：现实主义和现代主义思潮。

第一节　现实主义文艺思潮

一、文化背景：“文化大革命”结束，在新的社会环境下直面现实生活

粉碎“四人帮”，“文化大革命”结束，百废待举，新的社会环境下人们需要直面现实生活，重整惨遭扭曲的文艺现状。

邓小平提出“文艺为人民服务，为社会主义服务”。他针对新中国成立以来我国文艺界片面理解“为工农兵服务”的方向和题材日益狭窄化的状况，特别是针对一度只允许写英雄人物和当代社会主义生活的状况，重申了毛泽东关于文艺应为“最广大的人民群众服务”的指示，并认为，“英雄人物的业绩和普通人们的劳动、斗争和悲欢离合，现代人的生活和古代人的生活，都应当在文艺中得到反映”。他还指出：我们“不继续提文艺从属于政治这样的口号，因为这个口号容易成为对文艺横加干涉的理论根据，长期的实践证明它对文艺的发展利少害多。但是，这当然不是说文艺可以脱离政治”。从此，“为人民服务，为社会主义服务”取代传统的“为无产阶级政治服务”的口号而成为文艺工作的指导方针。

政治环境的极大改善给中国文艺的发展带来了契机，人们终于可以脱离那个是非颠倒的时代，真正面对文艺。创作上，人们开始尝试放弃“高大全”的形象，转而将注意力放到了普通大众的身上，大胆表现小人物的生活，有保留地展现人们在“文化大革命”期间的遭遇。大学生卢新华的短篇小说《伤痕》

先是黑板报的形式轰动复旦校园，之后在《文汇报》上的发表使“伤痕文学”走上 20 世纪 80 年代的文学舞台。艺术界，新中国成立以来久被压抑的艺术创作能量也开始谨慎释放。美术馆外，艺术家们也开始将他们的“另类”画作在人前公开展览。电影导演谢晋的《天云山传奇》适时推出。

在价值取向上，中国文艺素来并不青睐一些西方艺术理论家所谓的“为艺术而艺术”，而更倾向于“为人生而艺术”。中国自古以来即有“文以载道”“经世致用”“诗言志”等传统，在符合人们的审美习惯的同时，文本还将承载道德、社会和人生等价值。一段时间以来，这些传统价值被彻底抛弃。它试图整合审美和政治于一体，它被认为是社会化生活的一部分。人和人性在 20 世纪 80 年代以前的文艺中是被压抑的，但它始终应是文艺的本义或价值所在。1978 年，朱光潜率先重提“人道主义、人性论”，他在《关于人性、人道主义、人情美和共同美的问题》一文中指出：所谓“人性”“就是人类自然本性”，“马克思《经济学哲学手稿》整部书的论述，都是从人性出发，他证明人的本身力量应该尽量发挥，他强调的‘人的肉体和精神两方面的本质力量’便是人性。马克思正是从人性论出发来强调阶级革命的必要性和必然性，论证要使人的本质力量得到充分的自由发展，就必须消除私有制。”

二、创作趋向：伤痕、反思、改革、寻根

十年“文化大革命”，知识青年“上山下乡”。在这十年，他们积聚了太多痛苦的情感，于是，随着社会环境变得宽松，这种情感一触即发，“伤痕文学”适时出现。“伤痕”一词起源于 1978 年刚刚回城还在复旦大学读书的学生卢新华的短篇小说《伤痕》，由黑板报而起，由于他描写了那一代人的共同境遇，虽然笔触较为温和，但作品还是引起了广泛的共鸣，1978 年 8 月 11 日刊登在《文汇报》后，小说轰动全国。此前，刘心武的小说《班主任》也是一篇描述“文化大革命”给孩子带来精神内伤的作品。于是，一批被称为“伤痕文学”的作品接连面世，它们普遍描述知识青年及普通民众在那个特殊年代的心境和遭遇，有刘心武《班主任》、卢新华《伤痕》、周克芹《许茂和他的女儿们》、莫应丰《将军吟》、从维熙《大墙下的红玉兰》、韩少功《月兰》、张贤亮《邢老汉和狗的故事》、郑义《枫》、张洁《从森林里来的孩子》、王亚平《神圣的使命》等。伤痕文学笔下的人物都是“文化大革命”中的知青、干部、乡女、农民等，作品大都真实质朴，自我爱怜式的抚摸伤痕，有节制地揭开“文化大革命”的伤疤，宣泄长久压抑的情感。

“伤痕”艺术大体上分为两个阶段，前期的作品内容以重述噩梦和揭示苦

难为主，作品多涉及个人经验、情感，有着比较浓重的伤感情绪，充溢的是往昔岁月中苦难、悲惨的人生转折，丑恶、相互欺骗、倾轧、相互利用的对于人类美好情感的背叛和愚弄，表达对当下和未来的迷惘和失落。后期的作品开始表现人性关怀，如竹林的《生活的路》、叶辛的《蹉跎岁月》《我们这一代年轻人》及冯骥才的作品普遍关注人性，对于人性深刻的探索和讨论，引发了20世纪80年代前期规模最大的对人性、人情、人道主义问题的文艺思想讨论和对于人的尊严、价值、权利的呼唤。这种感伤情绪和对社会与人的反思在后来的“反思文学”中得以深化。

“反思文学”是略晚于伤痕文学出现的一种文学思潮。它是伤痕文学在社会内容上的扩展和深化。它把个人命运与社会历史道路的曲折过程联系起来，深刻揭示新中国成立以后社会发展的经验和教训。之所以说它是伤痕文学的深化，首先是反思文学将“文化大革命”这一历史视野放大，将“人”放到1957年以后的大背景中，关心各阶层人物所遭遇的不同命运。题材涉及“反右”扩大化、“大跃进”“文化大革命”等一个个历史真实事件。并且，从对过去苦难岁月的伤感记忆的回顾，转为思考这一段历史背后的动因，对这一段惨痛的历史是非进行重新反思。将“人”托出历史表面，而不再只是将人作为一个时代集体中的一个小分子，将个人悲剧和遭遇与历史背景联系起来思考。

反思文学前期作品字里行间浸透着人的苦难，表达对政治的痛恨与不解，也体现出对民族坎坷历程的思考。茹志鹃的《剪辑错了的故事》、张一弓的《犯人李铜钟》等是其中的代表作。张一弓创作的中篇小说《犯人李铜钟的故事》以一个为了群众生命而不惜触犯党纪国法的大队支书的形象，树立了新时期第一个成熟而完整的悲剧英雄形象。而高晓声的《李顺大造屋》则以看似幽默的笔法，揭示了中国农民自身的性格弱点，指出这些“民族劣根性”在新中国成立后所造成的“左”倾灾难及所应当承担的责任。《记忆》则以某地宣传部长秦慕平对曾经被自己错判为“现行反革命”的少女方丽茹的忏悔，反省了一个时期内不正常的“现代迷信”及自己在这种迷信中所扮演的可悲角色。

20世纪80年代渐入中期，久被压抑的知识界思想开始变得非常活跃，文化运动热潮兴起，各种论争此起彼伏，文学艺术作品创作也在深度和广度上继续探索。与其相一致的，文学作品不再只是沉浸在悲伤的情感和痛斥的快感宣泄中，而是提出了个人对历史应负责任的新课题。很多作家不久就开始转到对历史、现实和生命本身的反思。王蒙的《蝴蝶》是这方面的代表作。这些作品张扬被“左”倾思潮压制多年的“人道主义”，甚至歌颂某种“永恒的、超阶级的人性”。此类作品出现较早而且影响较大的，是谌容的中篇小说《人到中年》。这篇小说以一对中年知识分子夫妇陆文婷、傅家杰的工作和家庭生活为内容，运用时空错位的意识流手法，展开女主人公一心埋头事业，长期超负荷运转，在家庭和工作的双重压力下，生命健康遭到严重危害的生活状态。呼吁社会给中年知识分子多一点关注。《如意》是刘心武创作转型时期的一部重要作品，小说讲述了一个平凡的老校工石义海一生的遭遇以及他和清朝格格金绮纹之间的一段曲折、多难、深切缠绵却终未如意的爱情悲剧。揭示出一个深刻的人道主义主题：应该把人当成人，理解人的感情，尊重人的选择。在这部作品中，刘心武已经开始由单纯的社会呼吁转向对人性的刻画，并着力于挖掘出不正常年代中普通人未被扼杀的善良天性和正直灵魂。其他如表现"同情"的《离离原上草》、表现"母子亲情"的《女俘》、表现"友情"的《驼铃》等；或探讨"爱情婚姻"方面的社会问题，如《爱，是不能忘记的》《春天的童话》《我们这个年纪的梦》等；或讴歌人的生命力量，如《北方的河》《迷人的海》等；或思考生存价值，如"知青小说"中对往日做写实性却富于诗意的回忆与描述、"右派小说"中立足政治历史之上对自己的心路历程的解剖。在反思文学的这一阶段，新时期文学完成了它的一次重要的跨越——由侧重于表现时代精神到注重于张扬人的主体，由展示历史沿革到致力于对人的心灵世界的探寻。反思文学开阔了新时期文学的视野，使新时期文学具有更丰厚的容量与更深刻的蕴涵。

与伤痕文学、反思文学同时出现的还有寻根文学。这里带出一个传统与现代问题，五四新文化运动以来对于这个问题的论争从未间断，直到"文化大革命"期间对于传统文化一律持打倒的态度，再到20世纪70年代末80年代初，这个问题又重新浮出水面。一方面，西学东渐势必给传统观念带来冲击，另一方面，一个民族的传统文化历经历史的积淀，非一日可打倒或全部抛弃。向外看，西方文艺复兴得益于从历史挖掘传统文化的优秀基因，在此基础上经过重新整理与思考生发出新的活力。这一活力当然来自人本身，来自于对人与自然的歌颂和热爱。

从传统文化中寻找中华文化之根本，回看历史，思考当下。20世纪80年代于是出现了寻根文学，寻根文学致力于挖掘传统意识和民族文化心理，艺术家以现代意识反映传统文化，致力于对传统意识、民族文化心理的挖掘，他们的创作被称为"寻根文学"。1985年韩少功在《文学的"根"》中声明："文学有根，文学之根应深植于民族传统的文化土壤中，"他提出应该"在立足现实的同时又对现实世界进行超越，去揭示一些决定民族发展和人类生存的谜"。在这样的理论之下作家开始进行创作，理论界称之为"寻根派"。这些作品对民族文化资料的重新认识和阐释，发掘其积极向上的文化内核，以现代人感受世界的方式去领略古代文化遗风，寻找激发生命能量的源泉。对民族文化心理的深层结构的深入剖析，挖掘当代社会生活中一些难以理解的文化因素，从而对其加以批判。代表作品有：阿城的“三王”，包括《棋王》《树王》《孩子王》，韩少功的《爸爸爸》《女女女》，郑义的《老井》，贾平凹的《商州》系列，王安忆的《小鲍庄》，李锐的《厚土》系列，莫言的《红高粱》系列，等等。

1985 年是“文化大革命”后文学史上很重要的一年。在此以前，作家们的主要工作集中在对历史的反思和对现实的批判方面，过于强大的政治压力使文学的实验无法健康正常地发展。1985 年文化寻根意识的崛起，在政治和文化的多重关系下直接带动了文学上的实验，唤起作家、艺术家对艺术本体的自觉关注。当时一批青年作家不约而同发表了各自的宣言，包括阿城、郑义、韩少功、郑万隆等。韩少功明确阐述了“寻根文学”的立场，认为文学的根应该深植于民族文化的土壤里，这种文化寻根是审美意识中潜在历史因素的觉醒，也是释放现代观念的能量来重铸和镀亮民族自我形象的努力。郑义也认为，只有“跨越文化断裂带”，我们才有可能“走向世界”。《棋王》《爸爸爸》等作品都是回向传统寻找中国文化之根。电影《黄土地》与第四代导演在 20 世纪 70 年代末至 80 年代中期的电影作品如《小城之春》《老井》《城南旧事》《巴山夜雨》等，都有向传统文化寻根的努力，作品采用传统的叙事手法，采用现实主义与浪漫主义相结合的方法。有的作品在影像上借用中国传统诗歌与绘画的意象表现手法，这种以诗意想象为主要艺术手法的作品体现了中国传统文化中的美学价值。

改革文学的出现也不可忽视。发轫之作是蒋子龙于 1979 年发表的《乔厂长上任记》。这类作品以中国十一届三中全会以来的改革浪潮为描写对象，是中国社会生活重心由阶级斗争转移到现代化建设上的反映。农村改革小说的代表作如：高晓声的“陈奂生系列”、何士光的短篇小说《乡场上》、张一弓的短篇小说《黑娃照相》、张炜的中篇小说《秋天的愤怒》、蒋子龙的中篇小说《燕赵悲歌》、贾平凹的中篇小说《腊月·正月》《鸡窝洼的人家》等。城市改革小说有：蒋子龙的《一个工厂秘书的日记》《人事厂长》《开拓者》、张洁的《沉重的翅膀》、张贤亮的《男人的风格》、李国文的《花园街五号》、刘心武的《钟鼓楼》等。改革文学的主要特点是热忱呼唤改革，对改革的进程作了及时快捷和持续的反映和描写；力图整体反映变革中的时代、社会与人，描绘出改革是一个夹杂着挫折、失败、困惑，但又高扬着理想希望的不可逆转的复杂过程。作品塑造了一批改革家、开拓者为中心的“当代英雄”。改革文学调整了文学反思历史的视点，使文学多了一个“回到当下”的向度。

美术领域，新时期美术的标志是从对现实生活的真实暴露与批判开始的。连环画《枫》、程丛林《1968年×月×日雪》，从揭示“文化大革命”伤痕到暴露“人性”真实；罗中立的《父亲》，从乡土写实到人道主义的精神孤旅。当时所谓“实践是检验真理的唯一标准”，就是让人们从对英雄和领袖的崇拜中，从理想和教条的束缚中回到现实世界，特别是回到现实中人的真实精神世界。新时期历史主题的现实主义创作更加注重对历史真实与人性的发掘与表达，当时提出的革命历史画要“忠实于历史真实”的观念和强调造型艺术的独特规律“忌用说明性、解释性的细节来表现故事和情节”的思想，都影响了新时期以来关于历史题材的美术创作。在审美精神上，由原来的理想主义、英雄主义转向了悲情现实主义和平民主义，像现实中的“伤痕”美术一样，画家们往往也通过战争素材寻找中华民族历史的伤痕。因此，这个时期以表现“大屠杀”为内容的作品非常广泛，而且作品大多通过酷烈的场景描绘，宣泄历史悲剧的纵深面。它和20世纪五六十年代在表现“悲壮”时的只“壮”不“悲”正好相反，是“悲”而不“壮”。就表现人物而言，也由原来的表现“英雄”、塑造“典型”而转变为对战争中普通人的描写，像沈嘉蔚《红星照耀中国》那样的鸿篇巨制，却刻意把领袖人物隐藏到平民和战士之中，这和理想现实主义时期的领袖形象塑造形成了鲜明对照。

伤痕艺术试图表现的是一种非高大化和非模式化的历史人物。罗中立的油画《父亲》表现了一位农民的辛劳，残酷的生活在他的身上留下了不可磨灭的印记。这幅画没有将主体理想化，而是用客观、详尽的笔法传达出一种脱离政治情感束缚的真实。它的创作风格和技法受美国照相写实主义艺术的影响，通过采用与政治领袖画相同的手法和巨大的尺寸而创造了一个“反英雄”形象，其在中国艺术史上的地位更多地基于社会意义。

其他文艺领域也开始复苏，出现了一批有影响力的作品。电影《牧马人》上映，引起强烈反响。电影《牧马人》是根据著名作家张贤亮的小说《灵与肉》改编而成。《牧马人》是“文化大革命”结束后，谢晋的又一部“右派”题材的影片，影片上映后产生了极大的轰动，并获第6届电影百花奖最佳故事片奖。1982年，吴贻弓执导的《城南旧事》上演，这是一部具有极强的平民意识、纯美的散文式的电影。一时间，“小英子”的形象成为判断女孩美的标准。1982年，徐克运用特技制作拍摄的《蜀山奇侠传》引起轰动，之后，他的系列电影更是奠定了其在武侠电影创作中的地位。1982年，中央电视台筹拍《西游记》，现在提起仍为人津津乐道。1983年，第一届现场直播的春节晚会一炮打响。大年三十，一家人一边包团圆饺子吃年夜饭，一边看中央电视台现场直播的春节联欢晚会，与荧屏上的影、视、歌、曲艺明星同喜同乐。1983年，电视纪录片《话说长江》播出，本片从长江源头说到入海口，从天文地理说到风土人情，其中充满了对历史的沉思和对现实巨变的肯定。1985年，顾城诗集《黑眼睛》出版。北岛、舒婷、杨炼、江河、顾城的合集《五人诗选》由作家出版社出版，表明朦胧诗的地位得到了肯定，他们被称为“朦胧诗五人”。

在音乐领域，邓丽君唱红了大江南北。邓丽君演唱的大多是以民间小调为素材创作的歌曲，《小城故事》《原乡人》《路边的野花不要采》等，邓丽君以她出色的演唱和作品中非常中国化的传统浪漫主义及20世纪30年代新文化运动中的感伤主义浪漫，征服了一大批听众，在当时被称为“靡靡之音”。高山族民歌《娜鲁湾情歌》的流传更是给了中国内地音乐制作人很多启示。

三、思想旨归：回归“十七年”传统

“文化大革命”结束，但刚刚过去的苦痛并没有结束。那一段沉痛的历史留给人们的是愤怒和伤痕，人们需要治疗伤痛，于是，声讨“文化大革命”成为这个时期的文艺主题。“伤痕文学”涉及的内容很多，但大都是以真实、质朴甚至粗糙的形式，无所顾忌地揭开“文化大革命”给人们造成的伤疤，从而宣泄十年来积郁心头的大痛大恨。这一时期的文学表现出价值的相对性，肯定一种现象是建立在否定另一种现象的基础之上，而非出于理性面对和反思历史的结果。人们用对过去的温馨记忆来拒斥“四人帮”的政治暴行。“伤痕文学”以忠奸模式来表达对历史的温馨记忆。

“文化大革命”以其极“左”的方式严酷地摧毁了人本主义思想，以至于使得那个时期成为失去理智、失去人性文化的恐怖时期。“文化大革命”刚刚结束，人们还只顾得上舔舐伤口，回忆过去“十七年”的美好时光。而到了20世纪80年代中期，知识分子特别是青年的心声如洪流般倾泻而出，这股洪流敏锐地反映在文艺上，一切都令人想起五四时代。人的启蒙，人的觉醒，人道主义，人性复归……围绕着感性血肉的个体从作为理性异化的神的践踏蹂躏下要求解放出来的主题旋转。“人啊，人”的呐喊遍及了包括绘画在内的各个领域、各个方面。由“解放思想”开始的对于“现实主义”“社会主义现实主义”的反思，拓宽了人们对于现实主义内涵的理解，人们从单一的写实绘画，到探索绘画艺术发展的自律性，关注“形式”在视觉艺术中的主导地位，关注个性精神、主体精神对于现实世界的呈现、超越和独立。对于“现实主义”的讨论。对于“内容和形式关系”的讨论，对于“艺术以自我表现为目的”的讨论，对于“艺术本体独立性”的讨论，都试图摆脱“社会政治意识”和“社会人伦判断”的束缚，而走向艺术主体的张扬与整个社会人本主义精神的表达。但是，80 年代的反思是无主体反思，其有限性在于主要依靠政策理论，缺乏理性的思考。

现实主义在 20 世纪 80 年代无论从其题材还是思想上都较前期开创了一个全新的局面，文艺开始相对自主，艺术作品勇于直面现实人生、批判社会矛盾。艺术家们在最大的热情和最真诚的心态思索中国的现实，书写那个热情的年代。

第二节　现代主义文艺思潮

一、西方现代主义文艺思潮

现代主义的源流可以追溯到法国的印象主义。而领风气之先的是美术，19 世纪 80 年代，法国的印象主义、后印象主义和象征主义画家们提出的“艺术语言自身的独立价值”“绘画不作自然的仆从”“绘画摆脱对文学、历史的依赖”“为艺术而艺术”等观念，是现代主义美术体系的理论基础。

现代主义艺术最早从康德的先验唯心主义那里汲取了养料，同时又受到现代哲学思潮的影响，其中尤其受尼采、弗洛伊德、柏格森、荣格、萨特等哲学家关于哲学、心理学的影响为最。尼采的学说，不仅对德国的表现主义运动起过推动作用，也对整个现代主义的文艺运动产生很大影响。尤其是他否定权威，主张发挥以人的意志、本能为基础的创造力，蔑视中产阶级的文明和虚伪道德，对无意识和本能的推崇，对世界前途的悲观主义，在现代主义的各个流派的理论和实践中，都有所反映。弗洛伊德的潜意识学说，他的“无意识才是精神的真正实际”，是超现实主义运动的理论支柱，正是在弗洛伊德理论的引导下，超现实主义以及其他流派的美术家们用多种手法挖掘人们精神世界的深层，其后果是一方面开拓新的艺术表现领域，另一方面使艺术语言趋向荒诞和怪异，不少作品创造了荒诞、怪异的新境界。

现代主义艺术是西方进入垄断主义时代以后产生的，是第二次工业革命的产物，就不可避免地反映了这个时代政治、经济和精神文化生活的重要变革，反映了这个时代人们极其复杂、丰富的思想感情和极为深刻的哲学思考。不同于现实主义的是，现代主义的美术在对待社会、人、自然与自我的关系上失去了平衡，关系是扭曲的。这样，现代主义的美术家似乎是超脱社会、超脱自然的人，他们不直接描写社会和人生（少数艺术家例外），但他们的作品影射着社会和人生，采用的语言是荒诞的、寓意的或抽象的。在他们的作品中，可以感觉到现代人们（包括艺术家们自己）的精神创伤和变态心理，感觉到他们对现实生活的消极、悲观和失望的情绪，感觉到他们思想上强烈的虚无主义。正是现代主义美术作品的这些特征，使它们具有不可忽视的社会历史和审美的价值。因为它们正是西方现代社会和现代精神生活重要方面的写照。

现代主义艺术与以写实和模仿为基础的现实主义艺术相比，具有象征性、表现性和抽象性的特点。西方现代主义艺术竭力否定和排斥的是19世纪中期以来的含有学院派特征的写实主义传统。强调表现个人的直觉、本能、情绪、心理、幻觉、梦境等，在艺术形式上或追求隐晦紊乱，或追求荒诞变形，或追求迷狂空幻，反传统和追求新奇成为具有普遍性的美学目标。

二、现代主义文艺思潮在中国

（一）文艺形式探索：西方现代思潮涌入推动中国当代艺术形式探索

现代主义创作手法在民国时期即被引进，只是在新中国成立以后转为地下探索，20世纪80年代浮出水面，令人目不暇接，如上海的《十二人画展》。政治上的思想解放运动、文化上的人文主义启蒙思潮，为中国真正进入现代国家奠定了深刻的精神基础，而80年代在艺术领域发生的现代主义运动，不仅是这场变革在视觉领域的反映，也是它的现实内容之一。1983年5月5日至25日“毕加索绘画原作展览”在中国美术馆举办。弗洛伊德的《精神分析引论》新译本由商务印书馆出版，随即引发了知识界的“弗洛伊德热”。唯意志论、现象学、存在主义、符号学、结构主义、逻辑实证主义、后结构主义等理论在中国得以传播，在文学创作方面，卡夫卡、黑塞、纪德、塞林格，意识流、新小说、荒诞派、黑色幽默、拉美魔幻现实主义、后现代主义、实验小说等都进入了人们的视野。而艺术领域的西方印象主义、立体主义等现代绘画给中国艺术家观念的解放带来了深刻的影响。

20世纪80年代现代艺术运动以“星星画会”“无名画会”和各地的油画研究会为开端，尤以“星星画会”从思想、文学、艺术等综合领域开启了中国现代艺术运动的基本方向。作为80年代中国现代艺术主体，“八五新潮”艺术运动以艺术群体、艺术传媒、艺术展览等综合性社会活动方式，上演了一场文化、思想史的宏大正剧，并以“八九现代艺术大展”谢幕。80年代中国现代艺术不仅是20世纪初西学东渐文化运动在新的历史条件下的延续，也是20世纪80年代至今在中国发生的当代艺术的先声，它的精神价值和文化意义已远远超越了艺术史的范围。同期发生的关于“形式美”“抽象美”与“现实主义”之争、“自我表现”与艺术本质之争则是这种现代性发生过程的理论反映。20世纪80年代中国现代艺术运动以“八九现代艺术大展”这种戏剧性方式谢幕。

“朦胧诗”酝酿于“文化大革命”期间，20世纪70年代末正式出现于文坛的一种文学思潮，主要得名于当时官方媒体对其作品“晦涩”“朦胧”的批评。最初以地下刊物《今天》为核心。从某种意义上说，朦胧诗是个人主义对文化单一与平均化现象的反思。朦胧诗的代表诗人有北岛、顾城、江河、杨炼和舒婷。北岛创作于“文化大革命”后期的短诗《回答》是第一首公开发表的朦胧诗作品。朦胧派诗歌普遍使用以意象表达思想内容的手法，反映对社会和人性的追求和反思。成为现代主义文学的第一个有影响力的流派。与传统诗歌相比，朦胧诗具有明显的反叛意识。它重隐喻、暗示、象征、错觉、幻觉、大跨度的跳跃、艺术变形等表现手法，抛弃以往诗歌中流畅叙事和写实，以意象的朦胧性和主题的多义性代替以往诗歌中形象的明确性和主题的单一性，以情感的立体多向型代替平面单向型，以不规则、灵活多变的诗体形式代替和谐匀称美。这些艺术特征，使朦胧诗呈现出一种与以往诗歌迥异的、朦胧的、怪诞的、令人耳目一新的美。如舒婷的《海滨晨曲》、杨炼的《乌篷船》、梁小斌的《大地沉积着黑色素》、车前子的《三原色》、北岛的《古寺》等。虽然这些青年诗人并没有为自己贴上现代主义的标签，但他们诗歌中表现的情感、心态以及运用的诗歌表现技巧，与现代主义是相通的。1985年以后在全国各地都起来了一大批更躁动不安的青年，他们迅速地把朦胧诗变成历史的陈迹。很快，一股被称为“新生代”的诗潮将朦胧诗挤出诗坛，使之成为“历史的陈迹”。1986年10月，安徽的《诗歌报》与《深圳青年报》联合推出了“中国诗坛1986’现代诗群体大展”，这标志着中国诗坛多元化的诗歌群落开始形成。莽汉一义、非非主义、整体主义、新传统主义、新感觉派、客观主义、莫名其妙派、撒娇派等五花八门的旗帜和众多标新立异的社团宣言使人眼花缭乱，汇成一股声势浩大的新诗潮。

20世纪80年代有一个很引人注目的现象，任何一批具有新的艺术特色的作品面世，马上会有另一批打着新旗号的艺术家宣称前面的即已过时，艺术呈现一派青春急躁之面相。继朦胧诗之后，接踵而来的，是“新生代”和一批有意借鉴西方现代主义表现手法的新潮小说。当我们读王蒙的《春之声》、茹志鹃的《剪辑错了的故事》、宗璞的《我是谁》、刘索拉的《你别无选择》、徐星的《无主题变奏》等作品时，会明显地感到这些小说与传统小说的式样迥然相异。以王蒙为代表的新潮小说探索者，更多的是在文学技巧、艺术构思、表现手法等方面借鉴西方现代主义，但从思维方式和艺术观念而论，现实主义精神仍然在他们头脑中占据主导地位。他们尽管也描写人们痛苦的心路历程，写人的孤独感，写现实世界的荒诞不经，甚至表露出迷惘、空虚、绝望的情绪，然而，他们并没有生搬硬套西方现代主义。如王蒙的“意识流”小说《夜的眼》《春之声》《风筝飘带》写的都是人物对城市生活和对于时代变化的种种心理感受。

“星星画会”作为中国现代艺术的开端从政治性批判意识（如王克平的《偶像》《万万岁》，毛粟子的《十年动乱》）、启蒙性精神追求（马德升的《息》《六平方米》，黄锐的《新生》）和形式性艺术探索（黄锐的《琴声诉》《四合院》）三方面为中国文化的现代性历程拉开了序幕，而同期发生的“伤痕美术”虽然承袭了写实主义的技法传统，但也以反省（如高小华的《为什么》，陈宜明、刘宇廉、李斌的《枫》，王川的《再见吧！小路》，王亥的《春》、程丛林的《1968年×月×日雪》）、觉悟（如程丛林的《1978年夏夜，身旁我感到民族在渴望》，何多苓、艾轩的《第三代人》、何多苓的《春风已经苏醒》）和人道主义（如罗中立的《父亲》、陈丹青的《西藏组画》）三个主题改变着中国现实主义的“歌德”传统。

（二）文化反思：与形式探索并重

在有了“思想解放运动”“新启蒙”“文化热”“方法论热”和“小说革命”以后，“80年代”成为20世纪最重要的历史时期之一。因此，无论是80年代行进中的及时评论，抑或80年代之后的不断阐释，关于80年代的论述始终是当代文学界一个持续的话题。在80年代，文学、哲学、美学以及史学发挥了“先锋”的作用，这也是当时的一大特色。人性、个人主义、形式、新启蒙、现代派、先锋、寻根、知识分子、精英等成为当时文艺领域的主题词。“十年浩劫”后的迷惘失落，对传统价值观的怀疑和动摇。在西方哲学背景下，批判反省文化传统，寻找中国文化的出路。

20世纪80年代的现代性始终是个难题，因为历史逻辑与西方不同，但理论渊源来自西方。80年代的真正问题是如何面对“反右”和“文化大革命”

带给人们的伤痛，反思新中国成立以来的文化发展问题，检讨自五四以来中断的思想启蒙，乃至认识中国近代历史的悲剧与中国传统文化到底是什么关系。

“八九现代艺术大展”酝酿自1985年，至1989年的展览艺术家们积聚多年的现代性热情得到一次性的宣泄和释放。“创造历史：中国20世纪80年代现代艺术纪念展”是对这场艺术运动的一种精神祭奠和情境还原，它收集了20世纪80年代珍贵的艺术品原件和部分艺术创作文献，展现了从“星星画会”到“八五新潮”美术运动、“八九现代艺术大展”的基本历史线索。展览包括了王克平、黄锐、王川、王亥、王广义、张晓刚、张培力、徐冰、黄永砯、谷文达、吴山专、顾德新、王鲁炎、毛旭辉、丁方、舒群、王友身、李邦耀和温普林等艺术家的20多件艺术作品。展品包括“星星画会”的珍贵展品、“伤痕绘画”的代表作、“八五新潮”美术运动时期各地艺术群体中有代表意义的作品。

作为一场社会运动，“八五新潮”美术运动的另一个社会学特征就是同期大量社会传媒成为这场运动的新闻传播手段和思想交流阵地，北京的《中国美术报》、南京的《江苏画刊》、武汉的《美术思潮》被合称为中国现代美术的“两刊一报”，而一段时期内北京的《美术》《北京青年报》、湖南的《画家》、广州的《画廊》一定程度上也承载了宣传现代艺术的功能。与这场运动的需要相适应，20世纪80年代也产生了一批优秀的理论家、批评家和社会活动家，如高名潞、栗宪庭、刘骁纯、水天中、郎绍君、周彦、唐庆年、孔长安、张蔷、郑胜天、王小箭、王明贤、易英、范迪安、殷双喜、费大为、朱青生、高岭、彭德、皮道坚、严善錞、祝斌、杨小彦、邵宏、洪再新、陈孝信、李小山、顾丞峰、王林、吕澎和鲁虹等，他们为这场具有理想主义色彩的运动提供了多维的理论智慧和开阔的批评视野，他们中的大多数迄今仍活跃在中国当代艺术的舞台。

文艺作品反传统的一面承继五四精神，但此时已显得式微。前期，艺术家们刚刚经历过“反右”“文化大革命”等文艺寒冰期，新时代的他们来不及也无力进行新的艺术形式的探索，而是迫不及待地回到“十七年”传统，如在文学领域里的以典型的“忠—奸”叙事模式来反思“文化大革命”灾难，结果是并没有真正从人文的角度对“文化大革命”进行彻底的反思和批判。后期，中国人开始大量接触西方文化而反观自身，年轻一辈艺术家的热情开始反正统。反正统就是反对文艺成为政治意识形态的附庸而失去艺术本身。由于人们对传统的认识并不清晰，因此那种认为20世纪80年代文艺是反传统文艺的观点是值得商榷的。反而有些作品正试图去探求传统文化以及中华民族之根本精魂，如陈凯歌导演的电影《黄土地》等。

20 世纪 80 年代的前期，文艺作品回归中国传统文化叙事的主题与艺术风格，结合浪漫主义与现实主义的叙事，如吴天明导演的电影《老井》等。到了中期，在西风东进的影响下，人们不断探索不同形式的艺术表达方式。由于一些年轻的艺术工作者并没有受到过系统的传统文化的教育，可以说他们连抛弃传统的认知都不存在。他们的创作表现为对全球文化时代的西方文化的全盘拥抱。借用西方模式，他们在文艺理论和创作上作了大量的新形式的探索，人文主义的热情一时高涨。以各种新的理念为主张的新流派层出不穷。人们开始将眼光从政治转向人本身，文艺将个体生命作为它们表现的主题。如电影《红高粱》中对生命价值的重新认识达到前所未有的状态。其高扬生命本能、个体价值、唤醒民族觉醒意识的主题在电影中表现得淋漓尽致，电影也获得了海内外的一致赞誉。

受现代心理学和反理性主义哲学思潮的影响，出现了以北岛为代表的朦胧诗潮，以王蒙为代表的意识流小说，以陈凯歌、张艺谋为代表的第五代电影导演。张军钊导演的《一个和八个》、陈凯歌导演的《黄土地》、吴子牛导演的《喋血黑谷》、田壮壮导演的《猎场扎撒》相继面世，第五代导演开始受到关注。1987 年《红高粱》诞生，同一年，电影《老井》和《红高粱》在国际上获大奖。各种实验性美术课题："八九现代艺术大展"是 20 世纪 80 年代中国现代艺术的缩影。谭盾、瞿小松、郭文景、叶小钢、何训田、许舒亚等人的"新潮作品"广泛吸收西方现代作曲技法，表现我们民族的历史与当代生活，从音乐观念、音乐语言、作曲技法、乐队编制、演奏手法诸方面突破传统，建立起高度个性化的、浸透了现代人求新求异求变意识的现代音乐范式。摇滚明星崔健创作并完成首张个人专辑《新长征路上的摇滚》。1989 年 3 月，崔健在北京展览馆举办"新长征路上的摇滚"演唱会，轰动京城。第五代导演张艺谋和陈凯歌、作家王朔和余华都在不同的文化领域中崭露头角。四部王朔的小说同时被搬上银幕，1988 年被称作"王朔电影年"。这四部影片分别是米家山导演的《顽主》、夏钢导演的《一半是火焰，一半是海水》、黄建新导演的《轮回》和叶大鹰导演的《大喘气》。刘树纲的话剧《一个死者对生者的访问》在北京首演，它是"探索剧"艺术创新道路上的一座里程碑。

（三）主体意识的觉醒：寻找失落的人

20 世纪 80 年代，"改革开放"成为中国政治文化生活的主旋律，自由民主的精神在民间激情迸发；各种新思潮随着各种社会、文化活动滚滚袭来，不可避免带有几许躁动甚至走向崩溃；中国在激动与疼痛中迎来了又一次文化艺术的西学洗礼。

第五代导演电影作品中鲜明体现了一种整体的文化品格：通过或寓言或传奇、或写实或概括的艺术形象体系，蕴涵着严肃的形而上的社会反思与生命觉悟：《黄土地》以诗意的镜像语言，传达着厚重深沉的人文思考；《边走边唱》则承载着近乎宗教层面的对生命与人生的终极拷问；《红高粱》《菊豆》《大红灯笼高高挂》等影片则以寓言体的传奇，张扬着千百年来被压抑、被束缚的健康人性，颠覆着"从来如此""天经地义"的专制文化与病态人生；《老井》、《秋菊打官司》之类，或挖掘中华民族源远流长的生存艰难以及因之产生的人性变异，或准确把握当代社会生活的历史变迁与公民意识的逐渐觉醒；《晚钟》《大磨房》等，则通过对历史事件的刻骨铭心地剖析、审视，使人们在难可言说的沉默中，体味到一种从来没有过的"清醒的痛悟"；而《血色清晨》《寡妇村》与《出嫁女》等，则以强烈的民俗色彩，极具震撼性地展示出当代民俗深处的文化蒙昧、畸形、弊端与病变，进而呼唤着清醒、健康、积极、自然的人性境界与生命觉悟；至于《摇滚青年》与《一般是火焰一半是海水》《顽主》等作品，或以热烈的音像语言直接宣泄人文观念的前卫与新潮，或以调侃、戏谑、灰色幽默的方式，表露着对传统、规范、正经的社会法则与个体人生的嘲讽、冲击乃至反叛。随着政治形式的巨大变化，打开了思想阀门的美术界不断受到西方现代艺术理念的浸染。

（四）艺术失落了自身

"八五新潮"美术运动同时也是一场理论运动，甚至可以说正是作为一场理论运动它才有可能拥有如此广泛而深入的历史影响力，这场现代意义的启蒙思潮直接承袭了五四运动以来对西方各种哲学、艺术到文化思想全面接受的立场，向中国文化中各种极权体制和观念发起挑战，从黑格尔的"时代精神"，到叔本华、尼采的绝对意志，从柏格森的非理性直觉到萨特的存在主义，从抽象派到野兽派，从达达派到波普主义，几乎所有近现代的西方艺术和哲学流派都可以在这里获得共鸣，而同期在中国学术界流行的"文化热""美学热"也都可以在这场运动中寻找到恰当的视觉回应。"北方艺术群体"提倡的"寒带文化""理性绘画"，"厦门达达"崇尚的反审美、反文化立场，"西南艺术群体"对神秘主义、直觉主义的追求，"池社"作品中的存在主义倾向，共同构成了一幅离奇的理论图景。同期发生的有关中国画前途的论战，关于"纯化语言"与"大灵魂"之争以及"清理人文热情"等口号的提出使这场理论运动具有更多本土问题的色彩。

但是，源于西方19世纪工业化社会背景中的现代主义思潮有它自身的历史逻辑和独特的价值取向，忽视这个前提而将西方理论拿来嫁接在中国的文化土壤与社会背景上难免水土不服。同时存在的问题还有，简单机械化操作，大张旗鼓表达，意念至上，主题先行，艺术作品成为生硬的哲学图解，艺术就失落了自身。将西方各种实验艺术、先锋艺术拿来我用，而不顾这些艺术思潮的社会文化背景。哲学化观念不是艺术思维，将艺术变成哲学的图解。艺术实践的着眼点除了纯粹的艺术语言的所谓“探新”之外，就是对一些抽象的哲学命题的晦涩的表达。虽然对于艺术的表达不再仅停留于现实批判层面，对形而上的思索使这一时期的艺术进入了一个新的阶段。但是，艺术必须通过艺术语言转换哲学思想，只是哲学的图解就不是艺术。

20世纪80年代的论争尽管热闹非凡，但不免带有过去的历史印记，在主题、叙事模式以及人物的形象修辞等方面，均体现出顽固不化的历史影响，毕竟人们刚刚脱胎于那个风声鹤唳的时代，有意无意中受到了那个时代的巨大影响。

“运动”作为艺术的形式本身携带着此前各式“运动”的形式基因，也被贴上了集体主义的标签。以八九现代艺术运动为例，艺术不再是一种思潮、一种主义，而成为一场运动。运动本身就有它的政治意识形态。某种意义上来说，20世纪80年代的文艺运动延续了“反右”“文化大革命”以来的思维方式，同时也受计划经济体制的集体观念的深刻影响。由于社会主义计划经济的运作，人们的行动仍然遵循集体的方式，生活中缺乏真正自由的个性。同时，“文化大革命”的惯性思维不可能在瞬间消失，它在相当长的一段时间仍然存在。因此，在文艺领域的运动也将是运动式的，是集体主义的。对于人和对于艺术来说最核心的问题：自由和解放，某种程度上变成一种无法实现的口号、一种乌托邦的向往。

20世纪80年代的真诚、热情和理想带给文化重生的喜悦，就像躁动的青春期，虎虎有生气，渴望前卫和成熟，有时不免表现得少年老成，故作姿态。后者是由于理论资源有限、学术修养不深所致，但它毕竟迸发了青春朝气与旺盛的生命态势，人们似乎从中看到了五四新文化运动的影子。

第三章　迷失于商品逻辑的文艺

第一节　20世纪90年代初期的社会背景

1992年邓小平“南巡”以后，出现了新的历史契机，经济成为这个时代的骄子。因此，似可把1993年至1995年的经济暴热称为“商品话语与大众媒体的狂欢时期”。其特征为：文化上全面张扬欲望，体现出反现代性和反现实主义性，同时全球眼光与本土意识萌发；文学上出现迷惘的文坛与困惑的创作批评，文学商品化，文化媚俗化，批评主体解体，传统文学主题失效，读者群体的分化，文艺标准失落和规范失序；思想上是多元观取代了绝对主义观，开放多元的心态取代了焦躁的二元对立心态，其结果是话语空间拓展和自由度变宽。从中国经济神话到全球金融危机，从信息高速公路到克隆技术的人性问题，从人文精神到文坛官司，从真正诗人的自杀到散文化的小男小女风景，文化精神确实是发生了全面转型。

文艺领域，与20世纪80年代主要致力于形而上的文化使命相比，90年代总体上的创作趋向转到形而下层面。许多艺术批评家也都谈到80年代预示着艺术“集体主义”的终结——新个人主义在“八九”余烬消失后主导整个当代艺术界。艺术家们告别群体方式，各自独立创作属于自己的专有风格，探究内心世界，在作品中记录自己的内心战栗，再应用市场化的手段把它们推向全球观众。90年代中国的实验艺术还包括某种在中国社会转型期间艺术家个人化的文化态度和人格变异的实验，即在面对国际资本主义、全球化和后意识形态时期，对于艺术的社会禁忌和情感极限的突破、对于艺术概念自身的解构、对于知识分子心理意识的自我解体，等等。90年代基本的文化演变，使知识分子自我主体性趋于解体和重构，而物质主义和大众商业文化逐渐获得文化合法性。刘小东、赵半狄等人的新生代绘画是90年代初先声夺人的一个艺术思潮，这个群体表现了青年知识分子的一种边缘的内心流亡的日常性。他们的绘画具有意识形态的青春特征，在青春绘画的线索上与伤痕美术具有一种视觉面貌和心理意识上的联系。新生代绘画在视觉上延续了伤痕美术小知识分子的感伤性，在思想背景上则延续了70年代后期意识形态的心理意识和政治情感。

在具体社会态度上，他们具有一种自足的青年精英的边陲美学和对政治文化的灰色情绪，但他们不再是像伤痕美术那样浪漫的批判现实主义，只是强调个体在生活日常性中的真实价值。

这种由多元取代一元、宽容精神取代绝对精神、彼此倾听互相联系取代了闭门造车的学术思想格局，使得关注20世纪90年代的文艺发展时，必得既注意到大众文化崛起中若干的合理因素，也注意到其背后的国家机器权力被遮蔽这一事实；既注意到公用空间日益缩小，私人空间日益扩大，传媒知识人日益左右当代中国文化领域，又关注其民族主义打着偏激的反西化旗帜，所掩盖若干不为人所注意的落后排外的、自我孤立的一面，同时还注意过分西化的所谓后现代、后殖民，抹杀母语经验，抛弃自己传统的根的弊端。

以下介绍现实主义、现代主义和后现代主义在20世纪90年代的发展情况，其中将重点讨论后现代主义文艺思潮的引进及其中国的后现代文艺状况。

第二节　现实主义文艺思潮

一、从宏大叙事到私人化絮叨，从“终极关怀”到“世俗关怀”

现实主义文艺思潮继续发展，但已从宏大叙事转入私人化絮叨，从“终极关怀”转而到“世俗关怀”。这一时期的文艺呈现以下特点：

（一）走向“边缘”

当下似乎成了边缘化创作的时代，“小女人散文”，王朔、王小波的小说，林白、陈染的女性主义写作，“晚生代小说”都是边缘化写作，张艺谋的电影，刘小东、王劲松的油画，都是边缘化题材创作，它们共同表现出一种离心倾向和叛逆情绪，力图在主流和中心之外寻求适合自己栖息的边缘世界，勾画出将自己与主流世界、中心世界隔离开来的界线，或者是以“玩文学”的姿态消解种种中心价值，或者是为“沉默的大多数”说话，或者是遁入私人领域躲避公共化、群体化生活，或者是固守女性王国以反抗男性世界，或者放纵本能欲望而挣脱紧压的道德禁锢。

（二）浮上表面

与“走向边缘”互为表里的是“浮上表面”，以上文艺现象对于那种意义贫乏的符号、蕴涵稀薄的形象、内容空洞的文本普遍表示热衷，无论是某些诗歌大量复制超现实、超历史、超时空的意象，还是“小女人散文”絮叨那种家庭化、私人化、都市化的女性话题；无论是“性文学”和“匪文学”渲染极具煽情性、魅惑性和刺激性的情节，还是“晚生代小说”展示庸俗卑琐、虚假脆弱的现代都市生活片断，都在无休止地制造着平面化的能指、符号、文本、形象，而对这些表象所附有的深度意义内涵作了剥离和剔除，使得这些无根的表象因失去了深层约束而统统浮出水面，漫无节制地滋长蔓延。在这里可以发现当代文学一种逻辑上的逆转，即将传统的深度结构磨平为丧失深度的平面结构。

（三）守持当下

当代文艺“走向边缘”和“浮上表面”的趋向其实都暗含着“守持当下”的时间性观念，表现为一种割断时间之维、虚化历史背景的零度写作。在“性文学”和“匪文学”中，零度历史几乎为通用的时态，芸芸众生大多生活在“不知有汉，无论魏晋”的世外桃源之中。其命运遭际总是在这种停息了历史进程的乌托邦空间中展开，即使假借某种标有时代刻度的场景，也只不过是为叙述的方便而构成某种事由和话头而已，其历史蕴含极为淡薄，在这里一切都是当代，其中跃动着的是现时的趣味、时尚、欲望和冲动。对林白、陈染和“晚生代”们来说情况虽有所不同，但“守持当下”则是一致的。“叙事”随心所欲地腾跃于自然时间顺序之上，将历史放进括号，对时间作零度处理，将事物与它的起源和原因隔断，仅仅将其当下状态突出地呈现出来。

（四）商业操作

在当代文艺中所出现的“走向边缘”“浮上表面”“守持当下”等新动向其实潜伏着一种非常实际的动机，文艺创作与商业操作联手联姻，或者说文艺创作就是商业操作，散发出浓厚的商业气味。

二、现实主义的创作表现

创作方法仍以写实为主要特征，但具有一种新的开放性和包容性，吸收了现代主义各种流派的艺术手法。绘画中的写实主义的一支发展成“超级写实主义”，当然，也有一些画家仍然固守传统写实主义风格，但他们在思想上更着意发掘人心灵或历史文化的艺术蕴藉。

美术领域出现了高名潞所谓的“状态写实主义”。“状态”指在某一片刻中事情发生的一个片段，它以微不足道相对于20世纪80年代的宏大叙事和豪言壮语。高名潞将“状态写实主义”分为三种类型——

一是“玩世现实主义”，认为现实扭曲就是现实本身。它们主张题材与任何教条、任何信仰都无关，谋求以一种调侃的方式接近人在现实中存在的状态。代表作有方力钧的系列油画“标准中国人”形象、耿建翌的《第二状态》组画、张晓刚的《血缘：大家庭2号》等。

二是“新生代”。它的主张是现实就是片段快照。代表人物有刘小东、喻红、苏新平、王劲松、宋永平等。

三是“后状态”写实主义，它指那些用写实形式将摄影和绘画在“挪用”意义上进行混合的作品。代表作有王兴伟的《幸福的家庭都是相似的》《又不是一百分》、李松松的《广场》等。

“玩世现实主义”和“新生代”都是诞生于20世纪90年代早期，“后状态”写实主义则流行于90年代后期，大都受到新媒体观念和技术的影响，它是对都市化的迅速发展和社会生活急剧变化的反映。

第三节　现代主义文艺思潮

一、现代主义的创作表现

（一）现代艺术运动的终结

随着社会环境发生变化，20世纪80年代中后期的文化精英或退隐化、边缘化，或皈依化与世俗化。

新生代艺术以20世纪90年代初由批评家尹吉男等人策划的“新生代艺术展”的崛起为标志，在此后形成了刘小东、方力均、岳敏君、洪磊、海波、展望、毛焰等一批代表性艺术家，新生代艺术家基本上出生于60年代，艺术思想具有青年文人对于社会、历史和美学现实的反省和后乌托邦色彩。他们接受了1949年以后革命的乌托邦灌输，成长于乌托邦崩溃之后精英文化在90年代前期的边缘化和自我苦闷时期。

（二）从边缘开始的艺术突破

20世纪70年代出生的人，与“知青”甚至更早一代不同，束缚更少，社会位置边缘，经济弱势：“被管制一代”，叛逆多于自由。他们的创作基于个人的生存体验，作品不迎合任何人，如电影领域的贾樟柯，绘画领域的尹朝阳、赵晓佳等，不再纠缠于“主义”，更多地关注生存状态和个体生命体验。

二、现代性理想的退化

反思20世纪80年代文化精英在90年代的创作表现，有一种现象不容忽视，那就是：现代性理想的退化。

20世纪80年代活跃于历史舞台的代表人物是知识精英和资本精英的联合体。如张艺谋和陈凯歌。这种两栖精英的身份，奠定了他们作为中国强势集团代表的坚固地位。在80年代文化热时期，他们的追求、理想与新时期文化精神相当合拍。

80年代文艺主角们的作品，主体精神强大充沛，在那个激情四溢的年代里，他们具有浓郁的忧国忧民的启蒙斗士的情怀。但是，时间进入90年代，随着文化失语和价值断裂，这种情怀也逐渐消散。

如果说新中国成立以来的主流文艺是在政治意识形态中迷失了自我，主体自我融入了社会大集体，“文化大革命”后初期在对真善美的寻觅和人道主义的话语中迷失了自我的话，80年代现代性理想的建设者们则是在对民族文化寻根的热情和民族身份认同中，在对现代性理想的追寻中忽略了自我。

第四节　后现代主义文艺思潮

一、后现代主义理论的哲学背景与艺术表现

（一）后现代主义的哲学背景

后现代主义是当代西方资本主义社会政治、经济、文化发展的产物。后现代主义的中心理念体现为一种和传统的道德文明、理想追求完全相反的精神，并形成自身一套独有的价值模式。它具体表现为：消解、去中心、非同一性、多元论、解“元话语”、解“元叙事”等。

后现代主义产生于20世纪60年代，80年代达到鼎盛，是西方学术界的热点和主流。它是对西方现代社会的批判与反思，也是对西方近现代哲学的批判和继承，是在批判和反省西方社会、哲学、科技和理性中形成的一股文化思潮，其著名的代表人物有德里达、利奥塔、福柯、罗蒂、詹姆逊、哈贝马斯等。从形式上讲，后现代主义是一股源自现代主义但又反叛现代主义的思潮，

它与现代主义之间是一种既继承又反叛的关系；从内容上看，后现代主义是一种源于工业文明、对工业文明的负面效应的思考与回答，是对现代化过程中出现的剥夺人的主体性、感觉丰富性的死板僵化、机械划一的整体性、同一性等的批判与解构，也是对西方传统哲学的本质主义、基础主义、“形而上学的在场”“逻各斯中心主义”等的批判与解构；从实质上说，后现代主义是对西方传统哲学和西方现代社会的纠正与反叛，是一种在批判与反叛中又未免会走向另一个极端——怀疑主义和虚无主义——的“过正”的“矫枉”。

从20世纪70年代开始在西方崛起了后现代主义的思潮，一方面是适应后工业社会发展的需要，结合高科技的发展应运而生；另一方面也是对现代主义的一种否定，针对现代主义的种种弊端，提出了新的理论，也影响着艺术的精神。直线的，一味追求向前和革新的思维方式受到置疑，曲线的、迂回的既向前看又向后看的思维方式得到重视；以人为中心的改造自然的观点受到怀疑，转而强调以自然为中心的，强调人与自然的和谐；个性和创造性的意识被认为不是完美无缺的，尊重公众和大众的观念受到了重视。在艺术上推出了折中主义的理论：传统与现代的折中，古与今的折中，精英文化与大众文化的折中。这也就赋予了后现代主义丰富的多义性，后现代主义被演绎为泼皮无赖式的玩世不恭、社会责任感的丧失和崇高精神的消解。西方后现代艺术走上了一条反对极端、追求折中、不尚单一、力倡融合的多样化道路。后现代主义艺术精神的第一个特征是传统的回归，是传统与现代的折中与结合，是对现代主义激进主义的反驳。进入20世纪80年代以来，那些过去曾被批判过的、被超越的、被破坏的，无论是古典的、原始的，还是现代的又开始“复归”，波普以来一度受冲击的传统绘画和雕塑在很大程度上开始“重复”。在后现代主义时期，艺术重新做起了“加法”，这一艺术风格和观念转变的真正意义在于艺术家社会责任感的复苏。后现代主义艺术精神的第二个特征是美的物化倾向。在艺术发展的历史上艺术曾分别关注过神、人的内容或形式。到了后现代，艺术既没有深刻的主题可以关注，又没有纯粹的语言可以探索，后现代主义只能关心日常生活事物，而不关心什么本质精神。这种美的物化倾向从根本上看反映了商品经济对文化领域的深刻影响。在某种程度上艺术首先可能不是艺术品，而是消费品，艺术像社会生活各领域渗透，设计艺术的迅猛发展，艺术品甚至有产业化的趋势。在沃霍尔的作品中可口可乐瓶和玛丽莲·梦露的肖像的简单重复拼凑就是对这种产业化趋势的一种讽刺。后现代主义的第三个特征就是美的深度感的消失。这种深度感的消失其实也是与物化现象相关的，也是20世纪以来文化大众化的结果。艺术品与非艺术品之间的界限模糊化，由于艺术品取消了深度，取消了作为艺术品应有的核心的诗意和韵味，因而变得浅薄和平淡。后现代主义在克服现代主义偏激的同时，重新阐述传统，但难免缺乏鲜明的风格特征，在传统与现代之间徘徊犹豫。

后现代主义的概念最早出现在建筑领域，后来逐渐扩展到美术等其他领域。真正崛起是在20世纪60年代的欧洲大陆，主要是在法国，80年代初才风行西方世界，再波及其他国家。表面看来，后现代主义是对“二战”前的思潮和流派的否定，从无所顾忌地表达个性变成冷酷的无个性，而且把原型大大地发育和夸张了，以致抛弃了原先的内容。所以说，后现代主义是现代主义某些方面的极端发展。

一般认为后现代主义第一个艺术思潮是波普艺术（Pop Art）。它初萌发于20世纪50年代的英国，50年代中期鼎盛于美国。波普艺术，是一个探讨通俗文化与艺术之间关联的艺术运动。波普艺术试图推翻抽象艺术并转向符号、商标等具象的大众文化主题。在艺术追求上继承了达达主义精神，作品中大量运用废弃物、商品招贴、电影广告、各种报刊图片拼贴组合，故又有新达达主义的称号。

在波普艺术中，最有影响和最具代表性的画家是安迪·沃霍尔。他是美国波普艺术运动的发起人和主要倡导者。1962年他因展出汤罐和布利洛肥皂盒“雕塑”而出名。他的绘画图式几乎千篇一律。他把那些取自大众传媒的图像，如坎贝尔汤罐、可口可乐瓶子、美元钞票、蒙娜·丽莎像以及玛丽莲·梦露头像等，作为基本元素在画上重复排立。他试图完全取消艺术创作中手工操作的因素。他的所有作品都用丝网印刷技术制作，形象可以无数次地重复，给画面带来一种特有的呆板效果。

（二）西方后现代主义的艺术表现

尽管公开的后现代主义者不屑或蔑视理论，但是一些人的思想，例如罗伯特·文丘利论建筑的思想直接针对现代主义与前卫艺术理论，因此对于我们了解后现代主义的基本立场是有帮助的。詹克斯以相似的方式更广泛地涉足理论领域。另一个领军人物是奥利瓦，他是20世纪80年代初在欧洲、90年代初在中国颇有号召力的“超前卫”理论的鼓吹者。还有许多自我评论与接受采访的艺术家，如谢尔曼、杰夫·孔斯、史坦巴哈，等等，都公开声称后现代主义立场。莫拉夫斯基指出了后现代主义的以下两个基本特征。

其一，毫无疑问的是反前卫。后现代主义对关于艺术地位的沉思极其漠视。在这一点上，可以说后现代主义是一种知性上的反理性主义。后现代主义经常自诩最提倡宽容；但它绝不能容忍任何意识形态的贡献或末世论（乌托邦或解放的蓝图）。它质疑不断创新的追求，瓦解最好的艺术其实乃媒介、表现手段与图像学等的英雄的信念。相反，它同意艺术不是一种志业而是许多职业当中的一种。它不会等待反叛或超越。它坚持与社会的平均成员的最近距离的接触。审美的维度必须得到重述，要么以一种使人眼花缭乱的赝品的形式出现，要么以一种艺术家的自发表现的形式出现。在一个没有中轴的世界上，在一个价值的真空中，根本的目标就是要为了快乐的原因而自由地“创造”。

其二，后现代实践是高级文化的堕落，但却是一种有意的堕落，有意将自己下降到低级文化的水平。后现代主义的主要形式是态度与价值的多元化，人们可以任意地加以选择。社会现实在各个层面上都被当作异质的、片断的与偶然的东西加以肯定。后现代主义者坚持认为，今天已经没有东西可以拥有法官的权力，因此艺术已经没有任何使命，而只是某种消遣。前卫艺术的所有原则都遭到质疑。绘画只意味着指向某种转瞬即逝的东西，而不作能否被记住的断言。直截了当的折中主义导致了对艺术尊严感的不信任和这样一种信念：一切都不过是商业化了的展出。R·朗哥的图像经常借自杂志、报纸与电影剧照。谢丽·莱文妮不断自我重复的照片复制，孔斯对所有市场图标的复制，王子的时髦的风格化了的图像，等等，都属于这一类。并不是说这些艺术家之间没有不同之处。但是，所有这些作品都是由乱哄哄的现成品寄生性地加以复制而成的。

二、后现代主义理论的中国语境

（一）从模糊的接受到明确的理论认识

后现代主义是当代西方后工业社会出现的一种社会思潮，很快就在世界各地传播开来，并影响到了世界文化的发展。进入新的世纪，随着我国对外经济、文化交流的进一步拓宽，后现代主义思潮也随之逐渐渗透到我国的文化哲学领域，引起文化研究工作者和青年知识分子的关注。尤其值得注意的是后现代主义也在相当程度上影响到了我们的影视文化的创作与发展，并产生了一批具有鲜明后现代特色的影片。

生于20世纪70年代的青年艺术家们在上一代人“乌托邦”的自我结构解体后，回到了一种意识形态背景模糊的、民族主义和国家主义意识相对弱化的自我的寓言结构；也进入了一种繁华时代的生命之轻、意义无根基、心理失措和民族主义的乌托邦超越的精神膨胀时期。这一代人面临的是青春和大都会的自我困境，这种困境体现在社会转型从革命之重到消费之轻，从集体乌托邦到个人的自我青春幻想，从革命的精英话语到大众社会的文化游戏的意识形态演变中。

（二）中国与西方后现代主义的差异

在中国思考后现代主义艺术，首先必须面对三个难点：其一，后现代主义对于中国当代艺术是否必要，它究竟意味着什么？其二，后现代主义作为晚期资本主义文化逻辑，在中国这样一个第三世界国度能够变异生成哪些艺术模式？其三，社会存在与当代艺术之间的冲突在中国显得尤为尖锐，极具开放性与复杂性的后现代主义概念，如何确定自身在中国艺术界、思想界的合理位置？

西方后现代主义思潮形成的思想前提和中国的后现代主义思潮有很大的差别。启蒙运动后，近代西方文化形成了种种以人、理性和形而上学为中心的“启蒙话语”，制造了各种合法化的意识形态神话。各种学说的合法性都依据“元话语”建立起来。这一元话语毫不隐讳地诉诸一些伟大的叙事，如精神辩证法、意义的解释、理性主体或劳动主体的解放，或财富创造的理论。此后的现实暴露出了“启蒙话语”的种种局限。世界的统一性和整体性观念受到怀疑并被抛弃，随着人性解放、精神目的和意义阐释神话的破灭，主体被消解，历史成了断裂、对立和矛盾的组合物，真理成了话语权力大小强弱的表现，从而形成了世界多元化的局面。就中国而言，市场经济导致的对传统价值观的冲击，社会转型产生的各种观念的混乱，主流话语的权力削弱，非理性主义思潮对理性权威的瓦解，由理性局限产生的对理性作用的怀疑，传统道家文化的相对主义和虚无主义的影响，都成了中国后现代主义文艺产生的精神土壤，这种语境的差异造成了中国后现代主义文艺的独特性。

20 世纪 90 年代迄今的中国当代艺术正经历着一个纷乱繁杂的急速变革时期，而这恰恰是作为舶来品的后现代主义艺术在其中寻找最佳理论框架和学术基点的绝妙时机。然而，在当前中国保守主义艺术集团组织严密的攻击浪潮下，这一时机被一再延误。后现代主义艺术在中国因为部分伪后现代主义艺术作品而声誉败坏，它正承受着相当不公正的待遇。此种情况能够得以扭转的关键，不在于是否急于弄清这样一个问题：后现代主义艺术在中国是激进的，还是保守的？或者是二者兼备？而是要求在中国持后现代主义立场或仅仅是同情后现代主义艺术的批评家，能够将保守人士用来当作箭靶的后现代主义变异体——犬儒艺术与平庸艺术，视作利益阶层在新经济秩序下试图继续捞取名利、进行话语控制的探雷器。犬儒艺术与平庸艺术作为后现代主义在第三世界国家的遗腹子，反讽式地发挥了“先头部队”作用，提前以后现代主义艺术的面貌卷入与保守集团的争论中。

作为一场解构主义运动的后现代文化现象，西方的后现代主义无可置疑地与中国当代的文化解构有着惊人的相似性。但是，两者文化属性几乎是完全不同的，西方后现代主义是针对现代主义文化无限的个性、意义、深度、精神神话和语言的乌托邦等终极追求的反拨，这种现象是现代主义自身扩张至困境而自我崩溃的后果；中国的文化解构则源于极端政治中心化、价值形态严重脱离客观物质基础与参照等。

后现代主义在中国有其特殊性，它其实是叠摞在“现代性”概念之上的。虽然在 20 世纪 90 年代之初，暗合市场经济大潮及新型意识形态的需要，“后现代性”的论调尘嚣一时，但时过境迁，“后现代性”之倡扬毕竟无法抹去中国仍是发展中国家这一基本事实，现代性始终是中国社会和知识界悬而未决的问题。于是，关于现代性的讨论再度成为中国知识界的焦点，并且，在 90 年代末新的现实语境下，现代性呈现出多面复杂的样态。除了后工业化、信息化、服务化等要求之外，后现代主义在中国更多的是在敦促现代化指标的落实，如城市化、法制化、制度化、市场经济结构完善、市民社会及公共空间的真正建立，等等。中国的现实生活也依然在现代性的统治之下：政治家们奉行的是现代或经典价值观、企业在为建立现代制度而不断改革、学术机构正朝现代型公正机构迈进、农业自动化进程在加快、制造业与服务业仍旧分庭抗礼。在艺术领域，艺术家与批评家对包括后现代主义艺术在内的当代艺术之要求，也还无法超越现代性所构想的框架。对于中国当代艺术来说，后现代主义并不意味着一个历史时期，也很少被艺术家视作一种文化理论或创作手段，而更多的是被理解为一种普遍敏感性。

由于中国社会、文化、制度的复杂性和临时性，后现代主义在中国可能更容易丧失其内涵，导致本就不确定的后现代概念范围再度无限扩大，伪后现代原则和伪后现代模式滥竽充数即因如此。后现代主义究竟是一种完全西方的、甚至是完全美国的思潮，还是具有更多的全球意义？这一问题在中国更是扑朔迷离。国人几乎可以把眼下所有的事情和现象，都囊括在后现代主义名下，中国有着比西方更多种类型的“后现代主义者”，却没有更多种类型的后现代主义艺术形式或方法论。

三、后现代主义在文艺创作方面的表现

当代视觉文化，在实践上，从政治波普到艳俗艺术，从装置艺术、行为表演到当前很活跃的新媒体艺术，都不无后现代主义的艺术形态。

中国当代艺术的“实验性”指称，更多的还是指中国特殊的政治文化语境和文化现实下产生的一种在文化态度和艺术形式层面上的相对实验性和前卫性。严格地说，中国的“实验艺术”与西方的概念是有区别的，在90年代，这个词应该指中国当代艺术中的实验性。这种实验性主要包括三个方面的艺术：其一，指媒介和美学实验：包括装置、Video、摄影、陶艺和网络媒体的媒介实验；抽象绘画的实验和写实绘画中的摄影性的模仿；文本、装置、绘画、表演、绘画和摄影中的观念性；对19世纪以前图像美学的现代性改造和对历史摄影的模仿；电子艺术、Flash动画和计算机视觉的影像实验。其二，文化反应的自我变异：包括对知识分子自我主体性、对商业文化和后殖民文化、对当代艺术体制以及对全球主义背景的青春文化的批判性或者反讽性的表达。其三，边缘美学的探索：包括女性主义、身体和表演以及涉及动物和人身的艺术中的人性极限的表现等。

与20世纪80年代的“极多主义”主张超越现实、强调理性、反对自我表现不同，90年代“极多主义”则对外部采取疏离的、退避的乃至“自我放逐”的态度。90年代以来的“极多主义”与这个时期的新生代、政治波普和公寓艺术共同形成了中国20世纪末当代艺术的整体景观。极多主义和公寓艺术享有某些共同理念，比如，过程和个人体验。公寓艺术中，邱志杰的写一千遍《兰亭序》，林天苗包扎成百上千的炊具，显然是用“极多”的方法，但是他们并不一定属于“极多主义”艺术家。

在电影领域，20世纪90年代以冯小刚为代表的娱乐电影大行其道。如他的《不见不散》《甲方乙方》《没完没了》《大腕》等。冯小刚的几部电影可以说带有浓郁的后现代主义风格特征。特别是《大腕》，影片融合了当代电影传媒文化的多种元素，将电影的游戏娱乐状态表现得淋漓尽致。通过这部电影，可以看到大众传媒时代的精英文化传播遭到削弱，而大众文化及世俗文化的通俗性和愉悦性逐渐取代了历史性，平面感也就慢慢地取代了深度感。从这个意义上来说，《大腕》是一部较为典型的后现代主义电影文本。

文坛“文本游戏”者王朔与画坛“泼皮”方力钧差不多，他们都以调侃一切的态度和语言宣告了深度模式的彻底消解。如王朔作品中“一点正经儿没有”，方力钧作品中诸多的“傻笑的我”。无须用心，便可以轻易在王朔和方力

钩作品中与“玩”相遇，他们并不在意你是不是参与“玩”，他们都自顾自的“玩乐陶然”。在《玩的就是心跳》中，人们找到本土化的“嬉皮士”，然而由于缺乏理性的细嚼慢咽使得这种“后现代主义”意识观念营造的“嬉皮士”呈现出严重的“消化不良”症状，因此品味起来就很是“苍白”。“嬉皮士”成了“痞子”，他们在否定一切、嘲弄一切，万事万物成了过眼云烟，那种被彻底嘲弄的“历史意识”和“主体性”以及“精英文化”被无情地消解一空。在新潮派诗人韩东的一首诗名叫《你见过大海》，只要你不厌其烦地读下去，你便会发觉那“重重复复”的“就是这样”“顶多是这样”的没有任何实在意义的句子。

在关于行为艺术领域的最新报道中，无论是北京街头残垣断壁上张大力的“大头人”，还是出现在成都 3·15“绿色消费”宣传主题现场的戴光郁的《食色》、尹晓峰的《神鞭酒》、宋永新的《无意污染》，他们都十足地标榜着本文作者的自我“陶然”，似乎在“忘却”公众。

在艺术形式上，中国后现代主义文艺的叙事情节或段落彼此之间缺乏联系，场面与场面之间没有叙事的逻辑，只有相互的拼贴，即使在同一个场面内部，其叙事逻辑也是荒诞的、游戏化的，这种时间的消失与空间的拼凑，可以说是对后现代语境下人们那种失去了整体意识的时空观念的准确表达，是对以往文艺的创新，一方面表现出不同的崭新风格特色，另一方面，在这些作品中人不再是自我的中心，在世界上的位置也是模糊的。世界是分裂的，分散混乱的；个人是分裂的，人不再归属于某个有着共同价值体系的集体，并缺少了理想与追求，人的一切都被无情地解构了。面对当代文艺的这种现实，不能不引起我们的深思。

过去“高、大、全”的形象、严肃的宣教一直占据中国媒体的主导地位，人们似乎永远都只能接受那些神圣不可侵犯的语言，这对人们的思想形成了可怕的桎梏，限制了人们的创造力的发挥，人们都因为恐惧权威或对现状感到失望而成为“沉默的大多数”，但置身当今信息社会和全球化的背景下，人们自我表达的意识增强，人的主体欲望借得当今的传媒体系如电视、网络及人际传播等渠道释放，真正的大众文化渐成气候。

在“文化工业”和“视觉转向”的双重背景下，“大众”在影视文化格局中逐渐成为一个重要的文化主体，不管是审美指针上还是意义生产上，都成为文化生产最重要的指挥棒，而精英文化、官方倡导的主流文化有退居边缘之势，一个以“大众文化”为主导的多元性文化格局得以产生。大众文化在当代中国是一种进步的历史潮流，毕竟它具有冲击和消解一元的意识形态与一元的文化专制主义、推进政治与文化的多元化及民主化进程的积极历史意义。

“后现代主义”光环照耀下的中国本土文化艺术，在其存在的意义上，既有积极创新的一面，又有其消极迷惘颓废的一面。积极的方面使人开阔视野，活跃学术气氛；消极的方面会使学术领域大面积的瘫痪，亦使公众在文本的无意识的“有意识”指引下陷入“精神危机”，甚或“精神危机”带来“信仰危机”。一个民族缺少信仰，就等于缺少灵魂。一个民族失去本民族灵魂，它的存在都值得怀疑。

本编主要对当代文艺思潮进行了大致的梳理，要对任何一个时期的文艺思潮一言以蔽之几乎是徒劳的。首先，文艺就像人一样，具有多面的、流动的特质。其次，历史的多样性向来拒绝人们对它的随意的绝对的结论。尽管如此，但我们仍可以从历史中找到一些线索，这些线索帮助我们理解这个时代的人们，他们的社会现实、他们的精神生活、他们如何争取找回属于艺术的尊严和本性，又如何在商业大潮中迷失方向。总的来说，当代文艺发展还有待于历史的检验。在理论体系方面，我们目前尚强烈地依赖西方的理论话语，一个真正属于中国当代艺术的理论体系还有待建立。

下　编

第四章　中国当代文学思潮

第一节　中国当代文学思潮的演变

一、现实主义文学思潮

（一）现实主义文学思潮主要特征

现实主义是中国当代文艺思潮不可回避的一个问题，应当是大部分思潮的“根基”。现实主义贯穿了中国近、现代文学发展的始终，不管它经过了多少次变异，仍然坚强地生存了下来。我们今天回过头来审视现实主义在当代的流变史，需要站在一定的历史高度，给它以适当的评价，主要从历史命运、深入发展和走向以及对当代文学思潮的重要影响来分析。

文学艺术作为历史时代的产物，决定了它不可能脱离具体的社会和时代背景，一部现实主义文学的流变史同时也从一个角度反映了中国社会的政治史与文化史。现实主义在当代的文学情景和历史语境中是如何生存的？它和它所处的时代到底构成了一种什么样的关系？同其他“主义”相比较，现实主义占据着什么样的地位？是此处要认真阐述的问题。

《诗经》被认为是中国文学现实主义的根源，这部作品收录了自西周初年至春秋中叶约500年间的305首诗歌。它分为“风”“雅”“颂”三部分，以劳动、反抗、爱情、战争等方面为表现对象，成为我们了解当时社会的一面“镜子”。那么我们不禁要问，到底什么样的作品是“现实主义”？它又具备哪些特征？

现实主义是文学批评和文学研究中最常见的术语之一。我们可以从两种意义上去理解它，首先是广义上的现实主义，泛指文学艺术对自然与社会的忠诚，即忠实描写自然与社会。它源于古希腊时期的“模仿说”，由亚里士多德提出。作品的逼真性或与对象的酷似程度成为判断其是否成功的准则。瓦萨拉的《画家的生活》叙述了一些有趣的艺术史轶事：孔雀啄食贝那左尼画得太逼真的樱桃；乔托的老师用刷子驱赶乔托在一幅人物肖像上增添的苍蝇。这种现实主义概念雄霸人类艺术史近两千年，至今仍保留在人们的概念中。另一种是狭义的现实主义，是一个历史性概念，特指发生在19世纪的现实主义文学运动。历史地看，现实主义发端于与浪漫主义的论争，最终在与现代主义的论战中逐渐丧失了主流话语的位置。我们在此讨论的，主要指广义上的现实主义及延伸出的在文学史上产生广泛影响的思潮。

现实主义理论经过泰纳、恩格斯、别林斯基直至20世纪卢卡契等理论家的发展和巴尔扎克、托尔斯泰等伟大作家的文学实践达到高潮。现实主义理论日趋完善，形成一套完整的话语成规。它包括以下层面的含义：

其一，它可以在现实基础上适当虚构，但必须真实地反映客观世界、现实生活，这是现实主义的基础。现实主义理论强调披露真实，戳穿伪饰现状的意识形态。也就是说，现实主义抵制作为布尔乔亚（资产阶级和中产阶级）知识分子话语形态的浪漫主义，转而追求客观性，为那些堕入贫困被边缘化的弱势族群或阶层说话。

其二，现实主义应该具有高度的艺术形象性，它包括宏观的艺术形象与微观的艺术形象，即广为人知的典型化理论。概括地说，典型化理论即是解决文学人物的特殊与一般的关系问题。黑格尔和谢林为典型论的发展奠定了美学基础。黑格尔认为性格是理想艺术表现的真正中心，一个性格之所以引人兴趣是它的完整性，“在荷马的作品里，每一个英雄人物都是许多性格特征的充满生气的总和”。作品中的人物形象应当是个性非常鲜明而又富于代表性的，“每个人都是一个整体，而不是某种孤立的性格特征的寓言式的抽象品”。谢林对典型的指称则是一种像神话一样具有巨大普遍性的人物。诸如巴尔扎克的《人间喜剧》被称为当时社会的百科全书，其塑造的人物形象各种各样、丰富多彩；鲁迅先生的《阿Q正传》中的阿Q，已经成为国民劣根性的代名词，并已经具有一定的特殊含义……总结起来说，现实主义就是以典型化的艺术形象，真实地反映现实生活中某一层面的本质。

关于现实主义中的典型化原则，必须强调的是，我们在认识和理解上一度出现了偏颇，导致在文学创作中出现了很长一段时间的歪曲。恩格斯在评价哈克奈斯的小说《城市姑娘》时说，“现实主义是除了细节的真实外，还要真实地再现典型环境中的典型人物”。这句名言长期影响了新中国成立后中国的文学创作，即革命的现实主义文学，不同于旧现实主义，它已经具有“社会主义现实主义”的特征，它只应该表现社会历史的主脉，并以革命的主人公和工农大众为表现的主体，否则就违背了“典型环境与典型人物”的经典原则。“社会主义现实主义”所要求的真实性与用社会主义精神从思想上教育人民的人物结合起来，从出发点来说，是适应了当时社会过渡到社会主义的时代需要，是文艺从属于真实的要求在创作方法上的体现，因此，选择这样的创作方法是有其合理性的。但是，这种从直接的功利目的出发的主观先决性，也就决定了塑造一段历史时期内的社会生活及人物形象只是基于主流环境和主流人物，换个角度说，也就是在一个社会只能有一个典型的大环境，而这其中只有一种类型的典型人物的偏颇。

1966年开始的“文化大革命”给中国带来了“十年浩劫”，社会主义建设事业遭到了新中国成立以来最为严重的挫折。1976年10月，“文化大革命”终于以“四人帮”的被粉碎宣告结束。新时期正是伴随着“文化大革命”梦魇的渐渐消逝而开始。当受尽极“左”路线迫害的人们从噩梦中醒来，对往事进行着忏悔的时候，当社会关注的中心从笼罩着浪漫光环下的革命英雄行为转向令人尴尬的现实生存状况的时候，当全党工作着重点转向社会经济建设的时候，历史焕发出生机，社会恢复了正常的秩序，文学艺术解冻了，重新显出了光彩。

在现实主义的突破上，文学创作也终于开始尝试着回复到被损害已久的传统，尝试着运用一些新鲜的样式来反映时代生活，反思历史创伤，呼唤着人文价值的回归。

现实主义传统得到恢复与发展，主要表现在“伤痕文学”“反思文学”“改革文学”“新写实文学”等方面。

（二）中国当代现实主义文学思潮主要阶段

我们之所以要在开始就讨论“现实主义”，是考虑到它的重要性。中国当代文学是和现实主义结下了不解之缘的，也就是说，现实主义不是单独作为一个短时期内的“思潮”来出现，而是长期以来贯穿始终，并发生了各种变异形式的文学创作方法。

如果我们稍稍清理一下现实主义在当代的发展脉络，可以发现现实主义在短短的几十年间有好几种不同的称呼，比如20世纪50年代的“社会主义现实主义”，之后提出的“革命现实主义和革命浪漫主义相结合”，到“文化大革命”后现实主义的深化和恢复（包括“伤痕文学”“反思文学”“改革文学”

等)，一直到20世纪90年代的“现实主义冲击波”以及21世纪的“新写实文学”。可以断言的是，现实主义还将以其对于现实的关注存留于文学舞台上，并将永葆青春。当然，关于“现实主义理论”的当代论争与辨析持续不断，各家的观点与说法不同甚至相差较大。有关争论贯穿在“伤痕文学”“反思文学”“改革文学”“新写实文学”等现实主义文学思潮的几个主要阶段。

“文化大革命”后，现实主义文学思潮可以分为“伤痕文学”“反思文学”“改革文学”“新写实文学”等几个主要阶段。而这几个阶段并无过于明显的区分，并且都是在尝试着“扶正”新中国成立后现实主义路线所发生的部分扭曲。如果对于之前的现实主义流变无所了解，是不能够完全解释它何以在扭转的过程中小心翼翼，何以能够引发学者如此多的讨论并形成当代文学一道独特风景的。那些公式化、概念化的文学形象已受到人们的质疑，过于完美的英雄人物形象逐渐改变了它在人们心目中的位置。历史的发展从来都不是一帆风顺的，相应地，文学的发展是需要根植于社会、历史的土壤的。新的历史时期的开始，并不意味着之前相当长时期内形成的规范、思维观念一下子就从这个舞台上销声匿迹，反而会通过各种形式“发作”，牵动着人们的神经。教条主义和形而上学仍然禁锢着人们的头脑，再加上社会体制和价值观念的影响，文学要想发展仍然充满着挑战。1978年5月11日，《光明日报》发表特约评论员文章《实践是检验真理的唯一标准》，在全社会引发了一场关于真理标准问题的大讨论。邓小平说：“目前所进行的关于实践是检验真理的唯一标准问题的讨论，实际上也是要不要解放思想的争论。大家认为进行这个争论很有必要，意义很大。从争论的情况看，越看越重要。一个党，一个国家，一个民族，如果一切从本本出发，思想僵化，迷信盛行，那它就不能前进，它的生机就停止了，就要亡党亡国”，“从这个意义上说，关于真理标准问题的争论，的确是个思想路线的问题，是个政治问题，是个关系到党和国家的前途和命运的问题。”[①] 在邓小平理论指引下，关于真理标准问题的大讨论成为解放思想的突破口，它波及整个思想文化与文学艺术领域。当然，文学首当其冲。它动摇了长期以来影响文学发展的教条主义和形而上学的束缚，使得文学的发展逐渐恢复生机。

“伤痕文学”是“文化大革命”后最早出现的文学现象。“十年动乱”造成了中国社会的悲剧，而刚刚从噩梦中醒来的人们对这一事件投以最深切的关

① 邓小平：《解放思想，实事求是，团结一致向前看》，《邓小平文选》，第二卷，北京，人民出版社，1994。

注。终于摆脱了“四人帮”思想牵制的文学界，急切地要在文学创作中说出憋闷已久的心里话，发出压抑了多年的呐喊。于是，揭露“四人帮”罪行、控诉动乱造成的不幸、抚慰内心伤痕的文学作品大量涌现出来。“伤痕文学”主要立足于现实主义的创作方法，打碎了既“瞒”又“骗”的政治口号式的创作模式。重视宣泄义愤，作家普遍有一种发自内心的真实的沉重。伤痛而愤怒的烈焰在作品中燃烧，给人以强大的情感冲击力。如刘心武的《班主任》、卢新华的《伤痕》、张洁的《从森林里来的孩子》、叶辛的《蹉跎岁月》、老鬼的《血色黄昏》、周克芹的《许茂和他的女儿们》等。作家刘心武的小说《班主任》在当时引起巨大反响，这部作品以朴素平实的文字揭露了那个是非颠倒的年代如何毒害着青少年的心灵，发出了振聋发聩的声音。接着，上海的《文汇报》刊发出一篇被广泛阅读并引起争议的文章《伤痕》，成为“伤痕文学”的代表作之一。围绕《伤痕》等作品，在1978年夏天到次年秋天发生了热烈的争论。批评者认为“伤痕”暴露太多，不利于建设社会主义文艺；支持者则认为它们可以发挥使人们警醒起来的社会功能。

针对“伤痕文学”，批评的声音时时不绝于耳。“面对今天的现实，写这一类东西只能作为写光明、写颂歌的陪衬和辅助。不能将之作为革命文学的主要对象，不能连篇累牍地大写特写，不能太多。太多了，量变就会引起质变，其结果不就连马克思主义、社会主义、无产阶级专政都否定了么?”① 这样的担心并非多余，一味地控诉不幸、申冤诉苦会导致人们思想和心理上的混乱，对国家、社会产生怀疑，以至于对未来发展方向感到迷失。而在当下，出于思想和政治的制约，我们需要吸取在探索道路中的经验教训，更好地在新时期坚定地走下去，这是需要给人们以信心和鼓励的。

但是，长期以来受“本质”论影响的文学家和批评家们，时刻强调文学要反映生活的“本质”，这个“本质”实际上是变了质的“本质”，即我们的社会生活本质上是光明的，那些阴暗面都是非本质的、个别的、暂时的现象；英雄人物的崇高品德和共产主义思想是其本质，而缺点、缺陷只是暂时的、非本质的现象。因此，也就注定了只能歌颂光明，不能揭露丑恶，英雄人物必须高大完美，反面人物必须阴险丑恶，以至于在“文化大革命”时发展到极致的“三突出”原则，即：在所有人物中突出正面人物；在正面人物中突出英雄人物；在英雄人物中突出主要英雄人物。因此，“伤痕文学”也必然会遭到质疑：这些阴暗的、丑恶的现象是我们生活的全部吗？“创痛”和“伤痕”是社会主义

① 艾菲：《一定要站在革命现实主义的“基点”上?》，载《延河》，1979（9）。

的必然现象吗？那么，为什么不选择那些社会主义中充满阳光的主流和本质呢？围绕着“伤痕文学”所产生的激烈争论实际上已经成为坚冰开始融化的标志，之后的发展证明，“伤痕文学”之所以能够突破重重包围，就在于它真正触动了真实、表现了真实，并发出了人们长久以来早就郁积在心中的呐喊。文学要发展，就必须回到真实，抒发真情实感，以我之笔触，传我之真情。

刘心武的《班主任》被称为是“伤痕文学”的开篇之作，小说讲述了某中学教师张俊石如何尽力挽救一个在“四人帮”毒害下不学无术的中学生的故事，作者发出的“救救孩子”的呼声，震动了被“文化大革命”麻木了的人们的心灵，拉开了人们回顾苦难的序幕。作者后来说：“许多我教过的学生浮现在眼前，使我失眠，令我深思，其中就有石红、谢惠敏、宋宝琦这几种不同类型的学生。他们的状况是怎样形成的？应当怎样引导他们向前迈进？”① 也就是说，在作品中，作家在努力寻找丢失已久的文学的品格——独立理性思考的自觉，这也是现实主义的要义。文学不是死板的“传声筒”，它需要有来自作家内心深处的真知灼见，需要有强烈的感情宣泄。1978 年 8 月卢新华的短篇小说《伤痕》在《文汇报》上发表，作品对人性、人道主义的描写，突破了长期以来关于文艺的清规戒律，在当时引起了广泛的争论。作家直言不讳地描写极“左”政治在一代人心灵上造成的精神创伤，达到凸显“伤痕”的艺术目的。

继“伤痕文学”之后，社会上又有了“反思文学”的提法。严格来说，二者并无明显界限，而对它们之间的关系，有一种提法是，伤痕文学是反思文学的源头，反思文学是伤痕文学的进一步深化。伤痕文学的作者大多是在揭露“文化大革命”中的灾难，随着暴露的增加，人们开始思考：为何在我们的社会主义国家会发生这样一场浩劫？社会和历史的根源在哪里？作家们的创作也开始转向对民族文化、封建积习以及人自身的反思，而不是一味通过揭露去感伤，去追究责任。

“反思文学”比“伤痕文学”在表现人性方面挖掘得更加深远，注重人物在特定的社会环境中情感、性格的复杂性与多面性，表现作家对社会与人生的理性思考。在艺术手法上，“伤痕文学”侧重于对现实主义传统的继承，“反思文学”则表现出一定的探索和创新精神，使人物形象的刻画、艺术表现的手法日趋多样化，对意识流、潜意识刻画等心理描写更加重视。例如鲁彦周的《天云山传奇》、茹志鹃的《剪辑错了的故事》、高晓声的《李顺大造屋》《“漏斗

① 刘心武：《植根在生活的沃土中》，载《人民文学》，1978（9）。

户”主》《陈奂生上城》《陈奂生转业》《陈奂生出国》、张贤亮的《灵与肉》、张一弓的《犯人李铜钟的故事》、史铁生的《我的遥远的清平湾》、谌容的《人到中年》、张弦的《被爱情遗忘的角落》等。这一时期的反思文学从小说的艺术形态上看，大多属于在20世纪中国小说中颇为发达的“问题小说”类型。关于“文化大革命”发生的责任和现实社会问题的性质、根源，是这些作品的创作动机，并成为它们的形态特征。

茹志鹃《剪辑错了的故事》通过老寿的回忆，把“甘书记”从革命年代到后来的转变描述得栩栩如生。为何在革命年代能够与百姓同甘共苦，革命胜利后当上领导却指手画脚、发号施令？甚至蜕化变质？到底是什么引起了他的“变异”？这个“剪辑错了的故事”是在向我们昭示什么？文学对于历史的反思，是需要从历史中吸取经验教训，是作者、主人公和读者的集体自省。

高晓声的系列小说以农民为主要描述对象，通过一些并不复杂的事件表现他们几十年的命运，不仅是在揭示他们怎样受害，更重要的是揭露了他们为什么受害。李顺大造屋的希望在一次次的变故中还是落了空，而陈奂生却为如何能填饱肚子而发愁。为何会出现这样的情况？高晓声自己说：“看来他们并不曾真正成为国家的主人，他们或者是想当而没有学会，或者是要当而受到阻碍，或者简直是诚惶诚恐不敢登上那个位置。造成这种情况的历史原因值得深思……我不得不在李顺大这个‘跟跟派’身上反映出他消极的一面——那逆来顺受的奴性。”① 这是否和鲁迅先生早年描写的诸多人的形象相类似？在时隔半个多世纪之后，为何看不到多大的进步？这些严肃的问题已经被冷冰冰地摆上了桌面，反封建的路仍然任重道远。

在“反思”“伤痕”这类文艺创作潮流洪峰退去之后，“改革文学”的创作暗合了人们面对飞速发展的社会经济、日新月异的现实生活的欣喜、兴奋与对社会急剧发展中的矛盾问题的困惑、茫然情绪，成为现实题材文艺创作的重要一翼。改革题材虽然一度产生过几次小的创作高峰，但没有彻底成为某一时期文艺创作的核心与主流。改革题材文艺创作大多体现出人们对主体的“人”的关注，对瞬息万变的现实生活中人们的种种机遇、种种反应、种种心态的描摹。如蒋子龙的《乔厂长上任记》《燕赵悲歌》、张锲的《改革者》、柯云路的《新星》、张洁的《沉重的翅膀》、李国文的《花园街5号》等。蒋子龙的《乔厂长上任记》直接将矛头指向积弊重重的社会矛盾，揭露了人们面对现实的真

① 高晓声：《〈李顺大造屋〉始末》，《新时期作家谈创作》，北京，人民文学出版社，1983。

实困境，塑造了一位迎难而上、锐意改革的领导人物形象。它是迎合着时代的发展而产生的，人们盼望改革现状，但又苦于受到种种束缚，面对中国社会中特有的关系网、权力网现象，他们茫然而不知所措。于是，只好渴望出现那么一位“清官”，横刀立马，开拓新局面。由此也开辟了“改革文学”的先河，这些作品中的主人公往往成为正义的化身，在面对公与私、改革与反改革等问题上能够大义凛然，表现出了当时人们心中的呼声。

历史的转折使得思想解放的大潮冲破了意识形态的堤坝，长期被封锁的情感和愿望得以抒发。在揭露了“文化大革命”造成的创伤之后，创作者们再一次转向对于历史与社会的反思，并重新认识和评价历史与社会，于是新写实文学思潮应运而生。

20 世纪 80 年代、90 年代的中国文学，大量集中于现实题材，人们的现实生活和心理状态成为文学创作关注的重点。文学创作在这一时期，成为人们新生活和新面貌的有力折射。在新时代的感召下，经历了苦难的几代中国人很快地从“文化大革命”遗留下的创伤与痛苦中抬起头来，将热情投向了全新的生活、多彩的世界，以一种崭新的精神风貌谱写着自己在新时代的华彩乐章。文学艺术的创作迅速地扣住了时代的脉搏，抚摸精神伤痕、咀嚼内心哀痛，继而全力展现新时代里人们的新生活、新面貌、新观念。在新的文艺政策的鼓励和刺激下，文学取得了一定程度的繁荣。在年产量迅速增加的同时，文学的创作题材也大大拓展。这些文学作品除了体现出强烈的时代精神以外，也大大促进了文学创作在反映生活的广度、深度上的拓展。例如何士光的《乡场上》、贾平凹的《鸡窝洼人家》、张炜的《古船》、路遥的《人生》等。

20 世纪 90 年代，新写实文学出现一批力作，有了较大的发展，如池莉的人生三部曲《不谈爱情》《太阳出世》《烦恼人生》、方方的《风景》《落日》《黑洞》、张欣的《爱又如何》、叶兆言的《艳歌》、苏童的《离婚指南》、刘恒的《一地鸡毛》《贫嘴张大民的幸福生活》《狗日的粮食》、余华的《活着》《许三观卖血记》，等等。他们以平民百姓的现实人生为表现对象，以日常生活流程为基本情节，以生动活泼的口语作为语言特点。突出真实的平民生活，强调生活的细节，具有较浓的民生化色彩。重点不在猎奇，而在于写实，在于对平民百姓的同情与帮助。

20 世纪 90 年代中后期至今，文学作为一种商品被裹挟到市场经济的大潮之中，不时感到手足无措。长期以来一直是“精神”的蕴涵者和主流价值引导者的文学，不得不开始努力地践行它的商品属性，并追求利润的最大化。这也不得不改变了写作者们的创作方式，并且力图向大众和市场靠近，因为谁也不愿意做一个饿着肚子写作的作家，况且，作家这个称呼此时也变得越来越不那么神圣了。以往成为作者们输送作品主要通道的专业文学刊物开始慢慢转型，通俗的大众读物一时间大量涌现，并以绝对压倒的优势赚得盆钵盈满。此时的现实主义创作显现出了以下几个特点：

首先，创作者们主要的描写对象不再是“乡土”，纷纷向都市转变。由于长期以来中国一直处在“乡土社会”的状态，作家们更期望通过对底层社会和最广大民众的关怀，来展现自己的诉求。而在20世纪90年代中后期，随着中国逐渐与世界接轨，全球化的进程势不可当地将其纳入其中，城市的发展变化速度可以用日新月异来形容。在“加快城市化进程”的号召下，大批农民纷纷涌入城市，一系列新的伦理道德、价值观、法制等问题也开始随之出现，这为创作者们提供了大量的素材。这些作品被称为是“都市文学”，他们以欲望化表达和人的堕落作为关注的焦点，“作为情节叙事推动主脉的‘欲望’完全剥蚀了历史曾赋予它的所有象征意义，而还原成一个与任何文化价值和意义无关的纯粹本能欲望，即‘欲望’成为不再附属于‘人’的本体性的东西，在欲望之上的‘人’的概念不复存在。”① 都市文学主要反映人的现实生活和理想愿望，表现出鲜明的现实性和世俗性。“新世纪中国的城市文学至少涵盖这样三个层面的内容：一是关于现代城市人生活或自足或反叛性的书写；二是关于乡村生活的依恋和记忆式想象；三是‘打工文学’对于现代都市的憧憬与梦想。”② 这些代表性作家有朱文、何顿、邱华栋等。

其次，网络媒介拓展了现实主义文学空间。随着网络的发展，“地球村”的设想逐步成为现实，它作为一种媒介也开始将触角伸向文学创作。在以往我们提出的现实主义概念中，“现实”仅限于我们所生存的物质现实空间。而在网络兴起之后，这一空间又被极大地拓展，并呈现出一定程度的虚幻性。在这个虚幻的现实空间里，任何一个人都可以成为“作者”，他们无须经过任何的审批、检阅以及繁琐的切磋、修改，就可以将自己的作品即时地公布于网络。尤其是当博客（blog）兴起之后，明星、作家、学生、教师、专家等众多的群体都开始了这种“随意化”的写作，“现实”有可能仅仅是平常琐事，或是一种心情、感受，嬉笑怒骂，不一而足。快餐式的写作和阅读方式，一定程度上减弱了读者的审美和创造能力，而文字的魅力也失去了它以往所散发出的淡淡书香。曾经借助于网络走红的写作者，如木子美等人，把自己的性经历大大方

① 于淑静：《论90年代都市小说的欲望化写作》，载《当代文坛》2008（2）。

② 龚举善：《新世纪文学八大趋向》，载《甘肃社会科学》，2007（1）。

方地与公众进行分享，从而在网络上红极一时，也催生了一个新名词的诞生——“下半身写作”。赤裸裸的欲望书写成为众多网民疯狂追逐的对象，长期以来被压抑、埋藏在心底的情欲在彼时得到了彻底的释放和宣泄。

新写实文学在20世纪90年代和21世纪初有新的变化，隐私文学、猎奇文学成为人们感兴趣的组成部分。新写实文学为了生存，为了获得读者，不断用隐私、猎奇等内容吸引读者眼球，隐私文学、市井猎奇文学往往发行量较大。隐私文学内容涉及婚外恋、“第三者”、毒品等各种现实敏感问题，往往痴迷于自传性或半自传性书写，侧重表现与女性身体和性相关的种种体验，毫无保留地展示女性和男性的隐私。如安顿的《绝对隐私》、棉棉的《盐酸情人》、九丹的《乌鸦》等。市井猎奇文学内容涉及娱乐、美容、时装、汽车、科技、生命、星球等，侧重于探索奥秘、追踪谜案，尤其是灵异空间、人类奥秘等往往成为热点的悬疑故事。在新一轮经济增长中，以节能、降污为重点的环境保护，已经逐步成为GDP的重要内容。同样的产值，我国的能耗和环境污染，要比西方发达国家高好几倍。部分猎奇文学作品以科技与环保为重点，以猎奇的手法与方式进行创作，新奇有趣，引人入胜。猎奇文学充满新鲜感，满足了民众的猎奇心态。如李寻欢的《迷失在网络与现实之中的爱情》、宁财神的《网络鬼故事》《信使》《诱惑》等。“绝对隐私”“市井猎奇”以及“伪假偏窄饰”等文学具有新颖独到之处，但是其畸形或病态之处也是十分明显的，可以称为畸形或病态的现实主义文学。

二、人道主义文学思潮

（一）人道主义文学思潮主要特征

现代中国的人道主义思潮发轫于五四新文化运动，其最大贡献就在于对中国传统礼教的冲击和封建专制主义的鞭挞，为新时期人道主义文学思潮的复苏埋下了种子。

人道主义文学思潮是在“拨乱反正”的社会文化背景与“思想解放”的总体语境中产生的，于1977年开始兴起，20世纪80年代达到高潮，至今仍有一些影响。

1978年5月《实践是检验真理的唯一标准》一文发表，随后在全国展开真理标准问题大讨论，导致并推动了思想解放运动的蓬勃发展。对广大知识分子而言，最为痛心疾首的是“文化大革命”对人格的扭曲，对人性的践踏，对人的尊严的伤害。因此，作为思想解放运动重要一翼的文学，在痛定思痛的同时，发出了对人文精神的热切呼唤。与这样的社会需要与人文语境相适应，人道主义自然而然地得到人们的重视。

实际上，“新时期”文学之初的各种创作思潮，无不渗透着人性、人情和人道主义的元素。人道主义思潮的复苏是政治、文化思潮变化的一种表现，而它最先被文艺家所捕捉，并及时地在文学作品中反映出来。1977 年至 1979 年涌现出一批揭露“十年浩劫”时期非人道现象、热切呼唤民主政治的作品，影响较大的有：王亚平的《神圣的使命》，王宗汉的《高洁的青松》，吴强的《灵魂的搏斗》，陆文夫的《献身》，孔捷生的《姻缘》，陈国凯的《我应该怎么办》，张弦的《记忆》，冯骥才的《铺花的歧路》，丛维熙的《大墙下的红玉兰》，金河的《重逢》，郑义的《枫》，遇罗锦的《一个冬天的童话》，竹林的《生活的路》，中杰英的《罗浮山血泪祭》，周克芹的《许茂和他的女儿们》等。这些作品大多揭露“文化大革命”灾难，描述知青、知识分子、受迫害的官员在“文化大革命”中的悲剧性遭遇，在当时被一些批评家看做是 20 世纪五六十年代“暴露文学”“写阴暗面”在 80 年代的重演与发展。其实，这两者之间有一脉相承的关系，即对人道主义的重视与表现。20 世纪八九十年代人道主义文学在广度与深度上达到了一个较高的水平，引起了人们更多的共鸣。

人道主义文学思潮与人本主义文学思潮及人文精神文学思潮有共同点，也有不同点。它们的共同点是都重视人，把人放在首要位置，强调文学是人学，以人为中心，尊重人的自由，注重表现人对自身的关注与关怀。但是，他们也有一些差异。人本主义文学思潮及人文精神文学思潮有其特定的内涵，陆贵山主编《当代文艺思潮》“人本主义”部分对人本主义文学思潮进行了系统的评论，兹不赘述。概而言之，人本主义文学思潮强调以人为本，在任何情况下人都是根本。这与孟子的民本思想有一定的渊源。李赣、熊家良、蒋淑贤主编《中国当代文学史》第十二章第二节“90 年代小说与‘人文精神’”对人文精神文学思潮进行了阐述，评论家、教授王晓明、陈思和在《上海文学》1993 年第 6 期上发表了题为《旷野上的废墟——文学和人文精神的危机》的对话，揭开了人文精神大讨论的序幕。这篇对话主要批判的对象是王朔和张艺谋，由他们的走红论证了整个文学的危机——人文精神的失落。于是“人文精神”成为全国性的重要话题，逐步形成 90 年代一股文学思潮。这场讨论的焦点问题是如何评估市场经济大潮中文艺的“俗化”现象，如何重建人文精神以及知识分子对价值重构的作用。人文精神文学思潮具有“人文知识分子”特征，采取与大众有别的精英立场，因此具有一定的局限性。

人道主义文学思潮内涵与外延大于人本主义文学思潮及人文精神文学思

潮，在时间上也长于人本主义文学思潮及人文精神文学思潮。儒家重视仁爱，墨家强调兼爱，基督教宣传博爱，人道主义文学思潮吸取了这些营养，同情弱小者，热爱整个人类，表现人的本质，探寻人的发展道路；重视人的自然属性与社会属性，既表现人的七情六欲，又探讨人与自然及社会的复杂关系；淡化阶级性、民族性、地域性，重视人类的一些共性；在激烈的矛盾冲突中展示人的价值与品格，突出人道主义精神。

（二）人道主义文学思潮主要阶段

人道主义文学思潮可以分为“朦胧诗”“人的价值”“寻根文学”“乡土小说”等几个阶段。

1. 朦胧诗阶段。

解放思想、痛定思痛、提倡人道主义的政治背景和关于“文化大革命”的相似经历决定了朦胧诗的主要思想和感情。1978年年底，聚首在《今天》杂志的“朦胧诗人”们自拉自唱，由于“忧患意识”“向内转”“个人化”“奇特意象组合”等特色格外鲜明，朦胧诗很快取得了诗坛的话语权。代表诗人有北岛、舒婷、顾城、江河、梁小斌、杨炼等。北岛的名句是：“卑鄙是卑鄙者的通行证，高尚是高尚者的墓志铭。”一针见血，非常深刻，振聋发聩，使人警醒。舒婷的《致橡树》、顾城的《一代人》、江河的《纪念碑》、梁小斌的《雪白的墙》等引起人们浓厚的兴趣与强烈的共鸣。他们以朦胧诗的形式表现人的尊严，讴歌人的价值，张扬人的个性，礼赞了人道主义精神，具有强烈的感染力，引起了人们的广泛关注与积极响应，产生了很大的影响。

2. 人的价值阶段。

创作者们从“人本身”，如“人性”“人的价值”“人的生命力量”等更深刻问题的思考上去发掘，高举被阶级性评判标准压抑多年的“人道主义”大旗，甚至歌颂某种永恒的、超阶级的人性，如表现同情的《离离原上草》、表现母子亲情的《女俘》、表现友情的《驼铃》和表现爱情的《如意》等；或探讨爱情婚姻方面的社会问题，如《爱，是不能忘记的》《春天的童话》《我们这个年纪的梦》等；或讴歌人的生命力量，如《迷人的海》等；或思考生存价值，如“知青小说”中对往日进行写实性且富于诗意的回忆与描述，“右派小说”中立足政治历史之上的对自己心路历程的解剖。

一种围绕所提出的问题而展开分析、证明的“观念性结构”，为许多小说所使用。他们往往借助人物或者叙述者的议论，表达对当代人生问题的见解，这种“委婉”的方式，通过对人物命运的展现，对人生反思所提出的问题给予回答。代表性作品有：短篇小说如方之的《内奸》、李国文的《月食》、陆文夫的《小贩世家》、宗璞的《我是谁》，中篇小说如王蒙的《蝴蝶》、张贤亮的《河的子孙》、韦君宜的《洗礼》、陆文夫的《美食家》等，长篇小说如古华的《芙蓉镇》等。当代重要的社会政治事件一般通过主人公的坎坷人生路表现出来，左右着他们的人生轨迹。如果按照主题来划分，大致可分为以下几类：对人的生存境况的关注、对于婚恋情感主题的开掘、对被贬抑了多年的人的价值的称颂、对人的地位的思考。其中，人道主义的表现贯彻始终。1. 对人的生存境况与发展趋势的关注。人要生存，就必须解决温饱问题，衣食住行很普通，也很重要，这成为人道主义文学的一个重要方面。这些文学作品打破了“假、大、空”的藩篱，表现了许多百姓艰难困苦的生存境况，真实感人。如陆文夫的《小贩世家》等。2. 对婚恋情感主题的开掘。人有七情六欲，只要人类存在，婚恋情感主题就存在，存在就是合理的，就应该表现。婚恋情感不能被阶级论所左右，往往突破阶级、民族，而展示出一定的复杂性与多变性，这正是人道主义文学的一个重要内容。如张贤亮的《绿化树》《男人的一半是女人》等。3. 对被贬抑多年的人的价值的称颂和人的地位的思考。人的价值是什么？大写的人什么时候能够站立？百姓的地位究竟如何？不同的人对此有不同的回答。有的人装糊涂，有的人耍滑头，有的人说真话。具有人道主义精神的作家积极探索人的价值，振聋发聩，引人深思。如古华的《芙蓉镇》等。

3. 寻根文学思潮阶段。

寻根文学思潮在20世纪80年代中期出现，寻根主要是寻找中华民族生命之根。反思文学更多侧重于一种政治反思，寻根文学则立足于民族内在生命的再生，进行更为深沉的文化反思，以求批判并扬弃中国传统文化中消极的沉渣烂物，挖掘并发扬传统文化中被掩盖或被忽视的光泽精髓。例如莫言的《红高粱》、冯骥才的《神鞭》、阿城的《棋王》、韩少功的《爸爸爸》、张承志的《北方的河》等。理论与创新并行是寻根文学思潮的重要特征。此时期世界文学的横向影响对于“寻根热”的产生有着重要意义。受美国文化寻根热、拉丁美洲寻根创作热潮，尤其是马尔克斯的诺贝尔文学奖作品《百年孤独》的影响，我国许多作家也表现出强烈的寻根愿望。

1983年到1984年间，以一群“知青作家”为主的作家们，陆续发表了一些作品，作品中大量描绘了对于地域文化和民俗风情文化的怀恋，从而逐步发展成对民族心理的反思和对民族文化的探讨。在此之前，作家们主要工作集中体现在对历史的反思和对现实的批判上，随后很短的时间内，“寻根”即已成为文化界的洪流，出现了鼎盛一时的局面。汪曾祺、李杭育、贾平凹、张承志、阿城、韩少功、莫言、王安忆、郑义等新老作家们相继发表作品，席卷中华大地。1984 年 12 月，郑万隆、阿城、韩少功、李杭育、李陀、南帆、李庆西、陈思和等青年作家和评论家在杭州举行研讨会，会议主题是讨论“文化寻根”问题。1985 年《文艺报》开辟专栏探讨文学寻根问题。

1985 年韩少功发表在《作家》第四期上的文章《文学的根》后来被看做是这一文学运动的“宣言”。他认为“文学有‘根’，文学之‘根’应深植于民族传统文化的土壤里，根不深，则叶难茂”。寻根“大概不是出于一种廉价的恋旧情绪和地方观念，不是对方言歇后语之类浅薄的爱好；而是一种对民族的重新认识、一种审美意识中潜在历史因素的苏醒，一种追求和把握人世无限感和永恒感的对象化表现”，以“重铸和镀亮”“民族的自我”。他赞赏带有浓郁秦汉文化色彩的贾平凹“商州”系列小说和颇得吴越文化气韵的李杭育“葛川江”系列小说。他甚至不无诗意地说：“乡土是城市的过去，是民族历史的博物馆。哪怕是农舍的一梁一栋，一檐一桷，都可能有汉魏或唐宋的投影。”随后阿城在《文艺报》上撰文《文化制约着人类》，掀起了关于“寻根”问题的讨论。何以在短时间内作家们对“寻根”产生如此浓厚的兴趣？学者张清华认为：“这首先来自一个文化的幻觉，一个单纯的前提，即他们认为研究和发现传统文化，会给中国现代化建设中文化和民族精神的重建提供历史依据甚至灵丹妙药，这仍然是一种强烈的启蒙主义神话和救世情结在笼罩的缘故。”① 这场声势浩大的文化热建立在新时期政治民主和思想解放基础之上，是对民族自我意识的觉醒。

这一时期产生的寻根热潮来自历史纵向（历时）文化论题的延续和世界文学的横向（共时）影响。从历史纵向上说，五四运动对古老的中国文化进行了涤荡、反省与思考，随之孕育出来的五四新文学显示出了大量有浓郁地方风情的作品。如老舍、曹禺对北平市民生活的描写，萧军、萧红对东北地方文化的挖掘，沈从文对湘西风情的描绘，沙汀、李劼人对西南文化的思考，等等。而以鲁迅为首的作家们则对于“民族劣根性”、传统文化心理进行了彻底的批判，这种忧虑和反思成为 20 世纪 80 年代寻根文学真正的根源所在。因此，“寻根文学”中出现的“乡土小说”，传统道德和古老的生存方式成为他们依恋和讴歌的对象。在他们的笔下，“商州”“老井”“古船”“草原”等传统文化符号纷纷出现。五四以来对于传统文化持批判立场的作家们在东西文化的碰撞中，有

---

① 张清华：《历史神话的悖论和话语革命的开端——重评寻根文学思潮》，载《山东师大学报》（社会科学版），1996（6）。

着一种对于传统的憎恨和酷爱交织的复杂心理，理性上的反传统和感性上的难以摆脱传统的影响常常使作家们陷入痛苦之中。他们意识到文化的反思归根结底是民族心理的反思，最终转向了对悠久而丰厚的民族历史文化的沉迷。

这对于长期以来只存在现实主义和浪漫主义两条路线的中国作家来说，确实带来了很多新鲜的因子，如年轻诗人的朦胧诗、王蒙的意识流小说、刘索拉作品中的荒诞意识……但是，这些纷繁复杂的“主义”也让作家们不知所措，缺乏“文化根基”的观念并不能完全适应中国文学的发展路径，更何况当时一批劣质仿制品使民族文学特性丧失殆尽，在西方思潮的冲击下，很多人迷失了方向。对传统的继承还是创新让作家们陷于两难的境地，他们努力打破传统，吸收新鲜血液，却又感到失去了民族的“根”。模仿终究不是办法，此时，同样处于文学边缘状态的哥伦比亚作家马尔克斯在1982年被授予诺贝尔文学奖，他的《百年孤独》体现出的魔幻现实主义方式引起了中国作家的极大兴趣，或者说，是给他们注入了一针兴奋剂。在苦苦寻觅之后，他们终于寻找到一条最合适不过的解决途径：悠久的中华文化比之拉美文化要丰厚得多，关键在于如何将民族精神与外来文化更好地糅合在一起，开辟出一片新天地。需要明确的一点是：“文化寻根不是向传统复归，而是为西方现代文化寻找一个较为有利的接受场。”

由于对民族文化理解的角度不同，寻根文学表现出多样化的寻根倾向。阿城的《棋王》《树王》《孩子王》《遍地风流》等作品，侧重于继承并弘扬儒道文化精髓，写出了王一生们如何在纷乱的世事中运用道家文化的旷达和超脱、儒家文化的执著和坚定，来渡过一道道难关，并保持内在自我的自由与平静。韩少功等作家从批判传统文化的角度去揭露传统落后肮脏的一面，以求建立一种现代性的健康的文化。

很难给这一复杂的文学现象进行准确的分类，他们有着不同的风格，不同的写作方式，在对待不同的关照对象时也显示出不同的看法。但如果我们回过头来统观“寻根文学”，发现它们有一个共同点即是，对祖国灿烂辉煌、曾经遭批判而又力图创新的民族传统文化进行的思考和阐释，对我国部分人群的特点及其形成原因进行的探讨。

4. 乡土文学阶段。

“乡土文学”要提到的首要人物就是鲁迅先生，他在为《中国新文学大系·小说二集》所写的导言中说：“凡在北京用笔写出他的胸臆来的人们，无论他自称为用主观或客观，其实往往是乡土文学，从北京这方面说，则是侨寓文学的作家。”由此，“乡土文学”的概念被提出，而他自己也创作了一批优秀的乡土文学作品，比如对自己家乡绍兴所作的描写，乡下人的落后与愚昧，作为当时整个中国农村的缩影。著名的作品包括《风波》《祝福》《故乡》《阿Q正传》等，在地域性特征被尽量消解的同时，对乡土展开了严肃而冷峻的批判。而到了20世纪80年代，部分“寻根文学”则是对早先乡土文学的进一步延伸，注重风俗民情的描写，汪曾祺在《中国寻根小说选》的序文中说：“寻根小说写的是人，是在某种特定风俗的雨露中生活的人”。他们所关照的是在特定风俗中的中国人的灵魂，“带着批判的精神去发掘民族传统文化心理的‘集体无意识’对民族文化整体进化的戕害”[①]。

这些被归入“乡土”和“乡情”的作家包括高晓声、汪曾祺、刘绍棠、古华、张一弓、路遥、陈忠实、贾平凹、张炜等几乎所有写乡村生活的作家。但与之前所不同的是，“寻根文学虽然也写民俗，但并不停留在新旧民俗的斗争中；虽然也写山野村民，但并不一般性地赞美他们的素朴纯真；虽然也揭示国民的劣根性，但也并不以批判封建礼教为重点”。[②] 他们以现代人的意识去观照历史，剖析古老的民族文化，使表现蒙昧文化的作品充满现实感。古老落后的村居生活和潜藏在人物内心深处的保守僵化的伦理道德观念通过作家们的笔触被展现出来，并形成一股洪流。

贾平凹的“商周系列”作品主要描写农村社会中传统与现代的冲突，描写随着改革开放而进入农村的商品意识和现代生活方式对古老民风民俗的冲击，以及所引起的价值观念的转变，他由此来探索人性在时代变革中的内涵，写出了人们精神世界的各种生动气象。被称为“商周系列”的有《小月前本》《鸡窝洼人家》《腊月·正月》《远山野情》《天狗》《黑氏》《古堡》《火纸》和长篇小说《商周》《浮躁》。小说以陕南山区自然和人文景观的描写，有意识地为人物的活动和心理特征提供地域文化的背景。

张炜的《古船》是一部具有深厚历史和文化底蕴的小说，描写了胶东芦青河畔洼狸镇上几个家族40多年来的荣辱沉浮、悲欢离合，真实地再现了那个特殊年代里人性的扭曲以及在改革大潮的冲击下，那块土地的变化。作家吴亮在评价这部作品时说：“他试图倒溯历史，从中寻找民族心态的渊源；他试图以新的眼光来审度人与人无穷无尽的战争；他还试图通过他创造的人物来解决

---

① 丁帆：《新时期乡土小说与市井小说：民族文化心理结构的解构期》，载《小说评论》，1988（2）。

② 陈仲庚：《从“乡土”到“寻根”：文学现代性的三大流变》，载《文艺理论与批评》，2004（2）。

他思索中的困惑和减轻他深重的危机感。他在《古船》中融进了自己的精血、他的爱与憎、宽容与疑问、理解和不满、自由与宿命，仿佛是找到一个理想的开阔地，于是在那开阔的战场上出演了一场又一场凶猛的灵魂角斗。”“古船”象征着中国如一条古老的航船，而里面的粉丝厂传人隋抱朴、四爷爷赵炳（革命胜利后的阿Q形象）、资本家小姐隋含章等这些人物形象都极具有代表性，揭示了农民文化心理和它对于社会结构的深层影响。

民族文化之根的展现。由于传统文化精神大多散失在民间，所以对于民族文化之根的探寻过程也就是对民间心态的发现过程。这些作品充满着对传统文化性格、生活模式以及价值观念与价值取向的认同、领悟与赞美的情绪，同时也渗入了一定的批判意识，代表作家有汪曾祺、阿城、陆文夫等。汪曾祺对民俗在小说情调、气氛、人的心理表现的重要性的理解，和20世纪三四十年代沈从文等的艺术追求具有内在关联。阿城的《棋王》《树王》《孩子王》《树桩》《卧铺》等小说则是面对一个刚刚逝去的动乱时代，以智者的幽默隐去心中的沉重、痛苦和烦忧，在普通人真切、平凡甚至有些戏谑的人生状况的描述中，升华出对人、生命、自然、宇宙的玄思默想。

“朦胧诗”“人的价值”阶段的人道主义文学侧重于人的个体，注重表现个人的地位与品格。作为个体的人，首先应该站起来，应该自由，应该享有足够的发展空间。在此基础上，应该重视人的群体。“寻根文学”“乡土小说”阶段的人道主义文学不局限于对人的个体价值与作用的表现，而着重于对人的群体特征与本性的探讨，展示人群的集体无意识，寻找人类的生存之道与发展之道。大部分作品是合理的、积极的，具有一定的深度，引人深思。当然，也有部分作品走火入魔、故弄玄虚。

三、后现代主义文学思潮主要特征与表现

董新山的《所谓后现代派小说》在《读书》1980年第12期发表，人们认为这是我国关于后现代主义文学较早的评介。后现代派小说在青年观众中有一定的市场，受到一些年轻作家的青睐。尤其是随着网络小说的兴起，一些年轻作家把后现代主义创作方法运用得越来越成熟，影响也越来越大。当然，随之而来的拼凑问题、缺少原创性问题也困扰着人们。一些作家为此在网上展开争鸣乃至对骂，引起人们对后现代主义文学进行深入的探讨。

1978年至2008年，我国改革开放逐步深入展开，与国外在科技、经济、文化、文学等方面的联系日益密切，科学技术领域“信息革命”日益推广，经济多元化发展日益明显，人们的消费观念日益变化，文化价值形态的“后现代

主义文化”越来越受到人们关注。在这一背景与环境中，我国后现代主义文学逐渐兴起，并得到一定的发展。如棉棉的《糖》《啦啦啦》《香港情人》、卫慧的《蝴蝶的尖叫》《上海宝贝》、李修文的《滴泪痣》《捆绑上天堂》、周洁茹的《我们干点什么吧》等。

纯文学与通俗文学的界限逐步被打破。当代许多人喜爱广告画、流行歌曲、电影、通俗传记、侦探小说等，作家们适应这一需求，文学作品成为商品流通于市场，大众消费文化不断向高雅文化提出挑战，于是纯文学受到很大冲击，纯文学与通俗文学的界限日益模糊。

拼贴成为后现代主义文学特征之一。拼贴作为一种艺术创作手法最早出现在绘画上，后来逐渐被文学家运用。他们把时间流程切割成若干个片段或碎片，把不同时空中发生的事情拼贴在一起，以造成视角上的时序颠倒，展示出扑朔迷离的生活画面，产生出空间跳跃的艺术效果。正是这种开放性叙事方式，作家可以随意中止原有的叙事进度与叙事指向，及时穿插与故事主干密切相关的故事情节。

时尚拼贴成为一些作家如棉棉、卫慧、李修文等人创作的有效手法，他们的文学作品可以说是一些彩色拼盘。卫慧的《上海宝贝》描写都市新人类的性爱狂欢与欢乐泡沫。主人公 CoCo（倪可）与天天缠绵而变态的情欲交往，与马克亢奋张扬的性爱狂欢，配上草地派对、艺术沙龙、鸡尾酒会等都市摩登生活方式，再穿插进电子游戏、光盘、前卫艺术家们的文句题词，从而成为彩色拼盘的一个代表例证。棉棉的小说《糖》《啦啦啦》《香港情人》、卫慧的《蝴蝶的尖叫》《上海宝贝》的情节结构，不注重时间链条的既定指向性叙事，而是可以任意“拆卸”或“组装”的单元部件。

第二节　中国当代文学思潮的启示

一、中国当代文学思潮的价值与作用

价值判断系统是历史文化积淀和当代文艺思潮的一种抽象思辨形式，是民族群体对客观事物和人类行为进行认知判断、道德判断、审美判断、功利判断时所运用的理性标准，它由真假判断标准、善恶判断标准、美丑判断标准、利害判断标准共同组成。

1977 年至 2008 年是中国文学发展的一个重要时期。这一时期，文化艺术整体迅速发展，促进了文学的创作。在年产量迅速增加的同时，文学的创作适应当时的社会文化环境，紧扣现实生活，在题材上不断拓展，并先后出现了伤痕、反思、改革、社会主义建设等题材热点，提升了文学的价值，发挥了文学的积极作用。

作为对长期以来文艺界英雄主义创作模式的反叛，新时期以来的文学艺术创作中，“人性”“人的价值”“人的自由”“人的需要”“人的本质”“人的自然欲望”等以人为出发点和归宿的命题，得到了极大程度的张扬，人性人情的方方面面都得到了淋漓尽致的展现，现实主义与人道主义的飙升，成为新时期文学艺术风貌发生极大改观的重要表现。

从 1997 年到 21 世纪初，崇高美学思想逐渐回落，审美追求呈现多元化、多层次化的趋向，强调整体上的人与自然、人与社会、主体与客体关系的和谐，就为各种风格类型的审美创造的合理性提供了广阔的天地和有力的依据。新时期以来的文学艺术由政治型向社会型变化，由单纯的教育型向多样的审美型变化，由基本模式向独立创造性变化，由艺术方法的单一型向艺术方法的多元性变化。高雅与通俗共存，写实与想象并用，文学的审美价值与娱乐作用逐步得到人们的重视。这些变化在中国当代文学思潮中得到了充分的表现。

中国当代文学思潮对文学、戏剧、电影、电视、音乐、舞蹈、美术等产生了巨大的作用，往往开文艺的风气之先。中国当代文学思潮与当代社会生活相互影响、相互制约。

一方面是当代社会生活对当代文学思潮的制约。当代文学思潮不可能不受到当代社会生活和文化心理的制约，不可能不受到它所属民族的历史文化精神和它所属时代的各种文化思潮的熏染，不可能彻底否定它所属的社会共同体和民族共同体普遍认同的某些价值判断标准。无论是现实主义、人道主义、后现代主义或是其他思潮，中国当下的社会和政治环境都成为不容忽视的事实。改革开放之初，文艺政策开始放宽，曾经在那场惊心动魄的政治运动中被践踏的人，开始或揭露曾经的困难，或反思自我，或将触角伸及曾经下乡插队的农村。此时的文学思潮更大程度上是被压抑许久之后的宣泄与释放，同时也是历来肩负着沉重社会使命的知识分子们重新发现自我、返归自我的一个过程。他们通过自己手中的笔，再一次以“铁肩担道义，妙手著文章”的精神，让文学在彼时彼刻发挥着最大的社会功能效用。

另一方面，中国当代文学思潮对当代社会生活也产生了很大的影响，如人们的人生观、世界观、价值观、审美标准、生活方式等都随之发生变化。在任何社会环境下，文学创作和社会环境都是相互制约和相互影响的关系。在“洛阳纸贵”的年代，人们无法想象木子美通过自己的性爱日记在网络上发表而受到千万人的追捧。同样，曹雪芹“批阅十载，增删五次”撰写《红楼梦》的美谈恐怕在我们这个时代再也不会发生。文学作为一种审美艺术形态，是为满足社会的一定需要而存在的。中国古代《尚书·舜典》里有“诗言志”的说法，认为诗是用以表达人的志趣、意愿的。自文学诞生以来，人们就在不断探讨着它的效用，它反映现实生活并参与到改造社会和读者心灵的过程，并且很多时候都是在潜移默化之中完成的。举例来说，在经历了“文化大革命”惨无人道的压迫之后，作为历史境遇的“蒙冤者”，创作者们纷纷开始诉说心中的苦难。“伤痕文学”的出现在当时还引起了社会上的广泛讨论，支持者认为它可以使人警醒和振奋，而否定者则认为暴露太多，情绪低沉，会影响人们建设现代化的斗志。但不管如何，“伤痕文学”给了很多人以情感宣泄的通道，通过宣泄排解了内心中的苦闷。相比较来说，“伤痕”之后的“反思”则更加注重对于“文化大革命”的社会历史根源和责任的思考，以期对现代化国家的建设提供切实可行的参考。

在过去相当长的时间内，人们已经习惯地把“文艺为政治服务”“文艺从属于政治”等提法，视为不可移易的真理，甚至把文艺当作政治的工具，其结果对文艺的社会功能、文艺的认识作用和审美作用或加以简单化，或一笔勾销，从而消解了文学艺术本身的相对独立性与生动活泼的特点。现实主义文学思潮、人道主义文学思潮、后现代主义文学思潮开阔了人们的视野，使文艺逐渐与政治保持适当的距离而获得相对独立的地位，从而使文艺的社会功能、认识作用和审美作用得到了较好的发挥。

现实主义文学思潮、人道主义文学思潮、后现代主义文学思潮积极地抗击了文学的工具性、消费主义、实用功利主义等歪风邪气，有效地阻止了作家艺术工匠化、审美趣味庸俗化，为解构文化专制主义、打击拜金主义、增强作家自主意识提供了广阔的天地。

现实主义文学思潮是建立在唯物主义反映论和存在主义基础上，关注社会政治，通过写实手法来展示各种人的生存境况、生存状态和生命形式，并反映了各种社会问题，表现出对现实的密切关注。

人道主义文学思潮是建立在人道主义基础上，重视人的地位与价值，在人的磨难中彰显人的品格。注重通过人与人之间各种尖锐而复杂的矛盾冲突，展示人性的各个方面，探讨人类的过去、现在与未来。

后现代主义文学思潮是全球后现代主义文化艺术思潮的一个组成部分，当代性与世界性十分明显，时髦而新鲜，手法自由，时效性较强。但是，部分后现代主义文学作品比较肤浅，只停留在表层，缺少丰富而深刻的内涵；只具有后现代主义的皮毛，而缺少后现代主义的内核。

现实主义文学思潮、人道主义文学思潮、后现代主义文学思潮在现在与未来仍然具有较大的发展空间。

二、中国当代文学思潮的启示

中国当代文学思潮是民族集体意识当代形态的文学表现，它是社会文化心理中活跃、激进、表层、富有创造力的因素之一。当代文学思潮有时候是对历史文化积淀的反叛、超越、否定。当代文学思潮可以产生于对历史文化积淀的批判和扬弃之中，也可以来源于对异域文化的被动接受，而从文化发展的一般规律来看，异域文化与本土历史文化交汇、融合是生发当代文学思潮的最佳途径。

改革开放以后，大量西方作品被引入中国，文化上被禁锢了多年的知识分子，看到了外面这个五光十色的世界。各种各样的主义、流派、思潮如走马灯般在中国大地轮番登场，意识流、结构主义、存在主义、符号学、解构主义、后殖民主义……这些新鲜的名词一下子占据了中国文学界，言必称“主义”，而这些观念也被借鉴到文学创作中来。现实主义文学思潮、人道主义文学思潮、后现代主义文学思潮成为三种影响较大的文学思潮，这是内因与外因相结合的结果，这是中国国情、文学现状与世界文坛互动的表现。

在特定社会中，作为构建意识形态这种特殊社会实践的因素，文学不是支持、顺从、屈服居于主导地位的主流意识形态，就是对它发起挑战，进行改造。文学中的意识形态同一般的意识形态，尤其是主导意识形态之间往往存在着距离或“离心”现象。文学之所以成为文学，是因为它既脱离意识形态，同时又或隐或显地表现意识形态。意识形态通过作品的人物、情节、主题等构成性要素，通过叙事方式来显露其烙印、踪迹，传达其信息。

文化主要是通过艺术作品客体的各种因素影响文学艺术的，如人的生活、人的命运、人的思想和情感。文化通过影响作家从而影响文学作品。对于文学来说，无论是创作、鉴赏或理论批评，都直接受制于作家的文化心态，特别是作为文化心态内涵之一的审美观念。社会生活首先作用于人的精神旨趣、情感意向、美学观念，然后才能作用于文学创作、欣赏与理论批评。所以，把视线投向文化系统，就正确揭示了社会与文学联系的纽带。从作品来看，出现于作品中的艺术形象都是一定的文化精神和美学形式的结合体，既渗透着文化因子，也渗透着审美因子。任何创作主体，都要接受一定的文化影响，处于一定的“文化群落”之中，形成一定的文化心理结构，从而影响到作品的文化品貌。作家经历、文化积累和客观的文化条件，都对作品产生直接的影响。不同文化条件下的文学作品创作的思路、方法、过程是不一样的，创作的作品也各不相同。

在理解当代文学思潮时，切不可割裂思潮与当时社会情境之联系，妄自断章取义。自1978年始出现的种种思潮现象，有的仅持续了短短几年时间，有的则一直延续至今，但它们作为建构中国当代文化、文学思潮的一部分，同样不可或缺。在经历了文学价值判断被赋予无限政治意义并进而将文学讨论上升为政治讨论的时代，文学的发展开始逐渐从严格的束缚中慢慢挣脱出来，相应而带来的另一后果即是，“思潮”的判定不再明晰而显得相对纷乱。在杂语纷纷的时代，文学也略显浮躁，何去何从也在小心翼翼地摸索之中。

反观这几十年的文学思潮，我们可以深切地感受到，作为文学创作者们的忧国忧民之态以及文学所担负的“不能承受之重”。如果进行仔细的划分，可以看到诸如“伤痕文学”“反思文学”“寻根文学”“改革文学”“新写实文学”“都市文学”等思潮流派，而这些也确乎对当时的社会变革和推进起到了或多或少的作用。很多人现在仍然怀念那个激荡着文学冲动的年代，他们用文学表达情感，在理想的照耀下前行。而当下，文学却失去了以往的激情，取而代之的是图片、影像、网络等造就的快餐文化的出现，要想夺回失去的领地，文学似乎还有很长的路要走。

这几十年的文学思潮中出现一些焦点问题需要我们去思考：文学的原创性与大众文化的快餐性、复制性的矛盾如何解决？文学的应有品位与市场经济中读者的多样化需求之间的矛盾如何解决？文学创作的个体经验性与大众审美及社会道德之间的矛盾如何解决？

第五章　中国当代戏剧思潮

关于戏剧之定义，狭义的概念以古希腊悲剧和喜剧为开端，并在欧洲各国发展出舞台演出的形式。在中国，这门艺术形式被称为话剧，我们在这里所指的戏剧，包括话剧、戏曲、音乐剧等门类。

中国当代戏剧思潮主要有现实主义戏剧思潮、实验戏剧思潮、后现代主义戏剧思潮与贬斥文学的戏剧思潮等。

第一节　中国当代戏剧思潮的演变

一、现实主义戏剧思潮主要特征与表现

“文化大革命”十年，中国的戏剧演出似乎只有翻来覆去的八个样板戏，这八个样板戏于1967年5月9日至6月15日在北京同时上演，《人民日报》发表的社论《革命文艺的优秀样板》中，称这八个样板戏分别为：京剧《智取威虎山》《海港》《红灯记》《沙家浜》《奇袭白虎团》；芭蕾舞剧《红色娘子军》《白毛女》及交响音乐《沙家浜》。从来没有任何一个时代，艺术的烙印会这么深地铭刻在一代人的心中。“‘样板戏’最主要的特征，是文化生产与政治权力机构的关系。”① 这种严重剥离现实与艺术的做法造成了对艺术极大的戕害，阻碍了它的发展。

现实主义戏剧的传统其实从1919年五四运动以来就已基本确立，挪威剧作家易卜生的作品传入中国后，被奉为现实主义戏剧的典范。20世纪30年代，曹禺、田汉、夏衍等剧作家将现实主义戏剧推向了高潮。在新时期，新老剧作家在经历了十年的压抑之后，终于可以将心中蓄积已久的情感宣泄出来，对于过去岁月的反思以及对现实生活的思考首先成为戏剧创作的主题。这一时期戏剧的反拨与复兴是从社会问题剧开始的。社会问题剧一般会针对某个敏感的社会问题进行分析，然后进行批判或谴责。其中的人物形象也往往成为某种

① 洪子诚：《中国当代文学史》，198页，北京，北京大学出版社，1999。

类型的符号，并不具有独立的审美价值。严格来说，这样的戏剧并不能完全算作现实主义戏剧，也很容易导致戏剧的模式化和概念化。挪威剧作家易卜生的《玩偶之家》被视为社会问题剧的典范之作，揭示的是当时女性在社会、家庭中的地位，拉开了女性解放运动的序幕。而鲁迅在北京女子高等师范学校文艺会的演讲《娜拉走后怎样》也在社会上掀起了广泛的讨论。

戏剧家们主动承担起民众的代言人的角色，他们怀揣着政治激情，针砭时弊。这些社会问题剧一时在社会上引起轰动，在观众中引起强烈的共鸣。这些剧目包括：宗福先的《于无声处》、崔德志的《报春花》、邢益勋的《权与法》、赵梓雄的《未来在召唤》、赵国庆的《救救她》、中杰英的《灰色王国的黎明》等。官僚特权、思想僵化、现代迷信等现象成为剧作批判的对象。话剧《于无声处》是粉碎"四人帮"后较早反映"文化大革命"的文艺作品。剧作家不仅勇于反映现实矛盾，而且善于介入生活中的争论，并站在人民的一边，说出了人民的心里话。作者宗福先回忆，"我们在北京演出时，北京的观众通宵排队买票！北京的天多冷啊！那么多观众喜欢这个戏，说明人们长期被压抑的一种情绪需要宣泄"。话剧《报春花》则表现了在一个普通纺织厂里围绕"劳模"人选问题发生的内部斗争，在当时"解放思想"的呼声中提出了严肃的社会问题。由于此时期的戏剧同当时现实生活的联系极为紧密，舞台上发生的正是生活的折射，而剧中人物所面临的也正是生活中人们所面临的问题。这是对过去十年戏剧中的"假、大、空"的彻底否定和严肃的批判，也顺应了当时历史发展的潮流。

1977 年至 1979 年是中国话剧的复苏期。这时期中国剧坛出现的《丹心谱》《于无声处》等揭露批判"四人帮"的剧作，以及为老革命家雪耻申冤的《曙光》等，大都可以看做是"伤痕戏剧"。这些伤痕戏剧当年又都被称作是"解冻文学"，它们与 20 世纪 50 年代苏联戏剧及文学的"解冻思潮"之间有着深刻的内在联系。

伤痕戏剧与解冻思潮促使 20 世纪 70 年代末的中国戏剧与"文化大革命"戏剧彻底决裂，而迅速地拨乱反正、恢复传统。拨乱反正，主要是指伤痕戏剧突破"文化大革命"戏剧的"禁区"或条条框框，批判"文艺黑线专政论""根本任务"论、"三突出"论等帮派理论，摆脱"文化大革命"戏剧及文学的"瞒与骗""假、大、空"的模式，使戏剧创作重新回归到正确的轨道上来。而在当时的中国戏剧家看来，这个正确的轨道，主要就是恢复戏剧的现实主义传统。对"文化大革命"戏剧的"假、大、空""瞒与骗"的深恶痛绝，"写真实"以及与"写真实"相联系的"人道主义""文学是人学"等，也就成为伤痕戏剧最重要的现实内涵。新时期中国戏剧的回归传统，或者说回归五四，就是从这里起步的，新时期中国戏剧的价值评判和审美评判标准的重新确立，也正是从这里开始的。

但是，“社会问题剧”在剧坛不过繁盛两三年就被迫退出了戏剧的舞台而走向衰微。问题究竟出在哪里？在经过了“十年动荡”之后，戏剧在努力复归现实主义的河流，但在本质特征的把握和社会深层的揭示上却没有找到与现实的最佳契合点，与现实贴得过紧，停在生活的表层而缺乏普泛性等。由于揭露的心情过于急切，在形式的表现上也略显稚拙。因此，“控诉”就显得缺乏力量。曹禺先生曾经谈道：“好的社会问题剧应该植根于生活之中，而不是仅仅存在于问题之中。现在有的戏仅仅写出了一个问题，问题便是一切，剧中人物根据问题而产生。人物有的站在问题的这一面，有的站在问题的那一面，有的站在问题的中间。于是出现了正面人物、反面人物、中间人物。……如果我们仅仅写了社会上的问题，而忘了或忽略了写真实的人，真实的生活，那么我们的笔下就只有问题的代表人物，而没有真实生活中的人，没有那种活生生的、一点不造作的人。那种‘代表人物’是不会被人们记住的。”① 其实质在于，此时的“社会问题剧”偏离了现实主义戏剧的方向，在典型环境和典型人物的塑造上出现了背离。

问题剧的衰微引发了戏剧界内部的讨论，从而发展为对现实主义戏剧本身的论争。论争主要集中在对于戏剧“功能”的再认识、戏剧创作模式及表现方法等问题。戏剧的功能之一是宣传教化，但并不等于单一的说教，而创作上的“易卜生模式”和演剧体系上的“斯坦尼斯拉夫体系模式”也亟须打破。而黄佐临先生在20世纪60年代提出的关于发展多样化戏剧观的观点则再次成为戏剧家们关注的焦点，而这些问题在70年代末80年代初的中国剧坛仍然顽固地存在着。有人不禁提出疑问：新时期是否还需要现实主义？需要什么样的现实主义？归根结底，还是要深入把握现实生活的底蕴，塑造生动的人物形象以及丰富的内心世界，以生动的形式完成对生活完美的表达。因此，在80年代的发展中，这些观点在创作理念和表演方法上激发出了一些新的作品，如李龙云的《小井胡同》《荒原与人》、沙叶新的《陈毅市长》、苏叔阳的《左邻右舍》、魏敏等的《红白喜事》、李杰的《高粱红了》、郝国忱的《昨天、今天和明天》、何冀平的《天下第一楼》等优秀的现实主义戏剧。

《小井胡同》以北京的一家小院内陈、杜、郑三家的悲剧性命运，把历史

① 曹禺：《戏剧创作漫谈》，载《剧本》，1980（7）。

置于一个胡同的院落之内，构思巧妙。小井胡同作为北京历史乃至中国当代历史变迁的见证而留下了特殊的印记，如同老舍先生的茶馆一样，这里成为大社会的浓缩。《陈毅市长》则是一部塑造革命领袖形象的剧作，突破了长期以来少有人问津的、塑造革命领袖形象的禁区。沙叶新在回顾《陈毅市长》的创作过程和意图时说，剧作采用了“冰糖葫芦”式的结构方式：

> 没有统一的中心事件，只以陈毅这一主要人物来贯穿全剧；各场之间的不相连贯，每一场都独立成章，各有自己的一个完整的故事；为了不致产生零零碎碎、片片断断之感，只是在每一场的尾部用几句台词或一个细节来为下一场的情节开展做个简单的铺垫；最后一场，除了有自己独立开展的故事情节外，还将前面几场各自发生的事件都在这最后一场里有所交代，使之画上‘句号’，以结束全剧。①

沙叶新认为，作品要以陈毅市长的革命事迹、高尚品德来激励今天的人们，推动今天的生活。“为了使剧本的思想内容有直接的现实感，有强烈的针对性，为了启示今天的观众，推动当前的生活，应该着重选取那些陈毅同志所具有的而在今天的现实生活中正在大力倡导或业已有所失去的思想品质来写。”② 在这里，市长是一个活生生的人，而不是超凡于普众的“神”，这显示了戏剧创作的重大突破和进步。在复杂的环境甚至绝境、逆境中处理事件，展示其性格特征。女作家丁玲说，“剧中的陈毅市长是一个伟大的人，却又是一个平易近人的普通人，我们需要的是活的人，而不是刻板的死的戏剧。我们喜欢舞台上出现的真实的剧，它给那些唯形式论者猛击一拳，这个成就是可喜的”。③ 此时期同样描写领袖人物的优秀剧作还有丁一三的《陈毅出山》、王德英、靳洪的《彭大将军》等。

何冀平的《天下第一楼》曾被萧乾先生誉为一出“警世寓言剧”，并和李龙云的《小井胡同》作为新时期“京派话剧”的代表作。评论家们认为，《天下第一楼》的创作深受老舍的影响，“既有茶馆的影子，又有茶馆的韵味”，④ 该剧表现清末到民国初年，京城烤鸭老字号“福聚德”的兴衰聚散。民国初

① 沙叶新：《写在〈陈毅市长〉发表的时候》，载《剧本》，1980（5）。

② 同上。

③ 丁玲：《赞〈陈毅市长〉》，载《文汇报》，1980－07－24。

④ 何西来：《惊奇与回味》，载《光明日报》，1988－07－01。

年，“福聚德”传至第三代，两位少东家或者迷恋于京剧，或者酷爱练武，都不是经营的材料。老掌柜恨儿子不争气，临终时，把店铺托付给外姓人卢孟实。十年后，在卢孟实的苦心经营下，“福聚德”生意兴隆，名噪京师。而两位少东家却在此时提出收回经营权，卢孟实只好打点行李，怆然离开。全剧以一副楹联结尾，联曰：

好一座危楼，谁是主人谁是客？
只三间老屋，时宜明月时宜风。

其实上联是康熙皇帝为一家饭庄所题，下联则巧妙地化用了纪晓岚的属对“只三间老屋，半宜明月半宜风”，横批是“天下没有不散的宴席”。结尾是全片的点睛之处，人艺老院长曹禺曾评论说：“一副对联就把戏刹住了，而且是余味无尽，妙！”本剧从“福聚德”的烹、炒、煎、烤、炸——盘中五味，品味出复杂的人生况味，给了观众以很多的启示。作者巧妙地将历史的变迁和民族心态、人心苍凉展现得一览无余。

中国20世纪90年代的剧作大部分已经超越了传统写实的约束，无不吸收西方现代主义文学思潮的影响，从80年代甚至更早的时代，就已有萌芽、发展之势，90年代这类剧作得以继续生长，但其创作方法仍是以写实为主要特征。剧作十分注重对现实生活原生态的还原，直面现实人生，同时渗透出强烈的历史意识和哲学意识。

20世纪90年代在中国剧坛备受好评的杨利民的《地质师》、查丽芳的《死水微澜》、沈虹光的《同船过渡》、郑振环的《天边有一簇圣火》等现实主义戏剧，更具有开放性，把话剧的写意和写实很好地结合在了一起。话剧《地质师》被称为是主旋律的作品，选择了一名地质工程师的家庭为背景，描写了1961年到1994年30多年的时间，几位从石油学院毕业的大学生的人生历程。“同是完全采用现实主义的戏剧创作方法，《地质师》在‘四堵墙’之内，以淡淡的笔触，看似不经意的对话，点染出智慧与质朴、激情与深邃，谱写出一曲壮丽人生的华彩乐段。”① 在电视剧、商业电影等娱乐方式充斥的20世纪90年代，作者杨利民自己也认为，“写这样一个不怎么新奇的老式故事，是一件冒险的事。别人怀疑，我自己也怀疑。面对这样的创作，你必须心平气和地面

① 常晓华：《从〈地质师〉看中国话剧及其发展趋势——兼谈现实主义戏剧的永久魅力》，载《文艺评论》，2001（4）。

对人，敢于平淡，敢于娓娓道来，这就需要一种勇气，因为现在有些观众连耐心地听完一个故事的兴趣都没有了”。[①] 但是，此剧在当年的第七届“文华奖”评比中名列榜首，更加有力地证明了现实主义戏剧的永久魅力。

话剧《死水微澜》根据四川作家李颉人创作于1935年的同名小说改编，写的是从甲午战争到辛丑条约签订这段时间成都附近小乡镇里人们的矛盾纠葛。而在由小说到话剧的改编上，编导查丽芳将浓郁的四川地域色彩通过舞台效果等手段展现出来，并且汲取了四川民间艺术（如四川民歌、川剧灯戏的欢快曲调等），在20世纪90年代戏剧中占有重要地位。

戏剧创作向新写实主义的转变，抑或现实主义的复归与深化，在20世纪80年代后期已经出现在剧坛上了。何冀平的《天下第一楼》，李龙云、杨利民的一些剧作，都或多或少地体现了中国戏剧的这种转型。

二、实验戏剧思潮主要特征与表现

中国当代戏剧在这几十年间一直不断探索，在受到国外的思潮熏染之后，戏剧理论家和创作者们都迫不及待地将新鲜元素付诸戏剧。现实生活的巨大变迁、人们思想的转变以及对于戏剧革新的执著都引发了他们的思考，而传统的现实主义的单一表现方式再也无法满足要求。于是，从20世纪80年代中期开始，戏剧开始进入形式探索阶段。实验戏剧最直观的特色是敢于打破传统，在艺术流派、风格、样式等方面纷纷进行“实验”。可以肯定地说，任何一次艺术形式的创新与进步都离不开类似的“实验”，在实验中一些先驱者打破陈规，引领着艺术向前发展。

追溯中国的实验戏剧思潮，谢民的《我为什么死了》被认为是最早的一部作品。1980年出现在上海的马中骏等人编剧的《屋外有热流》在戏剧界产生了重大影响。作品由两位年轻工人业余创作，剧中出现的“灵魂”形象引发了很多讨论，艺术表现上的“虚实结合”给话剧注入了新鲜的元素。实验戏剧作品此起彼伏地出现在中国戏剧舞台上，这些作家和作品分别是：刘树纲的《一个死者对生者的访问》、王培公等的《WM（我们）》、陶骏的《魔方》、陈欲航等的《走出死谷》、贺子壮等的《山祭》、沙叶新的《耶稣、孔子和披头士列侬》、马中骏的《红房间、白房间、黑房间》《老风流镇》、魏明伦的《潘金莲》、锦云的《狗儿爷涅槃》、陈子度等的《桑树坪纪事》等。这些戏剧在摸索中开始考虑到观众的接受能力，采用一些容易导入的故事形态，进行艺术形式的创新。

---

① 杨利民：《话剧〈地质师〉创作的前前后后》，载《中国戏剧》，1997（8）。

锦云的《狗儿爷涅槃》于1986年6月发表，同年秋天由北京人艺首演至1987年8月，在戏剧界引起很大反响。这是一个多场现代悲喜剧，以我国农村社会几十年的曲折道路为背景，塑造了一个背负着中国传统文化的雇农陈贺祥——狗儿爷的形象，从而对传统中国农村社会和民族特性提出质疑。土地成为这部戏剧从头到尾贯穿的意象，狗儿爷的命运也同土地休戚相关。"《狗儿爷涅槃》的成功标志着实验话剧进入一个新阶段。首先，在这部作品中，写实与表现水乳交融。用写实的方法来刻画人物和细节，用表现的方法来表现过程和传达意念。……其次，象征语汇（拖拉机、门楼等）的运用也有助于对人物心灵历程的剖视和剧作哲理意蕴的深化，意识流的引进（狗儿爷疯态的渲染）、间离效果（陈大虎插入狗儿爷的内心独白）及传统戏曲和说唱艺术中的虚拟，'表'（语言表述）'做'（表情、动作、姿态）有机地糅合，使戏剧场面既统一又多变，既厚实凝重又潇洒灵劲。"传统的现实主义的表现方式开始被逐渐打破，而表现主义的方法一向又被认为是现代主义的重要形式。曾经一度被认为是和"再现"现实相对立的"表现"，被堂而皇之地推上了现实主义戏剧表现的舞台，以至于被称为"新的戏剧现实主义"。"我以为，《狗儿爷涅槃》就不是一般意义的现实主义，而是经过现代主义这块抹布擦拭过的现实主义，或者借用高尔基曾经使用过的概念，称它是新的戏剧现实主义。"[①] 新的戏剧现实主义大胆融合了再现与表现、写实与荒诞、情节的故事性和意蕴的象征性，显示了新时期的戏剧已经达到了一定的高度。

由陈子度、杨健、朱晓平编剧的《桑树坪纪事》记叙的是发生在1968年至1969年前后，黄土高原的桑树坪这个小村庄中的人和事。作品被誉为"新时期话剧的集大成者"，"这出戏的演出成为一个标志：中国话剧历经了十年艰辛的探索，已经结出丰收的硕果，已经迈入新的辉煌"[②]。它把舞台语言的探索和对人的本体把握的突进融合在一起，把造型、舞蹈和音乐等手段融入戏剧形象的创造之中，显示了戏剧探索的成熟。《桑树坪纪事》的成功演出引发了人们对"桑树坪现象"的思考和讨论，"除了创作主体和现代意识转化为内容上的现实性之外，艺术上鲜明的民族风格是它一个极重要的内容。比如人物、场景都'土得掉渣'，但音乐却在配器等方面作了现代化的处理；在一些民族

---

① 童道明：《新的戏剧现实主义——话剧〈狗儿爷涅槃〉观后》，载《光明日报》，1986－11－13。

② 田本相：《首都文艺界座谈会话剧〈话剧桑树坪纪事〉》，载《人民日报》，1988－02－23。

舞里，也融进了现代舞的动作。”[①]《桑树坪纪事》的人物活动背景正处于“文化大革命”时期，这个创作上的“禁区”并没有让它显得捉襟见肘，而是有意避开、淡化当时的政治背景，超越了桑树坪的时空限定，成为一部民族寓言。

在经过了20世纪80年代的实验戏剧热潮之后，90年代则显得相对平静。由于受到西方文艺思潮的影响，80年代的戏剧热烈地套用着这些技巧，使舞台面貌摆脱了单一的写实格局。受商业化大潮的冲击，很多剧作家感到不知所措，实验戏剧也逐渐趋于平淡。过士行“闲人三部曲”（《鸟人》于1993年由北京人艺上演；《棋人》于1996年由中央实验话剧院上演；《鱼人》于1997年由北京人艺上演，均由林兆华导演。）的出现，则又意味着戏剧领域开始进行另一种实验戏剧形式的探索，其寓言化的风格以及充满悖论的荒诞意味让戏剧具有更大的开放性和多义性。如果对这“三部曲”的意义进行评说，那么它的文化意义应该大于表现形式。由于处于八九十年代的历史转折中，人们的思想和价值观念都在发生变化，甚至王朔式的调侃成为时髦。“三部曲”的闲人形象成为作品的描述对象，而以往那些高大的、正统的理想者则被抛弃。三部作品中表达的三种不同的人生态度饱含着对人的生存状态的思考，并且把关怀的对象落到了普通人身上。论及它的实验意义，则是很好地把戏剧的“实验性”和“大众性”结合在了一起。“他的作品中的人物，有很深的中国传统文化的心理积淀，但同时又有普遍的人性的内涵。我以为，这样的实验戏剧，可以称得上是中国式的实验戏剧，而不是使人感到是跟在洋人屁股后头亦步亦趋的实验戏剧。”[②] 至于为什么会选择这样的表现方式，作者过士行有自己的考虑：“人物由于是寓言化的人物，更不可能完全写实，性格并不重要，甚至被抽离，只有他们的行为才有意义。有的题材不适于用传统的结构方式，尽管那种方式有很多优点，要深入到事物本质的层面，我们需要不断地发现和寻找新的结构方式。这是一件艰苦又富于挑战的事情。”[③] 写实主义因为受到社会的制约（这种制约往往体现在政治倡导上），因此在很多情况下不得不去谄媚现实，而作者采取的“寓言剧”的形式则对其进行了巧妙的回避。

---

① 潘德千：《海聊“魏明伦现象”、“搭错车现象”和“桑树坪现象”——戏剧与当代审美要求二人谈》，载《新剧本》，1988（6）。

② 康洪兴：《我国九十年代的实验戏剧与戏剧实验》，载《戏剧文学》，1999（8）。

③ 过士行：《我的写作道路》，《坏话一条街——过士行剧作集》，北京，中国国际广播出版社，1999（5）。

20 世纪 90 年代另外两位实验戏剧的代表人物当属孟京辉和牟森，他们的戏剧更多时候被称为“先锋戏剧”。这两位年轻人都接受过系统的大学教育，在戏剧深度的挖掘上高出一筹。孟京辉的戏剧创作成为 90 年代实验戏剧的一面旗帜，并且培养了大批的观众，使得围绕实验戏剧形成一股热潮。他的代表作有《等待戈多》《秃头歌女》《坏话一条街》《一个无政府主义者的意外死亡》《恋爱的犀牛》《盗版浮士德》等剧目。

孟京辉旗帜鲜明地打着“先锋戏剧”的招牌存在着，而另一位戏剧家牟森则显得要低调得多。他以对传统戏剧观念与表现形式的大胆反叛而显示出自己独立的姿态——戏剧就是要让自己身体内部某一部分不透明的东西变得透明。他的《彼岸》《与艾滋有关》《红鲱鱼》都产生了一定的影响，在国际上也赢得了好评。在商业化大潮裹挟的 21 世纪初期，很多戏剧出于商业目的而冠以“实验”“先锋”的名头，以博取观众的注意。而牟森则始终保持着学者式的冷静，甚至从来不在国内进行商业演出（1997 年仅在长安大戏院电影厅排演话剧《倾诉》，票房惨淡）。他的戏剧受 20 世纪 60 年代流行于欧美的后现代先锋派影响，强调打破艺术与生活的界限，表达对于生活原生态的切身感受。

三、后现代主义戏剧思潮与贬斥文学的戏剧思潮

（一）后现代主义戏剧思潮主要特征与表现

虽然西方学者对后现代主义起源的时间有着不同的看法，但较多的学者认为后现代主义是后工业社会的产物，也就是说，后现代主义是后工业社会在文化艺术领域的反映。据此，认为后现代主义诞生于 20 世纪 60 年代。而我们也把视线放在 60 年代以来所发生的超越现代主义的戏剧思潮、流派和剧作上。后现代主义戏剧的主要策源地则是美国，特别是美国的纽约。其一，在后现代戏剧的发轫期，最初呈现出的一个特征是“精神分裂症”。其二，戏剧同其他艺术的相融汇和混合，打破了戏剧与其他艺术部类的界限。其三，即兴、偶发、随机——打破艺术和生活的界限。其四，戏剧空间的革命——打破戏剧演出场地的界限。其五，后现代主义戏剧具有行动性、参与性和政治性。其六，取消剧本，取消语言，强调肢体语言动作。其七，艺术上的混杂和拼贴。

我国部分话剧成功地运用了拼贴、调侃等手法，后现代主义特征比较明显。孟京辉的话剧《思凡》以拼贴组合、戏谑调侃的方式将《思凡·双下山》和《十日谈》糅在一起，而在他的其他戏剧中，同样有这样大胆的拼贴，比如《放下你的鞭子》和《沃伊采克》杂交，而在《我爱×××》中则玩起了语言

的组接、段落的组接、语言和幻灯画面的组接。这种后现代主义的方式让观众在轻松愉悦的状态下欣赏戏剧，但也具有更强烈的讽刺和宣泄作用。

香港的后现代剧团《进念·二十面体》已有将近20年的历史，但是，它的观众群并没有更多的增长。还有几个小的剧团，其活动范围也是有限的。其主要障碍是观众看不懂他们的戏，他们也并不在乎观众是否有人接受和观众的多少。他们的艺术行为在很大程度上带有个人的实验、游戏性质。所以，戏剧界把他们称为“另类戏剧”，以示同主流戏剧的区别。

后现代戏剧在我国香港、台湾地区不能持久深入开展下去的原因，可以引发我们进一步的研究和思考。一方面是对于后现代戏剧的接受的主观条件，如中国人的社会状况、文化传统、政治文化心理，以及审美习惯上对后现代主义戏剧的拒斥因素。另一方面是后现代主义戏剧艺术的自身原因：后现代主义戏剧的思想和艺术较之现代主义戏剧更为极端，它既表现了对晚期资本主义的抗议，也透露出摧毁世界，摧毁自己，也摧毁艺术的深刻矛盾。诸如戏剧是宣泄的渠道，猎奇的对象；但在很大程度上戏剧再不是美的精品，也不是供人观赏的艺术，甚至说戏剧不再是艺术。所有这些方面，确实值得我们对后现代主义戏剧进行深入的研究和评估，以作出历史的科学的审视和判断。

（二）贬斥文学的戏剧思潮主要特征与表现

戏剧艺术发展到20世纪末期发生了重大的变革，传统的以剧作家和剧本文学主导整个戏剧艺术的格局被打破，以导演为代表的剧场艺术家们逐渐占据了戏剧艺术中曾经属于剧作家的显赫位置，在戏剧艺术里占统治地位的语言戏剧观念随之土崩瓦解，而强调戏剧艺术根本上是一种剧场艺术的观念很快确立起来。伴随着这种变革，各种有关剧场艺术的戏剧理论纷纷登场，各种剧场艺术流派也是纷至沓来，剧场艺术的表现形式更是丰富多彩，剧场艺术一改过去单一的阐释剧作家的剧本文学的局面而日趋多元化、多样化。在戏剧艺术不断向剧场倾斜、剧场艺术飞速发展的进程中，戏剧艺术领域出现了一种与传统的语言戏剧根本上对立的思潮——贬斥文学的思潮。这种思潮由贬斥剧作家及其创作成果——剧本文学开始，他们把剧作家视为剧场艺术的附庸，把剧本文学视为剧场艺术的素材和出发点，直到根本不要剧作家和剧本文学。他们强调演员高超的表演技艺，强调密切观众与演员的关系，强调剧场花样翻新的技巧与手段，却又常常远离现实社会、远离人的情感与精神，甚至反语言、反逻辑。剧作家这一次似乎是真的被逐出了戏剧艺术的理想国，文学遭到前所未有的冷落。这样一来，在贬斥文学的戏剧思潮冲击之下，剧场艺术完全压倒了文学，戏剧艺术也呈现出一种新的与传统的语言戏剧截然不同的形态。

贬斥文学的戏剧思潮太极端，具有明显的片面性与局限性。强调戏剧艺术的剧场特点，突出导演与演员的重要性，这当然是合情合理的。但是，冷落编剧甚至排斥编剧，这无疑是错误的，不利于整个剧团共同发挥作用，不利于戏剧的传播，也不利于戏剧艺术的发展。

第二节 中国当代戏剧思潮的启示

20 世纪 80 年代，西方现代派戏剧以巨大的规模涌入中国。80 年代初，中国内地的戏剧陷入危机，传统的现实主义戏剧遇到挑战。改革开放、思想解放，一扫昔日封闭的局面，于是，西方现代派的戏剧大量地涌入中国。第一次世界大战后产生的荒诞派戏剧、存在主义戏剧、贫穷戏剧、残酷戏剧等流派都一拥而进，“探索戏剧”也逐渐兴起。探索剧，其革新之目标主要是针对传统的现实主义的编剧和演剧模式，以及多年来斯坦尼斯拉夫斯基戏剧体系一统天下的局面。其主要突破之点是：在戏剧观念上大力提倡假定性和综合性；在戏剧创作上，以形式革新为先导，追求戏剧结构的散文化，增强其叙述成分；在戏剧表现方法和手法上，则追求戏剧时空的自然转换；对象征、隐喻、荒诞、变形等手法的借鉴运用，以及现代灯光技术的广泛使用；在戏剧内涵上追求对人的内心世界以及所谓潜意识的舞台呈现。可以说，在一度西方现代派戏剧思潮的影响下，中国话剧舞台发生了巨大的变化。

中国当代戏剧思潮是多元化的。由于西方社会文化与文艺思潮的不断涌入，通过与中国戏剧实践相结合，极大地推动了中国当代戏剧思潮的发展，从戏剧观念、创作实践到批评方式都进入了百家争鸣的阶段，展现出百花齐放、流派纷呈的态势，显示出一种创新求变的生气勃勃的时代轨迹，充溢着戏剧自觉与冲破陈规陋习的激情，追求与生活贴近、与世界同步。

中国当代戏剧思潮开辟和保留了不同戏剧思潮生成与发展的广阔空间，为戏剧思潮的理论建设，为未来与时代相适应的新的戏剧思潮的生成积累了丰富的思想与实践基础。

市场经济冲击下的唯利是图、人心浮躁和精神萎缩以及其他一些因素，造成 20 世纪 90 年代戏剧的时而创作衰弱、时而创作红火的情形，对戏剧发展的危害极其严重。优秀的原创剧本不多，戏剧创作缺乏深刻的现实体验、生命感悟和人文精神。而“导演中心”的舞台豪华包装与演员精彩表演等，又成为导演创造舞台形式、乃至某些导演“玩”戏剧的对象，舞台演剧忽视了、离开了思想内涵的开掘。不仅话剧，戏曲、歌剧等也都一度出现创作的大投资大制作，因而出现舞台演剧脱离精神和灵魂而仅在技术层面上滑行的倾向。

尽管主流戏剧、实验戏剧与商业戏剧多元并存，专业戏剧团体与戏剧民间力量、大剧场与小剧场相互促进，给20世纪90年代戏剧带来某些生机，但是就整体而言，90年代戏剧较80年代是退步的。各种戏剧节、戏剧评奖的繁多和优秀原创剧目的缺少，演剧中“一流舞美，一流导表”的精彩和“二流剧作”的人文精神贫乏，戏剧走向市场的喧嚣和戏剧艺术探索的减弱、包装炒作的热闹与艺术品格的粗陋，以及真正的戏剧理论与批评的缺席，严重地扭曲了戏剧现代化的发展进程。

戏剧思潮是联系戏剧创作、戏剧批评与戏剧理论的纽带，戏剧思潮所包括的创作思潮、批评思潮、理论思潮与学术思潮又经常以鲜活的理论形态提供可资探寻的戏剧中富有规律性的东西。中国当代戏剧理论往往是从能体现戏剧创作总体倾向的戏剧思潮所蕴涵的学理中提炼和概括出来的。因此，加强中国当代戏剧思潮研究，对繁荣戏剧创作、优化戏剧批评、深化和拓展戏剧研究，建构富有时代感、世界性与民族性的戏剧理论，都具有重要的作用。

中国当代戏剧思潮所具有的复杂的双重性比较明显：继承民族传统戏曲显得一般，而吸纳西方戏剧新潮比较突出。西方戏剧新潮与中国戏剧相结合，在一些方面产生了良好的效果。中国当代出现的各种戏剧思潮、流派的理论探索与实验，对丰富、深化中国本土的戏剧观念与批评方式产生了积极的作用。不了解西方现当代的戏剧思潮，便不可能把握中国当代的戏剧现象的理论根源与发展契机。但是，在其本土化过程中，形式主义、现代主义、结构主义等与中国当代社会文化存在一定程度的隔膜，因而产生了水土不服、消化不良的现象。从西方移植过来的各种戏剧思潮所包含的合理性与悖谬性往往错综复杂地纠缠在一起。

对任何一种戏剧思潮都不宜采取全盘肯定或全盘否定的简单化态度，单纯的正面分析或单纯的负面分析是不符合中国当代戏剧思潮的实际情况的。

第六章　中国当代电影思潮

电影具有强烈的时代精神和当下色彩，既体现着一定主流文化的意志，又和电影形式与生俱来的西化倾向和不断变化着的工业文明息息相关。中国当代各种电影思潮，总的来说都不同程度地受到了西方的影响。它们之间的互相整合形成了中国电影的独特个性，发展至今，则又在全球化思潮的影响下，出现了传统与现代、古典美学与消解主义、中国国情与西方浸润既矛盾地碰撞又苦涩同处的多元格局，从而影响着电影发展和当代文化的变化。

第一节　中国当代电影思潮的演变

一、美学拓展与文化启蒙的“现代思潮”

20世纪80年代初，随着我国电影界美学拓展与文化启蒙的“现代思潮”的涌动，出现了一批摆脱传统戏剧结构方式的电影，例如《城南旧事》《乡音》《乡情》等。这些影片往往不再需要贯穿始终有头有尾的中心事件，结构比较松散，影片所追求的不再是尖锐的戏剧冲突，而是专注于所表达的主题，力求从多个方面表现生活。这些电影往往渗透着淡淡的哀愁，风格恬静淡雅，让受众自己去体会个中滋味。

一些影片在表现技法上有了某些创新，不再拘泥于传统的叙事结构，或者运用闪回手法表达今昔对比，或者把人物心理活动作为发展线索。例如影片《小花》借鉴了意识流的手法，运用多种手段揭示人物心理，表达思想情绪。稍后出现的影片加入了隐喻、象征等手法，诸如《苦恼人的笑》《城南旧事》《小街》，等等。在看似散乱的外表下，总有一条线索将这些“碎片化”的片段串联起来，与散文“形散而神不散”有异曲同工之妙。例如，影片《城南旧事》以英子的眼光来表现古城的变化，影片没有完整的故事线索，只是通过英子的心理活动讲述了三个和英子有关的人物的故事。《巴山夜雨》则透过一些写意镜头与人物情绪表达出一种整体意象。

《苦恼人的笑》是以主人公的心理活动为线索来解构影片的。其与众不同之处在于吸收了现代派的表现手段，如隐喻、象征、荒诞、幻觉与梦境，把傅彬这位普通记者在“四人帮”的统治下想说真话而不能、想保持良心而不成的内心痛苦与挣扎，生动形象地展现出来。这就是人们所说的散文电影，又可称为纪实电影和心理结构影片。但这只是这一美学理论发展的第一个阶段，即只停留于艺术表现技巧方面的创新。《去掉戏剧拐杖》引发关于电影本性问题的讨论，紧接着是张暖忻、李陀发表的《谈电影语言现代化》，主张电影与戏剧分家，重视对电影本性的探讨与运用。戏剧式电影形态体系被打破，而采用时空交错的结构方式：在影像风格上以大量采用声画分立、声画对位、变速摄影、定格、闪回等直接反映人物心理活动和情感变化的表现技巧为特征。

上面提及的几部电影不仅仅有散文化的结构，还有独特的真实性，力求反映生活原有的状态，体现出一定的纪实美学思潮的特点。而这与巴赞长镜头理论的引入不无联系。当时，崔君衍、邵牧君、周传基、李陀、韩小磊、陈犀禾、郑雪来等人发表或翻译了一些文章，强调电影特性的纪实性、记录性，强调时间的连续性和深焦距造成的完整空间作用，重视景深镜头的多义性，强调电影手段对生活自然流程及场景的逼真再现①。

受到这些理论的影响，这一时期所拍摄的影片影像镜头追求大量实景、外景拍摄，增强银幕空间的真实性；运用长镜头表现人物心理；在演员表演方面则要求生活化，台词自然，尽量淡化“戏”的感觉。例如张暖忻的影片《沙鸥》。《沙鸥》紧紧围绕主人公的内心变化，敢于让其直抒个人心愿，并且在描述生活本来面目的条件下凸显了纪实电影的第一方面特征：剧作主题的多义性或模糊性。同时《沙鸥》在艺术构思和结构形态上重细节轻情节，在表现普通人性时深入挖掘人物的内心世界。而以人物心理线索来结构电影正是纪实美学的重要特征之一，因而可以这样说，是《沙鸥》将纪实美学原则带进了中国，《沙鸥》及稍后的《青春祭》等都是在继承民族传统美学基础上吸收了纪实美学的合理因素②。

实际上，早在20世纪80年代初的《巴山夜雨》等就已经具有类似的美学倾向，1984年以后逐渐成为比较成型的思潮。在当时“文化反思”的大背景下，这些作品作为社会思潮在电影领域的表现，对古老的中华文明以及传统的

---

① 参见石秋仙：《新时期电影美学思潮嬗变》，载《齐鲁艺苑》（山东艺术学院学报），2003（4）。

② 参见张立群：《论新时期中国电影的民族化进程——以第三、四、五代导演为例》，载《青岛科技大学学报》（社会科学版），2004（3）。

民族性格等做了比较深入的思考。此外，这些导演对电影语言也有一定的创新之处，大到场景、镜头运动，小到画格的构图、光影效果，等等，都可以说是导演比较个人化的意识，以至于一个画面、一种颜色都可以引发受众的思考与联想。象征、隐喻等手段的大量应用，更强化了这一状态。这一时期的类似作品可以说是早期散文电影的进一步发展，习惯上将其称之为诗电影。《黄土地》正是这样一部诗化的优秀作品，导演用静观的方式，介入隐喻等手法，对成为影片主角的黄土地做了主观化的深层次呈现，使影片成为一个“明显的象征性整体”①。

《巫山云雨》的诗性特质更为明显，片名就别有深意。在影片中还运用了超现实的梦幻表现，例如，陈青总会于恍惚中听到被召唤的声音，梦中还出现过一个梳着古代发髻的男子的面容，麦强很像陈青梦中的那个男子。麦强则说过“我觉得我认识她”。这两处亦虚亦实的场景暗示了麦强和陈青的特殊关系。

1984年以后，随着张军钊的影片《一个和八个》、陈凯歌的《黄土地》、田壮壮的《猎场扎撒》及吴子牛的《喋血黑谷》等影片的出现，这批年轻的“学院派”导演进行了新的艺术尝试。与之前的一系列散文式的电影相比，这些电影除了仍然流露出文学式的美而外，更重要的是不仅仅把电影当作一种写实的载体，还把导演自身的主观情感植入到影片当中，从而使电影有了如诗一般的“写意”效果，揭示了审美对象的深刻内涵。

但是，过于浓重的文学味使诗电影在一定程度上脱离了大部分的观众，阳春白雪般的意象、隐喻、象征让观众费尽脑筋。张艺谋的电影则拉近了这一美学思潮与广大受众的距离——靠的就是“故事”。《红高粱》《菊豆》《秋菊打官司》《活着》等都有完整的故事框架，朝着电影的戏剧结构回归。然而，这种回归并没有完全舍弃“诗电影”的元素：故事中总有一定的内涵，有导演的思想，在满足观众对戏剧冲突的渴求的同时也能引发观众的思考。这样一来，影片更加饱满，而导演想要表达的思想又能比较容易为受众所领会。可以说，张艺谋在某种程度上找到了“诗电影”与传统“戏剧电影”之间的平衡点。

散文电影与诗电影思潮的出现与当时的社会思潮密切相关。20世纪80年代，急剧的政治转变以及随之而来的社会变革，给中国社会、民众心理带来了巨大而深刻的冲击，特别是给青年知识分子造成了一次巨大心理挫折，迷惘是那一时期年青一代的思想基调，初期散文电影中的淡淡哀愁便是体现。另外，

① 陈墨：《少年的诗章——对陈凯歌电影的一种读解》，载《当代电影》，2006(1)。

从散文电影、诗电影中可以看到些许苏联电影的影子，也许与这些导演系统接受了苏联电影教育有关。

二、“批判现实、主旋律、写实、新现实”的现实主义思潮

（一）现实主义电影思潮主要特征

现实主义电影思潮在我国各种电影思潮中处于主要位置，贯穿当代中国电影发展始终。

现实主义电影思潮在很大程度上继承并发展了法国巴赞的“写实主义电影观”“影像本体论”与“现实渐近线”理论以及意大利新现实主义电影的精神。巴赞提倡“力求在银幕上充分展示现实”①，他说：“故事的发生与发展具有生命般的真实与自由”②，影片的价值“在于不歪曲事物的本质，在于首先让事物自为和自由地存在，在于对事物的独特个性的热爱”③。他认为“新现实主义以极为自然的方式恢复了风格和抽象化的手段。实际上，尊重现实并不是堆砌表面现象。相反，尊重现实意味着剥离一切非本质的因素，简单明了地概括事物全貌”④。巴赞的这些电影理论受到中国电影理论工作者与电影创作者的重视，引起了热烈的探讨与积极的争鸣，并产生了很大的影响。意大利新现实主义电影的出现是在第二次世界大战后，中国当代现实主义电影出现在20世纪八九十年代，二者都是在社会出现急剧变动的时期出现的，艺术家在不同的时代有了相似的创作倾向。新现实主义电影的实景拍摄、记录性、长镜头使用、简单的叙事结构、非职业演员加入、方言的使用等都可以在中国的现实主义电影中找到。现实主义的一般理解，是“以典型化艺术形象，真实地直观地展现具有时代性的人生内容与社会风貌”⑤，要有时代感，要反映出社会的某种本质，不能有主观化的夸张、变形。

这一时期在现实主义电影美学理论的指导下所拍摄的影片，其影像镜头风格追求是大量采用实景、外景拍摄，增强银幕空间的真实性：大量运用移动摄影和长镜头表现人物心理，打破了传统的绘画式构图观念，从运动的角度来寻

---

① 巴赞：《电影是什么?》，284页，北京，中国电影出版社，1987。

② 同上书，291页。

③ 同上书，337页。

④ 同上书，376、377页。

⑤ 桂青山：《现实主义电影与当代中国》，载《当代电影》，2006（5）。

求构图的平衡。在表演方面则要求生活化：质朴自然的语言、动作，使用非职业演员，重视演员本身的气质和外形，反对夸张和做作等。而这些电影中的所表现出的纪实性也与巴赞的长镜头理论不无关系。

总之，这一电影美学思潮的突出特点有两个，一是强化情节，结构比较紧凑，具有贯穿始终有头有尾的中心事件，致力于深化主题；一是追求真实，力求反映出生活原有的形态，并多层次、多侧面、多角度地反映生活，具有纪实性的特点。这类影片有《小街》《邻居》《芙蓉镇》《牧马人》《喋血黑谷》《血战台儿庄》《西安事变》等。

（二）现实主义电影思潮主要阶段

如前所述，散文电影思潮中已经体现出一定的现实性因素。围绕巴赞的纪实美学，理论界还曾有过一场论辩，为后来现实主义电影在电影语言的选择上提供了某些借鉴。

20 世纪 80 年代是我国电影发展的高峰之一。1979 年至 1988 年，中国电影在故事片的创作生产上，尽可能地坚持和发展现实主义道路，题材广泛，反映生活中各类矛盾，具有一定的深度和广度。例如反映反右斗争扩大化的《天云山传奇》，农村题材的《被爱情遗忘的角落》《月亮湾的笑声》《许茂和他的女儿们》《喜盈门》《不该发生的故事》，反映中年知识分子的《人到中年》，反映对越自卫反击战的《高山下的花环》，反映当时经济改革中一系列问题的《血，总是热的》《代理市长》《在被告后面》等影片，以及根据著名文学作品改编的影片如《伤逝》《骆驼祥子》《包氏父子》《茶馆》《阿 Q 正传》《子夜》《雷雨》《日出》等。在揭示时代生活矛盾的深度和广度上，都有十分大胆的突破。通过生动鲜明的典型化形象，使广大观众与影片中的人物在思想感情上息息相通，进而爱憎、思考、同情或批判。影片的思想性和艺术魅力融为一体，体现出现实主义创作的巨大力量与影响。综上所述：现实主义的张扬，往往促成电影史上创作与产业的高潮——真正的现实主义创作与商业票房的丰收，其实并行不悖。[①]

真实与批判总是伴随着现实主义思潮，而这往往又是主流话语有时难以忍受的。作为现实主义电影思潮的重要代表之一的“第六代”导演的影片往往出现“墙里开花墙外香”的尴尬局面——难寻投资、票房惨淡，甚至连审查都不能顺利通过，而在国外大小电影节却频频获奖。第六代导演大部分生于 20 世

---

① 参见桂青山：《现实主义电影与当代中国》，载《当代电影》，2006（5）。

纪60年代，他们系统地接受电影理论是在20世纪80年代，而他们的艺术思想成型就在那一时期，当中也有将这一时期作为电影故事发生背景的——贾樟柯的作品《站台》所表现的可以认为大致就是这段时期中国底层社会一群人的生活。

20世纪90年代初，这批导演开始有作品问世。也许是80年代那些“凭空”的“反思”让他们感到了腻烦，这批导演多是对生活状态的呈现：张元的《北京杂种》（1993年）反映都市边缘人的生活状态，管虎的《头发乱了》（1994年内蒙古电影制片厂）表现了回忆和友谊的温情，娄烨的《周末情人》（1994年福建电影制片厂）则代表关于青春自恋的呓语。但是，这些作品并没有完全反映出这些导演的美学思想，这前后还有一些在制作体制和风格上都大相径庭的作品：张元的《儿子》（1993年，由片中真实人物扮演）、王小帅的《冬春的日子》（1993年，由片中真实人物扮演）、何建军的《悬念》（1993年）和《邮差》（1995年），以及胡雪扬的《留守女士》（1992年）等。这当中有不少作品以一种新现实主义的手法，在冷峻甚至是冷漠的注视下，逼近日常生活的琐碎以及在琐碎中生活的普通人、边缘人的精神内核，保留着独立的视点，直接瞄向“灰色区域”。

第六代导演的一些作品走入了某种极端。这些影片原生态地记录着处于边缘的社会生活与人间状态，但有些时候过分沉溺于记录个人化、私人化的生活状态，不可否认其真实的拍摄方式，但现实主义所要求的典型性缺失了许多，未免顾此失彼。正如郝建所说：“他们对欧美作者电影的偏好，使‘第六代’的早期作品带有强烈的精英文化理想，但同时又陷入青春自恋的沼泽之中。这是一次边缘立场的选择，却没有任何边缘与中心对抗的紧张；这是一次对现实的投注，却又只能以自我囿禁的方式围困于现实的边缘；这是一种现实的展示，却失掉了对这一现实的反思。如果说这是一次与现实生活的对话，那么它与现实的临界面有多大，是值得怀疑的。”① 如此一来，这样“边缘化的现实主义”固然可以在狭窄范围内有一定市场——甚至在这不大的空间里都有“猎奇”的成分——但其力度与深度则难免受到影响，很难引起更多普通人对“现实”的共鸣。

一些更年轻的新生代导演，如张扬、施润玖、金琛等和投入“中国电影投资公司”门下的王小帅、路学长、管虎、何建军等，纷纷在体制内筹拍或投拍

① 郝建：《第六代命名式中的死亡与夹缝中的话语生命》，http：//ent. sina. com. cn/m/2007－05－08/ba1545095. shtml。

自己的影片。另一些青年导演却仍然继续在体制之外坚持着自己的电影理想，成为“地下电影工作者”。由于制片方式的不同，又带来了题材、叙事风格的转变与差异。

不少第六代导演的作品重视与现有艺术语言、现有艺术体系之间的对话。他们注重继承先锋实验电影、欧洲艺术电影的传统，并从现有的电影艺术体系、电影语言中汲取营养。由王全安执导的《月蚀》就是一个很好的范例。《月蚀》明显带有中国当下社会现实中生存的残酷，无论是遭受强暴还是成为富太太，都市生活中女性生命的极度动荡与惶恐都将继续。这种自觉的文本互动关系不只是意义苍白的形式模仿。它在电影语言上的自如更是难能可贵，故事的讲述是用电影的方式来实现的，而不是从文学的维度来考虑，正是通过负载这些意义的电影语言与形式，我们得以在银幕中遭遇生活的现实。另外，从观赏性上讲，它将极度的轻松自如与极度的可怕残酷并列呈现在一起，形成了强烈的冲击，同时具备视觉的观赏性和现实的震撼力。

总的来说，对于这一批青年导演而言，“现实主义”已经超过了一种表现形态，成为他们的艺术追求，以更直接地与现实生活对话。“第六代”作品在创作之初，即以一种冷静的观察者的视点，一直关注那些都市边缘人、普通人的生活状态，以此呈现被主流意识形态遮蔽或者忽略的那部分现实。

贾樟柯与王超在这条路上走得更为彻底，他们用作品的“极度的现实主义”的冷酷逼视中国的现实，提供一种底层视点和底层关注，展示了现存的生活状态的荒诞和普通百姓的生存境遇。在贾樟柯的《小武》(1997 年）中，表现了一个名叫小武的小偷在剧烈变化的时代生活中，对友情、爱情、亲情美好幻想的丧失。在王超的《安阳婴儿》(2001 年）中，则表现了妓女、黑道头目和下岗工人三个不同社会底层人物的坎坷命运，以及对这扭曲的生活的沉默接受。也正是从逼近现实的电影叙述来看，我们可以从这类影片的叙事风格中直观地感受到朴素的人道关怀。在这样的情况下，摄像机亦成为对生活“原生”状态的逼视，比如《安阳婴儿》的镜头没有采用片中任何一个人的视点，以几乎静止的画面，冷静的“凝视”城镇中无奈生活的人们。可以说，《安阳婴儿》在尖锐的社会思考及人类基本情感方向的冷静与艺术展现形式方向的冷静间达到了一种难得的平衡，强烈的戏剧性与冷静的电影语言之间形成一种艺术的张力。同样的追求体现在《小武》之中：“我愿意做一个目击者，和摄像机站在一起，观看眼前的一切。”(贾樟柯语）正是这样一种叙事风格、一种直接呈现生活的努力，将我们带入日常生活的经验之中。

中国的现实主义电影还是呈现出一定的特殊性，例如第六代导演的一些作品，无力像新现实主义那样对社会作出全景式的描述和理性的批判，而更趋近于微观的个人政治修养，“这使得第六代影片中充满了边缘的、感伤的、犹疑的、破碎的气息，一旦转向全景式的观照，我们就会看到空空荡荡的镜头以及叙事失控后的茫然”①。

第六代导演体现了在新的社会环境下，作为一代导演共同的文化努力，并取得了十分积极的美学成果，但由于其美学主张受到政治、经济、社会的强烈制约，以及自身不可避免的局限。第六代导演的电影观念本身也在不断发展变化之中，有的在叙事风格上逐渐向“主旋律”靠近，有的则在手法上企图迎合主流大众的口味②，一些更年轻的新生代导演，如张扬、施润玖、金琛等和投入“中国电影投资公司”门下的王小帅、路学长、管虎、何建军等，纷纷在体制内筹拍或投拍自己的影片。这也促使第六代导演内部出现了某些分化，一部分仿佛放弃了早期的坚持，渐渐从“地下”走到“地上”。

而今，对人文关怀的不断重视与政府所提倡的“和谐社会”都在一定程度上促使了现实主义的复苏，《天狗》《金牌工人》《留守孩子》《借钱》《盲井》《盲山》《青红》《孔雀》《疯狂的石头》《集结号》等都是这其中较好的代表。在影片《天狗》中，富大龙饰演的护林员工作尽职尽责、坚持原则，但也触犯了村民的经济利益，几乎成了全村人的公敌，他与当地恶霸孔家三兄弟展开了殊死的搏斗，双方付出了惨重的代价。该片表现了关怀人性、关怀良知的主题，令人震惊，发人深思。周星在《略论近期中国电影现实表现的意义》中说：“在中国电影100周年前后，以《可可西里》《天狗》《光荣的愤怒》等为代表的古朴、深沉的现实主义电影创作，为我们拉开了中国电影富有生命力的乐章。这些电影以相当的冲击力度为中国电影百年奉献了动人的艺术产品。可以把这样一些创作看作中国电影扎实跃进的典型创作，它们的意义不仅在于影片本身的艺术表现，还在于艺术情感和艺术思想的深刻性。其中一些优秀之作以厚重、震撼、锐利的现实表现给予人们新鲜的思考。”③

中国部分现实主义电影呈现出两极分化的趋向：一部分，导演坚持现实主义理想，但其中一些导演虽然力求冷静，让摄像机说话，可还是流露出些许

---

① 聂伟：《从“戏台”到“站台”——读取中国第五代、第六代电影叙事差异的视点之一》，载《杭州师范学院学报》，2004（4）。

② 参见史鸿文：《论“第六代导演”的电影美学风格》，载《河南科技大学学报》（社会科学版），2006（4）。

③ 周星：《略论近期中国电影现实表现的意义》，载《当代电影》，2006（5）。

"作家电影"的倾向，附带有"精英、小众文化"的情绪；另一方面，一些标榜着"现实主义"的作品所反映的现实往往是苍白无力的。桂青山在《当代中国需要真正的现实主义电影》中说："当代中国社会是怎样的现实状态？人民大众生存与生活有什么症结？当前国民最关心的问题有哪些？处于历史性转折时期的时代征候与文化趋向如何？目前牵动国家中枢神经的最主要的物质层面与精神层面的存在是什么？当前民众最感兴趣与最不感兴趣的是什么？最满意与最不满意的是什么……国家各方面与层面的体制改革问题，社会经济与文化的两极分化、严重失衡、迷离错乱问题，对城乡的差异与隔离所应有的历史反省与现实把握问题，对当前社会边缘人群、城市弱势群体与中国农民状态的人文关注问题，以及腐败现象、法制建设、自然环境、不安因素等，所有这些构成了当代社会生活的整体状态。……而近年的现实主义电影，尽管有着种种的成功探索与努力追求，但许多有着现实主义表征的影片，其实并非完全彻底地体现现实主义的品质，起码在现实主义的演绎中，存在着不同程度与层面的缺憾、弱症乃至癌变。"[①] 他认为，平浅扫描的现实主义、疏离现实的现实主义、人文滞后的现实主义、边缘记录的现实主义、主观的伪现实主义等都有一些缺陷。处于历史性转型、变动与跃进中的当代中国，强烈呼唤现实主义电影的应运而生、发扬光大，这是时代进步的需要和审美多元的需要，也是当代电影产业可持续发展的需要。

DV 的出现与日益普及似乎令现实主义前所未有地与普通人接近，手持机器、有想法的一群人，以自己的行动实践了意大利前辈"把摄像机扛到大街上"的号召（至少形式上是这样），记录、描绘他们所接触或理解的"现实"。不得不承认，某些才华横溢的 DV 爱好者更多表现的是一种个人化的东西，或者无法摆脱猎奇的局限，其现实主义精神还不是很浓厚，但 DV 与生俱来的平民化、草根性特征赋予了其在现实主义表现上的巨大潜力。

电视电影是近年来出现的新鲜事物，部分电视电影表现出较强的现实主义精神。"央视"电影频道于 1999 年起开始自行制作电视电影。为此，中央电视台电影频道每年投资 6000 多万元拍摄电视电影。短短几年时间里，电影频道摄制完成数百部电视电影。电视电影以其低成本、表达自如、传播渠道便捷等优点迅速取得了不俗的成绩，成为中国电影通向大众的一个有效渠道，是中国电影业发展的新基地。电视电影具有较强的现实性、及时性。

随着科技的飞速发展及其在电影中的应用，电影的内涵与外延发生变化，

---

① 桂青山：《当代中国需要真正的现实主义电影》，载《电影艺术》，2006（3）。

“虚拟现实主义”被一些学者提出，引起人们的关注。陈犀禾在《虚拟现实主义和后电影理论——数字时代的电影制作和电影观念》中说：“电影是一门技术化的艺术，每一次技术革命都曾经引起电影形式的根本变化。正如有声片完全不同于默片。宽屏幕电影有别于小屏幕电影，目前在进行中的数字革命也正在对电影领域产生深远而重大的影响。这种影响可以从电影内部和外部两个方面来看。一方面，从电影内部看，数字化手段改变了传统的电影制作方式。照相现实主义的制作美学正和虚拟现实主义的制作美学相融合，由此把电影奇观推到了一个新的境界。这不但创造了一种新的电影形式，也创造了一种新的观影经验。从电影外部看，数字技术改变了电影的存在环境，在数字化的平台上，电影作为一种独特艺术和独特媒体的地位正在消失，而融入为数字化多媒体的一个部分。”他认为，数字影像导致了巴赞的影像本体论理论的解体。随着数字影像在制作中占据主导地位，事实上任何影像都是可能的。……对这种新的电影影像的特性可以用“虚拟现实主义”来加以界定，即：它在视觉表象上具有客观世界物质现实的外观，但实际上却是人工合成的。它是一个关于现实的全新版本——一个假现实、一个虚拟的现实。他的论述比较准确而深刻地揭示了现实主义在高科技时代的变化与发展。多媒体使创作者可以根据需要，对画面和声音进行各种创造、修饰、整合。

现实主义电影的内涵与外延处于不断变化之中，手法与形式千变万化，其核心仍是现实的本质。现实主义电影与时代、民生血肉相连，在任何时期都应该是对现实的深刻表现。

三、大众消费与娱乐化的“后现代思潮”

20世纪70年代末80年代初，“文化大革命”刚刚结束，不少电影工作者用轻喜剧方式揭示旧观念、旧思想的落伍，歌咏美好新生活，唤起大家建设国家的积极性。《瞧这一家子》《甜蜜的事业》等就是这类喜剧的代表，这也是新时期喜剧思潮的端倪。但这一时期的喜剧仍让人感觉教化有余而娱乐不足，80年代真正称得上喜剧娱乐片的应该是重在表现生活中小人物的酸甜苦辣的滑稽—幽默喜剧，例如张刚以“阿满”为主人公的“阿满”系列喜剧，王秉林导演的《父与子》（1986年）、《二子开店》（1987年）等以陈佩斯父子为主角的“二子系列”。人物的滑稽行为，自嘲的语言方式，夸张的表现方法等是此类喜剧的元素。但是随着娱乐大潮的涌进，80年代后期喜剧逐渐粗制滥造，出现了媚俗的倾向。而这一时期其他娱乐片基本是由历史武打片充当主角，比较单纯的表现正义战胜邪恶的传统道德伦理观念，符合观众日常生活中的道德判断和立场，同时也适应了“文化大革命”后国人远离政治的社会心理①，分别于1980年至1983年、1987年至1988年出现了两次高潮，后一次规模较大，还出现了惊悚、歌舞片等更加丰富的娱乐片样式。

20世纪90年代的喜剧片主要表现小人物拼命与命运搏斗，其间闹出许多可笑的故事。这一时期喜剧的变化是多了一种人文关怀，不仅仅让人开怀，还能触动感情，在维持喜剧效果的同时内涵也得到了升华。这一时期比较有代表性的影片有刘国权的《喜剧明星》（1991年），陈国星的《临时爸爸》（1992年）、《编外丈夫》（1993年），王好为的《赚它一千万》（1992年）等。另外，张建亚的几部喜剧片《三毛从军记》（1992年）、《王先生之欲火焚身》（1993年）、《绝境逢生》（1994年）“创造出集冷面讽刺、灰色幽默、漫画夸张为一体的喜剧样式，”② 用近似后现代的手法营造出荒诞感，是比较成功的尝试。

20世纪90年代以来，随着社会的发展、改革开放的深入，“经济”成为时代的中心话语，商品经济将“商业化”带到了电影之中。国家电影制度的改革将电影推向了市场，自负盈亏使电影面临着生死存亡的考验，获取观众成为电影生存下去的唯一选择。要想赢得观众，就必须去迎合观众的口味。于是，电影作为一种商品，其娱乐性、消遣性被抬到了前所未有的高度，成为电影创作首要遵循的原则。在这种情况下，电影创作的美学思想又发生了重要变化，电影的审美倾向向世俗化、大众化方向发展。个性导演的作品仅在少部分受众之间流传，也仅能得到少部分人的认可与肯定。另外，随着生活水平的提高，人们追求消遣、娱乐的倾向增强，不少影片也顺应了这一趋势，喜剧、娱乐片逐渐成为主流。

冯小刚的贺岁电影是这类影片的重要代表。冯小刚有一种“大牌”导演身上不常见的平民风格，在他的电影里没有更多的修饰手段，没有符号、隐喻的晦涩；以大量的调侃获得了与普通观众的贴近，他对社会的读解是通透平静而随手拈来的展示而不做过多的批判，带着戏谑的色彩，而且往往体现出人性的善良、温情与美好；集合了“喜剧明星与漂亮女主角的组合、小品式的故事、

---

① 张智华、史可扬：《中国电影论辩》，295页，南昌，百花洲文艺出版社，2007。

② 周星：《悲喜交加的时代征候——论新中国喜剧电影的艺术变迁》，http：//www. filmsea. com. cn/zhuanjia/article/200112072410. htm。

小悲大喜的通俗”[1]，大社会荒诞背景下的小人物调侃、悲剧元素正剧温情对喜剧风格的适量注入，并且用幽默化的方式加以宣泄，并且运用适当的营销手段，如媒介整合推广、贺岁档期推出，等等，在普通观众看来非常容易接受，也很愿意接受。

冯巩从主演《没事偷着乐》到自己执导的《心急吃不了热豆腐》《别拿自己不当干部》，其喜剧电影凭借平民化的视角、温情幽默的故事、戏谑机智而有为观众熟悉的方言也受到观众的欢迎。冯巩的电影没有夸张的视觉奇观，也不是暂时麻痹自己的造梦工厂，他的电影总是专注于小人物的烦恼与柴米油盐的琐碎。对小人物的描绘血肉丰满、惟妙惟肖。例如《心急吃不了热豆腐》中的刘好，面对可能的再婚对象杨茜，谎称自己的儿子（虽然严格来说确实不是他的儿子）是妹妹的孩子；遇见倒地的小商贩，也有过犹豫。他有自己的七情六欲，但坚持着自己的道德底线。这样真实的小人物塑造，比起“高、大、全”的英雄，更能讨好观众，也能引发观众的思考。

“大片”现象是娱乐片思潮的表现之一。遗憾的是，近年来“大片”制作接连不断，但所谓的大片就是靠大投入、大场景、大砸钱、大奢华、大炒作，而不是在思想内涵、艺术情趣、人物结构等方面下实在工夫，给人的感觉似乎是会烧钱就能做“大片”。中国电影中被冠之为“大片”的，其组成元素一般都是模糊的历史背景、豪华的道具场面、庞大的演员阵容，以及不惜工本的电影特技和经典著作内容的移植。最终拼凑出来的是阴谋、权力、情杀、暴力，以及令人眼花缭乱的电影特技、历史时间的错乱和文化空间的错位。

大片现象作为娱乐片思潮的一个表现，它的出现无可厚非。但不可否认，近几年中国出现的所谓“大片”，有些在编剧上先天不足，故事单薄，只有从国外或者国内的经典戏剧中移植，时空错乱地形成一个新的故事；有些则是拗口做作的台词让观众无法接受；最重要的是，某些“大片”中所表现出的对暴力的宣扬，带来了不好的暗示。就算商业气氛极为浓重的美国好莱坞大片，其表现的价值观也是正确的，至少是被美国观众所认同、接受的。

大众消费与娱乐化的“后现代思潮”在低成本娱乐片中表现得比较充分，如《疯狂的石头》《天下第二》等取得了初步成功。与“大片”形成鲜明对比的是小成本电影的成功，《疯狂的石头》是当之无愧的代表。在《疯狂的石头》中，严肃的话题、时代的背景、经典影片中的经典场景，等等，导演在允许的范围内挖掘了很多作为娱乐对象的元素，方言的加入更加增添了喜剧效果。在

---

① 尹鸿、唐建英：《冯小刚电影与电影商业美学》，载《当代电影》，2006（6）。

《疯狂的石头》中没有沉重，没有说教，没有阳春白雪，有的只是最大部分普通观众走进电影院消费的最基本目的——娱乐。当然，在这部影片中，也能体味到市井生活的无奈与辛酸。2007 年的小成本影片《天下第二》继续着恶搞之风，无间道、芙蓉姐姐，甚至本身就是恶搞的“馒头血案”都成了片中的恶搞对象，符合当前电影最主要的受众群——年轻人的心态，受到普遍欢迎。虽然有些细节太过平淡或者庸俗，但通观全片，仍然展示出较强的想象力与社会内涵，而这正是“大片”所缺乏的。

后现代主义是现代社会危机的集中体现，是对后工业化时代的信息社会文化的深刻反思和价值反叛。第二次世界大战带来的灾难和高科技社会中人性异化的残酷现实，使人们对现代文明和理性本身产生了深刻的怀疑。另外，随着信息传播技术的发展，世界进入全球化阶段。在经济全球化的同时，环境污染、生态失衡、核武器扩散、全球性冲突等种种社会问题，也同时成为全球性问题，从而引起世界各地的强烈反映，并进而形成全球化的后现代主义文化思潮。当代影视文化在后现代主义思潮冲击下，也经历了一次深刻的革命，以经典性为特征的传统影视文化作为一种元叙事趋于消解。后现代主义主张的非中心化、琐碎性、零散性和无深度性，与信息化时代的影视文化特征相辅相成，相互渗透。精英文化和大众文化的界限趋于消解，大众化、娱乐消遣、商品化、产业化、无中心化、平面化等后现代主义特征逐渐向影视文化渗透，并呈现出鲜明的后现代主义特征，从而构成后现代主义文化的主体。

解构主义是后现代思潮的一种代表形式，它以怀疑、反叛、消解为基本特征。解构主义文艺思潮对转型期的中国社会产生了深刻的影响，新时期影视也呈现出明显的解构主义色彩，主要体现在三个方面：权威话语消解，影视的零度写作，影视成为大众文化。

孟宪励《论后现代语境下中国电影的写作》中提到，后现代主义自 1980 年被介绍到我国之后，历经十年有余，其间虽然由于本土文化境遇的跌宕沉浮，后现代主义始终是时隐时现、时沉时浮，也由于它似乎太缺乏和本土文化的亲和力，使它始终如雾中月、水中花一样的漂浮不定。20 世纪 80 年代中叶西方马克思主义者杰姆逊来华讲学著书，较为系统地介绍后现代主义以后，后现代主义在中国才有气候。《大西北电影》1988 年第 1 至 10 期登出有关后现代主义与电影的文章，《艺术广角》1992 年第 2 期刊出《国内后现代主义文化理论研究现状》之后，以《当代电影》《大西北电影》《艺术广角》等为主，对后现代电影进行了讨论。社会本来就充满矛盾，后现代主义者拒绝隐藏这些矛盾，没有沉重的救赎，没有所谓的动机，一切自然而然地发生了。电影在此时已不是造梦的机器，而是一个时空片段、一种时空体验，这更回归于真实。每个人都有可能对电影进行个人的消解，意义已被淡化，感觉体验成为电影的本原所在。

对媒体的不同态度也是后现代主义者与现代主义者的差别之一。媒体在后现代主义电影中被很好地使用，电话、电视、电脑、卡通等现代人所熟习的媒体与影片完美地融合在一起，反映了后现代文化庞杂而包容的特性。

后现代主义以大众性、娱乐性甚至畅销性来衡量文化的意义，怀疑并疏离崇高感、悲剧感、使命感、责任感。文化脱离了政治教化的传统，变成一种娱乐手段，或一种游戏规则，有时甚至变成了一种赤裸裸的赚钱方式。田壮壮在其《摇滚青年》中宣布："怎么开心怎么来！"因此，娱乐性影片和电视节目在数量上激增。哈桑认为，后现代主义趋向一种多元开放、玩世不恭、暂定、离散、不确定的形式，一种反讽和片断的话语。

从文化意识的层面上说，随着商品大众文化的兴起，传统的贵族意识、精英文化意识受到极大的冲击，随之而起的是一种新的平民意识。后现代主义在一个更开放、更民主的多元话语体系中思考当今世界的发展，因而使电影具有无穷无尽的活力。

有人说，后现代主义是后工业社会的产物，主要流行于西方，目前在中国条件还不成熟。其实不然，后现代主义是一种全球化的思潮。饶曙光在《后现代主义文化与当代中国电影电视》中说："当今之中国，正处于从传统的政治伦理型文化到经济商品型文化的转轨。随着社会主义市场经济的提出和确立，商业性大众文化也必然会以前所未有的速度和强度得到发展。不断出现的新的物质现实，使当代中国人对世界的体验将发生变化，他们自身的文化心理结构随之发生相应的改变，传统的文化意识和审美价值观念也会受到冲击和挑战。可以说，在中国商业性大众文化的兴起是一种社会的必然，也是一种历史的进步。它同时具有正面价值和负面价值，其发展趋势和走向是值得我们研究的。这里，有几个方面需要我们注意。第一，从文化意识的层面上讲，随着这种商品性大众文化的兴起，传统的贵族意识、精英文化意识必然会受到极大的冲击，随之而起的将是一种新的平民意识。……第二，从文体特征上看，'拼凑'、组合及广告将成为一种新的文化代码。……第三，戏拟、反讽、调侃等将成为一种突出的风格特征。……第四，多中心乃无中心，现代主义在瓦解了占据中心地位的现实主义创作原则以后，仍试图创造出一个假想的中心。而后现代主义则要试图消除和瓦解现代主义者所精心建构起来的'中心'。中国社会的复杂性和多元性，造成了文化表达及文化需求的多元性。”①

20世纪80年代中期，美国当代思想家弗雷德里克·詹姆逊访问中国，他在北京大学的讲演结集为《后现代主义与文化理论》，于1986年出版。他不仅强调电影的“文化工业”特征，而且宣称电影在某种意义上就是后现代主义的。随着后现代主义理论在我国不断引进，我国电影理论批评对后现代主义的关注也日益密切。1988年，以《大西北电影》刊物为主，第一次较大规模地探讨后现代主义与后现代主义电影的活动在我国电影理论界展开。随后，《当代电影》《世界电影》等刊物，翻译介绍了许多有关后现代主义与后现代主义电影的论文。20世纪90年代，后现代主义与电影更加受到我国电影界和理论界重视。

随着我国加入WTO，影视业不断迎接世界挑战，自然要与国际影视业接轨，后现代主义精神和手法在影视中的表现越来越明显。当然，成功的与不成功的都有。

桂青山在《“后现代”与当代电影》中提到：“就我国的文化态势而论，后现代性质文化浮出水面。随着80年代以来西方人文观念的引入；随着商品社会消费主义的滋长，随着现代传媒所引发的大众文化的泛滥，使得‘后现代’的种种表现在当代中国，已成为不能无视、且渐趋普遍的社会文化征候。当代电影中怎样体现着后现代与大众文化？‘后现代电影’的特征与内涵是什么？中国‘后现代电影’状况如何？怎样看待‘后现代电影’中所体现的文化思潮？怎样正确把握与引领这思潮，以电影为载体，推动社会时代的文化进程？便自然进入我们探讨的视野。……上个世纪八十年代中期以来，中国后现代电影是否已经完全、正式的出场，尚可讨论，但带有明显后现代品格与意蕴的影片，则确已存在并产生了广泛的社会影响。”他认为王朔型的痞子电影、周星驰的无厘头“反寓言”电影、张建亚的《三毛从军记》、黄建新的《埋伏》、冯小刚的《不见不散》《大腕》等，有一个共同的基调——就是“戏笑释一切”或“一切皆戏笑”。既然世界的意义本无所谓有也无所谓无，只有“存在”而无须“本质”，因而上述影片都远离对信念的表达、对某种永恒正义的执著。虽然世界荒谬、规范虚伪、意义不存，它们却决不将这种矛盾演化为一种悲剧性的对立——因为它们也不相信这种对立的意义。于是，平静地、轻松地、近乎无所用心地嘲笑、戏谑、反讽、调侃着这个世界，但并不企图去改变这个世

① 胡克、张卫、胡智锋主编：《当代电影理论文选》，160、161、162页，北京，北京广播学院出版社，2000。

界，就是上述后现代影片的共同基因——即使是悲剧题材，也采取喜剧叙述，进而使大众在戏笑的快感中，在感官的愉悦里，在集体的无意识内，颠覆、瓦解那些既定的价值、意义与规范。从文化层面谈，对后现代电影的文化评价，实际上就是对后现代理念的当代认知与把握。后现代文化的出现，是一种具有强烈反拨意义的极端化文化体现，是一种对“主流文化状态”的“极端反动”、一种“反文化”。后现代文化的流行，绝非无本之木、无穴之风。正是由于19世纪和20世纪的那种压抑人性、窒息社会的“整一”，才有逆反的坚决否定乃至彻底打倒“总体性”的后现代主义的滥觞。而这种现象，完全符合事物进展变化的天然规律。从这种意义上说，对后现代主义，我们应该持历史意义层面上的肯定态度，充分理解与认知它，乃至在一定程度及时空范畴内支持、鼓励它所具有的、对极端性旧文化体制与观念的强烈反抗。

怀疑权威，赞颂平民。怀疑神圣与伟大，消解权威，颂扬普通人，这是后现代主义影视的重要特征。在后现代主义者看来，价值观念的频繁改变，暴露了所谓永恒真理只不过是对其暂时性的一种策略性掩饰。任何关于世界的认识和阐释，都是人为的，常常隐含着某种意识形态动机。我们面对的并不是一个本原的世界，而是一个被符号化的世界。正是基于这样的认识，后现代主义者对权威、神圣、秩序、法律、常规、传统等都深感怀疑。后现代主义影视放弃了崇高，对英雄及其负载的意识形态进行消解，无情地揭开了所谓权威、英雄及伟大人物的遮羞布，平民倾向比较明显。孟宪励《论后现代语境下中国电影的写作》认为，在后现代语境下，中国的电影写作，其中心权威话语已不仅是简单的修辞策略，而上升到“改写”的层次，在其自觉、成熟上达到了应有的高度。后现代语境下的电影写作有时与中心权威话语呈示出某种“异在”性，使后现代语境下与中心权威话语较强的亲和性走向稀弱，并在一些“作者”式电影文本中衍化出与中心权威话语的某种微弱龃龉。可以与中心权威话语疏离，此类影片呈现出超度的消费性能指，轻易地完成对观者各类快感的满足，疏离了中心权威话语，稀释了人文内涵，浅平了美学深度，是一种边缘性创作。

消解权威、否定权威和英雄。在一般传统影片中会有权威的存在，他们往往以拯救者的面目出现。而在后现代主义影片中，传统意义上的权威形象已经消失，崇高的英雄失去了神圣的感召力，与常人一样具有污点，有的甚至只是被自己所在的集团、社会误解为英雄。例如《埋伏》中的叶民主本来是个游手好闲的人，与女友未婚同居，他被派去看守水塔，由于别人的偶然疏忽使他成为英雄，而英雄在他看来，则是一钱不值。不屑于当英雄的人偶然地成为英雄，而且这个英雄是靠听一个睿智的长者充满激情的格言警句的鼓励而坚持下来，事后才发现这个智者居然是一个既聋又老的人，每天机械地背诵格言警句来打发时光。这位“英雄”马上就被人淡忘了，而且连自己的女友也差点被大款卷走。这样的境遇表明英雄的幻灭。再如《三毛从军记》中的英雄也是有名无实。三毛当兵是稀里糊涂的，甚至在当兵之时就与人约好了逃生的暗号。在战争中，三毛有奇遇般的故事。他被枪的后坐力击倒，枪对天空鸣放却打下一只鸟；一声炮响，从水里炸出一条大鱼；又放一炮，鱼被烧熟了……三毛作战有功，蒋介石和他一起照相，但三毛太矮，他手里的锦旗挡住了他的脸，于是报纸上的相片就只有蒋总裁和那面锦旗，与片中旁白相映成趣：“无数无名的岳武穆造成了一个有名的岳武穆。”这是对所谓大人物的一种机警的嘲讽。

调侃、戏拟与反讽是后现代主义影视的重要方式。大量采用调侃、戏拟、反讽、类型混杂、滑稽模仿等解构手法，消解了庄与谐的界限，不仅对历史、战争、英雄等作了重新解释，而且对影视作了重新解释。以娱乐片为先声，后现代色彩逐渐显现。后现代主义影视奉行的是快乐原则，注重追求商业性，采取适应主流意识形态的生存和发展策略，在娱乐性的形式下，淡化、消解传统，往往体现一种黑色幽默。

后现代主义影视奉行游戏原则，认为人生具有许多偶然性，人生在某些时候、某些方面与游戏相近。他们用游戏规则来取代所谓普遍必然的绝对真理，游戏的本质是既自由又愉快的活动，而物我两忘则是游戏的最高境界。编导如同在玩拼接游戏，不受什么束缚，只是任性而发，觉得有意思就拼到一起。他们既是在拍影视，也是在与观众一起玩游戏。尹鸿在《后现代语境中的中国电影》中认为，电影终于名正言顺地成为一种电影游戏，它消除了时间感，排除了历史意识，也割断了与现实的真实性联系，而成为一种自成体系、自我封闭的游戏本文。正如游戏的原理一样，电影游戏也是按照预先设计的程序运作的，它用表面上的千变万化掩盖着它实质上的千篇一律，当我们看电影时，就像玩游戏机一样，我们也是在玩电影。在中国，最早意识到并有勇气正视我们社会中这种玩世不恭的浸透着铜臭味的后现代观念的是王朔，他用两个为人们所津津乐道的小说题目对这种后现代性作了一个生动的注释：“玩的就是心跳”，“过把瘾就死”。电影的这种后现代性，使这些影片放弃了对终极意义、绝对价值、生命本质的孜孜以求，也不再把电影当作济世救民、普度众生的神赐的法宝，不再用电影来显示知识分子的精神优越和智力优越、张扬那种普罗米修斯的人格力量和悲剧精神。它们仅仅只是一些无深度无景深但却轻松流畅的故事、情节和场景，一种令人兴奋而又眩晕的视听时空。这种电影是供人消费而不是供人阐释的，是供人娱乐而不是供人判断的。它缤纷炫目，但又一无所有。

游戏有游戏的规则，时间在这里成了重要的条件。后现代主义电影往往采用多视角来讲述故事，以情节的因果链作为主线的传统叙事模式被打破，时间序列也被打散，故事被分割成若干断断续续的片段，同一件事情有时从不同人的视角给予表述。多视角地解释同一个问题，没有给观众一个定论，而是留下一个自由而广阔的想象空间。例如黄建新的《谁说我不在乎?》，可以说是一部游戏电影。该片采用了儿童视角，以一个小女孩记日记的方式来讲述。儿童的世界观远未形成，他们对世界的感受是极不稳定的。在小女孩的日记里，可能有真实的记录，也可能有虚构、想象的成分。故事的起因是妻子谢雨婷为了领取一条单位发给的毛毯，在家里寻找被遗忘多年的结婚证，其实证明谁跟谁是夫妻为什么非得用结婚证呢？在中国，结婚是要先登记的，这在民政局、在单位都是有档案的，根本用不着非得拿结婚证去证明，这在常人眼里是不合逻辑的。十几年夫妻的事实因为结婚证的一时遗失而变成十几年的非法同居，而谢雨婷却偏执地、不分昼夜、不分远近地疯狂寻找，这也是十分荒谬的。女儿为了使妈妈不再受那张结婚证的困扰，自作主张找假证贩子做了一张假结婚证，没想到引起妈妈的勃然大怒，认为丈夫是在欺骗自己。顾明亲自治疗康复的精神病人老王经过陷入自我封闭世界的谢雨婷的一番“开导”，又陷入康复前的偏执状态，以致夫妻不得不离婚。这些荒诞的生活现象，折射出一些生活的本真。价值多元化和道德伦理的危机，使一些人对生活、对家庭产生一种不稳定感。谢雨婷对结婚证的执著，这近乎疯狂的行为其实正是这种不稳定感的极端表现。这部影片有儿童视角，有正常成年人视角，有非正常成年人视角，给观众留下许多思考的余地。

后现代文化的出现，消除了精英文化与大众文化的界限，宣扬不确定性、易逝性、碎片性、零散化。他们把传统的开端、发展、高潮、结局之间的关系打乱，代之以一种充满错位的开放式叙事方式。桂青山《“后现代”与当代电影》准确地指出：“后现代的镜像语言：现实与梦境混淆；自语与叙说杂乱；色彩无常变幻；艺术镜头与历史纪录含混恍惚；广告、MTV、新闻播报、摇滚乐、色情画插图等最流行媚俗的媒体文化五花八门、缤纷离奇的拼凑、汇集；并非推动剧情的喋喋不休的大量画外音与自言自语；对经典影片相关或无关的著名片段、镜头、表述手段的游戏性模仿与戏谑性搬用；对各种旧有电影类型毫无章法乃至南辕北辙的混杂；以杂凑的多重口味或无口味代替以往的某种纯粹的口味……总之，以极端的形式主义的实验或曰‘反实验’，来造成一种无可言说的‘后现代影像世界’，进而反映后现代都市人的生存领域和精神状态。在后现代电影人眼中，电影根本就不是一个目的，而只是一种有趣的影像游戏。”

在后现代主义电影中，碎片和偶然成为主体。突破了客观的时间观念，在表现主题的时候，把故事本身的时间、空间人为地切割成凌乱的碎片，破坏时空在影片中的线性逻辑，更多的是表现感性状态、主观经验或梦境气氛。后现代主义者怀疑连续性，认为现代主义那种意义的连贯、人物行动的连贯、情节的连贯是一种封闭体。观众在长期的观影经验积累中，逐渐产生了对影片的习惯性理解和预期性猜测，逐渐符合观众设想的影片会减低他们对影片的关注程度，甚至产生轻视感和厌倦感。后现代主义者善于打破这种俗套，不断给人们新鲜感。后现代媒介社会的信息爆炸，加重了人们的断裂感。对世界混乱无序的确认，是后现代主义的重要叙事原则。

后现代主义在探索适合其本体精神的形式的时候无意间为电影开创了一个崭新的表现时空：MTV 的影像风格和自由的时候是其典型的标志。从时间之轮的束缚下解脱出来，置身于自由的时间和空间，我们便会更好地把握存在。后现代主义影视正是在对时间、空间的破碎重组中，完成了影视叙事的又一次革新。这不仅是技术上的变化，而且是编导理念和影视艺术的一次飞跃，可以打破时间的连续性，使现实时间和历史时间相互交叉，现实空间不断被分割切断。碎片充满屏幕，使影片产生强烈的断裂感。一般来说，电影作为时空结合的综合艺术，其叙事时间的流动需要通过空间的转换来完成，而空间的转换也需要完成对故事的叙述。影片中的时空是缺少具体界限的，缺少相对整合的秩序。时间不再有连续感，空间不再有统一感，影片只是由一个个碎片来维系，场面与场面之间没有叙事的逻辑，只是互相拼贴在一起。

后现代主义者认为文本具有互文性，往往把两个或几个故事拼贴在一起，使它们互为文本，从而产生衍生义。例如《大话西游》取材于我国古典名著《西游记》，但是影片加入了流行音乐、芭蕾造型、通俗歌曲、汉语英语、电视广告、颁奖晚会、行为艺术、社会现象、现实人生、新闻发布会、古代历史事件等，把各种视听元素和造型元素拼贴于一身。在其中一段中，至尊宝：“坦白地说，我不是你徒弟，我更不想是你的徒弟！大师你慈悲为怀，你就放我一马吧，好吗？”唐僧：“悟空，你知道不知道什么是铛铛铛铛铛铛？”至尊宝：“什么铛铛铛铛？”唐僧：“铛铛铛铛铛铛就是（唱道）Only you——！能伴我去西天取经；Only you——！能杀妖除魔；Only you——！能保护我，叫螃蟹和蚌精无法吃我；你本领最大，就是 Only you——！”至尊宝：“哎……”唐僧："Only you——！别怪师傅嘀咕；戴上金箍儿，别怕死别颤抖……牺牲也值得……"至尊宝："我真的不行啊，我跟你说……"唐僧："Only——"至尊宝："On你妈个头啊！你有完没完啊！（一拳将唐僧打倒）我已经跟你说过我不行了，你还要Only！完全不理人家受得了受不了，你再Only我就一刀捅死你！"唐僧："悟空，你尽管捅死我吧，生又何哀，死又何苦，等你明白了舍生取义，自然会回来跟我唱这首歌的！阿弥陀佛，阿弥陀佛，阿弥陀佛……"（至尊宝掩耳逃走）

除去以上后现代性普遍具有的特征，后现代主义在中国电影中也体现出一定的独特之处。曾耀农在《后现代电影——文化保守主义表征》一文中认为，20世纪80年代末之后的中国后现代电影表现出一定的文化保守主义特征，而这是以前期激进主义的受挫为前提的。这使得90年代之后的后现代特色电影减弱了批判特征，"中国此类电影从本质上讲仍然在机智中转圈，并没有进入到与信息社会生存环境相适应的美学创造，同时又缺乏应有的批判精神"①。他以冯小刚的《甲方乙方》为例，认为其中对富翁想过贫穷生活的戏弄就代表了一种保守主义的社会思潮；《北京杂种》实际上也是对现实的一种宽容和开脱。

后现代思潮在中国的发展，可以说是对中国电影题材长时间较为沉重的传统的一种突破，在现实主义发展相对滞后的情况下，带有后现代特征的影片在一定程度上替代了现实主义的批判功能。如一些导演所说，后现代主义影片是中国电影国际化的一条途径，但这当中必须有自己的"精神"，也需要注意避免流于庸俗。

四、本土化与民族化思潮

马克思说："艺术是远离经济基础的最为特殊的意识形态"，面对汹涌的全球化浪潮，各国的电影艺术虽然都不同程度地受到了影响，但并不完全受全球化进程的支配，民族化是电影艺术发展的重要方面。

实际上，民族化贯穿了中国电影的整个发展历程。早在20世纪前半叶，中国电影就初步形成了自己的民族风格。当时，以郑正秋、蔡楚生为代表的主流电影作品，诸如《姊妹花》《一江春水向东流》等继承了中国古典美学中的叙事传统即传奇式的传统，高度重视情节的起伏跌宕，在结构上十分倾向于按

① 曾耀农：《后现代电影：文化保守主义的表征》，载《电影新作》，2004（3）。

时间延伸的线性结构[①]，而在空间上的扩展则略显不足，在故事的内容上往往通过围绕家庭的悲欢离合，以情绪的渲染达到特别中国式的传统说教。

新时期的最初几年，首先针对“要不要民族化”这个问题进行了讨论。当时有两种不同的意见，一种提倡民族化，认为继承和发扬中华民族的传统才是正确的发展方向。黄会林在《中国影视美学建设论》中说：“中国影视发展的历史表明，影视虽然属于典型的舶来品，但是，中国影视并不是欧美影视的翻译版，而是具有鲜明的中国文化特征。因为，影视不仅仅是科技工业，也是美学与艺术；科技手段固然没有民族和国家的界限，然而美学与艺术却有着明确的民族性格。换句话说，尽管影视艺术是国际性的，影视理论中的本体论部分也有着通行的认知意义；但影视理论中的功能论部分却有着鲜明的民族色彩，因为影视艺术每一种功能的发生，都离不开民族文化的土壤。因此，影视艺术输入中国的历史，也是它逐步本土化的过程。中国影视能否在世界上拥有它应当具有的地位，关键在于中国影视是否生成了具有民族特征的艺术风格。”[②]所论十分精辟，确有道理，引人深思。但也有一些电影理论家认为应当反对民族化，理由是电影本身就是“舶来品”，本身不存在民族性。在当时崇拜西方文化艺术的主流思潮作用下，这种观点的出现亦属正常。不过，持这种态度的理论家也有部分同时认为民族化是我国电影得到发展后需要考虑的问题。

作为活跃于新中国成立初期又在新时期重塑辉煌的第三代导演谢晋，在新时期的电影作品中一直保持着 20 世纪 20 年代至 40 年代在影片中弘扬优秀民族文化的传统，在严谨的现实主义基础上洋溢着民族主义的风采。“充分表现革命的人情，人性，人道主义，表现内在的人格美，表现人的灵魂，表现人生的哲理”[③] 一直是谢晋电影追求的一贯目的，这点也在其作品中表现得淋漓尽致。谢晋电影的镜头始终对向人，并且努力从带有一定悲剧色彩的命运中探索人物美好的人性、人格。谢晋在新时期的四部名片《天云山传奇》《牧马人》《高山下的花环》《芙蓉镇》，都表现了主人公身上的人性美，以其影片中最为感人的、颇具“东方女性”美的女性形象来说，冯晴岚、李秀芝、梁大娘等都是带有中国传统美德的劳动妇女形象，她们善良而坚忍，柔顺而勤劳，不断洋

① 参见张立群：《论新时期中国电影的民族化进程——以第三、四、五代导演为例》，载《青岛科技大学学报》（社会科学版），2004（3）。

② 黄会林：《中国影视美学建设论》，《黄会林影视戏剧艺术论集》，6 页，北京，北京师范大学出版社，2002。

③ 谢晋：《我对导演艺术的追求》，52 页，北京，中国电影出版社，1990。

溢着鲜明而强烈的传统道德美。同时，在这些影片中，谢晋又从不有意掩盖思想内容的教化作用，他是以一个艺术家严肃的社会责任感和民族忧患意识进行着“政治/伦理情节剧式”的创作。与此相比，第四代导演虽也表达了一定的弘扬，但他们更多的是在自己电影的思想上表现出一种专注于社会思考的使命感、一种对时代风气的反思，如《沙鸥》《生活的颤音》《苦恼人的笑》等。这种反思甚至一直影响到第五代的《黄土地》。

第五代导演的作品看来也是与“民族化”贴得比较近的，而且“慨然面对全球化或现代化的现实语境，致力于东西方文化艺术精神的融合”。与之前的导演热情颂扬民族精神不同，第五代导演基本上是从批判民族劣根性出发的。在这些影片中，曾经作为民族化重要符号的“民俗”成了表面的视觉奇观，这些“民俗”对于表现民族化的意义在于形式，更重要的，这些电影使国外的观众在满足视觉上的“猎奇”的同时，更加了解了中国人身上体现的某些传统的民族性格，所以使得“民族性”的评价更加名副其实，而且引发了其他国家观众对“追求生命意识，警醒生存压抑”的共鸣，“民族的便是世界的”得到了充分体现。

到今天，民族化的含义更在于强调通过借鉴外国电影的经验来更好地突出自身的民族品格，来为表现本民族的内容题材服务①。所以，我们一方面需要自觉挖掘自身的文化价值及更深层的文化内涵，反对狭隘的民族中心化，另一方面也要放开眼光，在以好莱坞为首的外国电影进入我国时，学习其经验、技术，尽快运用到民族电影的实践中去。另外，电影的民族化过程还需考虑跨文化传播的因素。梅特·希约特把电影的文化因素分为三个层次：一个是晦涩的难以沟通的电影文化因素，一个是可以转换的电影文化因素，一个本身就是国际化的电影文化因素②。显然，第一种无法让外界了解“民族性”的内涵，第二种则失掉了民族性的内容。第三种则是采用国际化与民族化的“双重编码”策略，实现两种文化转换的可行性，在保持本土文化特色的同时也兼顾与世界文化的融合沟通，内在的人文关怀是世界性的，对人性的赞美等是全人类都可以理解的。应该说，这种策略是当前电影民族化进程可以考虑的较好方案。

---

① 参见张燕：《全球化时代，中国电影“民族化”之思考》，载《北京电影学院学报》，2002（1）。

② 参见［丹麦］梅特·希约特：《丹麦电影与国际化战略》，《后理论：重建电影研究》，714页，北京，中国社会科学出版社，2000。

第二节　中国当代电影思潮的启示

一、当代电影思潮的文化分析与价值探讨

现实主义是中国当代电影思潮的主流，纪实美学思潮意义是巨大的，它使中国电影进入了真实电影的范畴。《小花》《苦恼人的笑》《生活的颤音》《归心似箭》《被爱情遗忘的角落》等影片是纪实美学思潮的较好范例。《小花》的创作和拍摄，从内容到形式的探索都有一定的叛逆性：内容上大力表现兄妹之情、姐妹之情、母女之情、同志之情；叙事方面改变了以往平铺自叙的方法，运用了大量的闪回镜头，将过去的回忆与眼前的现实形成对比，带着人物强烈的主观感情色彩在抒情的同时叙事，使叙事重点突出，浓淡有别。同时，将色彩作为一种叙事手段，黑白片与彩色片交叉，形成对比，沿着人物思想感情的线索解构全片。

美学拓展与文化启蒙的现代主义思潮，批判现实的、主旋律的、写实的、新现实的现实主义思潮的大众消费与娱乐化的后现代主义思潮的本土化与民族化思潮使中国当代电影变得多姿多彩，不至于单调。

以幽默调侃的语调展现现实生活的原生态是20世纪90年代尤其是中期以后电影追求的基本特征。不让电影承受太多的内涵，弱化它的认知功能、教育功能甚至是审美功能，突出和强化影片的娱乐功能、游戏功能、感官刺激功能。以轻松的氛围与流畅的故事、情节、场景来减轻观众的心理压力。为了达到这一目的，各种市民情节片、惊险动作片、通俗轻喜剧、言情片大量出现。快乐原则是这类将散文化手法与戏剧电影的“讲故事”结合起来的影片获得观众喜爱的重要原因。例如影片《背靠背脸对脸》《站直了别趴下》《埋伏》《民警故事》《混在北京》《有话好好说》《甲方乙方》《没事偷着乐》《不见不散》等影片皆是如此。

喜剧娱乐思潮的发展，有助于加深对娱乐片的认识。在关于娱乐片的讨论中，电影的商业属性、娱乐性已被大部分人接受，不再是饱受非议的话题。理论和创作界的注意力已经不是电影该不该娱乐，而是如何适应观众和市场。虽然这种转变还有争议，但是，它毕竟对中国电影的发展来说是一种进步。这种进步，就是充分尊重电影的特殊规律、尊重市场、尊重观众，而关于电影娱乐性的讨论在这方面功不可没。①。

① 参见张智华、史可扬：《中国电影论辩》，328、329页，南昌，百花洲文艺出版社，2007。

二、当代电影思潮演变的时代把握、历史认知

中国当代电影思潮多种多样，相互之间有争论，也有促进，促使电影百家争鸣、百花齐放，促使我国当代电影在题材、手法、风格等方面向多样化方向发展。

中国当代电影思潮，由于主要导演受到的电影教育、逐渐开放的时代促成的文化交流等原因，总的来说都不同程度地受到了西方的影响。从第五代电影、第六代电影说起，在这些电影中可以看一些欧美电影的影子。也许这与执导这些影片的导演在接受系统的电影教育时的观片经验有关。而这些电影中所表现出纪实性也与巴赞的长镜头理论不无关系。至于民族化、本土化的电影思潮，从中国电影诞生之日起就不断有导演尝试、探索，但也不可否认后殖民主义思潮对其具有一定的影响。

后殖民主义（Post colonialism）又称“后殖民理论”（Postcolonial theory），指在欧美文化与其他文化的关系问题上，对欧美帝国主义文化霸权及其引发的第三世界文化问题进行的一系列理论研究。后殖民主义作为理论研究，它的渊源可以追溯到“二战”后出现于欧美的文化批判潮流，这一潮流以揭示文化与政治、知识与权力的同谋关系为主要内容。后殖民主义以帝国主义国家在文化领域的霸权统治为主要研究对象，对文化霸权进行拆解与批判，并进而探讨殖民地与前殖民地摆脱帝国主义文化霸权的有效途径。中国从鸦片战争以后，曾经沦为半封建半殖民地国家。尽管后来摆脱了帝国主义的侵略，但在全球化风起云涌的今天，对帝国主义的文化霸权仍保持着高度的警惕。新时期以来，影视已经成为大众文化的主体，自然与后殖民主义理论具有某种相通之处。后殖民主义理论家的目的是通过揭示西方文化中的权力话语达到解构的目的，从而为第三世界文化的生存发展争取空间，这点赢得中国影视艺术家的共鸣与赞赏，同时又产生了理解上的误区。

中国当代电影思潮对西方有关电影思潮、文化思潮的移植、借鉴较多，有些部分具有生搬硬套的痕迹，创新不够。一种思潮的出现有时带着明显的激进情绪，虽然其探索、实验意义不容抹杀，但离“中庸”还有距离，与电影实践脱节，造成观众的流失。比如诗电影、散文电影部分太过阳春白雪，只能属于少数受众；泛娱乐化又带来影片的浮躁、肤浅、庸俗。

总的来说，当代中国社会的总体思潮经历了一个由激进到保守的过程，电影作为意识形态的载体，也大致反映了这一过程。关注人性解放、西方本位和反传统倾向、理想主义下知识分子的情绪化和浮躁是激进思潮下的几个显著特

征，而新时期的部分电影思潮正是在这些社会思潮的影响下出现的。在这几点上，自觉或不自觉地，促成西方近现代巨大变革的启蒙思想起到了巨大作用。以人本主义、理性主义为重要特征的启蒙思想促使着中国电影人及更多人对历史、现实、个人命运进行思索。现实主义电影思潮，尤其是批判现实的现实主义电影，往往体现出朴素的人文关怀。《春桃》中的“我不是谁的，我就是我自己”则折射出明显的个人意识觉醒；《猎场扎撒》借草原上古老的法则表达导演对传统人治的思考，对现代法制、秩序的企盼。关于“本土化与民族化”思潮的争论也不可避免地受到西方本位与反传统倾向的影响。

对激进主义的反思，对秩序和稳定的渴望，导致中国人处世态度上的保守倾向和哲学上的中庸之道复归，这就为保守主义的走红提供了一个大众层面的社会心理和文化氛围①。在保守主义的特征当中，世俗化的强烈倾向无疑对电影思潮的影响是最大的。对经济利益的追求逐渐分散了人们对政治的关注，人们已经由原先对抽象的政治与道德理念的关注，逐渐转变为对更具体实在的经济利益的关注，反映在电影思潮方面，电影从业者也开始在影片中逐渐减少个人的思想，顺应更多观众的要求，即使是以往拍摄出众多具有深厚内涵、充满理性思考的影片的导演，也不得不顺应这股潮流，有一些成功“转型”，成为所谓“大片”最有力的号召者。对传统文化的注重、民族本位与反“西化”倾向也是这一大思潮下的产物。不得不说，当前的电影“民族化”被越来越多人提及、倡导，成为中国电影的一个努力方向；之前一些导演拍摄的反映民族劣根性的影片，则被斥为讨好西方观众，民族本位的影响可见一斑。

三、中国当代电影思潮的启示

电影思潮的出现不是孤立的，它与当时主流的社会思潮紧密联系，是社会思潮在文化艺术领域的表现。20 世纪 80 年代，知识界的“启蒙运动”大行其道，在 80 年代中期以后掀起了所谓“文化热”，以引进的西方自由主义的历史观、价值观批判中国历史、中国文化和中国的现实。虽然在电影领域表现得不如在其他领域激进，但还是出现了《黄土地》这样对中华民族的文化、传统做出深刻思考的影片。后来，当自由主义成为主流，“在伦理上它要求保障个人价值，认为各种价值观越到最后，个人不能淡化、不能被牺牲为任何抽象目的的工具”。于是，带有朴素人文关怀的现实电影也随之出现。

---

① 参见姜志强：《当代中国社会思潮的发展轨迹》，载《广西社会科学》，2006(2)。

从20世纪50年代批判《武训传》开始，艺术家的创作长期处于国家意志的支配下，影视中的人物塑造都有概念化的倾向。新中国成立后的17年中，爱情题材被斥为小资产阶级情调而受到批判，表现爱情题材的电影仍只有与阶级斗争等主导意识形态相联系才能被社会认可。改革开放初期，影视虽然能表现爱情题材，但男女性爱的镜头很少直观呈现，爱情承担了太多的观念内容，多以“革命+恋爱”的方式加以表现。20世纪80年代的主要文化特征，在于随着整个社会的拨乱反正，价值观念的调整，人道主义的异化问题的讨论、主体性探讨等，文艺开始重新将意义问题提了出来，人的尊严被重新强调，理想主义的旗帜重新高举。“带着乡愁寻找精神的家园”成为不断被重复和诉说的主题。20世纪90年代，大众文化、通俗文化流行，走向市场成为整个社会文化的主导原则。中国文化呈现为多元分化的局面。在整体文化的构成关系中，政治文化或文化的政治性成分降低，而相对单纯的知识性文化和娱乐性文化得以产生。电影在很大程度上是一种被压抑的欲望的表达，同时也是对某种渴望和想象的唤起，给平淡无奇的日常生活提供一个宣泄的空间。

主导意识形态以娱乐元素、商业元素来包装自己，与我国当代各种电影思潮形成了错综复杂的关系。我国当代电影思潮要想健康顺利的发展，应该保持相对独立性，并要协调好与主导意识形态的关系。另外，我国当代电影思潮与电影实践应该进一步加强联系，形成良性的互动关系，相互促进，共同提高。

第七章　中国当代电视艺术思潮

电视艺术是电视这种技术载体、传播方式、表现形式派生出来的艺术样式。“电视艺术”包含两层含意：一层是电视作为传播工具“传播”意义上的艺术，另一层是通过电视载体、电视表达方式、电视传播特征创造的艺术作品，如电视剧。我们这里所讲的电视艺术是第二层的内涵，是通过审美接受完成的一种独特的艺术种类。第一层内涵并不是严格意义上的艺术，而只是对艺术概念的一种借用，它不是通过审美环节完成接受。因此，电视艺术与非艺术的区别，根本一点在于它是否通过审美方式完成接受。

电视艺术是最年轻的艺术，同时又是集文学、戏剧、电影、音乐、美术等多种艺术元素于一体的综合性艺术。因为这种综合性，决定了它必然是集体创作，是许多人艺术智慧的共同发挥与凝结。在中国，电视出现于1958年，但电视文艺的真正蓬勃发展和广泛影响观众是在1980年以后。电视艺术的发展与电视传播技术发展息息相关，与经济发展息息相关。没有经济基础就没有电视文艺的发展。在市场经济条件下，电视艺术生产逐渐成为一种产业，成为电视文化产业的重要组成部分。电视艺术包括电视剧、电视诗歌、电视散文、电视小品，等等。

电视剧是以电视方式创作的戏剧作品。这个界定包含两层含义，其一，电视剧是一种戏剧作品，它在剧作上是参照戏剧艺术的创作规律的，包括剧作结构、情节推进方式、任务形象设定等方面。其二，电视剧是一种电视作品，它的创作不同于舞台戏剧之处在于，电视剧要以电视艺术特定的思维和语言方式进行创作，两方面的限定，使得电视剧成为电视艺术中相对独特的一种艺术品种。电视剧在几十年的发展中，出现了多种形态、多种风格、多种题材的作品，理论界对于电视剧作品的类型划分也形成多种标准。我们采用体裁这一标准对电视剧的艺术类型进行划分，可以将电视剧作品划分为电视单本剧、电视连续剧和电视系列剧三类。

我们对电视剧艺术进行思考，不能只局限在电视剧艺术本身，而要把电视剧艺术置放在社会大环境之中，旁涉大文化、泛文化学的许多相关学科专业，结合它们开展研究和理论构建。

第一节　中国当代电视艺术思潮的演变

一、主旋律思潮的主要特征及表现

在我国电视界，从1958年拍摄我国第一部电视剧《一口菜饼子》至今，重视主流意识宣扬与坚守的主旋律思潮占据着重要的位置。

近十几年来，我国主旋律电视剧出现了一些引人入胜之作，如《激情燃烧的岁月》《历史的天空》《亮剑》等。《历史的天空》“塑造出一些血肉丰满、个性突出、颇有新意的人物形象”①。2007年主旋律电视剧在此基础上，有所借鉴，有所创新，有所发展，取得了累累硕果。出现了《士兵突击》《恰同学少年》《狼毒花》《温暖》《交通警察》等一批优秀主旋律剧作。

2000年至2008年播出了一些优秀的主旋律电视剧，数量多，质量高，角度新颖，内容广泛，在我国主旋律电视剧发展史上掀起了又一个高潮。现实题材如《士兵突击》《奋斗》《温暖》《交通警察》《缉毒英雄》《乡村爱情》《希望的田野》《插树岭》《喜耕田的故事》《香港姊妹》《戈壁母亲》《金婚》《房前屋后》《家事如天》《镇长》《垂直打击》等，革命历史题材如《恰同学少年》《彭雪枫》《上将许世友》《狼毒花》《雄关漫道》《51号兵站》《暗算》《特殊使命》等，创业题材如《乔家大院》《大染坊》《闯关东》等。这些主旋律电视剧塑造平民偶像，塑造更贴近百姓的英雄，在主旋律基础上彰显人性，追求理想，引导人们积极向上，这是时代的呼唤。这些主旋律电视剧以真情实感为叙事动力，以真实的情感打动人，紧扣时代脉搏，彰显民族精神，合乎民心，合乎民情。在叙事方式上，适当地融入了一些时尚的元素，受到了广大观众的喜爱，剧中的人物、故事、主题等成为人们思考讨论的热点之一，人生的价值、创业的精神、生活的意义等话题一次又一次激荡起人们的热情与信念、理想与责任。

塑造平民偶像，塑造更贴近百姓的英雄，在主旋律基础上彰显人性，追求理想，引导人们积极向上。

《士兵突击》表现了一个普通士兵许三多的成长和心路历程，讲述了一个中国军人的传奇故事。以许三多为核心，该剧塑造了一组极富个性与感染力的

① 张智华：《个性突出的人物形象——评电视剧〈历史的天空〉》，载《中国电视》，2005（12）。

中国军人群像。许三多个性突出；成才、史今、伍六一、高城、袁朗等，均是血肉丰满，都是值得我们敬重的。他们每个人都有优点，也有缺点，他们相互磨炼，相互激励，相互补充。军营的生活使人成熟，军队的纪律使人坚强。“兵者，国之大事，死生之地，存亡之道，不可不察。”该剧让我们看的是当代中国的兵，和平年代的兵，人物不复杂也不简单，就是我们熟悉的兵或者陌生的兵。

《恰同学少年》从平民视角出发，把叙事重点放在学生时代的毛泽东身上，放在1913年至1918年毛泽东在湖南第一师范读书期间，表现毛泽东等人读书、生活、斗争的故事。该剧塑造出毛泽江、蔡和森、向警予、杨开慧等英雄群像。“他们是中国知识分子的脊梁，是中华民族优秀文化的传承者。”① 该剧侧重展示精神性的、神圣性的内容，而非世俗性的、物质性的东西，给观众以人生感悟而非感官享受。

《暗算》塑造出一群“没有名字，只有代号；没有日常，只有非常；没有传记，只有传说”的特情工作者形象，表现了他们崇高的爱国主义精神。

《交通警察》表现了新时期交警坚持公正文明执法，为经济建设保驾护航的故事，塑造了以张立伟为代表的交警群像，弘扬了交警忠于人民的奉献精神。交警是普通人，也是普通人中的楷模。交警与百姓生活息息相关，尊重交警，尊重生命，这是该剧给人们的深刻启示。

这些主旋律电视剧将英雄平民化，表现自强不息、厚德载物、百折不挠、奋发向上的精神，追求真、善、美，激发人们追求理想的热情，因此具有很强的感染力。

电视剧创作领域的“新英雄主义”剧作，成为20世纪90年代以来电视荧屏上的一个亮点。中国社会和文艺界曾经用否定传统和新鲜事物的刺激来填补民众内心的空虚，经历了一种由“非英雄”到“反英雄”的转变。然而这些短期行为过后，平凡的芸芸众生依然需要新的精神支柱和信念依托。在充分强调自我的反英雄时代，大众的共同愿望之一是缔造新的英雄神话。这些英雄主义的创作已经与“文化大革命”及“文化大革命”前的革命英雄主义创作大相径庭。平民百姓的“英雄”带有更多的平民色彩，不再是完美无缺、高高在上，而是同样有着七情六欲有缺陷的“平民英雄”。这是一种适合当代社会审美需求的“新英雄主义创作”。

以《士兵突击》为例，新英雄主义在其中表现得比较精彩。《士兵突击》

---

① 陈玮整理：《电视剧〈恰同学少年〉研讨会纪要》，载《中国电视》，2007（6）。

表现的是基层的士兵，却依然把握住了军事题材当中歌颂英雄、歌颂英雄主义的永恒不变的主题。许三多的形象已经成为当今电视剧人物性格画廊中最鲜明、最生动的形象之一，他性格当中有笨拙、呆板、胆小、怯懦的一面，同时他又善良、质朴、坚韧，能够吃苦耐劳，能够克己为人。许三多身上的这些东西让所有人看到了自己可能曾经有过的一种经历、一种心态、一种处境。这个人物性格就具有被人所认同的形象特征。军队怎样把一个懦弱的、卑微的、呆板的、笨拙的人变成一个坚强的战士，通过电视剧把这个过程真实可信地表现了出来。普通士兵的群像刻画也非常成功。在新英雄主义中，英雄不仅仅存在这样那样的不足和缺点，更是存在于芸芸众生当中的普通人。在《士兵突击》中，英雄不仅是一个"要做有意义的事"的许三多，所有的士兵，都是英雄。每一个士兵，无论戏多戏少，都有感人之处。每个人都是主角，在自己的戏分上，准确地完成了人物形象的塑造，给观众留下深刻的印象。

这些优秀的主旋律电视剧善于运用倒叙、插叙、补叙等叙事手法，善于安排叙事线索，有效地设置有关悬念，紧扣人物形象与故事情节来安排时间与空间，精彩的细节不断出现。仍以《士兵突击》为例，《士兵突击》以悬念开篇：战争场面，许三多掩护着其他人撤退，在栈桥上攀爬，没想到前方出现了断裂。敌军越来越近，许三多只好持枪在手，全力纵跳，结果跟落点只差了一线之隔，许三多落了下去……许三多是从 14 米高处坠落，这样他的生死成为全剧很大的悬疑。这一"死生大事"终端悬念的设置与揭晓成为整个叙事结构的贯穿力量，但并非中心原动力，它的魂却是极有意味地系在了许三多在坠落一瞬间的内心独白上——"我又出洋相了，又闹笑话了"。就是这一个"又"，领起全剧，带我们去追问之前的每一次的"洋相"与"笑话"。可以说，这段叙事是悬疑中的悬疑，既营造了一种带入感，又打开了一个切入口，恰似一个甜甜圈，外面一环与里面一环之间构成了一个吃的内容，这两环又是一种造型。吃的内容重要，感官也不可忽视，东西总是要把玩一番再吃下去才有意思，才更有味道。陷许三多于危难的栈桥具有象征意义，许三多在走上去的一刹那，就揪起了观众的心，在硝烟弥漫的环境作用下，观众的担心就开始增加，恰如许三多参军的机遇，一开始就像"高空达瓦丝"表演——命运在两可之间，只能顺其自然发展。一副"熊样子"的一个"龟儿子"，从"兵"悬一线到"钢七连尖子""特种部队 A 大队中的一员"，可以说许三多是踮着脚尖走，晃晃悠悠却又稳稳当当。倒叙与插叙等有机结合，运用巧妙的构思，传达大量的信息，突出主要人物的性格与命运，正是《士兵突击》的一个叙事特点。

主旋律电视剧以真情实感为叙事动力，以真实的情感打动人，合乎民心，合乎民情。《交通警察》张立伟既公正执法，又注重感情，当然这是对人民的深厚感情。他面对社会不公正现象挺身而出，不畏权贵；面对弱势群体的时候主持公道。他在矛盾与困惑之际，始终把对人民的深厚感情放在首位。大道通民心，真情感苍天。《乔家大院》表现了近代晋商雄才伟略、诚实守信、艰苦奋斗的精神。《戈壁母亲》表现两代新疆生产建设兵团普通员工艰苦创业的历程，赞颂兵团人爱祖国、爱边疆、无私奉献的伟大精神。

主旋律电视剧主要人物形象鲜明、个性突出，在艰难困苦中表现出人物的多面性。《闯关东》朱开山一家跌宕起伏的命运紧紧抓住了观众的心。朱开山性格坚忍不拔，具有开拓精神，还有貌似隐忍中的大局狡黠和细密机智。他的性格决定了他顽强奋斗、决不屈服的意志——其实也是中国人在磨难中不屈精神的汇聚。韩老海个性倔强、爱女深切。森田阴险狡诈、笑里藏刀。朱传武鲁莽英武、憨厚执著。文他娘温厚大气、不乏坚韧，宽容晚辈。鲜儿命运坎坷，舍弃自身心系亲人。《大染坊》通过陈寿亭的奋斗历程与荣辱兴衰，展现了我国民族工业在20世纪初发生、发展的艰难道路，表现了民族资本家强国梦的诞生与毁灭，揭示了“如果国家不强大，个人再强大也不行”的普遍真理。陈寿亭有狠的一面，也有善的一面。陈寿亭对竞争对手毫不含糊，敢作敢为，常常以铁的手腕与正确的策略击败对方。他懂得知恩图报，对曾经救过、帮助过他的锁子叔始终尊敬孝顺、亲如父母，其滴水之恩涌泉相报的情义被传为佳话。他对手下人与工厂工人一向以仁义相待。他为人正派宽厚，处事多行善举，甚至对待商界的对手，他也常常用点到为止的方式留他人一条生路。

主旋律电视剧同样重视亲情、友情、爱情、乡情等的展示。《温暖》从亲情出发，以亲情为主，从头至尾以亲情贯穿。严志国为母亲捐肾，使母亲转危为安，深深地触动了医院里的每一个人，浓浓的亲情也感染了广大观众。这些主旋律电视剧在叙事方式上，适当地融入了一些时尚的元素。每个时代有每个时代的时尚，不同时代的时尚有部分相同的因素，如英俊漂亮、衣服得体、思想先进、观念开放，等等①。

主旋律电视剧塑造出众多个性突出、富有生活气息的人物形象，表现了深刻的思想内涵，得到了广泛的社会认同，产生了强烈的共鸣，达到了寓教于乐的目的，给人们多方面的启示。

---

① 参见张智华：《贴近大众，彰显人性，引导励志——2007年主旋律电视剧辨析》，载《电视研究》，2008（2）。

二、大众文化思潮的主要特征及表现

中华民族千百年来形成的文化性格，对于中国电视艺术的创作和接受具有决定性的影响。美附属于善，乐附属于礼，是我们民族对艺术的根本要求。这种以道德伦理为主导的价值取向使电视艺术的发展主流呈现如下特征：

第一，作品中表现出来的强烈的对人生、对社会、对国家的责任感，以及鲜明的时代精神和政治倾向。第二，中国电视艺术作品在创作者一方，强调美与善的统一；在接受者一方，则是将审美价值与道德评价结合起来，伦理道德因而成为作品传达思想的重要中介及美感的主要来源。第三，中国电视艺术继承了中国艺术讲究以情感人、以情动人的优良传统。

《渴望》揭开了伦理道德剧创作时代的序幕。1990年，由北京电视台、北京电视艺术中心录制的长达50集的大型电视连续剧《渴望》，不仅是我国室内剧创作的开端，也宣告了我国伦理剧的发展进入了一个新的时代。《渴望》的播出，获得了空前的社会轰动效应，产生了“万人空巷”争看《渴望》的壮观景象。并且在社会各界引发了一个长时期的“《渴望》热”。之所以产生如此轰动，是因为：《渴望》满足了观众对国产长篇电视连续剧的渴望；《渴望》的思想内涵契合了播出时的时代需求，准确地把握了观众的心态；“文化大革命”的创伤和改革开放过程中产生的负面效应，不可避免地造成了人际关系的日趋冷淡，人们对现实产生不满，大多数人从心底渴望人间真情，渴望中华民族传统美德和社会主义伦理道德观念的发扬光大。《渴望》正是在这样的社会背景下与观众见面的。从电视剧所塑造的人物身上，体现出的是对社会主义道德形象的宣讲，是对传统美德的弘扬，也是对当时社会上所缺乏的一种正气的伸张。

《渴望》的成功，带动了其后许多伦理剧的出现。平民加爱情加伦理，成为众多电视剧创作的基本模式，而在这些伦理剧中，现代都市题材剧又格外受青睐。

家庭伦理不仅牵涉千家万户，牵涉许许多多家庭的日常生活，而且关系到民族文化的内在性、传承性和它的生存基础。一个民族如果伦理秩序乱了套，这个民族还有什么凝聚力？一个人如果连自己的父母妻子儿女兄弟姊妹都不爱，还能期望他——一个没有爱心的人为社会作出什么贡献来呢？从这方面看，这类电视剧的现实意义是不言而喻的。一部好的家庭伦理剧对社会心灵净化的深远影响，对青少年健康成长所起的良好作用，虽然不能估计过高，但也没理由低估。

家庭伦理剧在21世纪有了新的发展，不仅在数量上大幅度增加，而且向深处与细处迈进。家庭伦理剧几乎无一例外都要写到至亲骨肉之间的爱，这种发自人性深处的爱，看似柔弱，其实所向披靡。应当看到，这类题材的佳作常能产生两方面的作用：播出后既拥有众多观众，又经得起市场考验，生发出良好的社会效益。伦理剧《孝子》《家教》《咱爸咱妈》《孽债》《大嫂》《牵手》《大姐》《婆婆》《结婚十年》《金婚》等都大受欢迎。

引起收视狂潮的五十集电视剧《金婚》，讲述了一对夫妇经风雨、历波折，携手走过五十年的“平凡”故事。说其平凡是因为《金婚》以一集为一年，五十集正好讲述了五十年的事情，如同一本流水账，是平常百姓的日子在时间的流淌中娓娓道来。然而《金婚》并不“平凡”。岁月的叠加，就是历史的厚重背影。夫妻之间的相濡以沫、携手并进，男女之间的爱恨交织、责任、道德，在不同的时代背景中折射着不同的理解和诠释。家庭、伦理、爱情、亲情，这些话题是家庭伦理剧永不过时的话题。

传统的伦理秩序以血缘关系为纽带、以骨肉亲情为经纬，而以等级关系即家长制为核心，这种观念的流风遗绪迄今并未绝迹，有时还残留在某些伦理剧中。只讲血缘只讲家长制绝不是我们今天所需要的伦理秩序。有学者提出，我国是传统伦理国家，为什么高度发达的伦理文明却没有发展出法制和市场经济？这的确值得我们深思。为了建设新型伦理秩序，那就不能不对公德缺失、私德不良、法制不彰的现象，从历史和美学的角度给予更多的观照，以便进一步提升家庭伦理剧的审美深度。公德倒退，私德无光，后者得不到前者有效的保障，骨肉亲情也会褪色变调，反之，情形就大不一样，如能恰当融入伦理剧的审美思考和形象塑造之中，这类作品所表现的爱的主题，当可进一步得到升华。

在充斥荧屏的都市题材电视剧中，不乏空洞虚假之作，甚至这样的剧作所占的比例还比较大，让人无法忽视，以至于批评文章铺天盖地，反对声音一浪高一浪。但是，平民化、真实化、世俗化的创作趋势并没有逆转。《编辑部的故事》《过把瘾》《北京人在纽约》《儿女情长》《贫嘴张大民的幸福生活》《空镜子》等电视剧可以说是其中佼佼者，既坚持了平民视点，又有着浓重的情感渲染，还得到了出人意料的高收视率，同时也被理论界认可为精致、优秀的作品。

平民化、真实化、世俗化思潮表现之一是青春偶像剧的兴起。最近几年中国青春偶像剧虽然取得了一些成果，《将爱情进行到底》《上海之恋》《薰衣草》《京港爱情线》《玉观音》《海滩》等引起人们的关注，但仍然存在很多剧情俗套、人物刻画淡薄、故事过于模式化等问题。认识青春偶像剧应当看到电视剧思潮发展变化的背景。中国电视剧的兴旺发达，是和中国电视传播特性日渐显露相一致的独特现象，而“艺术”剧作的传统魅力还依旧健在，因为观众有渴求精神、享受审美的需求。但不可抵挡的娱乐文化影响也逐渐扩大领地，呼应时代潮流演变，改变着观众的文化需求。在电视剧的创作上，经历了短篇剧衰落、教化剧冷落、言情剧兴旺、社会问题剧多样化等现象，近年更为明显的现象是情景喜剧、青春偶像剧的创作逐渐增多。

应该准确了解当代中国观众心理和市场情况。每个时代的青年各有其特点，处于不断变化之中。青春偶像剧理想色彩较浓，与现实距离较大，可以表现想象和梦幻。观众渴望在片中寻找到一种可以与自己感情发生契合的精神。2007年，由石康编剧、赵宝刚导演的青春偶像剧《奋斗》，带来了青春偶像剧的一个新高潮。纵览全剧，人物思想灵魂所构成的精神实质与片名相契合。关于人的奋斗，关于人生理想追求，关于现代情感的深层次发掘，是一部青春励志而又叩问现实的都市言情剧。剧中反映出的当前中国很尖锐的一些问题，比如大学生毕业等于失业、强子的跳楼、向南与杨晓芸的啼笑婚姻、“京漂”一族的现状等。

很多人都愿意把赵宝钢这个悲情导演的新作看作是一个成功转型。依然是谈恋爱，他说道：“剧中三对男女谈感情的方式很特别，是人们比较羡慕的情感方式，谈得比较酷，比较帅气，很迅速，没有缠绵的过程，分手也很干脆”。“生活中哪有那么多的大哭大闹？我觉得应该拍一些轻松愉悦的戏，我现在更愿意关注反映社会问题的作品。”所以，这次的恋爱青春不缠绵，不哀伤矫情，轻松而帅气地呈现了感情的纠葛，带着叛逆与努力、激情与迷茫、京味儿十足的花言巧语与幽默，一个个鲜活人物形象生动地呈现了出来。

20世纪90年代以后的中国社会所体现出来的种种迹象都使得我们不能够再将其同20世纪80年代混为一谈。无论是经济体制、社会心理、价值观念还是文艺面貌，90年代和21世纪初都呈现为与80年代不同的一个新的时期。中国进入当代社会后，审美文化的突出特征是体现为一种体制文化、精英文化和大众文化三元并立的结构。大众文化则是伴随着现代社会工业化进程而出现的一种文化形态，是依托于现代技术而形成的一种文化形态，其基本品性表现为娱乐性和商业性。20世纪90年代至21世纪初，三种文化形态之间的均衡状态彻底被打破了，大众文化迅速崛起，并在整个社会文化领域占据了主流地位。

大众文化的崛起，引发了许多前所未有的现象。在文艺创作领域，形成了平民化、世俗化的创作主潮，文艺作品的娱乐功能得到了前所未有的重视。20世纪90年代和21世纪初，讲述百姓生活、描摹细腻情感的平民化、真实化、世俗化的电视剧亮相荧屏并迅速成为电视观众新的收视热点，而即使是曾以严肃正统面貌出现的弘扬英雄主义的主旋律电视剧以及追溯历史的历史题材电视剧，也无一不是注入了爱情内容，加入诱人的佐料，甚至有些军警题材、历史题材电视剧根本就是以讲述爱情故事为主轴，历史事件、军警内容都只是为讲述爱情故事提供一个特定的背景而已。而近几年观众对完全言情的日本、韩国电视剧的热情更是说明了观众对于世俗生活、对于普通人真实情感的观赏喜好。在这样的大众文化洪流中，平民化、真实化、世俗化电视剧的兴盛就成了极为自然的事情。

三、现实主义思潮的主要特征及表现

20世纪80年代前半期，是中国电视剧的初步发展时期。这一时期，电视事业整体迅速发展，促进了电视剧的创作。在年产量迅速增加的同时，电视剧的创作适应当时的社会文化环境，紧扣现实生活，在题材上不断拓展，并先后出现了伤痕、反思、改革、社会主义建设等热点题材。

20世纪80年代前半期的中国电视剧创作，大量集中于现实题材，人们的现实生活和心理状态成为电视剧创作关注的重点。电视剧创作在这一时期，成为对人们新生活和新面貌的有力折射。在新时代的感召下，经历了苦难的几代中国人逐渐从“文化大革命”遗留下的创伤与痛苦中抬起头来，将热情投向到全新的生活与多彩的世界，以一种崭新的精神风貌谱写着自己在新时代的华彩乐章。文学艺术的创作迅速地扣住了时代的脉搏，抚摸精神伤痕、咀嚼内心哀痛，继而全力展现新时代人们的新生活、新面貌、新观念。在新的文艺政策的鼓励和刺激下，文艺事业取得了前所未有的繁荣。在年产量迅速增加的同时，电视剧的创作题材也大大拓展。这些电视剧作品除表现出强烈的时代精神以外，也大大促进了电视剧创作在反映生活的广度与深度上的拓展。其中，伤痕题材和改革题材由于符合当时时代的社会心态，先后成为电视剧创作的热点题材。

（一）伤痕电视剧

20世纪80年代，电影以及电视剧领域涌现了大量的“伤痕”作品。电视剧创作将目光投向了那一段不堪回首的历史，投向了动荡社会中人们苦不堪言的生活，创作了许多引人深思的“伤痕电视剧”。其中的优秀作品有1980年的电视单本剧《女友》，1981 年的电视单本剧《新岸》，1982 年的电视连续剧《蹉跎岁月》，1984 年的电视连续剧《今夜有暴风雪》，1985 年的电视单本剧《雾失楼台》，以及 1986 年的电视单本剧《大林莽》。其中的《今夜有暴风雪》已经明显在伤痕之外附加了反思的主题。

《蹉跎岁月》是此时期"伤痕电视剧"的代表作品。如何看待曾经悲壮的风景，成为历来知青题材文艺作品面临的首要问题。对于这样一段历史，不少人看到的是令人痛心疾首的时代谬误，想到的是可悲可笑的政治风潮，但也有人从中听出辉煌壮丽的青春舞曲，感受到强有力的人生脉搏。电视剧《蹉跎岁月》已经一改谈起知青生活就扼腕切齿的情绪，把主旋律定在了"岁月蹉跎志犹存"的更高层次上。

电视剧《今夜有暴风雪》同小说一脉相承，但电视剧在主题定位、素材处理和矛盾冲突上又向理想境界跨出了新的一步。《今夜有暴风雪》所试图唤起的不仅仅是对那场时代悲剧的激愤，更主要的是以青春血汗在谬误年代里创造英雄业绩的豪情及人生价值的深层思索。此外，电视剧《今夜有暴风雪》在视听手段运用上可圈可点，摄像、音响、音乐等方面都有着突出表现，对画面语言的自如运用给当时的观众留下了深刻印象。《今夜有暴风雪》所表现的那段历史已经过去，而他所展现的一切，将引导人们从新的高度去思考那逝去的年代。

（二）改革题材电视剧

在 20 世纪 80 年代和 90 年代电视剧创作中，改革题材电视剧中的优秀作品有：《乔厂长上任》《女记者的话外音》《新闻启示录》《走向远方》《新星》等。这些改革题材的电视剧将镜头对准了我们沸腾的现实生活，热情讴歌改革大业，积极塑造改革家形象，反映了时代精神，把握了历史的趋势与主流，触及了改革的根本问题，谱写了改革时代的宏伟乐章。

在这一时期的改革题材电视剧中，《新星》称得上是一部优秀的现实主义力作，播出之后轰动了全国。收视率之高、反响之强烈，使其成为重要的社会文化现象。《新星》以恢宏的气势、广阔的画面，形象地反映了我国人民为了民族富强、国家昌盛而进行的伟大改革，歌颂了意气风发、锐意进取的改革者，抨击了阻挠改革、只求利己、不求利民的落后保守人物。充分表达了当前中国人民的共同心愿，用电视艺术的形式为人民群众呼唤改革、抨击保守。能够在亿万电视观众中引起强烈共鸣，也是理所当然。

综观此时期的电视剧创作，大多取材于真实的社会现实生活，充满了强烈的时代精神和平民色彩，具有浓郁的生活气息。镜头聚焦由“高、大、全”式的英雄人物而转向普通人，观众与屏幕人物距离大大缩短。此时期的电视剧在艺术表现上进行了较好的探索，取得了一定的进步。但站在今天的角度上，我们也不难看出其中不足：有些作品反映出的“教化”意识比较强烈。大多过于重视电视剧的叙事功能，而忽略了电视剧的艺术审美功能。从艺术形态的特殊角度来看，这一时期的电视剧创作可以说仍是遵循直播时期的老路子，虽然加入了具有时代特色的内容，却没有依托更为先进的技术条件、从电视剧艺术自身形态特性出发、在艺术手法和本体趋向上进行新的开拓。舞台演剧的痕迹仍鲜明地体现于很多电视剧作品中。

四、后现代主义思潮的影响

后现代主义思潮对当代电视剧的影响主要体现在戏说类电视剧的创作。以戏说历史剧为例。

历史剧是历史在“剧”中的一种存在，是历史与艺术、史与诗的两种内在规定性的和谐统一，有正说、戏说、歪说、诗剧等。艺术想象不是背离历史事实的，相反，它是通过艺术方式达到历史真实与艺术真实的统一，历史剧的真实未必就是历史上曾有的史实，但却应当是在当时的历史条件下、历史环境中及人物性格基础上完全可能发生的。亚里士多德在《诗学》中说过，历史学家“描述已发生的事”，而诗人则“描述可能发生的事”，所谓可能发生的事，不是超越历史和无条件的，而是当时历史情境中“可能发生的事”，是“按照可然律或必然律可能发生的事”。艺术虚构与想象应该是符合历史规律、历史可能性的虚构和想象，实现对历史的审美观照。亚里士多德强调指出“写诗这种活动比写历史更富于哲学意味，更受到严肃的对待”。

历史剧中的调侃、游戏之作，是把历史游戏化。戏说类的电视剧常常将历史简化为一个个亦喜亦乐的情节化故事，将历史上多元的权力关系简化为一次次爱情的游戏，将复杂的历史真实简化为善恶分明的道德寓言，调和空间距离与时间进程的分离，为观众制造一个又一个白日梦。在20世纪风靡大江南北的电视连续剧《戏说乾隆》中，乾隆皇帝变成了风流小生。

一方面，戏说历史彰显了电视剧艺术的娱乐价值，这是积极的一面。中国传统历史题材影视创作往往文献性大于审美性。在20世纪五六十年代的电视剧中，历史的丰厚性逐渐被一种革命化的历史编码取代，历史的复杂被简化为单一的社会政治历史图谱。而戏说历史在某种意义上是对这种倾向的反拨，是对艺术娱乐本质的强调。戏说既是所谓“本我”的表露，又是对传统主体的解构，同时还是对人所处的现状的某种不满与反抗。

另一方面，戏说电视剧极易走向抛却历史理性而进行主观臆造的极端。对深度模式的解构成为它消费历史的一种策略，解构了历史和当下之间的时间界限，有意将过去与现在的时空代码相互重叠，叙述历史的动机不再是为了追求历史的真实，而是成为对历史影像的一种消费，在历史的时空中尽情放纵宣泄着当下的各种欲望。

戏说历史剧呈现出一些新的审美特征：一是以反为正，即把过去历史叙事和艺术叙事中被批判的反面人物或非正面人物转化为令人喜爱或崇敬的正面人物；二是以古喻今，即以古代故事或掌故借喻当代现实情况，借以表达或宣泄当代历史意识冲动；三是以今释古，即按照今天人的生活趣味或价值标准去重新诠释古人，且不惜违背基本史实或历史逻辑；四是以谐代庄，即以轻松谐谑的格调取代过去的庄重、严肃格调，目的不是引发理性的沉思，而是寻求感性的愉悦。

20 世纪 90 年代后期，大量“戏说历史”的电视剧的出现，则是市场力量的体现。1999 年《还珠格格》在中国风靡一时，剧中嬉笑自如、无拘无束的小燕子成了街谈巷议、妇孺皆知的人物。该剧在电视市场上创造了播出权几十万元一集的价格。这表明，“戏说历史”的电视剧在中国确有一个巨大的消费市场。在这些电视剧中，历史被虚拟化为假定的舞台，上演的完全是一种宣泄性的游戏。这些电视剧在给予观众解构过去所形成的历史概念的快感的同时，也使当代人的压抑、苦闷、不安得到了释放。这些戏说历史的电视剧不仅在中国内地，而且在大的中华文化圈中都得到了认可，这在一定程度上表达了华语文化对历史解构和道德解构的需求。历史题材电视剧，事实上也为知识分子立场提供了一定的表述空间和修辞策略。从《宰相刘罗锅》（1996 年）到《铁齿铜牙纪晓岚》（2001 年），都采用了通俗情节剧的叙事模式，甚至采用了喜剧的类型化手法，它们都通过对特定历史人物和历史环境的营造，不仅仅是回忆历史，而且也是模拟现实。

《还珠格格》收视奇迹是对电视剧“大众娱乐工具”这一定位的最好注释。《还珠格格》的走红可谓“歪打正着”，暗合了 20 世纪末社会转型期社会心理的某些特点，因此迅速在全国范围内拥有了难以计数的大量观众。在 20 世纪末，精神世界的虚无、焦虑、浮躁以及由此衍生的自恋情结成为社会心理的突出特点。浮躁的观赏心态、焦虑的内在情绪、自我意识的张扬，都引发了一系列的社会现象。反映在电视中，历史题材电视剧、言情电视剧、谈话类节目、游戏娱乐节目等节目类型迅速兴盛，即是适应这些社会心理的结果。在这些节目里，浪漫情感的展现、明星嘉宾的告白、个人隐私的披露、生活细节的描述，强烈地满足着观众的好奇心和窥视欲。

五、文学改编思潮的主要特征及表现

20 世纪 90 年代以来中国电视剧艺术呈多元化发展态势。20 世纪 90 年代至今的这个时期，可以说是中国社会经济发展最为迅猛的时期，同时也是继新文化运动以来，思想文化领域又一个极为自由活跃的时期。市场的开放、经营模式的转变、全球化的大众传播给社会带来的不仅是经济的迅速发展、国民生产总值的连年增长。当人们面对现代社会的喧嚣忙碌感到无所适从的时候，当人们体验着高新技术的日新月异并开始获益时，当人们寻觅好莱坞电影与欧美流行音乐时，社会审美心理的巨大变化和艺术创作观念的整体转型开始了。从 20 世纪 90 年代开始，我们清楚地看到：大众文化逐步成为社会主流文化形态，虚无、浮躁、焦虑、自恋成为社会审美心理的突出特征，技术成为左右艺术创作的重要因素，大众化、商业化、娱乐化成为各类艺术作品的普遍追求。

在社会转型、文化变迁的大背景下，20 世纪 90 年代至今的电视剧创作也更多地显露出其作为大众艺术样式的品性，摆脱了 80 年代以前受政治影响过大、宣教痕迹过重的误区，遵循着电视剧市场特定规律，向大众的、通俗的艺术定位逐步回归。这可以说是 90 年代以来电视剧领域最为突出的现象。从总体面貌上来看，电视业的壮大、繁荣，电视技术的突飞猛进为电视剧的蓬勃发展奠定了必要的基础，观众的多方面、多层次需要为电视剧题材的丰富、内容的扩充以及电视风格的探索提供了基本的动力。为了适应主流意识形态需要与市场取向，主流意识形态、艺术与商业进行融合。在这样的现实推动下，从 90 年代开始，中国电视剧创作进入了文学改编思潮的新阶段，如“红色经典”改编与一般文学作品改编均明显增多。

红色经典当中包括了一代人的生命、理想和记忆，表现了时代语境的历史情绪。因此，欣赏红色经典变成那代人寻找失去时光的集体行动，红色经典在消费时代具有调侃和消解意义，将红色的政治含义消除，将红色的艺术形式加以后现代化，于是形成了一种文化形式与精神的错位，由此成为一种大众文化消费品；红色文化说明了革命时代已经逝去了，只能作为一种文化的产品被整合在文化工业中，在新一代的大众中获得价值认同。如电视剧《野火春风斗古城》《铁道游击队》等均改编自同名小说。

红色经典热是 20 世纪 90 年代末和 21 世纪初的文艺市场怀旧消费和崇高消费的结果。艺术市场化既迎合观众口味，又制作时尚风潮。对于中老年而言，红色经典作为一种历史文本，能够唤起他们的文化记忆。市场的怀旧消费，与文艺对崇高的呼唤也密切相关。20世纪末和21世纪初，一系列“身体写作”“欲望叙事”的通俗电视剧充斥屏幕，缺乏高尚、深刻的思想与意义，无法满足人们的心理需要。相反，具有浓烈的英雄主义与乐观进取气息的红色经典，具有史诗般的英雄主义风格和革命浪漫主义情怀，表现出崇高的精神品质，受到观众的欢迎。对红色经典的改编是市场的需要。

红色经典的改编，寄托了当代大众重建精神家园、消解商业社会里人的物化感的渴望，显示出观众审美追求的提升，也表达了国人对崇高精神的呼唤，尤其是在英雄匮乏的无奈和信仰困顿的焦虑中，这种对理想、热情、奉献精神的怀恋，也折射出了当代人为解除自己的精神困惑而进行的不断尝试和努力。红色经典对于中国艺术在全球化语境下更好地解决民族化、本土化问题仍具深意。积极的时代良知和艺术使命意识，尤其是其执著的艺术信念和精品意识，可谓红色经典创作者留给后人价值无限的精神遗产。电视剧改编红色经典，要认可原著的价值导向，认可原著的人物形象与命运，认可原著基本的故事构架，否则就不是改编而是颠覆。改编必须站在时代的高度，符合视听艺术的规律。

20世纪90年代以来，一般文学作品改编电视剧成为电视剧创作领域的一个重头戏，形成一股思潮。由现代文学名著《围城》改编而成的同名电视剧，保留了原小说的睿智幽默的语言、精妙分析，创造性地传达了原著精神，可谓是90年代文学名著改编电视剧中的精品。都市爱情题材电视剧《过把瘾》根据王朔的三部小说改编而成，全剧发展既符合电视剧的叙事规律，同时又充分保留了王朔小说的艺术风格。《北京人在纽约》也是根据同名小说改编，但对情节作了一些必要的调整和增删，使全剧主题突出、叙事凝练。电视剧《三国演义》与《水浒传》已妇孺皆知。根据《雷雨》改编的同名电视剧，褒贬不一。

这些20世纪90年代以来值得圈点的作品，实际上大多仍坚持着“忠实于原著”的改编原则，虽各有改动，但动作不大。“杜撰”颇多的电视剧《雷雨》，也因某些情节的荒唐、表演的失败而招致批评责难。现有的改编实践都提出同样的问题，即文学作品改编电视剧的观念与方法问题。静态的、抽象的文学作品转换成动态的、具象的电视作品，必然要求在创作思维、表现手法、叙事结构、情节线索等方面进行相应的调整，以适应电视剧自身的审美特性与创作规律。同时，又面临着如何忠实于原著以及在多大程度上忠实于原著的问题。现有的文学作品改编的电视剧在创作观念上是否正确，其艺术表现是否到位，对原著的把握与再现是否合适？强调“忠实于原著”的改编方法是否是唯一可行的办法？理论界首先要做的就是给予创作实践一个更宽容、更自由的土壤，鼓励在文学作品改编方式上进行新的探索与尝试。改编的合理性才是探讨的关键。

六、诗化思潮的主要特征及表现

中国电视艺术之诗化思潮特色鲜明，特定的内容是离不开相应的形式来表现的。中国电视受众以道德伦理作为审美接受的前提和动机，以情感作为审美接受的主体内容，这决定了中国电视艺术无论是在风格上还是在创作观念上，都有别于讲究客观写实的西方电视作品，而呈现出浓郁的抒情写意的诗化追求。

诗化电视剧的主要特点：首先是民族化的叙事风格。西方艺术的目的是客观模仿，中国艺术的目的是主观表现；西方艺术家重视故事，中国艺术家重视抒情。中国艺术要求主客合一，情景交融，如电视剧《秋白之死》。民族化的叙事风格还表现在中国电视艺术作品依据先验的伦理价值和政治价值而对生活所作的集中、提炼和概括。中国艺术鲜明的主观性和倾向性是创作者吸引、感染接受者的主要手段。中国电视专题片（包括电视诗歌散文）不同于西方电视专题片之处在于前者所反映出来的生活是经过主观感情改造过的生活，是诗化的生活。其次是致力于审美意境的营造，如电视专题片《西藏的诱惑》。电视诗歌、电视散文致力于创造审美意境，亦真亦幻，画面漂亮，音乐悦耳，给人以美的享受。

诗化电视剧取得了丰硕的成果。电视剧的诗化不外乎这样几种情形：一是将叙述造型化，二是浪漫想象，三是意境营造，四是心灵拷问。有的电视剧集中于一个方面，有的则将这几个方面集于一身，剧作于是显示出一种强烈的诗意风格。电视剧《大明宫词》就是这样一部诗化的电视剧。此剧集中于一个话题，就是对爱情与权力二者关系的哲理思考。为此，它把那些与之无关的历史人物与事件排除出叙事文本之外，又把与之相关涉的人物与事件加以改造，使历史变成演绎爱情与权力关系的材料。这样一来，剧中的人物与事件就被虚化成为一个想象性文本中的一部分。比如，历史上的太平公主确实曾嫁给一个叫薛绍的，但那个人后来因为谋反被诛，后武则天将武承暨的妻子杀掉，然后把太平公主改嫁武承暨。剧中把诗人王维的《红豆》诗演绎成了他对太平公主的倾慕，事实上，王维是在唐开元九年才进士擢第，与大周根本没有关系。剧作者之所以选武则天与太平公主为主人公，是因为这两个人最适合作者展开爱情与权力关系的思考。在剧中，武则天未尝不想像普通女人那样享受爱情，但在二者之间，她还是选择了权力，因为如果没有权力，她的生命也将不存在。在她看来，有了权力，才有爱情，或者说有了权力，就能拥有爱情。在剧中，不难感受到莎士比亚戏剧的某种韵味——台词的诗化。长期以来，我们似乎已经忘记了这种戏剧表达方式。其实，生活化、写实化、故事化，并不是电视剧唯一值得提倡的风格。

用诗的语言写出的独白、旁白与对白可以用在电视剧中，《大明宫词》对此进行了成功的尝试。在这里，一股浓重的莎士比亚时代的诗剧味道，让人耳目一新。它不是在简单叙事，而是在进行心灵的告白与诉说。叙事的电视剧也许可以通过悬念的设计与结局的延宕来吸引观众，但这类电视剧却是直接深入观众灵魂，与观众进行着一种心灵的对话。无疑，它对历史事件进行了大胆的修改，但通过将历史心灵化，作品又为我们昭示着爱与权纠结、情与欲冲突的某种历史的恒久性真实。《大明宫词》的对白极尽诗化铺陈之能事，既充满了激情，又带有某种思辨色彩。它不追求口语化，追求的是抒情化；不追求写实化，追求的是诗意化；叙事的节奏被极大地放慢了，没有紧张而激烈的故事发展过程吸引，没有悬念、突转等叙事技巧诱导，也没有令人恐惧的武打格斗，总之，没有外在的戏剧冲突叫你感受热闹与刺激，却有更加深沉而持久的人物的内心风暴。将冲突内在化，让观众细致地体会主人公内心的痛苦与矛盾，为在权欲纠结中进退维谷的主人公投注几分同情与理解，这正是此剧的用心所在。但是，《大明宫词》也存在着历史安排过于不合常理、一些细节和场面含蓄不够、太过西方化、台词过于诗化浪漫的问题。

中国电视剧与西方电视剧竞争，应该以富有民族风格的电视剧在国际上不断扩大影响。在电视剧中适当注入诗语、诗情、诗意与诗心，使抒情艺术与叙事艺术达到有机的统一，这是一条行之有效的方式。

中国的电视文学节目出现在20世纪80年代，其中主要是电视散文和电视诗歌。浸润于吴门烟雨文脉中的江苏电视台，制作了电视小说《最后一片叶子》、诗体报告文学《生、爱、死》、电视散文《街声》等，成为一种尝试性的开端。这一新颖的节目形态，很快就引起了电视界的高度关注。

电视诗歌与电视散文是文学与电视的交叉与融合，既有文学的深邃与神韵，又有电视声画的生动与传神。由于电视的传播特性，又使诗歌、散文能够更好地与受众的心灵相撞击，产生美的享受和心灵的火花。电视散文是一门建立在文字之上的、以画面为载体、以音乐为辅助、诉诸人类情感的电视抒情艺术。它是借助电视这个大众传播媒介，写人、绘景、叙事、状物、抒情、明理的，具有较多的直感性和很强的视觉冲击力的电视文学样式。1998年，央视推出了首届《全国电视诗歌散文展播》，在全国形成了广泛的影响。特别是《电视诗歌散文》栏目开播之后，连续蝉联“全国电视文艺星光奖”优秀栏目奖，并囊括第15、16、17届“全国电视文艺星光奖”电视文学类节目一、二、三等奖。

电视诗歌散文以它的独立品格影响着整个电视文化生态，在电视文艺丛林中占据了一席之地。当文学从依赖语言文字的阅读，借助当代电子传媒而转变为画面语言、音乐语言等表现的电视诗歌、电视散文、电视小说时，文学就变成了集语言符号、音乐音响和图像于一体的三维世界。这样的转变，可视为一种诗性的回归。“电视诗歌散文是文学与电视的结合，既经产生就具有自己的独立地位，尽管其价值远没有被传统所接受，尤其在电视作为大众传播媒介的特定要求中，它的审美价值也未必会获得更高的承认，但美是不可抹杀的，对于人类而言，创造一切的终极意义仍旧是为了让人更美好！”

《电视诗歌散文》并不只是所谓知识精英和文学爱好者们闲情逸趣的专属领地，更不是矫揉造作、附庸风雅或板起脸来说教的地方。事实上，《电视诗歌散文》从1998年开播以来，观众群不仅一直保持着较为稳定的状态，并且分布在从青少年到中老年，从学生到学者、教授，从草根平民到精英白领等各个社会层面。从2003年起，单篇作品基本上被系列作品所取代，规模化的系列作品日益增多，原创作品大量涌现。如《china·瓷器·景德镇》系列、《皖风皖韵》系列、《马背日记》系列巴蜀风情、《魂系泸沽湖系列》、《诗意的新疆》。2004年的九寨沟系列、《边城印象》、西藏系列（《阿里札记》）；2005年则播出了大型纪实系列片《问路世界屋脊》《荒原的眷恋》《城之眼——中国名湖系列》等。这种系列创作还在继续：世界遗产系列、中国遗产系列、名山系列、名湖系列、古建筑系列（古桥、古镇、古园林）、草原系列、地质公园系列、文化名人系列、古诗词系列。“主题系列”的集约式和规模化成为栏目的风格。

当然，部分电视散文的诗意逐渐减少，引起了人们的思考。有人认为，电视散文的概念被无限延展，回归到了“大散文”的概念上。电视散文包容的内容与表达的方式越来越与其他电视样式杂糅融合，已经存在着模糊或失去电视散文本体特性的危险。原创性的电视散文作品，尤其是那些自然风光、风土人情的作品，与电视纪录片、专题类艺术片的界限越来越少，有的电视散文作品干脆打出“纪实系列”之名，让观众无法区分。在这些系列化的电视散文作品中包含许多非文学的内容，如人物访谈、作品讲解、资料补充等，虽然传播的信息量增加了，但放慢了播出的速度，电视散文也学起了连续剧的样子，一播就是 8 集、10 集、12 集，每周一小集的播放量，如果没有足够的耐心和对电视散文浓厚的兴趣，或者不是为了研究它，守候在电视机旁的观众会越来越少。如果没有较为充足的文学知识和欣赏内涵的支撑，观众很难形成整体的印象，收视感觉支离破碎，收视效应也就会大打折扣。

第二节　中国当代电视艺术思潮的启示

一、中国当代电视艺术思潮的价值与作用

电视艺术作为当代艺术界一股新生的强大力量，以其特有的广泛传播性、电视媒介的普泛性，对当代中国社会产生着巨大的作用力。

社会文化心理对电视艺术具有双重制约作用。首先是社会文化心理对电视艺术创作的制约。电视艺术创作不可能不受到特定时代社会文化心理的制约，不可能不受到它所属民族的历史文化精神和它所属时代的各种文化思潮的熏染，不可能彻底否定它所属的社会共同体和民族共同体普遍认同的某些价值判断标准。

众所周知，作为大众传播媒介和新的艺术创作手段的电视是一种舶来品。

面对西方强势文化，中国的电视艺术工作者和研究者在使电视艺术保持民族化品格进而增强民族化电视艺术作品的市场竞争力方面责无旁贷。从内容上讲，要强调用电视艺术形式来传播和宣扬我们民族优秀的价值观、道德观和文化传统，同时真实地表现历史和现实环境中中国人的生活经验和内心情感，以引起观众的理解和共鸣。从形式上看，民族化的内容需要采用民族化的艺术表现形式，以适应以中国人为主体的观众群的欣赏口味。

在众多的文艺形式中，电视剧几乎成为当今国民的文化快餐之一，有亿万观众每天收看。可以说，电视剧的文化品位和艺术格调不仅对当今人们的审美趣味会有很大影响，甚至对整个民族的审美心理都有潜移默化的塑造功能。

在全球化语境当中，让电视剧艺术走向文化审美层面，其意义还在于使电视剧艺术获得广阔的文化审美视野，将其提升到文化审美领域中来认识、对照和把握，从中获得对蕴涵在电视剧艺术结构之中那些深刻、稳定、恒久的文化审美价值的领会、理解与把握。

第一，电视剧艺术作为人类精神创造活动的一个重要方式，它总是为人们

提供特定时代人类生活的特殊经验、特殊情感。只有从人类创造活动及人类精神文化、审美情感的质的相同性与相通性上来进行发掘与阐释，人类的特殊经验、情感才有可能不会是永远隔膜的。

第二，电视剧艺术文化学在走向文化审美层面当中，要求注重电视剧艺术的人文精神与文化品位的建构，强调突出电视剧艺术的审美创造功能，突出电视剧艺术对于人的精神解放和自由，对于人的关怀的终极意义。

第三，文化影响电视艺术，电视艺术反作用于文化。电视艺术植根于特定的社会语境，真正优秀的电视艺术文本往往是时代社会生活的折射和预示，其艺术的活力感与审美价值寓于其与现实社会的互动与对话中。

二、中国当代电视艺术思潮的启示

文化分为主导文化、精英文化和大众文化。蕴涵不同文化形态的电视剧，可以相应地称作主旋律电视剧、艺术性电视剧和商业性电视剧。三种电视剧从不同层次、不同侧面、不同侧重点反映社会生活，存在着争夺市场份额、争夺文化领导权、主导文化发展的矛盾。主旋律电视剧以维护意识形态为目的，容易流于政治宣传或概念图解；艺术性电视剧追求艺术独创性，容易忽略世俗娱乐和观众接受能力；商业性电视剧表现大众娱乐性、消遣性，可能导致艺术的平面化、粗俗化、无深度感。

在电视剧市场化过程中，观众已经具有某种消费主动权，“主旋律”电视剧要争取观众，必须在创作中将艺术性、娱乐性放在与思想性并重的位置，重视寓教于乐。20 世纪 90 年代中期以来，许多“主旋律”电视剧自觉采用了某些商业电视剧的叙事策略，借鉴类型电视剧中的某些因素。娱乐性与政治性之间都在逐渐寻找结合部和协作点，“主旋律”电视剧常常借助大众文化的流行逻辑来扩大国家意识形态的社会影响。

类型化电视剧的出现是电视剧市场化的结果。青春偶像剧、情景喜剧、言情剧、武侠剧、历史剧、破案剧、科幻剧等逐渐走向成熟，在艺术与市场两方面取得了可喜的成就。

对于当今的观众来说，电视除充当各种信息的提供者之外，无疑也是生活中廉价、便捷的娱乐工具之一。电视剧、电视诗歌、电视散文、电视音乐、电视舞蹈等为百姓提供了无限广阔的审美天地。

当荧屏上充斥过多的品质低劣的电视剧的时候，理论界终于发出了呼唤高雅、呼唤精品的声音。在今天的电视剧市场竞争规则下，电视剧创作只有保证好看、保证情节对观众有足够的吸引力，才能有好的市场效益，这已经是一个公认的事实。作为借助大众媒体传播的艺术样式，电视剧对观众，甚至对整体社会文化的影响力是不可低估的。因此，电视剧在提供娱乐的同时，也必然要寓教于乐，要有适量的精神追求，从而避免陷入低俗的误区。

电视艺术思潮有的较大，有的较小；有的较长，有的较短。几种主要的电视艺术思潮是并列关系，但也有两种思潮有时出现交叉的情况。这体现出电视艺术思潮的多样性与复杂性。

第八章　中国当代音乐艺术思潮

引言　音乐艺术思潮的价值

一、中国当代音乐艺术思潮的生成

（一）音乐艺术思潮及其生成原因

音乐艺术思潮，也称音乐思潮，是指产生于某一特定的历史时期，受到当时政治、经济、文化等因素的影响，在音乐艺术领域内产生的具有一定影响的思想潮流。简言之，音乐思潮是某一个音乐思想的广泛社会化之态。任何一个音乐艺术思潮都不是突然到来和突然消失的。起、行、变、失是音乐艺术思潮变迁的基本规律。一般而言，音乐思潮生成的基本因素有以下几个。

其一，历史时代的演进因素。音乐思潮大都产生于特定的时代变革和社会文化背景之中，属于社会思潮的构成部分，并与哲学思潮、整体艺术思潮关系密切。由于社会思潮和哲学思潮能够影响社会生活的各个方面，随着社会生活的发展也必然会影响到艺术领域，催生出新的音乐艺术思潮。比如，中国20世纪早期的学堂乐歌运动就是实例。

其二，音乐本体的成长变异因素。任何艺术形式都不可摆脱自身继承与革新的一般发展规律，音乐艺术也不例外。这种音乐自身内部的规律性运动和发展的特定要求与社会思潮相结合，形成新的艺术主张，进而促使新的音乐思潮产生。比如，中国20世纪40年代后半期出现的“新音乐运动”。

其三，人为观念和创作实践贡献因素。一种新的音乐思潮的生成一般是由提出某种与现有艺术理论不同甚至对立的理论主张或口号而激发的。比如：有一批学习背景、思想观点、艺术见解、创作倾向大致相同的理论家、音乐家，进行系统的艺术思想探讨和活跃的艺术实践活动，创作出一批远离已有形态的音乐作品，形成一个或数个音乐流派，并以其理论和创作的独特性和新颖性争取广泛的社会认同、结合同人，甚至构成了一定的音乐艺术运动，体现出群体性的创作潮流。但反对者或是因为政治对立原因、或艺术观念本身不同的原因，提出批判或者讨论而形成争鸣局面。因此，不可忽视音乐艺术的个体实践创造贡献对形成特定音乐艺术思潮的作用因素。比如，20 世纪 80 年代谭盾的“新潮先锋派音乐”创作观念与行为、21 世纪金湘的“新世纪中华乐派”思想等。

其四，特殊媒介介入因素。在音乐思潮的生成因素中，还存在一个有别于其他艺术思潮的地方，那就是音乐评论领域的媒介总是发挥强大而有力的催化作用。比如：中国当代音乐艺术中多个规模不等的大小思潮，都是以《人民音乐》杂志、“中国音乐评论网”（http：//www. ecmen. com. default. asp）为主阵地出现的，其或讨论或批判的行为对催生相关音乐艺术思潮起到了不可或缺的促进作用。

（二）中国当代音乐艺术思潮生成原因

纵观中国当代音乐艺术思潮的形成因素，也在“音乐思潮”形成的基本因素范畴中，只是具体显现的因素称谓有别而已。

其一，告别承流因素。中国当代音乐艺术思潮的逻辑起点，是在中国近代音乐艺术思潮的文化累积基础上的变迁新生。也就是说，中国当代音乐艺术思潮是在经由中国近代音乐艺术思潮（中国 20 世纪上半叶）的告别传统礼乐文化、流行学堂乐歌、抗日救亡音乐、新音乐运动之后，进入了和平成长音乐时期。可以说，整个中国在 20 世纪的音乐艺术文化都具有“告别承流”的特性。

其二，社会变革因素。以 1949 年 7 月 23 日成立“中华全国音乐工作者协会”为起始标志，当代中国音乐艺术思潮就开始了新的萌动。

其三，多种冲突因素。当代中国音乐艺术思潮的重要形成因素可谓是“冲突因素”，而且是复杂的多种冲突因素。比如：古今之冲突、中外之冲突、群体之冲突、雅俗之冲突、服务之冲突、机制之冲突、学术之冲突等。仅以群体看，1949 年之后就有国统区音乐家、解放区音乐家、民间音乐家、留学归国音乐家、新生代音乐家等不同的个体或群体。

其四，学术传播因素。各个时段的音乐学术的传播对特定音乐艺术思潮的变迁具有很大的催生作用。比如：“百花齐放，百家争鸣”的学术思想的传播、1953 年贺绿汀的演讲《论音乐的创作与批评》、2003 年《人民音乐》第 8 期发表的《“新世纪中华乐派”四人谈》等音乐学术思想及其传播。

二、音乐艺术思潮的价值

作为社会思潮的构成部分，艺术思潮的存在有着深刻的社会历史根源、文化思想根源、艺术创作试验根源。而音乐思潮作为构成艺术思潮的重要力量，不仅提供了音乐艺术本身的生成、历史和发展规律的价值，也为整个艺术领域构成系统的存在和发生发展规律提供了价值。这种存在于内部的本体价值，也同样为音乐艺术的外部实践活动以及交叉学科的学术启迪提供了价值。音乐艺术思潮的价值体现在本体价值与催生价值上。

其一，音乐艺术思潮具有音乐艺术的历史构成价值。音乐艺术思潮即音乐历史。音乐艺术思潮的存在，就是音乐艺术历史的反映存在。只要打开居其宏撰著的《新中国音乐史》，就不难发现音乐艺术思潮的身影在新中国音乐历史中闪现。音乐历史构成价值是音乐艺术思潮的本体存在价值的体现。因此，无论是音乐创作实践、音乐艺术教育实践、展开音乐批评，还是音乐理论研究、音乐历史研究都不能忽视音乐艺术思潮存在的意义。

其二，音乐艺术思潮的音乐艺术思想呈现价值。只要是形成了思潮的音乐艺术运动，总是会呈现出一些思想的特征——具体想法、念头、明确理性结论。一定的音乐艺术思潮将会促生新音乐思想、音乐新理论的出现。在中国，从1980年开始出现了被音乐史家称为"'无法无天'的'新潮音乐'"。就是这个运时不长然而是极大地搅动当时中国音乐人心房的"新潮音乐"，接下来便转换变成了反思思想、形成了回归观念。"大概在1985年前后，与西方现代作曲技法度过了童年'实验期'并在这一过程中渐渐长大的'新潮音乐'，开始进入了它自己的青春期，并将初遇西方现代技法便一见钟情的狂喜和躁动升华为一种深沉的'反思意识'，无论在创作实践中还是在理性思考中，都引发了一场历史的、社会的、哲学的、文化反思，以及关于'新潮音乐'短暂历史的自我反思。作为这场反思的主要成果之一，便是在理论上打出'回归传统'的旗帜。"①

其三，音乐艺术思潮具有促进音乐艺术文化的创生价值。特定的音乐艺术思潮总是会对一定时期内音乐的各方面产生或直接或间接的影响。从改革开放后的以学术讨论为目的的思潮争鸣中可以看出：一方面，不同的音乐思潮在矛盾冲突中可以共同促进音乐艺术的繁荣和发展。一种新的音乐思潮的产生往往影响到该时期音乐艺术观念和创作方法的变更，从而导致新的音乐流派的诞生。新的音乐思潮带动或与旧有创作理念和方法相互补益，又各自形成更加完善的创作理念和作品。另一方面，新的音乐思潮带动的是多数受众的"视野期待"，因为普遍意义上的受众与专业的音乐评论家不同，他们对新生观念和作

① 居其宏：《新中国音乐史》，136页，长沙，湖南美术出版社，2002。

品，大多不以专业审视的眼光来看，而往往是怀着不自觉的宽容心态去尝试接受。所以，这从另一个角度为新生的优秀音乐思潮提供了一个平台。也就是在具体的创作实践中去遵循音乐艺术内部一般规律和坚守自己音乐理念的同时，密切与广大受众的“视野”相联系。我国著名的现代主义音乐家谭盾在面对著名指挥家卞祖善及一些音乐批评家公开的批评后，仍然得到听众的爱戴和支持。谭盾也宣称“我日后要做的就是跟随时尚的脚步和方向创作观众喜爱的前卫音乐”。

其四，音乐艺术思潮的学术启迪价值。音乐艺术思潮提供给学术向度的启示价值是多方面的。但音乐艺术思潮的启迪价值最重要的就是提供了“政治与音乐”“经济与音乐”“文化思想与音乐”这样几组关系的经验和深入思考。艺术思潮之间的斗争，归根到底是不同政治、经济力量，不同思想观念在艺术领域里的反映。音乐艺术思潮也不例外。

其五，音乐艺术思潮具有推动和形成社会音乐风尚的价值。在当下中国人的积极休闲娱乐方式中，唱流行歌曲是不会被人批评的。然而，从中国 20 世纪的音乐历史中可知道：流行音乐成为中国内地民众的精神生活内容是经历了曲折道路的。流行音乐在 20 世纪的前半叶已经被国人所接受和钟爱了，但是随着社会的变革流行音乐隐退了。到了 20 世纪 70 年代末期，从中国的台湾和香港地区传来的流行音乐，内地迅速兴起了流行音乐思潮，流行音乐终成为中国内地民众社会生活之音乐风尚的重要内容。

总的说来，音乐艺术思潮的核心价值就是能够促进音乐艺术文化的不断生长。

三、中国当代音乐艺术思潮的特点

审视和揭示中国当代音乐艺术思潮的基本特点，离不开当代中国建设和发展这个大背景。

其一，中国当代音乐艺术思潮具有当下关怀性特点。“当下关怀性”也可称为此在性。中国当代任一音乐艺术思潮的产生都是“关注此时”的结果。比如：出现在 1950 年关于声乐演唱法的“土”与“洋”范式之论，就是因关注当时的现实问题而起的。1949 年后成立的新的音乐演出团体的成员来源广泛，既有原来在大城市里专门唱“美声”法（意大利美声唱法）的人，也有来自民间的艺术家和延安等解放区的演唱者，这两类人基本上是以中国传统戏曲和民歌的唱法为演唱方法的。为此，二者孰高孰低就成了不可回避的现实问题。所以，才有了关于土洋唱法的讨论活动。20 世纪中国音乐学术的回暖风行，也是在 1992 年邓小平“南巡”讲话以后具有了客观社会环境所致。

其二，中国当代音乐艺术思潮具有道器圆融性特点。“道器圆融性”，是说整体审视中国当代音乐艺术思潮，其在整体的主题内涵上具有观念和技术双注重的特征。20 世纪 50 年代的“土洋唱法”之争就是技术类主题思潮的代表。而在 1986 年开始的“20 世纪中国音乐发展道路”的论争，则是观念类主题思潮的代表。

其三，中国当代音乐艺术思潮具有多元呈现性特点。“多元呈现性”揭示的是中国当代音乐艺术思潮的形成、主题、流变等都不是单一问题的反映，而是以多类、多向、多维的方式呈现的。可以说，中国当代音乐艺术思潮是迄今为止，中国历史上出现的最丰富多彩的音乐艺术思潮。

其四，中国当代音乐艺术思潮具有二元理性特点。“二元理性”是指中国当代音乐艺术思潮内涵形态具有二向度理性的特征。总体来看，中国当代音乐艺术思潮的正反性内涵、正负性内涵、古今内涵、新旧内涵、中外内涵、雅俗性内涵等二向度理性特别明显。[①] 就是音乐艺术思潮的正反性内涵，都是具有极强的理性色彩。比如：无论是对“新潮音乐”思潮的肯定“新世纪的曙光”，还是否定性的“不走正道”，都是一定理性的反应，不全是感性的表现。

第一节 中国当代音乐艺术思潮的流变

我们以纵向的历史认知方法把中国当代音乐艺术思潮流变划分为五个时间大段。分别是 1949 年至 1978 年的新兴时期、1979 年至 1988 年的更新时期、1989 年至 1992 年的徘徊时期、1993 年至 2000 年的拓新时期、2001 年至今的稳健时期。这个划分和界定命名参照了中国当代社会发展历史和音乐界对中国当代音乐历史划分的方法。由此也揭示出两个值得关注的学术问题：中国当代音乐艺术思潮的流变分期和界定命名有没有自己独立的学术判别依据？这有待来者的研究回答。

一、1949 年至 1978 年音乐艺术思潮的特征

之所以将 1949 年至 1978 年的中国音乐艺术思潮定性为“新兴时期的”，

---

① 参见居其宏：《我国音乐批评的新时期状态》，《批评与文艺》，247～283 页，北京，人民文学出版社，2008。

是因为这是中国历史上社会变革最为广泛和深刻的时期。在这一时期，许多事物都是新生的，中国当代音乐艺术思潮在这一时期也自然呈现出了新兴的特征。比如：从1950年开始的歌颂性音乐艺术思潮，就具有空前的新兴特性，它波及面广，影响程度深入、系统，是历史上没有的。中国音乐艺术的初步发展、初步繁荣、初步革新都是这个时期的特色。当然，由于这个时期的时空跨度大，社会变革内容复杂，中国音乐艺术思潮在这个阶段也具有复杂性。

1949年至1978年的中国音乐艺术思潮涵盖了新中国成立到改革开放开始的30年间的风云变化。其间，经历了大小数次的关于中国音乐问题的讨论、批判和思潮流变。根据其各异性质和规模大小，我们将这30年的音乐艺术思潮流变分为“文化大革命”前、“文化大革命”中和“文化大革命”后三部分进行陈述。

“文化大革命”（1949年—1966年）前的音乐艺术思潮可用“新”与“固”的互为运动来形容。其间的音乐艺术思潮都是围绕新中国、新贡献、巩固新生这个主题展开的。因此，这个时期的音乐艺术思潮具有明显的新气象特点、新意识形态特点、音乐本体之道（音乐理论思潮）器（音乐作品创作、音乐表演）并行特点、音乐与政治并行特点。正是由于这些新与旧、学术观念与政治观念、个人意见与组织意见的含混交织，构成了并不单纯的中国新时期音乐思潮之主题。

纵观新中国成立初期十七年的音乐艺术思潮：一是音乐艺术文化的创建思潮。比如：建立全国性音乐组织，建立音乐教育机构，推出新理论、新作品，开展新的表演方式，等等。二是关于音乐艺术的专题论争思潮。如音乐界对于如何处理声乐艺术中的中西关系问题而发生的“土洋唱法之争”（1949年—1950年）。三是音乐艺术的主旋律思潮。“旋律与主旋律，本是音乐艺术文化中的范畴概念。旋律是一首乐曲构成的基础要素。某首音乐曲的特定主题内涵展示是依赖于旋律的。旋律是指‘乐音经过艺术构思而形成的有组织、有节奏的和谐运动’。主旋律则是一首乐曲中起统领作用的旋律。……在艺术文化语境中讲的主旋律是一个转换概念。”① 主旋律有广狭之分。广义的主旋律艺术创作是指主题性艺术创作。而“‘主体性’的内涵是很宽泛的、包容性很强的。比如体现一个‘爱’字的主题，就有情人之爱、家之爱、母子之爱、乡土之爱、母校之爱、师生之爱、祖国之爱、人民之爱、党之爱、真理之爱、事业之

① 梁玖：《论审艺学视野中的主旋律电视剧创作诉求》，载《中国电视》，2004（7）。

爱、人文之爱、科学之爱等等广而深厚的内涵”[①]。只不过，作为中国新时期音乐艺术思潮的主旋律思潮创作主要是集中反映在政治主题上。四是音乐艺术的反思思潮。无论是在新时期初期，还是中后期都存在反思思潮，尤其在“文化大革命”以后，音乐艺术界同其他艺术领域一样，大兴反思之潮。比如：在“文化大革命”结束后出现了突破“歌颂神曲”的作品创作模式，诉求真情表达的音乐作品创作的理论与创作实践思潮出现。

1.“文化大革命”前的音乐艺术思潮

中国音乐艺术思潮的“新兴时期”初期——中华人民共和国建立到1966年“文化大革命”爆发，这时期的音乐思潮主要体现为适应新的政治制度、巩固新政权、颂扬新社会。可以说，一股迎新、固新、创新的音乐艺术思潮在祖国广袤的大地流行扩展，影响深远。“文化大革命”前的音乐艺术思潮在具有革命性、创建新生探索性、巩固制度性的特征的同时，还具有音乐本体守候性特征。

中国音乐艺术思潮的“新兴时期”初期之音乐艺术思潮的革命性体现在：因服务于新政体和国体之需而盛行歌颂之潮、批评之潮。其一，为配合从1949年到1956年进行的社会主义改造运动及新生活掀起了创作颂歌的思潮。2008年在北京举行的第29届奥运会上打动无数中国人心灵的那首《歌唱祖国》就是这个时期创作出的经典音乐作品。20世纪50年代中后期又出现了全国性演唱合唱和创作合唱作品的思潮。[②]“在这个朝气蓬勃的时代，正如有人所形容的：‘凡是能开的花，全在开放；凡是能唱的鸟，全在歌唱。’”因此，这时期人们的乐观性、积极性充分表现在音乐表演、创作活动中。其二，正确的学术批评与非学术的不当批评和政治批评的音乐批评思潮兴起。比如：在1955年出现了针对被认为是具有非社会积极性的过度抒情歌曲音乐创作行为的批评思潮。现在已经是经典歌曲的《花儿为什么这样红》也受到质疑。其三，出现了否定流行音乐、忽视和看不起轻音乐艺术的思潮。

此一时期音乐艺术思潮的创建新生探索性体现在：创建音乐的组织管理机构（1949年成立了“中华全国音乐工作者协会”）、改组建立音乐教育机构（中央音乐学院、中国音乐学院、中央音乐学院华东分院等）、创立音乐表演团队（在全国成立诸如交响乐团、合唱团、歌舞剧院等）、诞生了指导音乐艺术在内的艺术“双百方针”（1956年毛泽东主席完善地提出了统领全国艺术文化

---

① 梁玖：《论审艺学视野中的主旋律电视剧创作诉求》，载《中国电视》，2004（7）。

② 参见梁茂春：《中国当代音乐（1949—1989）》，北京，广播学院出版社，1993。

的科学方针："百花齐放，百家争鸣"）、音乐作品创作繁荣歌舞剧——《洪湖赤卫队》《江姐》等、芭蕾舞剧——《红色娘子军》《白毛女》等）、音乐学术建设（音乐理论研究、音乐历史研究——1961年出版了汪毓和编著的《中国现代音乐史纲》等）。尤其是注重对中国民族民间音乐的搜集、整理、创作、表演。一句话，此时期中国音乐艺术思潮的创建新生探索性的核心观念与行为，就是"推陈出新"①。

此一时期音乐艺术思潮的巩固制度性体现在：一切音乐活动都应该符合新生中国需要的观念。凡被认为不积极、不乐观、过度抒情、不与现实合拍的音乐创作、表演活动，都会被批评或批判。一方面，出现了认真贯彻落实"双百方针"的实践活动。比如：1956年8月文化部和中国音协在北京联合举行了第一届"全国音乐周"，以及在"三年自然灾害"的特殊时期，广大音乐者都表现出高水准的政治、艺术素质。在器乐、大合唱，特别是革命群众歌曲这些方面都取得了进步，掀起了从《洪湖赤卫队》到《江姐》的中国歌剧史上的第二次高潮；在文化部提出的"现代戏、传统戏、新编历史剧三者并举"的戏曲改革政策下，戏曲的改革方向也走上了正轨。音乐舞蹈界开展"三化"的讨论也是很有积极意义的。1963年8月，由周恩来亲自指挥中宣部、文化部，以《光明日报》为阵地开展的关于音乐舞蹈界必须进一步树立"革命化""民族化""群众化"的讨论。并于同年12月8日召开"首都音乐舞蹈工作座谈会"。此后广大音乐舞蹈工作者踊跃参与"三化"讨论。讨论中不乏"'革命化、民族化、群众化'是一个辨证的、相互关联的统一体……既是对社会主义音乐舞蹈艺术美学特征的总结和概括，也是……正确处理音政关系、古今关系、中外关系、雅俗关系、繁荣社会主义音乐舞蹈艺术的根本方针"这样优秀的见解。1966年2月《光明日报》发表编辑部文章《高举毛泽东思想红旗，创造和发展社会主义的民族的新音乐新舞蹈》为讨论作结。虽然也有不同声音，但没有涉及政治批判。因此，音乐创作中表现革命传统、现实斗争的题材增多；作曲家追求音乐语言的民族风格和地方色彩；短小精悍、易唱易记的歌曲占有首屈一指地位。长征歌曲《红军不怕远征难》、音乐舞蹈史诗《东方红》都是这次讨论的成果。另一方面，兴起了紧跟社会现实而对音乐学术有意和无意地进行非学术的极端性批评的思潮。最明显地反映在1955年对贺绿汀音乐学术思想的批判，1958年的"黄色音乐"批判，1958年的"拔白旗"运动，长达三年

---

① 1951年4月毛泽东主席为刚成立的由梅兰芳任院长的中国戏曲研究院题词内容之一。其题词内容为："百花齐放，推陈出新。"

的“关于马思聪演出曲目的讨论”，对著名音乐家、音乐评论家李凌多次的非学术批评①。

2.“文化大革命”中的中国音乐艺术思潮

中国音乐艺术思潮的“新兴时期”中期——1966年“文化大革命”爆发到1976年结束，这一时期的音乐思潮主要体现为非常态下的变调状态。一方面，是非人性化和非人文性的音乐思潮；另一方面，是学科非专业常态化有限创作思潮。一些音乐作品的创作与表演只能是曲折地遵循音乐艺术创作的内在规律。这主要体现在1968年前后出现的有“地下新民歌”之称的“知青歌曲”业余创作、专业创作的样板戏、被称为“《战地歌曲》阶段”的部分回归音乐本体作品的创作上。②

此外，在“文化大革命”后期，还出现了一个由“四人帮”直接策动和领导的全国性的大批判思潮——“无标题音乐”。时“对外文委”在1973年为邀请友好国家两名音乐家访华演出，由中央音乐学院教师黄晓和向中央提交的一份有“作品大多没有标题和明确的内容，只表现了某种彩色和情绪的变化”等语句的报告。10月，周恩来及其他中央领导人均在报告上圈阅同意。此后，江青一伙以宣扬“无标题音乐无社会内容”歪曲旨意，下达指示就这一问题展开全国性的大批判。③ 总之，“文化大革命”十年的音乐思潮主题是非常态的政治至上。

3.“文化大革命”后的中国音乐艺术思潮

这一时期的中国音乐艺术思潮的基本主题与特点就是矫正和复苏。即这个短暂阶段呈现的音乐思潮及其主题主要是围绕“拨乱反正”展开和显现的。首先是拨乱反正。音乐界进行了对“文化大革命”被批判的音乐家们的拨乱反正工作、恢复名誉、恢复工作。其次是音乐文明的复苏。纷纷恢复音乐演出团体、恢复作品、恢复真正反映创作者心声的作品的创作行为、恢复学校的专业招生，等等。由于深受极“左”思想的毒害，音乐界的思想解放和整体复苏还

---

①“批判内容涉及音乐的民族风格、交响音乐群众化、轻音乐、创作题材、声乐表演以及所谓‘唯情论’等领域。”居其宏：《新中国音乐史（1949—2000）》，90页，长沙，湖南美术出版社，2002。

②《战地歌曲》是在1971年周恩来主持中央日常工作后批评一些不良的音乐创作问题后，从1972年开始一年一集连续出了五集的具有抒情风格的音乐作品集。如：《红星照我去战斗》（傅庚辰曲、王汝俊等词）就是此时期创作的作品。

③ 参见居其宏：《新中国音乐史（1949—2000）》，长沙，湖南美术出版社，2002。

是比较缓慢。

二、1979年至1988年的音乐艺术思潮特征

这一时期的中国音乐艺术思潮具有更新的特征，所以，我们将1979年至1988年称为中国音乐艺术思潮的“更新时期”。反思、更新、新潮、流行是这个时期的核心关键词。

中国音乐艺术思潮更新时期的反思体现在，音乐界自觉从多方面对中国音乐艺术已经走过的历史进行反思，力图谋求自身新的成长可能性。在20世纪80年代前后的整个中国社会都在反思中寻求新的发展策略的大背景下，包括音乐艺术在内整个艺术界也都呈现出了不同的反思状态。此阶段的音乐界的反思意识，一方面反映在反思性改错和恢复正常状态。比如：随同全国在认识论上讨论和确立“实践是检验真理的唯一标准”的过程中，音乐界反思从前的系列错误或不当行为，让诸如《江姐》等曾经不让演出的作品重新演出、使曾经停止正常运转的中国音乐家协会重新启动工作，让一些遭到错误批判、对待或不公正处理的音乐人士恢复工作。尤其是在1979年秋天举行了中国文联第四次全国代表大会以后，音乐界的恢复工作领域不断扩大。随之，使曾经几乎停顿的音乐界在复苏中重现生机。另一方面体现在音乐界内部的自觉理性反思和总结。一是“回归”思潮出现。“回归”，就是主张音乐要回归到音乐本体以及中国传统音乐文化上面去。首先表现在对“文化大革命”时期遭受压制和禁绝音乐事业的恢复和思考。比如抒情歌曲《在希望的田野上》、交响音乐作品《降B大调钢琴协奏曲——山林》、歌剧《星光啊星光》以及民族舞剧《文成公主》等的重演都得到了人民的广泛接受和好评。其次，是在1985年前后，一些“实验”性音乐升华成一种深沉的“反思意识”。并掀起了“寻根热”和“反思热”。“新潮音乐”虽然具有激进和前卫的特征，但其作曲家们大都是“文化大革命”前出生，“文化大革命”后进入音乐学院学习，文化归属感被大大淡化。于是，“新潮音乐”家们开始追寻源远流长、灿烂辉煌的中华历史、哲学和文化传统。一部分作曲家深入到边远少数民族亲身感受其音乐文化的古朴、纯净之美；另一部分把道家哲学的“天人合一”、“大音希声”以及文人音乐中的“气韵生动”等美学观念运用在自己的创作实践中。代表作有瞿小松的混合室内乐《Mong Dong》等作品。这些作品一经问世，立即让人看到了现代作曲技法与中国传统文化结合的无限可能性。此后的一系列积极的作品的诞生，初步实现了我国当代音乐创作既有鲜明的民族性格、又有强烈的时代特色和现代气息的美学目标。这期间《中国音乐学》《人民音乐》分别在1985年至

1989 年间发表的具有“回顾与反思”性质的文论有四五十篇，就极“左”思潮所带来的惨痛教训进行清理和反思。二是专业音乐教育也开始步入正轨；三是“创新”思潮出现。强调在继承传统的基础上，以音乐的“观念更新”[①]，创造新的艺术题材与作品。

更新时期最重要的音乐思潮是：“新潮音乐”与“流行音乐”兴盛。这是在注重“回归创造”与“面向世界”以及反实用本本主义的“回顾与反思”思潮之后的重要音乐事件。

中国当代音乐史上最大的观念碰撞与转型的标志是“新潮音乐”的崛起。新潮音乐，“主要是指 20 世纪 80 年代以来，探索将世界现代音乐观念和新的创作技法与我国创作实践相结合的音乐潮流”[②]。之所以发端于国外的各种“先锋派音乐”在 20 世纪 80 年代传入是因我国实行了对外开放的政策。这也说明：艺术的兴盛与社会整体语境密切相关、音乐艺术思潮也是时代的浪花。“1980 年初，英国作曲家亚・戈尔先后到中央音乐学院和上海音乐学院讲学，第一次将盛行于欧美的西方现代主义作曲流派介绍到中国来。”[③] 此后，又不断地有欧美现代主义流派的乐谱、录音和作曲理论著作涌入，一批音乐学院作曲系的学生如瞿小松、谭盾、叶小钢、郭文景、周龙、陈怡等人，悄悄开始进行传统教科书以外的现代主义的实验，并将其搬入音乐厅。代表作有谭盾的弦乐四重奏《风・雅・颂》（1982 年）[④]，郭文景的《川崖悬葬——为两架钢琴和交响乐队而作》（1983 年）等，这些观念激进、技法前卫、带有强烈艺术叛逆风格和反传统实验色彩的作品引起中国乐坛的巨大反响。

“面向世界”则主要表现在流行音乐、“西北风”与“东南风”音乐的兴盛。

流行音乐曾于 20 世纪三、四十年代在我国上海、南京、重庆、北京、武

---

① 针对“文化大革命”前提出的“三化”的误解，当时有人提出“观念更新”的三种不同方式：决裂、扬弃、拓展。此后，“观念更新”便成为音乐界的一个公开热门的话题，并由此引发了一场大论战。

② 梁茂春：《中国当代音乐（1949—1989）》，北京，北京广播学院出版社 1993。

③ 居其宏：《新中国音乐史（1949—2000）》，长沙，湖南美术出版社，2002。

④ 作品“表现了作曲家读《诗经》后联翩遐想，就像是一部用音乐写成的读后感，带着作者的主观联想。作曲家用了较多的泛调性写法，运用了非功能体系的各声部纵向耦合及四、五度结合的和弦。这在当时（1982 年）都是比较少见的。”梁茂春：中国当代音乐（1949－1989），156 页，北京，北京广播学院出版社，1993。

汉等大都市出现过。在20世纪70年代末80年代初的中国内地还没有原创的流行歌曲。不过，“一种从港台以‘偷渡’方式流进内地的盒式录音带”，如台湾歌星邓丽君演唱的《小城故事》等，却在一些城市的青年和少数专业音乐工作者中悄悄流传。内地一些思想敏锐、开放的作曲家在短时间内就创作推出了深受喜欢的《军港之夜》《年轻的朋友来相会》等作品。而首唱这些歌曲的李谷一、郑绪岚等歌手，也因此而成了内地第一批著名的流行歌曲的歌星。在经过初期的模仿创作之后，因注重了表现积极主题和深刻人生内涵，中国内地的流行音乐具有了自己独立的品格。这从随着轻软细柔的“东南风”风格之后徐徐而来的强劲“西北风”风格和摇滚乐浪潮就可知道。“西北风”的题材和音调均来自高亢而又饱含深沉悲凉感的陕北民歌。广东音乐人解承强作曲的《信天游》带动了大批以西北地区民间音调为素材的流行歌曲的涌现。代表作有：《黄土高原》《月亮走我也走》等。摇滚乐的代表人物崔健最初也以具有“西北风”某些特征的《一无所有》崭露头角，具有较强的反主流倾向和另类特色以及强烈的听觉冲击力。随后又劲吹起来的“东北风”流行音乐，其代表人物是词作家张藜和作曲家徐沛东。两人联袂创作的《世界需要热心肠》《篱笆墙的影子》等作品，在吸取东北地区民间音乐素材的基础上对其节奏、乐队编配等进行流行化和时代性的处理，随之迅速在全国遍传。同时，声乐艺术与歌剧音乐剧也出现了雅俗共赏的多元化格局。由此初步形成了新中国音乐多元化风格并存共荣的良好局面。①

三、1989年至1992年的音乐艺术思潮特征

我们将1989年至1992年称为中国音乐艺术思潮的“徘徊时期”。1989年随着《人民音乐》《音乐研究》等刊物相继发表文章，音乐界的政治性批评观念便开始出现了。其最直接的目标是针对改革开放时期的“新潮音乐”和“流行音乐”两大音乐创作潮流。主要以实用本本主义的方式，把艺术问题政治化。将李西安等人的《现代音乐思潮对话录》、“音乐批评”的反思、“音乐异化”理论、关于“社会主义音乐”的反思等问题逐一批判而形成了一个批评高潮。至此，关于这两种音乐潮流性质的争论再次被打上了政治烙印。因此，新潮音乐的创作开始逐渐走入低谷。虽然在流行歌坛上出现了一大批“主旋律”

---

① 参见居其宏：《新中国音乐史（1949—2000）》，长沙，湖南美术出版社，2002。

歌曲、在大型与小型器乐作品和音乐戏剧作品创作上取得了一些成果，[①] 但这个时期的音乐总的说来是在徘徊性演进。一直到1992年邓小平发表“南巡”讲话，音乐界的非学术批评思潮才告结束。新的音乐思潮开始涌动。

四、1993年至2000年的音乐艺术思潮特征

历史的本体、艺术的本体、人性的本体、人文精神无论多么地被扭曲，它总是会适时地显露和还原的。1993年至2000年可称为中国音乐艺术思潮的“拓新时期”，总体上呈现出了回归常态和开拓发展的特点，可以概括为“新旧磨合之探索”与“多元繁荣之争鸣”。

“新旧磨合”主要体现在：严肃音乐、传统音乐以及流行音乐与新的市场经济间的磨合发展。在新的社会主义市场经济的条件下，严肃音乐、传统音乐的生存环境变得陌生、严峻和复杂。国家也相应地采取了培育交响音乐市场、培养交响乐听众群体、创办免费音乐杂志、发动企业赞助以及拨出巨资编辑出版《中国民间音乐集成》等大力发扬严肃音乐、传统音乐的措施。虽然其中的表演团体在渐渐适应的情况下，演奏水准和排练演出蒸蒸日上，但都因为内外的原因而没有得到充分发展。而流行音乐则因为顺利地进入市场，出现了如《弯弯的月亮》《青藏高原》《滚滚长江东逝水》等水平较高的作品。但也出现了无序的市场竞争导致的猖獗的盗版等现象。但总的说来，严肃音乐、传统音乐和流行音乐还是在以积极努力的姿态与新的改革体制共同探索、相互磨合。

“多元繁荣”主要体现在：其一，新中国音乐创作迎来第三个高峰期，交响乐、民族器乐、大型音乐作品以及音乐表演中的独唱独奏艺术、指挥艺术、专业音乐表演团体的水平都有效地得到了提高，呈欣欣向荣之势。比如老作曲家朱践耳在交响音乐中引入预制磁带音乐的成功创造；歌剧和音乐剧雅俗共赏、多元格局的形成；音乐表演中的“百万琴童”热；独唱音乐家以全面精湛的演唱在国际乐坛上频获殊荣；新中国自己培养的指挥家继“文化大革命”之后重新上台；中央乐团、上海交响乐团重新组建演奏……其二，百家争鸣的音乐理论地位显著，收获不断。一方面，各类学术著述的出版成为学术繁荣的标志。缪天瑞主编的《音乐百科辞典》、郭乃安的《音乐学，请把目光投向人》、黄翔鹏的《传统是一条河流》《中国人的音乐和音乐学》、茅原的《未完成的音乐美学》，等等，都对各自领域的研究和发展做出了不同程度的贡献。另一方

---

① 参见居其宏：《新中国音乐史（1949—2000）》，长沙，湖南美术出版社，2002。

面，教育体制的完善、教育理念的转变、国际交流的拓宽都有力地促进了音乐艺术事业各方面的发展。

在学术争鸣方面，有两次大的讨论。一次是关于王洛宾出卖自己改编的民歌版权的讨论。争论的焦点集中在王洛宾对其亲自采集、整理、改编的10首民歌是否拥有其版权，并由此引申出关于民族民间音乐文化遗产的保护问题等。另一次是在20世纪90年代末期对中国音乐界的学术规范和学风建设进行的讨论。

五、2001年以来的音乐艺术思潮特征

2001年至今的中国音乐艺术思潮总体是呈现出了学术争鸣、稳健成长的特性。在新旧世纪之交的时候，音乐界在理性"回顾中国音乐近百年来的发展，有两方面的工作没有做好：一是对中国传统音乐学习不够，二是对外国音乐学习不够"①。同时，在艺术领域的"现代主义""后现代主义"思潮的影响下，新世纪的中国音乐艺术界也在努力与世界音乐共同进步，并向着音乐观念为主导的领域转变，努力为中国音乐作品的创作建立一个公允的评价系统和学术规范化。从2001年以来，对中国音乐历史的认识、对"中华乐派"的认识、对中国音乐创作风格的认识、对中国音乐文化现代化选择的认识等的差异性导致了多次多主题的争鸣。各些争论主要针对借鉴西方"现代音乐""后现代音乐"中的观念和风格是否能创作出优秀的、载入史册的不朽作品；中国现代音乐的何去何从；音乐批评理念的判定标准等方面进行。

当代作曲家金湘、中国音乐学院教授梁茂春等多位音乐家都提出：即"现代主义音乐"与"古典/浪漫/印象主义音乐"两种观念的碰撞是历史的必然，虽然"现代主义"的某些观点和做法有些激进，甚至无意义，但我们的音乐批评家应善待音乐作曲家，二者都应以宽容的心态去接受、肯定和批判西方现代主义音乐中的优劣，去粕取精，携手开创令人引以为豪的、观众喜爱的中国音乐。②

第二节　中国当代音乐艺术思潮的启示

中国当代音乐艺术思潮的发展带给我们一些启示：第一，艺术传播媒介

① 杜亚雄：《中国音乐发展道路之我见》，载《人民音乐》，1999（9）。

② 参见金湘：《魔鬼还能回到瓶里去》，载《音乐周报》，2002（4，5）。

（领域）对于艺术自身的特点以及发展规律应该有一定的基本立场，切不可人云亦云而没有自己的观点和倾向。这样很容易使没有受过系统艺术教育的大众，根据一些所谓的“权威机构”的观点和号召而对艺术发展中的思潮和流派产生错误的认识和判断，进而造成艺术发展的迟缓和滞后。

第二，培养受众对待艺术的独立思考能力和宽容态度。培养受众对一种艺术思潮的发生以及一种艺术样式的产生进行独立的自我辨别和思考；培养受众容纳更多的艺术创作技法和观念，才能站在一定的高度去粕取精。

第三，对艺术创作有执行权的机构（包括教育机构、管理机构等）一定要有良好的艺术品位和正确艺术观念。这也是培养受众对待艺术的独立思考能力和寒窗态度的关键。

第四，需要有一个“中国式”音乐理念（或口号）的确立。这样才能在中西音乐艺术的融合中，争取到中国音乐的话语权利。

第五，让民间音乐呈自然状态。人类诸多的事物，还是自自然然最有魅力、最有生命、最有涌动力。民间音乐思潮是值得尊重的。给民间音乐艺术宽松的发展空间，尽量保持其“原生态”面貌，避免“官方化”。换句话说，不要非艺术化地去干涉民间音乐和民众的音乐生活。

第六，正确使用“音乐批评”。如何行使音乐批评这个公器应该算是一个永恒的话题。对于音乐艺术批评的态度、标准与方法，在20世纪一直没有形成一致的看法。至今，在“音乐批评”领域中表现出的不宽容态度，仍是我们需要努力改变和思考的。

第九章 中国当代美术思潮

引 言 美术思潮概述

一、中国当代美术思潮的形成

梁启超曾对“思潮”有一个生动地界定：“凡文化发展之国，其国民于一时期中，因环境之变迁，与夫心理之感召，不期而思想之进路，同趋于一方向，于是相与呼应汹涌，如潮然。”① 从动态的角度讲，美术思潮是指一定历史时期内在美术领域产生并影响美术活动的思想观念或潮流。一个时期的美术思潮之形成，同其时代其他潮流的形成一样，“无不由‘继续的群众运动’而成。所谓运动者，非必有意识，有计划，有组织；不能分为谁主动谁被动。其参加运动之人员，每各不相谋，各不相知”②；人们从事美术研究、创作与批评，总是自觉不自觉地参照某种观念，从而进行对研究选题的确立、创作题材的选择、对风格的追求，以及对作品的批评和对美术历史的评价。随着社会、文化诸条件的变化，有关美术的观念或思想必然发生变化，美术批评家在把握处于变化中的美术观念时，通常使用美术思潮这一概念。其实，美术思潮同其他文化思潮是一致的，是历史和时代所酝酿的文化更新的象征。同时，由于视觉艺术和人文的特性，美术思潮一般比较前卫、敏锐。

美术思潮的出现首先就具有明显的理性和学术色彩，它和时代的理性精神是一致的。思潮所体现的理性精神在性质上不是传统的伦理理性和实践理性，而是现代艺术不可或缺的人文理性（关注生命、尊重人的价值和人格尊严）与思辨理性（知识、科学精神）。促使一种美术思潮兴起的原因是十分复杂的。在本质上，它是社会审美理想变迁在美术领域的表现。文学思潮或哲学思潮的影响有时也是至关重要的因素。这样，美术思潮时常超越美术领域。例如：浪漫主义思潮，它不但造就了欧洲美术中的浪漫主义，同时也影响着欧洲的文

---

① 梁启超：《清代学术概论》，7页，南京，江苏文艺出版社，2007。

② 同上。

学、音乐和舞蹈；兴起于20世纪初的西方现代主义思潮也是如此。美术思潮以及与之相关的美术运动有着比美术流派更宽泛的内涵：它们不以地域、艺术机构划分自己的界限；一个特定的观念或观念体系往往包容较多的风格流派，比如文人画思潮及其运动可以包容文人画诸流派；现代主义思潮也将形形色色的现代主义派别作为自己的支脉。与美术流派相比，美术思潮属于更高层次的概念，表示比前者具有更为普泛的美术现象。

一种富于生命力的美术思潮，通常在研究、创作与批评的层面上导致美术运动。即在一定时期内，许多美术理论家、美术创作者、美术批评者依照共同的观念从事研究、创作和批评，改变或更新人们的美术观念与活动。例如，兴起于中国北宋的文人画艺术思潮在绘画观念、题材选择、形式处理、材料运用甚至艺术交流途径等方面，都使传统观念发生改变，形成一种影响深远的美术运动。美术思潮与美术运动通常是相互依存的。

在认识美术思潮的过程中，应注意其与美术史的关系。美术史是研究美术的历史演进及其规律的科学。中国美术史的研究范围比欧美国家的美术历史宽一些，包括绘画、书法、篆刻、雕塑、建筑艺术、工艺美术等美术种类的历史。凡美术史研究均涉及美术家、美术作品、美术技术、美术理论、美术思潮和美术流派、美术风格等方面的内容。美术思潮是美术历史科学研究中的一项内容。特定历史时期的美术思潮构成其美术史中的人文与观念部分，人们通过对美术史具体事件、作品的归类分析亦可以反证美术思潮的核心内容及走向。由于美术思潮的社会学性质，尽管同一阶段的美术思潮可能有不同的艺术趋向，但其中最为主流的一种才是其代表性思潮，进入美术史的主线。对于正在发生的美术思潮的推测、判断、归纳与研究，必然要建立在美术史研究的前提下。作为艺术学、人文学、社会学的交叉学科，美术思潮不等同于美术史，在于其不单独涉及某件作品的物质属性，如绘画材质，或者某位艺术家的创作理念，它是一种相对概括性的观念提取。二者的相同点则在于研究对象具有重叠性，并且都涉及美术风格、美术流派、美术运动等。

美术思潮的更迭与变化是美术成长中常见的现象。当下的美术思潮体现了一种开放的文化意识，体现出个体与社会、艺术与生活、国家与全球的沟通与同步的趋势。在此情势下争论、偏激，甚至盲目等都是不可避免的。这进一步说明，美术思潮是值得研究的课题。而且，要完善认知美术思潮是需要付出学习的代价的。

二、探究美术思潮的价值

认识和探究美术思潮是有意义的。不仅有助于认识各种美术流派或创造风格的形成与发展，而且也有助于认识不同风格的观念依据，以及美术与社会文化现象的普遍联系。这对自觉创生特定的美术思潮，或敏锐地认知把握不期而至的美术思潮，促进美术研究、创造等工作的开展都是有益的。

第一节　中国当代美术思潮的流变

中国当代美术的历史并不长，但美术思潮却不止一个。正是这些中国美术演进长河中涌现出来的思想主潮浪花，充实了中国美术文化，丰富了中国美术文化生态，提供了我们今天反思研究中国美术成长取向的宝贵文本。这对我们进一步寻求创生中国美术核心价值观念、创生中国美术文化新传统具有重要的价值。

一、1949 年至 1978 年的美术思潮特征

1949 年中国整个社会生活发生了重大的历史性变革。这一时期的美术生活也相应发生了许多变化。从思潮的视点看，美术服务政治是这一时期的重要特性。这个时期的美术主潮可分为两个大阶段：变革重建主潮的“十七年”(1949 年—1966 年）美术和高度虚拟情感表现的“文化大革命”美术。

新中国建立初始，人们沉浸在激情之中。在这种新的历史气氛下，美术从业者带着一种从旧世界获得新生的情感开始了他们的创作生活。20 世纪 50 年代到 60 年代，中国共产党的历程、人民军队的成长、新中国的建立、民众新生活，都成为画家饱含热情创作的美术主题，出现了许多优秀的艺术作品和经典历史画面，记录了那个火红的时代。如油画《开国大典》《攻占南京总统府》均真实地再现了历史的经典画面。艺术家用画笔欢庆民族的解放、文化的解放。

从 20 世纪 60 年代开始，艺术与时代进入了一段极不平凡的时期。单就美术来说，这一时期的程式化、片面追求“高、大、全”的风尚，给艺术表现“真、善、美”带来了灾难性后果，但美术在大众中的推广传播是空前的。直到 1976 年，10 年的政治狂潮开始被反思，这一时期的美术作品《1968 年某月某日·雪》给观众极大的震撼，带来了“伤痕美术”的短暂风潮。但美术家们

并没有沉溺于历史的伤痛，他们以更现实的姿态，回归到艺术本体的重建，开始研究艺术造型、色彩的美感，开始关注世界美术的动向。美术家以烂漫的情怀很快走入了“风情美术”时代。这一时期的美术追求完美的视觉，画家们试图用超出现实社会的美的视觉，把社会生活引向自信和美好的境界。

（一）“十七年”（1949 年—1966 年）美术

新中国美术史在一个特定的历史时期延伸着自己的发展轨迹。1949 年至 1966 年是新中国美术发展的第一个阶段，它上承延安美术文化传统，下启“文化大革命”美术。这一时期在改造旧美术的基础上，配合着各种政治运动，确立了美术的服务功用，表现了鲜明的时代特征。在这一时期，美术在群众普及的层面上得到了提高，创作了一批在新中国美术史上声名显赫的作品，同时也创造了一系列影响后世的创作方法。

1. 延安美术文化传统承传的思潮

一部中国美术史发展到 20 世纪中叶，因为社会发生了翻天覆地的变化，与之相应的美术也与之前大相径庭。没有哪个时代这么看重美术的济世功能，也没有哪个时代这么大张旗鼓地要求美术为社会服务。运动式、全民性是这个时代的一个极其显著的特征。在这个时期内，不管是具有千年文化传统的国画，还是引进不到百年的西画，都遵循着一个方向，行使着革命机器中的“齿轮和螺丝钉”的职能。

中国共产党在延安建立政权初期，适逢国共第二次合作，在民族斗争的特殊时期内，共产党不仅指挥自己领导的八路军和新四军在抗日的战场上和敌人战斗，同时为了战争的需要还建立了培养革命文艺干部的“鲁迅艺术学院”，用文艺作为团结人民、教育人民、打击敌人的武器。“鲁艺”培养了大批戏剧、音乐、美术等方面的文艺人才，木刻、新年画产生了广泛的影响。但是当时的延安文艺界存在着理论脱离实际，艺术脱离政治、脱离群众的倾向。因此，1942 年 5 月 2 日至 23 日，中共中央宣传部针对当时延安文艺界存在的问题，在延安杨家岭主持召开了有 80 余名文艺工作者参加的文艺座谈会，“目的是要和大家交换意见，研究文艺工作和一般革命工作的关系，求得革命文艺的正确发展，求得革命文艺对其他革命工作的更好的协助，借以打倒我们民族的敌人，完成民族解放的任务”。毛泽东参加了第一次的大会，并就文艺工作者的立场、态度、工作、学习以及工作对象五个问题发表了讲话。会议结束的 23 日，毛泽东又作了总结性的讲话。这两次讲话后来被称为《在延安文艺座谈会上的讲话》，其被认为是“继承、捍卫和发展了马克思主义的世界观和文艺理论，系统地、深刻地总结了‘五四’运动以来中国意识形态领域中路线斗争的历史经验，为我们党制订了一条完整的无产阶级革命文艺路线”。

在延安文艺座谈会精神的指导下，经过“整风”以后，“大多数画家，都觉悟到在窑洞里表现工农是不行了。我们的画室没有精致的画架、画台，以及从巴黎运来的维纳斯和大卫。但这些不是我们此刻必须和能获得到的，我们的财产是埋藏在大众生活中间的艺术资源。我们无须再珍贵自己的一些‘糊涂观念’，把空洞的理论和虚名作为装饰。现在需要真正面向工农兵了，和实际生活结合——下乡去”。当时的文艺工作者就是在这样一种自觉的认知中积极投入到“改造自己，改造艺术”的下乡运动中，“从劳动与土地结合过程中去找寻构图，在民主的阳光下去发现色彩”。因此，在绘画的表现中出现了许多前所未有的反映根据地的生产动员、开荒、春耕、移民、生产竞赛、公粮会议、合作社的发展等新的题材。画家张仃在他的文章中这样描述了下乡前后的变化。把绘画与劳动结合起来，不但用鲜明的色彩、健康的线条去表现劳动，就是画面的笔触、节拍、律动也须和劳动情绪相呼应的。

显然，《讲话》的思想已经深入文艺工作者的心田，艺术创作作为一项革命工作，首先表现出为革命事业服务的政治原则，因此延安时期美术创作中的木刻由于通俗书报印行的需要而特别发达。故事、诗歌、秧歌剧的插图和连环图画，各种刊物、小册子的封面，以及壁报的插图、幻灯，等等，都在实用的基础上体现艺术的功能。实际上这种革命文艺的传统在 1949 年以后的历次运动中都得到了发扬。

延安的美术工作者在下乡运动中的另一显著的成果就是从民间艺术中学习和改造传统年画，推出了具有时代特色的新年画（新窗花）——属于大众的和为工农服务的新的艺术内容和形式。为了便于普及，“鲁艺”的美术研究室以套色木刻、着色木刻和套色石印等多种手法印制和发行了多种年画，满足了解放区人民的要求。同时，类如江丰的《念书好》、力群的《丰衣足食》等年画都反映了当时的生活并配合了边区政府的各项政治活动的开展。与新年画并行的独幅木刻版画的创作也是延安美术创作的杰出成就之所在，古元的《减租斗争》《马锡五调解婚姻案》，彦涵的《夺回粮草》《卫生合作社》，张望的《八路军帮助蒙古人秋收》，这些作品都表现了整个晋察冀革命根据地的战斗和生活，无疑它们的代表性正是这些作品所反映出的毛泽东文艺思想的内涵，以及革命的政治内容和艺术形式的结合。

另外在延安和其他解放区所兴起的大量表现革命领袖、劳动英雄和文教英雄的作品，也为之后的美术创作标示了一个“永恒的”题材范围。同时可以为

《开国大典》和《毛主席去安源》等作品的题材选择找到一个传统的依据。表现领袖与历史、领袖与人民的作品就成了革命美术一个基本但又十分重要的题材。虽然延安时期表现毛泽东形象的作品，已经出现了油画、油墨彩画、炭画、水墨画、版画等多种形式，但它们在艺术技巧上一般都比较简单，所显示出的是一种政治热情之外的朴素的情感。

为了战争和革命事业的需要，为了鼓动大众的革命热情，利用传统的招贴画而发展起来的宣传画在延安也是一种十分流行的美术形式——这是一种和政治结合最紧密的形式。它在政治运动中的配合作用，在战争时代中的宣传鼓动作用，都是其他美术形式难以比拟的。因此，利用宣传画承担其他艺术形式所不能替代的作用，也就成了延安美术传统的一个方面，这就是1949年以后大量出现各种政治宣传画的一个传统的基因。在属于“延安美术文化传统”的美术创作中，除了能够体现毛泽东的文艺思想和《讲话》的精神，还有重要的一点就是苏联文艺思想的影响。在1939年5月10日举行的庆祝“鲁艺”成立周年的成绩展览会的第九室，就专门陈列了“苏联革命之名画”，“全系苏联有名的艺术家的作品，多为描画按革命前后之群众的英勇斗争的情形，及沙皇的黑暗腐败统治的暴露，内容丰富，技巧惊人”。毫无疑问，苏联十月革命的胜利对中国共产党人的鼓舞，苏联给予中国共产党的帮助，都直接影响到延安时期的艺术风向标。

2.“三结合”的美术创作取向主潮

1958年12月28日至1959年1月11日，由美协江苏分会和全国美协联合举办的“江苏省国画展”在北京美协展览馆展出，这个展览在当时就被认为“标志着中国画发展的新阶段”。后来傅抱石在“从江苏省中国画展览会谈起”的《政治挂了帅，笔墨就不同》的文章中，总结其中的《为钢铁而战》《开展爱国卫生运动》《人民公社食堂》等集体创作的作品时，谈到“采取了‘三结合’——党的领导、画家、群众——的方法”。傅抱石在这里谈到的“三结合”的方法大约产生于大跃进时期，在他所说的这个方法的内涵中，党的领导只是党对文艺工作的关怀和对文艺创作的支持——“当领导同志为我们的创作反复推敲、又高兴又婉转地提出意见，特别是指出某部分的缺点的时候，真是既令人感激又令人佩服。当我们经营某一主题（如《人民公社食堂》）而遭到困难无法解决的时候，领导同志既谦逊而又极其中肯的讲话，帮我们打开了思路，解决了问题；又当我们紧张、愉快地完成了初稿时，我们自己也知道还存在很多问题，而我们听到的却是鼓励，和解决问题的办法。”傅抱石为江苏省中国画的创作找到了成功的经验，但是他提出的经验并没有在全国推广，后来的很长一段时间内也没有人再提“三结合”的问题。五年后，当“中国人民解放军第三届美术作品展览会”开幕之后，一场在全国范围内推广“部队美术工作革命化”经验的热潮，却普及了“革命化”中最为现实的“三结合”组织创作的方法。

由总政治部、文化部、中国美协联合举办的“中国人民解放军第三届美术作品展览会”于1964年7月10日在中国美术馆开幕，在这历时一个月的展出中，观众达16万余人次。国务院总理周恩来、总参谋长罗瑞卿等党和国家的领导人以及20多个国家的外宾参观了展览。展览期间，解放军总政治部、文化部组织了部队美术座谈会，全国美协也于7月17日至23日邀请了部分美协分会的负责人前来观摩和座谈，并请总政治部、文化部的那狄和部队美术家向来京的分会负责人及首都美术家作了7个专题的报告。《美术》1964年第4期也以很大的篇幅介绍了这个展览，为“学习解放军美术”作了比较全面的舆论准备。

这次展览的直接的成果除展现了部队美术创作的成绩外，还在美术界宣传了“部队美术工作革命化”的经验。推广解放军的经验，实际上是在行动上解决毛泽东在1963年12月12日所作的《关于文学艺术的两个批示》中批评的包括美术在内的各种艺术形式的问题，使之适应已经变化了的经济基础。毛泽东批评了在社会主义改造中收效甚微的许多艺术部门“至今还是‘死人’统治着”，部队的美术工作者则通过画阶级斗争、画部队的斗争生活、画人民解放军的斗争历史和光荣传统、画部队英雄人物，以及配合部队政治任务的具体实践，表明了部队美术工作者坚定的政治方向，也落实了军委扩大会议的精神——把加强部队文化艺术工作作为加强部队思想政治工作、坚持“四个第一”和抓活思想的不可缺少的环节。显然这也体现了林彪抓部队政治思想工作的具体成果，折射了一个更为宏观的政治计划。

总结部队美术工作在组织领导上的经验，那狄在《部队美术工作革命化的道路》中概括为六个方面：(1) 抓两头。就是把中央、军委的指示及时传达下去，把下边的东西很快地反映上来。(2) 采取领导、作者、群众三结合的方法。(3) 发动业余作者，大家动手兵画兵。(4) 提倡敢于大胆创新。(5) 和打仗一样，把一切可以使用的武器都使用起来，守住社会主义文化阵地，不给资产阶级、修正主义可乘之机。(6) 抓紧人的革命化。在这系列的经验中，最具有独特性和可学性的就是“三结合”的方法。那狄解释这一方法的具体思想为：“军队要打胜仗，就要有周密的计划，就要有具体分配任务；创作也像打仗一样，要对作家有很好安排。专业作家是创作队伍的骨干，有责任把重要的、艰巨的创作任务担当起来。领导指方向，给任务，出题目，作者用毛泽东思想武装头脑，深入生活，经过统筹安排，积极创作。为了紧密配合部队任务，根据需要也组织业余作者进行专题创作。”根据这样的解释，所谓的“三结合”实际上就是领导、作者、群众协同创作，显然这和傅抱石所谈的“三结合”有许多不同。在傅抱石那里，“三结合”的领导和群众只是对创作的关心和提意见。而部队的“三结合”是领导“出题目、分任务、统筹安排”，领导不仅是创作的组织者，而且控制了创作中至关重要的主题思想、体裁形式，显然这是一种服务于特定的创作宗旨又行之有效的创作方法。

由于“美协”的极力宣传和号召，“部队美术工作者运用的‘三结合’的成功经验，正逐渐为全国各地美术工作者所吸取和推广”。但是像许多政令一样，上面的精神到了下面就因不同的理解有了多样的解释，这之中很难排除那些和原意相违的片面性的解释。对于“三结合”，在实际的推广中就被简单地理解为“领导出思想，作者出技术，群众出生活”。很显然这样的解释过于简单和片面，可是它在某一方面又非常直观地表述了所谓的“三结合”在具体运作上的真实的情况。为了消除这种片面性，《美术》杂志在1965年第2期发表了石坚的评论《关于“三结合”》，指出：“作者是作品的生产者，思想、技术和生活认识不可能别人包办代替。领导和群众主要是帮助加强对于生活的认识和理解，从而，也就是帮助作者加强作品的思想性、战斗性，帮助作者的思想和作品的革命化。领导及群众的积极作用应当通过作者的认识而体现在作品上面；也就是说，领导和群众的意见，必须在作者真正领会和消化之后，表现到作品上去。”这篇带有指导性的短论在最后又提出：“为了进一步加强社会主义计划性，更为广泛而深入地调动专业和业余作者的创作积极性和创造性，从而进一步促进创作的繁荣发展，有必要对已有经验加以总结，并把这个方法进一步大力地加以推广。”

当1965年1月31日“第四届全国美展”华东地区作品展开幕的时候，由于山东年画在展览中的突出成绩，全国美协及时推出了山东作为学习解放军落实“三结合”创作方法的典型。首先是蔡若虹在他的《山东年画有三好》的文章中给予了首肯：“山东年画由于运用‘三结合’方式取得了很好的成绩，值得我们在组织创作的工作部门加以推广。”《美术》1965年第2期上还发表了孔林的文章《“三结合”是组织创作的好办法》。孔林在总结山东运用“三结合”的方法进行创作的经验时指出：“领导出题目是‘三结合’的一个重要的环节，对于作品思想性和战斗性的加强，起着重要的保证作用。”孔林在文章中透露：为了“第四届全国美展”，山东省委共出了50多个题目，“内容大都是山东社会主义革命和社会主义建设中各条战线的先进人物和先进事迹，以及当前政治生活中的重大事件”。他还提到：“我们过去有些美术工作者，对出题目画画不太习惯，有的强调画自己熟悉的和有兴趣的题材。这看法有对的一面。如果作者所熟悉和有兴趣的题材是有意义的，是领导所出题目范围之内的。当然可以画；如若不然，就应当放弃，而积极地去熟悉和表现应该表现的主题，这样才符合文艺创作为工农兵、为无产阶级的革命事业服务的要求。但是在这一点上，作者的思想是有斗争的。”孔林用吕学勤创作《三代民兵》的经验作为一个成功的事例证明，通过领导的帮助，画家也可以画出自己不熟悉、由领导命题的作品。

此后“三结合”成了一个流行的时髦，举凡成功的创作都离不开“三结合”组织创作的方法；凡是总结成功的创作经验，也都离不开与“三结合”的关系。继“第四届全国美展”之后，先是有《收租院》“自始至终实行了‘三结合’的方法”，从构思设计起，就经常得到各级党委的关心鼓励和群众热情地支持和帮助，所以《收租院》的成功“是‘三结合’的产物”。而到了1966年初的“华北区1966年年画、版画展览会”，华君武在总结成功经验的时候，也认为“在于正确地实行了领导、作者、群众三结合的方法”，“三结合在这次创作中发挥的巨大威力，是难于估量的”。华君武还指出：“哪里三结合实行得好，哪里的创作就会出成绩。”

显然，在1966年关于“三结合”组织创作的方法，由于社会大的政治背景的变化，也突升了它的政治功能。原始的那种为了创作的实际所产生的自发的愿望，变成了社会化的反映一种政治立场的行政上的要求。因为实行“三结合”，“是在美术创作中突出政治、方向正确的可靠保证，也是促进作者‘三过硬’的可靠条件。它保证美术创作密切服从政治斗争，统筹安排，符合实际斗争的需要，有计划、有组织、有目的地反映革命斗争，使美术真正成为整个革命机器的一个组成部分，按照党的需要来推动、组织创作，使美术作品准确、及时。有力地发挥宣传教育作用”。从此，这样一种方法就成了一种固定的模式，几乎贯穿了“文化大革命”时期美术创作的全部过程。尽管在“文化大革命”时期的创作中，人们并没有专门地强调这一方法，但是它通过“文化大革命”前期的具体实践，已经成为那一时期“革命美术”的传统。因此，在这一时期的创作中，运用这样的方法又成为一种自觉的行动，而无须再去论证它的必要性，也不必再去总结它成功的经验。人们像熟练地运用其他传统的方法一样，只是随手拿来而已。

（二）“文化大革命”美术

1966年开始的“无产阶级文化大革命”直到1976年才结束，而“文化大革命”美术形态的结束则是在1978年以后。这里所述的“文化大革命”美术思潮，可以称为“文化大革命”化美术思潮。此时期的美术思潮总体呈现的是高度虚拟化情感的表现。美术完全成为现实运动的非真实主题的表现工具。

1. 单一性虚拟性表现的美术主潮

毛泽东说：“革命不是请客吃饭，不是做文章，不是绘画绣花，不能那样雅致，那样从容不迫，文质彬彬，那样温良恭让，革命是暴动，是一个阶级推翻一个阶级的暴烈行动。”那么，为无产阶级“文化大革命”服务的美术来说，就是革命战士手中的武器。因而，色彩和线条就不再具有抒情和观赏性，其核心功能便是鼓动和教化。将美术表现的对象高度虚拟化。美术家的头脑中塞进这种框架，笔下涌现的工农兵造型不仅粗壮有力、高大魁梧，而且都赋予了神圣的使命，充满舍我其谁的气势和活力，我们从“样板戏”中可以看到很多无产阶级英雄形象的战斗化造型方式。李玉和、李永奇没有老婆，支书江水英没有丈夫，阿庆嫂倒是有个丈夫，还去上海跑单帮去了。所有工农兵都红光满面，中间人物则脸色蜡黄。较之“文化大革命”前的革命现实主义经典作品如《八女投江》《粒粒皆辛苦》等，“文化大革命”国画除了在选择题材上更具“服务”的功利目的外，在艺术表现上也是不同此前。这主要表现在：“文化大革命”作品一方面在环境处理与人物造型上，更加强调舞台化、夸张化、战斗化，另一方面设色突出工农兵的英雄“本色”——即“红、光、亮”。这样典型的作品如梁岩的《申请入党》、陈衍宁的《长征日记》和陕西省美术创作组（实际由刘文西执笔）的《延安儿女心向毛主席》，乃至山水画《十大喜讯传四海　浦江两岸尽朝晖》，等等。其实，这种“设色”风格在“文化大革命”前已经基本形成，但并不具有普遍性，而仅仅是“革命现实主义”多种风格中的一种，在《毛主席去安源》之后，这种画风就被推向主流且更“红”、更“光”、更“亮”。

“文化大革命”时期，这种“红、光、亮”或者说“高、大、全”形象，几乎贯穿所有的展览会。中国画家笔下的人物，无论是心中最红最红的“红太阳”，还是战斗在炉前、码头、田头，守卫在边寨哨所的工农兵，几乎都充满了理想主义的激情：形体姿态，面部表情，甚至手中的道具，乃至环境的设置，也是几乎都涂上了时代烙印。鲜活的现实消失得无影无踪。

2. 展览年代开端的美术主潮

“文化大革命”美术第二阶段的高潮，以“文化大革命”后期的全国美展和地方美展的开幕为标志。美展展出的一批中国画、油画、版画、连环画作品，产生了轰动效应，被称为“样板画”。那些“红色”名画对“文化大革命”后期的美术创作影响甚大。

毫无疑问，与后来“八五新潮美术”中开始出现的“黑、白、灰”色彩倾向形成截然对立的，便是“文化大革命”中出现的“红、光、亮”，它与另一特征“高、大、全”一起，形成“文化大革命”美术在艺术表达上的典型模式。事实上，董希文在20世纪50年代初创作的《开国大典》，已经具有了“红、光、亮”的倾向。但从整体上来说，只有到了“文化大革命”，“红、光、亮”才占据统治地位。

在1976年“文化大革命”结束后的1977年到1978年期间，一些艺术家又开始回归“十七年”的美术传统，油画艺术中深沉厚重的灰色调又卷土重来。比如1977年陈逸飞为军事博物馆创作的革命历史画《占领总统府》，不仅因陈逸飞纯熟的造型能力，画面的宏大气势征服了观众，而且对灰色、复合色的运用，也因使描绘的对象具有视觉的真实感和题材所需要的历史感而受到美术界的赞誉。如果说《占领总统府》对油画语言的回归还只与历史题材有关系的话，那么另一个更明显的例子就是靳尚谊创作的油画作品《你办事，我放心》。在这件作品中，我们再也看不见“文化大革命”美术中“红、光、亮”的色彩，而是以沉着的复合色为主，具有浓郁的油画感。如果说陈逸飞的《占领总统府》还是在革命历史画的领域回归“十七年”的审美趣味的话，那么描绘现实题材的《你办事，我放心》对复合灰色调的运用，就是艺术家对油画语言的纯正性的一种主动追求了。从今天的角度看，虽然这件作品的题材仍然是“文化大革命”式的，但是它的色彩则标志着“文化大革命”美术模式的结束和新时期美术的到来。

二、1979年至1988年的美术思潮特征

1978年中国共产党召开了十一届三中全会，中国从此进入了“改革开放新时期”。中国的知识分子和艺术家反思刚刚过去的时代，将渴望的目光投向世界。艺术家们如饥似渴地搜集外国艺术家的资料，包括他们的生平和言论，所表现的热诚，几乎堪与早先文人画家对他们前辈的崇敬相比拟。这个时期的美术思潮主要体现为革新与冲突的特征。随着20世纪70年代后期“思想解放运动”的开展，80年代的中国是一个思潮迭起的时代。美术也不例外。思潮

首先是理性的产物，它具有思辨色彩和批判性质，它首先在意识形态领域展开，然后波及社会其他领域，继之它将影响到社会行为和价值判断。“85、86美术思潮”和整个社会思潮、文化思潮在内在意义上是一致的。它十分明显地提出了文化更新和文化变革的实质问题。美术思潮在中国文化思潮中占据如此的地位是以往从来没有出现过的现象，这本身就具有现代文化的性态（在传统文化格局中，美术一般不能体现正宗文化的“道”，而只是“器”）。只有在这个时候，美术作为时代精神和心灵的感性显现的价值才体现得如此的鲜明（和意大利文艺复兴时期美术具有同等意义）。于是文化的更新和变革就开始了。

20世纪80年代初，一些在“文化大革命”中成长起来的青年画家用完美的视觉理想创作了大批的艺术品，这些作品用美带动了社会生活的复苏。这一时期也是学院派美术的成熟期，他们对于已被冲击的教学体系和优秀的表现技法进行了恢复和反思，逐渐形成了中国的“新古典画风”。这一成熟的风格与社会心态相吻合，油画《父亲》是这一时期的标志性作品，它以新闻性的表现手法，给人以强烈的视觉冲击。

（一）“乡土写实主义”美术主潮的出现

20世纪70年代末和80年代初期，经历了十年的“文化大革命”美术话语权力压抑后获得解放的美术界表现出对美术之艺术本体——形式和情感因素的强烈渴望。乡土写实主义、伤痕美术、唯美主义一时间成为潮流。

1978年后迎来的“新时期”之最初的作品仍带有深刻的时代印记。尽管年轻画家对现代艺术越来越感兴趣，但首先引起社会关注的，仍是以人们熟悉的现实主义方法创作的社会题材作品。尤其以乡土写实主义的题材表现为盛。乡土写实主义从“文化大革命记忆”转向更宽泛的小人物生活和风土人情，愤懑、感伤的情绪让位于平静的人性慨叹和风景陶醉。这时的典型代表是四川美术学院的学生创作群体及其作品。他们在20世纪80年代初期推出的一批油画在社会上引起了轰动，这些画把“文化大革命”作为历史悲剧场面描绘，尽管技巧幼稚，其模仿19世纪俄罗斯巡回展览派绘画的写实手法和文学化的叙述方式仍在公众中引起了很大的共鸣。高小华的《1968年某月某日·雪》使人想起苏里柯夫画的《近卫军行刑的早晨》，只是画面中罹难的主角从俄国贵族换成受到欺骗的中国红卫兵。罗中立立志要以天安门城楼上的毛泽东画像那样的图式绘制一幅劳动者的肖像，其代表作《父亲》轰动一时，很大程度上可归功于观念上的成功，作者承认他在创作那幅画时还受到曾在美国流行的照相写实主义绘画的启发。北京中央美术学院陈丹青的《西藏组画》也得到更多专业人士的认同。《西藏组画》将“现实主义”追溯到了法国的米勒和库尔贝，同时最大限度忠实于画家在西藏的实地写生，而非像中国画家通常习惯的那样做过度的加工，从而显得趣味纯正。这些被称为伤痕美术的以写实表现整个民族忧伤的创作行为，抛弃了“文化大革命”美术虚假的“高、大、全”和“红、光、亮”虚拟模式，将目光对准普通人在这段历史中的生活场景，用冷、灰、暗的色调和细腻的笔触渲染记忆中的伤痛情感。程丛林的《1968 年某月某日·雪》、何多苓的《我们曾经唱过这支歌》等都是其中的代表作品。伤痕美术以有限的语言方式开启了新时期美术的情感表现闸门，将美术引领到关注人性深层感受的方向上来。与此同时，唯美画风在追求形式美、反对主题先行的旗帜下开始了对美术形式因素的张扬回归。袁运生的机场壁画《泼水节——生命的赞歌》、吴冠中的江南小景、靳尚谊的人体、人物油画使美术语言形式因素得到极度地突出。其间伴随着“抽象”“形式美”“艺术本体”的理论探讨，为新时期的美术形式和语言研究确立了地位。至此，中国美术界开始走出在政治话语中纯粹充当工具的命运，呈现出按艺术自治原则发展的趋势。

（二）星星画展和 85 美术新潮

1979 年到 20 世纪 80 年代早期的“星星画展”时期与早期朦胧诗交融在一起，成为半个世纪以来中国新艺术萌芽的标志。“文化大革命”结束两年多了，思想文化领域还一片僵化，一些早已渴望冲破牢笼的年轻人像地底的岩浆一样，寻找着喷发的机会。大概是受到了 70 年代初苏联年轻画家在莫斯科的美术馆外街头上举办画展（后来被勃列日涅夫用推土机铲平）的启发，1979 年 9 月的一天，他们突然把作品摆在中国美术馆外的街头，名曰“星星画展”。这是中国实验艺术的第一次大爆破。参加者大多是没有经过正规艺术训练、没被艺术院校接纳过的年轻人。其中较著名的有：艾未未、严历、栗宪庭、李陀、阿城、顾城……“文化大革命”后的人们被这街头奇景惊呆了，大群的人聚集。“星星画展”的影响是深远的，以后，中国实验艺术的枝叶越来越繁茂，虽然有种种砍伐，但风已把它的种子吹得到处都是。

从街头转入场馆，是这些实验艺术家所希望的，一年以后，这个愿望部分实现了，在一些半官方美术协会里的比较开放的评论家的支持下，第三届“星星画展”在中国美术馆二层开展，16 天时间里，有 8 万多参观者云集。从此以后，中国的实验艺术进入大众的视野，参与到社会运动中。但那时，大家都把这运动狭窄地理解为政治，艺术家也借用“文化大革命”语言说自己是“夺权”。虽然“星星画展”进驻到官方的美术馆展出，但它对官方和传统的美术系统的冲击就像它自己的展览一样是短暂的。紧随着这个所谓胜利而来的是10年的空白，直到1989年“中国现代艺术展”才重新出现在这个官方的美术场馆里。

时代并没有赋予美术领域足以相对独立发展的充分稳定的环境，随着85文化运动的兴起，它很快就被卷入了这场急风暴雨式的文化思想运动中。应该说，在85新潮美术运动的全过程中，语言的开掘尝试是一条显而易见的发展线索。在短短两三年内，当代美术演练了西方美术从古典到现代再到后现代近一个世纪的发展历程中几乎所有的语言方式。但是这些语言探索一开始就不是单纯的形式自治发展要求的结果，而是为了承载有别于“文化大革命美术”也有别于新时期美术的情感现实和精神指向。当这些情感和精神在85文化热中变得愈来愈驳杂、强悍时，美术的形式演进就被带上了旋转得愈来愈快的观念言说的魔盘，直至最后被甩出自己的轨道，成为各种文化、哲学观念干瘪的幌子和外衣。

85新潮美术运动的突出特点之一是群体和宣言的众多，写着不同道德理想和艺术主张的旗帜在彼时的美术界触目皆是。伴随着文化热潮中西方哲学文化艺术理论的大量引进，清算传统文化、呼唤现代人文精神成了美术界压倒一切的声音。理性主义的张扬者北方艺术群体就公开宣称：“我们的美术并不是‘艺术’！它仅仅是传达我们思想的一种手段，它必须也只能是我们全部思想中的一个局部”，在85新潮美术运动中突现思想和观念成为创作的第一要义。其中以北方艺术群体、红色·旅、池社及吴山专、谷文达等为代表的理性主义画家主要用西方近现代的理性、人文、个性至上观念反抗传统文化中的群体依从、避世退守等消极文化心理；以西南艺术研究群体、江苏新野性派等为代表的生命之流画家则接受了西方生命哲学和弗洛伊德哲学，对传统文化中的实用道德理性发起了猛烈的进攻。其中王广义、丁方、杨志麟、张培力、耿建翌、毛旭辉、张晓刚等优秀画家在宣扬其思想文化主张的同时，也对美术语言进行了有益的探索，留下了一批在今天看来也经得起历史考验的优秀作品。但是运动中产生的大部分作品，特别是85后①风起云涌般出现的反艺术潮流中的行为艺术、现成品艺术、陋室艺术，大都生搬硬套西方哲学、艺术的观念和形式，更有以获取新闻效应为目的的哗众取宠者混迹其中，使整个运动的后期呈现鱼龙混杂、泥沙俱下的混乱局面。

---

① 一般将85新潮美术运动高潮过后的美术活动称为“后85新潮美术”，它是比85运动更激进的反艺术潮流与回归本土、回归艺术性的潮流及后现代思潮的混合。

（三）“新时期”的美术实验主潮

在85美术新潮后续的大约十年里，“创新”成为一个最普遍的话题。尽管西方现代艺术在20世纪70年代已近于“死亡”，所谓前卫性和独创性，也不再是热门的议题，中国却在80年代举起这一大旗，并爆发出惊人的能量。美术批评家高名潞认为，这是由于完全不同的社会背景，20世纪80年代的中国需要精英艺术，艺术家则显然认为，具有独创性的前卫艺术便等于精英艺术。他们在很短时间内走完了新的长征，先是对西方出现过的所有流派的创作方法进行模仿性实验，继而满怀信心地自立门户。1985年前后，标榜为现代艺术的展览如雨后春笋，每个展览，乃至几乎每个参展的艺术家都发表了自己的现代主义宣言。比西方现代主义者要幸运的是，1985年前后中国现代艺术的实践者还没有遇到一个被金钱左右的中产阶级社会，无须像西方精英那样走入象牙之塔，从而保持着相当的纯真性。1989年于北京举行的首届中国现代艺术展览并没有玩世不恭的气氛，即使行为荒诞的艺术家，谈话中也常常提到“责任感”与“使命感”，他们仍本能地以理想主义者的姿态，陈述破除与重建的辩证关系。

三、1989年至1992年的美术思潮特征

这一时期的中国美术变迁是复杂反复的，但总体还是显现出成长的特性。20世纪80年代的改革开放与思想解放运动对80年代末期和90年代初期的美术变迁都有深刻的影响。

（一）现代艺术大展呈现的架下艺术主潮

20世纪80年代中期以后，全国范围涌现出了大量的模仿星星画派的艺术家，这些在“星星画展”时还是初中生的后起之秀掀起了著名的“85美术新潮”，这个运动囊括了大多数省份的艺术家和批评家，他们一味模仿西方的艺术形式和观念，报刊杂志上随处可见让人看着似懂非懂、但锐气十足的艺术文章，《中国美术报》更是以官方身份宣扬前卫，从美术院校的教室到公园里，到处都是实验艺术展示，这一点与上一阶段大为不同。

1986年，各省市的领军人物在珠海召开了一次现代艺术大聚会，会上商定1987年在北京举办一个国家级的现代美术展，但这个设想被随后而来的反资产阶级自由化运动而终止。在沉息的日子里，“85美术新潮”的领导人酝酿着一场更大的现代美术展。决定是1988年10月在黄山做出的，建议展出地点是中国美术馆，17位组委会成员大都是年轻的评论家。1989年2月，这个不

仅在中国美术史上，在中国历史上都将留名的《现代艺术大展》开幕了。

11时10分左右，来自上海的年轻女艺术家肖鲁与其男友、艺术家唐宋，朝自己的作品《对话》开枪，以完成预先设计的作品。《对话》是两个铝合金制作的电话亭，里面分别有一男一女等身大的在打电话的照片。电话亭之间是一玻璃镜，第一枪击中玻璃镜，第二枪擦过铝合金框边打中玻璃，两枪都没有留下作者想要的长条裂纹效果，仅仅留下两个不大的弹洞。“枪击事件”惊动了公安局，来了许多警察，气氛突然紧张起来，展览被通知暂停。“枪击事件”很快引起国内外新闻界的广泛关注，2月10日展览重新开幕，2月14日《北京晚报》、北京市公安局和中国美术馆分别收到用报纸上的铅字拼剪而成的匿名信，内容是马上关闭“中国现代艺术展”，否则在美术馆三处放置引爆炸弹。不排除有艺术家又在进行“艺术创作”的可能，但为了安全起见，中国美术馆全馆关闭两天。2月17日展览再次恢复，《中国美术报》也于当天报道了肖鲁和唐宋的声明：作为（枪击事件）的当事者，我们认为这是一次纯艺术事件。我们认为艺术本身是含有艺术家对社会的各种不同的认识的，但作为艺术家我们对政治不感兴趣，我们感兴趣的是艺术本身的价值，以及用某种恰当的形式进行创作，进行认识的过程。行为艺术本质上是一种具有强烈的社会性的艺术，通过现实允许的一个界线在社会生活中创造一个社会事件，以展开对人民的提醒，但前提是现实允许的一个界线，可是按照枪支管理法令等规定，现实是不允许的。《对话》及“枪击事件”成了此次展览最重要的标志和符号。“枪击事件”创造了一个极为特别的记录，但同时也使展览的其他作品“黯然失色”，很少被人关注，被媒体报道。冲击力强是行为艺术的一大特征，《大生意》也不例外。浙江的吴山专是85新潮中涌现出来的一位出色艺术家，他的《红色幽默》曾在85新潮期间产生重大影响，这次中国现代艺术展他要做的是一笔《大生意》，在2月5日展览开幕时《大生意》出现在了展厅，他使用的物品有一块小黑板、两个木板箱，一条长板凳和四百斤对虾。艺术家本人和购买对虾的顾客是作品的一部分。吴山专特意为此而打出了有趣的广告：“亲爱的顾客们，在全国上下庆迎蛇年的时候，我为了丰富首都人民的精神生活和物质生活，从我的家乡舟山带来了特级出口对虾（转内销）。展销地点：中国美术馆；价格：每斤9.5元，欲购从速。”美术馆成了“黑市”必然招来了经警的盘问，并打算没收吴山专的对虾，但他掏出了单位的介绍信，证明对虾是用于展览的艺术品，最后还是依法罚款20元，并要求停止售虾，吴山专将介绍信和罚款单往黑板上一贴，用粉笔写上“今日盘货，暂停营业”。吴山专为《大生意》作了两点说明，一是针对以美术馆为象征的艺术评判：在美术馆卖对虾，即对审判美术品的法院——美术馆的反抗。因为美术馆的这种权力，将导致美术品这一无“罪”的羔羊受到法律般程序的审判；导致艺术家作为现场的见证人出庭作证；导致时间浪费。二是针对艺术理论：在美术馆卖对虾，即对美术理论家的反抗，因为理论家评论美术品的权力，将导致美术品这一什么都不是的东西成为什么都是的悲剧；导致艺术家作为“货”的生产者到处推销；导致稿酬浪费。

《大生意》反映了艺术对理论的突破倾向，这种倾向包括在作者的动机当中，吴山专认为：既然在商品社会中“谁都可以在一笔生意中成名，谁都可以在一笔生意中成为万元户”，文化领域里也包含这种现象，《大生意》作为普通生活中的行为，艺术家无意去创造文化、丰富文化，但现实中，反文化的选择只能是一种文化的选择，1917 年，杜尚将小便池搬进了展厅，就是一个很好的证明，卖虾这一生意活动不得不转化为艺术行为，艺术家有目的地将“生意”放在美术馆，作为“生产者”必然是在对自己行为的推销，那么，他在对现实和理论进行批判的同时也包含着对自身的批判。

李山的《洗脚》、张念的《孵鸡蛋》、张盛泉（大同大张）等的《一个白衣人》等行为作品在观念上与《大生意》没有多大的不同，李山身穿红色衣服，双脚放入一个贴满里根总统照片的木盆洗脚。张念头戴小帽，肩上披写着“孵蛋期间，拒绝理论，以免打扰下一代”的纸衣，盘腿坐在稻草上。他周围的地上散放着十几个鸡蛋和写着“等待、等待”的纸片。艺术家面临的现实问题太多了，以致他们只能用自己的身体来尽快直接地反映问题。当一些对诸如社会、历史、现实、文化、生命、人类问题进行痛苦思索的艺术家不得不用自己的身体甚至牺牲自己的尊严来展示内心时，我们可以感受到一种特殊的批判方式，这种方式导致了文化成为反抗的牺牲品。

中国现代艺术展因为其中的行为艺术而引起了广泛非议，不仅是来自普通观众的批评（当然这是可以理解的），而且有来自艺术批评界的更加激烈的批评，简直就是在嘲笑和揶揄。显而易见，行为艺术家受到的压力是多方面的，也是极为难堪的，这跟当时中国特殊的文化背景和社会背景密切相关。从组织者的角度上去考虑，他们希望更多的观众以及官方能够接受行为艺术，然而事与愿违，理想之梦破灭。时至今日，也没有更多的人理解行为艺术。人们常常眷念传统的美术标准而执著于现代艺术作品，在旧的美术标准之下现代艺术显得丑陋、粗糙、脆弱、单调，它“在逐渐分离于实用的、形式性的美化功能，而直接诉诸人的理性和理性外的境界，在视觉形式的外表之下，揭示出人的本性，在人自身的感官授受之中，深化生命的状态”。

（二）“新生代”美术主潮

20 世纪 90 年代初期中国美术的发展与中国社会的发展是密不可分的。90 年代初，一批被称为“新生代”的年轻艺术家拉开了 90 年代中国美术的序幕。“新生代”即属“文化大革命”后改革开放时期成长的那一代人，即所谓“六八式”，具体地指 20 世纪 60 年代出生，80 年代念大学和毕业的一群美术从业者，这一代人在中国非常特殊，他们与 50 年代出生的人存在着精神断层。

1991 年 7 月，在中国历史博物馆举办了一个“新生代”画展，参展的艺术家大多是 20 世纪 80 年代末毕业于美术学院的学生。“新生代”成为 90 年代美术的一个重要起点。新生代艺术家的作品在风格上并不非常现代，他们基本上都是用写实的手法表现他们自己的生活，这与 80 年代现代艺术运动中的青年艺术家所追求的西方现代艺术风格完全不同。新生代艺术家大多是在“文化大革命”后接受的中学教育，80 年代末 90 年代初毕业于艺术院校，他们没有经历过“文化大革命”和“知青”生活，当他们走向社会的时候，中国已经经历了十年的改革开放，正处于由计划经济向市场经济转变的历史性时期。由于不同的经历，这一代年轻人没有知青一代的理想主义和历史使命感，他们对现实的生活更加敏感，更关心个人的生存经验和前途。他们在记录他们生活的同时，也记录了一个正在变化的时代，记录了正在兴起的都市文化和大众文化，他们是这种文化的接受者与参与者。80 年代流行的西方现代艺术风格不为他们所看重，他们希望用一种写实的手法来表现自己的生活和感受。这也正好与他们所受的学院教育相吻合，因此他们也被称为“新学院派”和“新现实主义”。1992 年 10 月，在广州举办的“广州油画双年展”承袭了 80 年代现代艺术运动的余波，又是新生代艺术的集中展示。同时也是首次在国内按照市场方式由批评家策划操作的大型全国性展览，这个展览标志着 85 现代艺术运动的结束和 90 年代艺术的开始。

新生代的成长期、思想形成期正是中国社会与文化的转型期。20 世纪 80 年代是一个国门刚打开的年代，是一个人们思想在长期禁锢后强烈释放的年代，也是一个充斥自由思想与理想的年代——精英文化乌托邦式的梦想泛滥成灾，这种不合中国社会发展现实的空洞的理想主义的幻想在现实中必然受到沉重打击。90 年代是一个物欲横流、贫困与暴富、股市、互联网与畸形发达的技术与消费的市场和艾滋病、吸毒迅速蔓延、功利主义泛滥的年代，更是一个社会迅速进步，人们对自身价值、活动发展进行关注与充满活力的年代。个人情绪与社会的猛烈冲突，更使得价值多元化和个人经验崇拜弥漫于整个生存观念中。在艺术领域，90年代之后的艺术变得更为多样且复杂。

从红领巾时代开始，新生代成长的每一步都是其理想主义不断遭受挫折与失败的历史，他们看透了伪崇高的假面，厌烦并识破了空洞而说教式的理想主义教育的虚伪性和欺骗性，年轻的知识分子在美好理想与社会现实的猛烈的冲突之后的个人情绪的表露，则是无奈的独执与散漫的休闲的交扭体现，而嘲人嘲己那痞子式的玩世是这种情绪的一种真实反映。同样，因失望而逃避现实的一切去关注自我，"月亮总是外国的圆"则是这种情绪的又一种真实的体现。因此，当我们今天重新认真地分析并完整地审视90年代出现的中国新生代美术，从整体意义上讲我们不难发现中国新生代美术出现了二种完全不同的艺术表现倾向：一个就是以北京为代表的北方新生代美术现象（或称具有北派精神的新生代美术），以一种近距离的异样的现实主义表现手法来反讽社会并形成一股群体思潮的新生代美术；另一个就是以上海、南京为代表的南方新生代美术现象（或称具有南派精神的新生代美术），作品在思想与形式上与西方现代主义有着某种学理上的联系，以关注艺术本体的研究与终极人文主义精神的新生代多元化美术。而将这两种新生代美术倾向区分并命名为北方新生代与南方新生代，不仅是因为出于地域上的考虑，同时也是出于对于中国南北地区自古以来所形成的文化特点（中国绘画自古便有南北之分）与新生代现实情况的思考。

在20世纪整个90年代，北方新生代美术现象是引人注目的。以刘小东、方力钧、岳敏君、王劲松、忻海洲、宋永红及钟飙、喻红等为代表的北方新生代画家如雨后春笋般地以异样的现实主义表现方式出现在那既保守禁锢又浮躁不安的中国美术界。他们以一种独立并传统、散漫而休闲的态度与情绪对待社会现实那无法抗拒的力量。重视对现时的把握而拒绝超越时代，反对典型与崇高，作品或以弄里市井生活及周围琐屑碎事为对象；或以一味玩主式的人生姿态去玩世调侃、嘲人嘲己；或以一种浮华艳俗的姿态逼近生活以回避自我失落的情绪。通过用平淡、无聊和荒诞的生活场景反讽社会。而在绘画语言上多以写实式的表现手法，近距离地表现真实生活。这股不约而至的异样的美术现象所汇成的思潮，在美术界必然引起巨大的关注。"玩世现实主义""泼皮幽默现实主义"（栗宪庭）"存在现实主义"（高名璐）"异样现实主义"（王林）"近距离艺术"（尹吉男）等就是美术评论界对其最恰当与真实的评价。北方新生代画家的认知过程是逼近社会的，表现手法则是现实主义的，而现实主义则是非常意识形态化的，一般具有明确与强烈的典型化程式，而北方新生代画家与其他现实主义画家的不同之处，则是以较为隐晦难测的面目与形式来表述思想，以一种拒绝现时的态度及非典型化的真实来反映自己现实的情绪。因此，从根本上讲，北方新生代美术是一种有着非常强烈意识形态的批判现实主义，是一种传统典型现实主义的衍生及政治边缘化倾向的体现。之后，政治波普及艳俗艺术的泛滥则更证明了这一点，反映了这些画家对于社会现实的强烈关注的本质，这是一种表面的拒绝与逃避和实质的介入，是一种呐喊与“入世”精神的体现。而北方新生代美术这种特征所凝聚而成的群体化现象，形成了一股较为强烈的力量与艺术思潮，则很容易被引起关注，但是否就能得出“这就是中国的新生代美术”这样一个结论呢？这种“只见树木，不见森林”的判断，不仅影响当代美术发展与研究的准确性，同时也将影响后人对这一特定历史阶段人文情绪的正确理解。

与北方新生代美术现象相比，南方新生代美术及其诸多现象远没有受到评论界足够的关注与重视。然而，作为一种客观存在的艺术现象，在20世纪90年代，特别在中后期直至现在，它还是不断地凸现在我们面前。从某种意义上讲，从80年代中期上海的新生代画家王子卫等即已开始了现代主义的实验性绘画创作，而1988年上海画家丁乙以《十示》为标题及符号元素的冷抽象作品在社会意义方面取得的成功（上海美术馆作品展），即已标志着南方新生代美术的问世。进一步成功的证明是丁乙作为中国当代艺术家走向1993年的意大利第45届威尼斯双年展。之后，南方新生代美术便逐渐形成壮大，其绘画的表现形式与北方新生代美术截然不同，是以现代主义的多元化面目出现的：丁乙、秦一峰的冷抽象是源于对线的秩序的经验的研究；乐坚、梁卫洲的表现主义则更多地是在探索人的精神命运；徐累的超现实主义绘画则是一种超越了时代对生存哲理的演示；葛震的新表现主义则是对超越意识形态的人类危害与丑恶的思索；毛焰、申玲的作品流露的却是高于客观存在的心灵表现；李磊的抽象表现又是理性的文化思考的感悟表露；王天德、张皓在传统与现代之间找到了笔墨精神的支撑；而王远则完成了视觉形式语言的设计性拓展……南方新生代美术是多元的、丰富的，但也是复杂的。从表象上看很难确定这是一个群体，然而一旦当我们透过事物的表象从更高的层面与本质去看、去分析与研究它，我们必然会发现这就是一个群体、一个具有文化意义的群体。

四、1993年至2000年的美术思潮特征

中国在这一时期发生了许多的成长性变化，中国美术于此也体现出了沉潜、酝酿、多元的特性。

20世纪90年代中后期，在文化界陷入徘徊继而转入沉潜状态的同时，另

一场意义的变革不事声张地在这块土地上悄然展开，这就是物质生存方式的逐渐改变。市场经济的全面展开和逐渐成熟使物质力量显示出人们始料不及的威力，金钱的作用开始渗入社会生活的每一个角落。消费成了新的时代生活主题，不仅家庭生活中越来越多地挤满了各种十年前、五年前尚闻所未闻的便利机器，工作之余人们已不再愿意研读、聚谈，而是涌上街头，加入花样不断翻新的娱乐洪流；书店里曾经是一代人精神食粮的诗歌、小说、哲学、文化理论书籍少人问津，热销的是各种光怪陆离的娱乐、游戏光盘；通信的迅速发展加快了整个社会的运转节奏，也改变了人们之间的联结方式，拓展了整个社会的视界，网络罩住越来越多人的生活，悠然散淡的抒情时代终于宣告彻底结束。

20 世纪 90 年代社会物质生存方式的改变渗透到精神领域，使社会文化面目也逐渐蜕变，最为直接显著的，是日常生活中道德观念的松动和价值取向的漂移。金钱和物欲侵蚀着原本单纯的社会精神理想，成为人们行为选择的另一标尺；新事物新观念的不断涌现和冲击使原本单一刻板的道德戒条变得灵活宽容；曾经坚定地捍卫精神理想和文化价值的知识分子，随着社会地位被新一代经济弄潮儿的取代，肩上承载着的社会责任感也逐渐分崩离析。无论人们的主观意愿如何，有实质意义的精神迁移是在物质生存方式变更的基础上才会发生的。在 90 年代滚滚的物质热浪的蒸发下，此前作为社会精神生活的主要内容的传统观念和古典情境，以及作为时代心灵的最后依凭的理想主义消失得无影无踪。90 年代是一个真正在精神和心灵上无所期待的时代，人们不仅从理智也从情感上接受了救世主的幻灭，不再愤懑、伤感。开始从真实的下界生活中寻找生存的根基与动力。

一方面，新的精神因素的悄然出现，逐渐侵蚀、改变着传统权威话语的内涵和面目。同时物质力量的迅速扩张挤压侵占了精神在人们生活中原有的位置和空间，社会观念体系变得灵活和松动，这在无形中消解了许多悬而难决的意识对抗与道德冲突，也使一些经多次文化论战仍无法决断的争端失效而成为假问题。另一方面，随着对外开放的逐步展开，在大量西方的经济技术与科技力量涌入国门的同时，各种异质的价值学说和思想观念也侵入原本单纯的传统文化肌体，对中国传统的文化格局产生了颠覆性的深远影响。新的社会文化力量的悄然生长与传统文化中陈旧规则的主动退场同时进行着。多方面因素共同作用的结果，是 90 年代“由意识形态权威来组织的社会正让位于一些由非意识形态因素来重组的社会，新的历史境遇恰恰是非意识形态性的。至少不是意识形态中心的”。在 90 年代的社会进展中，曾经为几代文化斗士追求的宽松的文化生存环境正在得以形成，这从多方面影响着 90 年代的美术面目。

（一）政治波普艺术的显现主潮

1993年在香港举办了“后89中国现代艺术展”，“政治波普”在这个展览上浮出水面，直至20世纪90年代中期，“政治波普”都是中国当代艺术中最重要的现象之一。简单地说，“政治波普”就是用波普艺术的手法和观念表现政治题材。波普艺术是20世纪60年代流行于欧美的艺术风格，是发达的大众文化、传媒文化和商业文化在艺术上的反映。80年代中期波普艺术传入中国，中国的前卫艺术家把它作为一种现代艺术风格接受过来。进入90年代之后，随着中国经济的快速增长，中国社会，尤其是在一些大城市，大众文化与商业文化也迅速发展起来，当代社会所提供的新鲜的视觉经验开始在中国当代艺术中反映出来。政治波普主要有两种表现方式。一类是85运动的参与者，经历过“文化大革命”的一代艺术家，他们采用波普艺术的手法来表达他们在“文化大革命”时期的经验，充满了对历史的反思与批判。在他们的作品中，“文化大革命”时期的标语、宣传画、政治口号以及历史图片、旧报纸和老照片等都作为现成品进入画面，改变了传统的绘画风格，更加直观表达了现实与历史的经验，在某种意义上说，它们是80年代的批判现实主义的延续。实际上，另一类政治波普的影响更大，这一批艺术家不是一般地描绘他们的生活，而是更为关注形式，这种形式已不是现代主义的形式主义，而是敏感地反映了大众文化时代的视觉经验，尽管这时的中国社会正处于向当代文化转型的时期。政治波普的作品大量搬用公共图像的方式，采用公众熟悉的公共形象和符号，不仅具有视觉的冲击力，而且也更适合逐渐习惯于当代视觉文化的公众的接受习惯。政治波普的艺术成就主要体现在对当代视觉文化的反映，但其题材在90年代前期的特定历史条件下不可避免地带有殖民文化的背景。从政治波普分离出来的“艳俗艺术”更多地采用了流行文化的视觉手段和视觉形象，从特定的角度反映了流行文化对公众生活的影响以及传统文化的危机。

20世纪90年代中国艺术的主要特征就是前卫艺术的本土化，不论是新生代还是政治波普都不是像80年代那样直接搬用西方现代艺术的现成样式，而是立足于现实的中国经验。1993年在北京举办的“中国美术批评家年度提名展（水墨）”拉开了实验水墨的序幕，在其后的几年连续举办了几届“表现与张力”实验水墨画展，使得在现代艺术运动中一度沉寂的水墨画显示出强劲的活力。实验水墨虽然受传统媒材的局限，不可能直接反映当代视觉文化的特征，但它承载着传统的重负，在探索传统文化与现代化的关系上具有不可替代的意义。一批以中青年为主体的实验水墨画家构成了传统水墨画变革的最新锐的力量。

从20世纪90年代中期以来，现代雕塑的发展也引人注目。长期以来，雕塑的创作总是按照两个方向进行，一个是实验性的室内雕塑，个性的表现与现代主义语言结合，很少有进入公共领域的可能；另一个是城市雕塑，虽然随着城市建设的发展出现了繁荣的景象，但大多数作品是迎合公众趣味的唯美的雕塑，即使是那些抽象的金属作品。到90年代后期，现代雕塑开始从室内走向公共空间，尽管这个公共空间还是指城市雕塑、指在公共空间的雕塑展览，一些有创造性的艺术家没有让他们的雕塑观念停留在现代主义的阶段，而是充分吸收了后现代主义的观念，在题材上反映了当代社会的紧迫问题，关注生存，关注环境；在形式上吸收了装置艺术的观念，将日常生活的现成品与雕塑结合起来，这样进入现场的公众更能从自身的经验中感受艺术家所提出的问题。

公共艺术的发展预示着中国艺术的新趋势，更年轻一代的艺术家开始利用现代图像的制作技术与方式，如摄影、摄像、计算机图像和信息技术等，来表达自己的艺术追求与生活方式，他们可能是将中国艺术引领到网络时代的一代人。

（二）美术开始摆脱了工具主义命运

美术作为文化等斗争工具而存在的命运因文化生存环境的宽松而得以拨正，使其能够逐渐疏离功利主义的焦虑而以从容健康的创作心态回归艺术本体，使美术的自治成为可能，这既是20世纪90年代美术健康发展的重要前提之一，也是其特征之一。

（三）多元化美术格局成为可能

文化环境的宽容，带来了美术生存和发展环境的宽松，这使不同面目、不同性质的美术方式都能获得存在、试验与发展的可能与空间，彻底改变了在权力话语专制下的一元独尊的美术状况。这使20世纪90年代成为一个世纪以来的中国美术样式、语言、风格、技法最为多样的时代，使中国当代美术发展真正进入了多元化时期。

（四）艺术全球化的自在吐纳

在逐渐宽松的文化生存环境中，20世纪90年代艺术家能够以更健康的心态对待传统文化与西方文化的影响，对本土艺术精神和西方艺术观念的继承、吸收、借鉴、取用甚至拿来都逐渐正常化。不仅创作者对西方艺术观念的学习和借鉴能够处之泰然，批评界也鲜有动辄痛心疾首、挥舞大棒者。而近十年的美术实践也表明，真正正常的交流不仅不会使我们与传统割断联系、成为西方的翻版，自由的选择、对比还会更快地促使我们走出古老禁闭的神话，寻找到属于现代也属于自己的言说方式。

（五）新的时代责任和文化使命的出现

文化生存环境的宽容也意味着不同面目和性格的精神力量的共生共存，这使 20 世纪 90 年代成为一个充满问题、疑惑，也充满各种可能性的年代。当代美术作为时代精神的关注者，如何以自己独特的方式为当代文化提供建设性的意见，是时代的期待。尽管今日艺术家已不可能再扮演当代社会的精神导师，但关注人类心灵安顿和精神生存状态是艺术家不可推卸的社会责任。事实上，90 年代美术实践亦证明，宽松的艺术创作环境使当代艺术家“以艺术语言的个性化再创造和重组，以艺术创作主体的个人角色的自我认识和自我完善，以艺术语言的不同话语和艺术家个体的不同角色之间的相互差异性，进入了一个单个的人的时代……并以此同处于网络中的其他社会个体和群体产生辐射影响”。

五、2001 年以来美术思潮的特征

此处截取 2001 年到 2005 年作为对新世纪中国美术现象及思潮的观察对象，中国当代艺术在这一段时间里仍然呈现出匀速扩张的发展趋势。即这一时期中国美术思潮具有应变、占位与多元、稳健的特性。这么说的主要原因在于，这里面有一个渐渐脱离左冲右突的“困兽”角色的过程。当许多疑问、许多矛盾在世纪末和世纪之交终于不可抑制地以各种、包括极端的方式爆发出来后，人们被强迫着去思索一个问题：中国当代艺术的“健康方向”和“底线”问题。这听起来好像违背自由创作的精神，可如果搞不清楚这两个问题——事实上：正是因为对这两个问题没有概念，才会引发出这么多的极端艺术事件(很多在其有无价值上尚值得怀疑)，以及在艺术评论界所存在的混淆不分的状况。在这里，并不是要确立起一个宇宙中心似的普遍标杆，而只是要求艺术家个人对其创作进行衡量。观众没有理由要求艺术必须服从于什么条框，但是观众有理由要求艺术家对其创作负责。

同时，新世纪的到来不仅仅是一个时间上的变化，随着艺术理论、艺术批评、艺术市场的角色互换地位沉浮，中国当代美术思潮也进入了一个新的历史阶段。在这个阶段里，如何应变当代文化的冲击与寻找自我的艺术坐标——可以说，对于这两个问题的思考和探讨，贯穿着这几年来普遍的艺术创作。

2001年的中国当代美术被关于“前卫”派的话题所充斥。2001年作为官方展览的成都双年展展出了部分前卫艺术作品，所幸并未引起大的争议。在这里这么说，是因为2000年前卫艺术界的激进事件几乎引起了全社会范围的声讨，直到2001年中国评论界还在对前卫艺术的发展前途进行着针锋相对的论战。大量的批评文字出现在媒体上，其中不乏“中国前卫艺术的穷途末路”“病态？畸形？”等旗帜鲜明的大题目，可以说是针对2000年前卫艺术界的大批判。

一些人断言，中国当代艺术在新世纪面临着寸步难行的危机，已经无法生存下去。这一年对于当代艺术是一个相对沉默的阶段，除了在北京、成都、西安等地的几次小型的活动外，很多作品、计划都在筹备中，而并没有急于面向已经对此话题变得敏感的社会。一批前卫艺术家们找到了一条新的方向：“新媒体”艺术，在这一方向中，电视艺术、录像艺术、网络艺术等成为真正的主角。比如：3月，邱志杰策划《后感性：狂欢》展，并在《新潮》上发表《狂欢：后感性作为一种方法》《后展览时代的预感》，展开对现行展览文化的批判；同月由陶永白主持的“2001年北京新世纪国际妇女艺术展”在中国美术馆展出，参展艺术家有中国女性艺术家和14个国家驻华使馆的夫人和女外交官艺术家参展，共60余人。6月《新潮》杂志出版，总策划为栗宪庭、吴文光、邱志杰，主编是邓序波，年底停刊。同月刘骁纯策划并主持赴巴西“中国当代绘画艺术”展。7月，邱志杰组织《声音2》展览，发表《中国发音》等文。9月，邱志杰组织《报应》艺术活动；同期，鲁虹、孙振华策划的《重新洗牌——“以水墨的名义”当代艺术展》在深圳展出。3月至10月，栗宪庭策划《12花月》《死亡档案》展览。11月，王林策划并主持的《旋转360°——中国方案艺术展》在上海海上山艺术中心展出。此展为王林策划的《中国当代艺术研究文献资料展》第6回展。参展艺术家85人。12月，以“被移植的现场”为主题的第四届深圳当代雕塑艺术展于12日在何香凝美术馆开幕。本届雕塑展由何香凝美术馆和法国外交部艺术行动协会共同主办，黄专任艺术主持。共有10位中国艺术家和4位法国艺术家参展，其中黄永砯的装置作品《蝙蝠计划》（按原大尺寸复制美国“EP—3”飞机的机尾部分）“因涉及敏感的政治问题的原因”而未允许展出，报道说，艺术家“被删除出这个展览的过程非常暧昧”。12月，深圳国际水墨画双年展组委会举办“深圳国际水墨论坛”；刘骁纯策划并主持“2001西安国际抽象水墨画大展”。此外，水天中论文集《历史、艺术与人》由广西美术出版社出版，其主编的《20世纪中国油画》第一卷出版。郎绍君文集《守护与拓进》、彭德专著《走出冷宫的雅艺术》、李小山专著《阵中叫阵》、鲁虹主编的6卷本画册《中国当代美术图鉴：1979—1999》及《现代水墨20年》、易英译著《艺术与文明》及专著《学院的黄昏》等重要理论书籍纷纷出版。

2002年比较大的举动是广州三年展，“回顾与现实”部分有刘征的《国人》系列、袁冬平的《精神病院》系列等；“环境与个人”部分有尚扬的《大风景》、庄辉的《集体照》系列等；“本土与全球”部分有吕胜中的“小红人”和黄岩的邮件艺术；“继续实验”部分有王晋、顾德新、艾未未……展览中一些作品大家比较熟悉，像吕胜中的一贯符号“小红人”之类；很多参观者似乎对王晋的作品《我的牙》颇感兴趣，几块巨型的作者的牙模立在那里，多少带有一点后现实主义的味道。正如前面所说，广州三年展作为当代艺术与官方的合作，使当代艺术在国内以正规化的姿态面对社会，对于民众舆论多少有一定的导向作用。广西自从2000年的斜阳岛行为艺术展后，也不再沉默，在2002年也有了新的活动，像5月有石向东、周少波等人的“1频道”实验艺术六人展，主要借助影像、多媒体装置的形式，显示出探索、实验性态度；在成都也举办了新锐艺术系列周展。岳路平、周卫华等一批西安艺术家到乡村做了“大礼拜”观念艺术活动，意图向民众普及和推广当代艺术，抛开作品不谈，单在这一点上，倒是很令人回想起“艺术服务于大众”这句口号。丁方3月在中国美术馆办了个展，作为通州艺术家群体中的一员，他选择一种质朴、有张力的形式来表现出与众不同的独特的厚重和力量感，他的存在似乎总能引起人们对于85美术新潮的话题。抽象绘画在这一年有上海刘海粟美术馆的2002抽象艺术群体展，展示出一种典型的上海文化特征。“丰收”当代艺术展算是2002年的一个大动作，展出了像黄永砯、徐冰、展望、顾德新这些人作品，大多采取的是装置、行为、影像的方式，也有极少数架上绘画像钟飙的一系列布面丙烯作品。其实中国当代艺术一直存在着非架上的极多样的形式，像栗宪庭所说是“西方现代艺术的冷拼盘”。这其中在社会上比较容易掀起议论的总是行为艺术，这是个敏感话题，对于行为作品的鉴赏和评论基本上只存在于艺术行业内，而对于公众来说行为艺术家们不外乎是疯子或是作秀者。

2003年对于中国大众来说最大的话题莫过于SARS（非典型肺炎）。这一年赵半狄十分活跃，在4月创作了《阻击非典保卫家园》的宣传画；又在11月夹着“熊猫”告上了法庭，理由是《北京晚报》和《世界知识》在刊载这一作品时的侵权。后者随之被很多人看做是赵半狄的另一件艺术作品——而从理论上讲也确实如此。不过在非典时期并不是每个人都把目光投向SARS，像罗氏兄弟就展开了为期一年的观念行为作品《看杜尚下棋》。这又是一件长征式的作品，探讨等待的体验。中国美术馆举办了“开放的时代”展览，展出了展望等人的作品；同时在北京大山子艺术区也举办了“左手与右手”的展览。年底高氏兄弟的一件行为艺术作品“在北京一天能走多远”在社会上影响比较大，从图片和文字叙述中可以感受到艺术家对于社会的人文关怀，令人感动，在公众中也引起了很大回应。虽然《拥抱》作品的落空令人稍觉沮丧，不过这几年高氏兄弟仍然保持着匀速而平稳的步子，做了几件作品、出了书，写了很多文章，将路走得踏实，并且拥有一种少受圈内风气所左右的立场，体现出艺术家的本位。曾因2000年在公共空间举办《人与动物：唯美与暧昧》展而在社会上大受批判的顾振清在年底又推出了精彩的展览“左翼当代艺术展”，像方力钧、顾德新、黄永砯、孙原＋彭禹、周啸虎、庄辉等在艺术界很活跃的艺术家都参加了展览，展览对“左翼精神”进行了宣传，只不过这次地点从公共空间转移到了左翼公社。

2004年上海双年展以“影像·生存”为主题，大量展出了多媒体装置和影像作品，展示了一种现代科技和社会发展的时代感。上海双年展在国内大型官方展览中一直保持着比较前卫的立场，而其参观人数的不断增加也在某种程度上印证了当代艺术在中国的发展趋势——虽然仍然不能被完全理解，但在公众中已经具有一定的影响力。这也在侧面提醒人们，在中国的环境下，当代艺术通过与官方合作的较为正规化的途径对社会审美进行渗透，是可以循序渐进地形成社会基础的。这需要共同磨合。其实近两年这一趋势已明显表现出来了，像深圳美术馆推出了深圳青年实验艺术展，马楚、冯小瑞、邓荣斌等人都参加了展览；还有作为中法文化交流年的最大一次中国现代艺术展“里里外外”，人们注意到顾德新、谢南星、孙原、彭禹都参加了此次展览，孙彭二人此次作品是《大型粉笔》，倒不再像之前那么挑战人的生理反应了；可惜他们自“不合作方式”展览后的不少作品反而不被社会所关注，人们的视线仍集中在那次行为事件的“极端”上。在北京“中国影像绘画展”展出了李松松、石心宁、徐文涛、张大力、颜磊、钟飙、谢南星等一批长期借助公共影像进行创作的画家的作品，将这一现象划分为群体树立了概念方向。对于公共影像的复制、幻化是近年来架上绘画中的一个比较热门的类别，这一方面取决于艺术家的创作理念，即通过这种方式有效地在公众心中达成共鸣；另一方面也印证了时代发展的趋势——对于新媒体的使用。海外，徐冰在英国做了一件有意思的作品——“9·11”尘埃，弄点双塔楼废墟的尘埃一铺，写上两句中文诗，获了个世界艺术奖，评审们形容他是“一位擅长于表现语言的微妙如何影响到文化差异的艺术家”。

2005年无论对官方还是对艺术家个人来讲，都是繁忙而鱼龙混杂的一年。作为官方惯常的一个大举动——北京国际双年展，并没有受到什么好评。相反倒成了一些人的靶子。此届双年展似乎没有多少“新”艺术的影子，多数作品采取了常见的老形式，整个布展呈现出一种有点奇怪的姿态。有说法“双年展越来越政治，外围展越来越商业”。威尼斯双年展成立了中国馆，还未开幕就已经吸引到各方面的关注。而作为在世界范围内都很有名气的官方展览，它在社会上的影响力自不言而喻；在中国官方已经公布出来的代表艺术家名单里，可以看到因2000年的激进行为艺术事件而在社会上掀起激烈争论的孙原和彭禹的名字。5月北京的大山子艺术节吸引了不少观众、各类媒体还有很多国外的收藏家去看，表面上看起来似乎比去年更加热闹了。798厂这一当代艺术据点早已被外界形容为是“北京的SOHO区”，而这个地区的文化立场，也已经成为北京当代文化现象的一个缩影。2005年的行为艺术举动有通州艺术家们举办的第三届大道现场艺术节；宋庄举办了宋庄艺术合作社第二届视觉艺术展，仍然是保持着一贯的出新和试验的态度；方向上并没有突然的转变。云南的一个艺术群体以“后叙述学”理论做了一系列活动，要求艺术家在展览现场中的所有行为必须是倒着进行——以类似宣言的方式提出自己的立场，并且很明确地分离出“后叙述学”的概念；这一“围绕着既定艺术理念进行创作活动”的现象倒正是代表了现在相当一部分艺术家创作的倾向，而这种“脚本创作”被认为是不利于发展的，反而容易陷入形式化。

总的说来，新世纪以来的中国美术思潮具有多元化、稳健性的特征。

第二节　中国当代美术思潮的启示

一、中国当代美术思潮的核心命题

中国当代美术思潮以艺术探索与变革的形式承载了文化批判和思想解放的重任，带着他治的镣铐演绎了一段自治的舞蹈。艺术家对文化、哲学观念的过分推崇使他们疏于语言形式的深究细琢；作为思想家，手中操持着的感性言说方式又使他们在观念演绎的途中只能浅尝辄止，于是等待他们的只能是不伦不类的尴尬位置。

尽管如此，中国当代美术思潮仍然具有多方面的深远影响。

它的演变确立了当代美术作为文化批判与重建之一员的角色地位，其自身实践是对这种角色意识的极端张扬。“文以载道”尽管是中国传统文化中艺术的主要使命，但在这一古老文化渐至成熟也渐至僵化的过程中，“道”的内涵也愈来愈狭窄，直至等同于统治阶层的权力话语。当代美术将批判矛头指向传统文化、舶来文化、小资文化等，就是要恢复文之所载之“道”的原初意义。它不仅是某一集团、某一阶层的价值取向和趣味标准，而且还是一切合乎民族发展要求、富有健康活力的思想主张和文化精神的集合。因此，当代美术思潮具有浓重的文化关怀倾向是必然的。事实上，艺术家的文化关怀不仅是一种文化发展策略，更是美术作为人的精神显现方式这种特殊属性的必然要求。“何时艺术不是谈论艺术本体，而是谈论人的问题的时候，则是艺术自身的光复。而从社会功能角度讲，艺术扩张这一文化战略具有将艺术与人类生活和精神真正结为一体的重要意义。”85 新潮美术运动是一个极端的例子，证明特别是在文化蜕变时代，艺术不可能是自足的文化存在，担当理想与道义是它无法回避的使命和责任。尽管 20 世纪 90 年代美术曾一度出现远离深度思考和意义追问的迹象，但文化责任感作为一种强劲的美术发展潜在动力从未从当代艺术家的意识中消失。从 90 年代中后期开始，美术界中逐渐回流的批判意识就是最好的证明，而这正是 85 新潮美术运动精神的延续。

二、中国当代美术思潮提供的价值与观念

(一) 走过与反思

回顾近半个多世纪的中国美术史，可以看到在各个国家的艺术史上都很普遍的现象，那就是不同历史时期新的物质与精神现实决定了其艺术观念、艺术成就的真正走向。概括来说，中国当代社会从以下三个方面对其时代的美术思潮及整体面貌发挥作用。

1. 新社会形态美术的角色转换

以 20 世纪 90 年代为例，曾经高高在上进行精神训谕的先知美术不再有效，放下架子、回归生活，甚至充当感官娱乐的角色，是今日美术生效的必要前提。平民化，是 90 年代社会文化现实对美术的首要要求。这一要求影响了 90 年代美术的题材选择、语言方式及精神指向的尺度把握等诸多方面：日常琐屑生活场景及感受的大量入画，写实主义的回潮甚至泛滥，作品精神向度的浅表化，甚至某种程度的媚俗倾向的出现，都是现实文化逻辑使然。

2. 当代文化影响美术观念与媒介的变化

物质现实的积累给了艺术创作接受者以多方面的准备，使大量新鲜媒材进

入美术界语言视阈。如果说85新潮美术运动中各种行为艺术、装置艺术、实验艺术只具观念冲击的文化策略意义。那么进入20世纪90年代，架下美术的发展便真正获得了自己的现实根据与可能。其中雕塑的快速发展、装置艺术在90年代中后期的渐成主流、视像艺术的被广泛接受，都与时代现实中物质生存方式的变化直接相关。85新潮美术运动过分观念化、工具化的倾向，及这种倾向导致的最终失去存在合理性的结局，曾经给90年代美术极大的警醒：即使是当代的观念运动必须遵守艺术自身的游戏规则。如果彻底撇开美术的艺术限度与要求，结果将不是观念的突现，而是观念与形式一同坍塌。在这次美术运动渐趋退潮之时，理论界曾有多侧面的深入反思："这个'现代梦'搅得我们身心不宁。焦灼、躁动、急迫、喧嚣、臆想、梦呓，都不能使我们真正地凝结文化成果。还是要用真实的生命状态、深刻的内心感受和有效的创作方式去建构鲜活的精神世界。"90年代初，新生代画家们的一句话——"画画就是画画，活儿要地道"，看似简单却能代表后继者对85新潮美术的反省和思考。90年代回归艺术本体、关注现实生活与当下感受、注重语言研磨的美术潮流正是这种反思的具体化。

3. 全球化时代的艺术市场

2008年8月2日，美国钱波画廊开幕展在"798"举办，伴随着世界各大画廊、收藏家落户中国的大潮，中国当代艺术市场在全球化时代中前进着。在当代高科技和发达的传媒作用下，当代艺术既可以借助媒体进行广泛和快捷的传播，也可以运用新媒体直接进行创作。当代艺术与新媒体的互动关系是历史发展的必然，但每一种新媒体和新艺术形式的出现并不能降低或取代传统艺术形式的价值和功能。艺术家的不断创新和世界美术的发展并不是简单按照进化论模式所描述的线性发展的轨迹前进，更不是以西方艺术的发展模式为指向不断趋向统一，而是在不同的文化传统基础之上艺术家自身对当代文化语境的独特体验和感受的表述。世界各国的艺术家既深受自身文化传统的浸染和影响而表现出其地域性的特色，同时也处在国际文化大背景的当代性（同时代）之中。

（二）创造与发展

随着经济开放政策的实施，自20世纪90年代以来，中国摆脱了独立于世界一隅的形象，开始全面融入越来越一体化的地球。经济交流的频繁疏浚了通向世界的渠道，也为文化交流带来了极大的便利。应该说，这是近半个世纪以来中国美术界在对外交流方面最为自由的时期。更多的西方美术家和他们的作品有机会进入中国；更多的国内美术家有机会走出国门，去世界各地的美术馆研究西方美术史上的精品；更多的国际艺展中开始出现中国艺术家的身影和声音……诸多畅通的交通渠道给中国当代美术带来了多方面的积极影响。

1. 艺术流通渠道快捷与多样化

在对西方美术观念、技法的借鉴中，全面深入地研究是有选择地取用的必要前提。从90年代以后的美术实践中我们也看到，85新潮美术运动中那种西方美术表现技法与内在理念的生硬搬用状况有了相当大的改观。艺术家们在对生活的介入，对当下现实的关注表现中运用的西方语言媒材手段与自己的现实情境间显然有了更自然贴切的融合；观念与技法的学习借鉴更多的是积极有效地表现了作品的内涵而不是限制。这种艺术创作中学习、借鉴的自由境界的获得，的确得益于文化交流渠道的畅通给艺术家带来的宽阔视界。

2. 美术外部生存运作机制的引进

其中最为突出的是艺术市场观念的树立和初步实践。美术活动中利益因素的出现首先是物质生存方式改变的结果：市场经济的无处不在，物欲力量的逐渐强大为艺术市场的形成提供了时代背景。而具体操作方式与运作模式的建立则主要得益于对外交流中域外美术市场的介入。艺术家的创作及作品进入市场曾一度引起美术界与批评界的激烈争论。市场派认为作品通过市场实现和确认自己的价值是现时代美术得以生存的唯一方式；反对派则坚守艺术无功利原则，认为市场化是艺术的媚俗甚至堕落。理论的争吵并未找到当代美术的最终出路，倒是在逐渐推进的市场实践中，利益化与非利益化的创作和作品都渐渐接近了自己适合的位置。专为市场销售而进行的艺术生产与执著于语言表达和精神诉求的作品都健康地生存下来，也许这正是未来美术存在的健康格局和最佳方式。事实上，经过对社会文化现实的梳理，我们发现，是转变了的中国社会文化状况为当代美术提供了新的现实发展可能，使它终于摆脱在理论对抗与文化冲突中无处落脚的尴尬境地，走上了外治与自治的双重规范下稳步发展的道路。

三、中国当代美术思潮留下的问题

（一）传统与现代性的困惑

改革开放以来中国美术整体的文化理想主要落驻在“现代性”这一命题上，美术各种门类所展现出来的从观念到语言的变化，都鲜明地反映了一种集体的现代意识。历史性地看待这种状况的成因，大致可以归纳为两个方面。一方面，是过去百年来中国文化心理积淀起来的“现代”理想或者说“现代”情结。中国社会变革和发展的历程提供了以新代旧的现实成果，中国美术自身所积累起来的历史经验也主要表现为不间断的“创新”蓝本。随着社会变革进程的加速，这种惯性思维获得更多的机遇，使得美术这种视觉造型语言愈发追求日益图“新”。另一方面，随着西方艺术的大量引进，西方现代主义以“新”为目标的思想观念也相当强劲地影响了中国美术家的创造动机。在相当长的一段时间里，中国美术在承袭传统与吸收现代的两种取向中更多地表现为趋于后者，在自身的感觉感受与外来语言样式的碰撞中，也更多地表现为“自身”受制于“外来”。现代哲学和文化中的“中心”“整体”“体系”等终极价值观念对美术创作的基本观念产生了主要的影响，注重自我表现、张扬生命本体和追求个性语言等现代意识成为美术创作的主要动力。应该说，这个时期的中国美术新态迭涌、多样并存，是历史的最好时期，但是也显露出受到西方现代艺术逻辑影响的问题。

世纪之交的新时期，标志着中国美术变革的现象从对“现代性”的诉求转变到对“当代性”的陈述上。这是一个新的变化，是中国美术更加贴近现实和更加全面展开各种探索的发展。这里所指的“当代性”，不再是一个历史时间的指向，也不是某种集体经验的表达和艺术语言的极端走向，而是基于当代中国社会丰富的现实和整个世界艺术变化新的特征所展开的多样的“当下”感受和实践。从“中国现实”和“世界变化”这两个方面看，“当代性”是真实的和具体的。第一，中国“都市化”的脚步越来越快，都市生活、都市空间、都市文化现象以一种崭新的文化属性成为艺术观念变革的温床。正是在“都市化”的急剧变化过程中，艺术家的思想观念和心理感受都更加地贴近现实，回到现实的生活状态和现实的文化语境之中，从自己个人的立场和视角出发，表现自己所看、所思、所感的生活片段与精神位置。在这方面，西方“后现代主义”作为一种文化现象，也给中国艺术以参照和可资对接的条件。经过近80年“现代主义”时期，西方艺术在20世纪80年代出现了转向，这种转向的外部条件是西方发达国家进入后工业社会和信息化时代，由此带来新的综合的艺术景观。原先“流派”更替、“主义”指向明确的线性发展，转向了平面的、综合的文化格局；原先艺术样式与语言风格的西方中心主义，转向了吸纳多种文化来源的文化多元主义。新的艺术观念与已有的艺术观念相互融合，现代的艺术手法与传统的艺术风格重新嫁接，大众文化与精英文化的鸿沟正在消除，不同国家之间的文化心理距离也正在缩小。这样的国际文化情形，为中国美术提供了一种摆脱线性思维、立足自身现实和文化传统进行创造的新的可能性。

第二，伴随着经济上的“全球化”进程，文化上的“全球主义”趋势成为新的文化挑战，甚至成为世纪之交国际艺术图景发生戏剧性变化的动力。对于像中国这样的发展中国家，影响无疑是巨大的。中国美术在这个时期所面对的外部文化环境不仅是“西方”的，而且是包括自身在内的“全球”的，这种矛盾和冲击就远比西方艺术在20世纪初遭受自己内部的“新艺术的震撼”要强烈得多。因此，警惕文化上“全球主义”对民族国家文化的侵蚀和整合，在艺术上既坚持“本土性”的文化内涵，又探索美术的“当代性”，就成为中国美术面临的新课题。客观地看，“全球”与“本土”两种文化张力，也为形成中国美术的时代特征提供了新的契机。尽管“当下”的特点和“当代性”的性质还是一个没有确切答案的课题。但是，艺术上的实践已经走到了前面。

当代中国美术发展的现代性问题已经包含了后现代主义的内涵，对后现代社会的文化我们还没有更多的认识，从后现代文化的角度重新认识前工业文明的价值也是新的文化课题。因而中国美术的现代发展既要清理传统文化中的落后因素以适应现代工业社会的发展，同时又要充分认识现代化自身的盲点和局限以推动社会和文化的健康发展。以工业化为主要特征的现代化带来了人对自然资源的掠夺开采，带来了科技理性对人性的异化和精神家园的失落，当代西方社会已经呈现出后现代社会的特点。开始了城市郊区化的进程，生态主义思想萌发。后现代社会人与自然关系的重新调整使追求天人合一的中国传统文化重新找到与当下社会的契合点。和谐社会的理念既源于中国古老的传统智慧，也有现代发展的现实依据。人类社会的螺旋式发展决定了回归与复兴往往成为前进的一种方式。

（二）艺术与商业化的博弈

按照苏富比拍卖公司的调查，20世纪50代至今单件作品成交超过百万美元的中国艺术家已经占到全球此类总数的32%——以“压倒性”的优势居世界第一——从星星画展算起也才磕磕绊绊成长不到30年时间的中国当代艺术作品，却能屡屡拍得比西方现代艺术史大师们的作品还要高的价格，这在令人咂舌瞠目之余，不禁也暗自纳闷：“走出去”的中国当代艺术究竟是触到了西方艺术系统的哪根“龙脉”，而获如此垂青呢？中国当代艺术的卖相到底是针对于何、针对于谁的？也就是中国人需要中国的当代艺术吗？需要的话，是什么样的？……最后回到了一个源头问题上：中国当代艺术的标准是什么？

目前中国当代艺术的评判标准集中在三个方面，即：学术标准、艺术标准与市场标准。学术标准的关注点在于文化选择与史论比较，尝试通过论证某种

"历史发展规律"来对当代艺术在艺术史上的地位作出近乎误导的评判；艺术标准的关注点是艺术本体论的问题，即其艺术形式与最本身、直观——恰也最"不可靠"的艺术价值，其包含了艺术领域的多元非"成文法"；市场标准的关注点则是艺术的成交记录与增值空间，直接挂钩于"孔方兄"，而这一标准毋庸置疑正牵引着整个中国当代艺术与艺术市场的大方向。

作为中国当代艺术购买方的收藏者、投资者，与作为主体与鉴定方的艺术家、评论家，到作为交易方的经销商、拍卖行……个人、机构之间的立场与利益关系的不同，使得当下中国当代艺术的评判标准产生戏剧化的交叉现象，其关键问题在于缺乏评判的"共识"。对于中国当代艺术市场来说，在缺乏共识的前提下，相互交叉的三重评判标准，显然是一个比较危险的潜在问题。而这"共识"的达成，终将所有问题推向最敏感的一点——文化权利，或者艺术权利。

诚然，艺术本身并不存在绝对的标准，即无所谓"成文法"，这点尤其针对当代艺术。有关标准问题的讨论，实质上是关于文化的话语权力的讨论；对什么是当代艺术的追问，就是对于西方中心主义的权力话语的挑战。作为非社会生产力的创造者，中国当代艺术对话语权的抢占并不直接挂钩于"中国经济的迅速崛起""中国国力的日益强盛"……从另一面来看，这种"话语权"，又是另一种形式的"文化殖民"，中国当代艺术的评价体系基本上是按照西方的观念和西方的价值标准建构起来的，并借用市场进一步推广和强化这种观念和标准，中国当代艺术仍然只是西方的附庸，而缺乏文化上的主动性。

有关什么是中国当代艺术的问题，其实首先涉及的是当代艺术的定义。在西方国家，当代艺术已经成为西方艺术史语境中的一个部分，因此，大多数生活在那个语境中的人们非常容易了解什么是当代艺术——它既是阶段性艺术在编年史上的延续，又伴随着新观念、新思潮的不断发展。西方中心主义的话语强权使得许多人认为当代艺术只有一个西方标准。中国当代艺术也面临同样的窘境，有些年轻的艺术家甚至提出了所谓"当代艺术本土化"的口号，认为西方当代艺术引进后，应该有一个"中国化"的过程，就像当年引进 IBM 和微软，先引进，大家都用上了以后再加以"汉化"。这无疑是把中国当代艺术看成是西方艺术的"技术引进"。如果我们承认西方当代艺术是西方艺术史的自然延续。那么，我们也应该把中国当代艺术看成是 20 世纪中国艺术史的自然延续。承认这一点，就等于承认了当代艺术不是唯西方的，每个国家都有自己的当代艺术。在这样的语境中，对于中国当代艺术的判断才会沿着自己艺术史的逻辑发展来行进，而不是片面地采用西方标准。

展览、流通和收藏是艺术品进入历史的必然途径，由于国际艺术市场被西方的收藏家、批评家和策展人所引导，在其评价标准下推介中国当代艺术，将其价格与实际艺术价值通过炒作人为上扬，将早年的低价收藏不断推到市场，再作为一种投资收益卖出——且不说这种市场行为从爱跟风的普通中国收藏家口袋里掏出多少钱，至少其有失学科公允的艺术价值的评判标准已经对中国当代艺术的整体发展方向造成影响。

（三）“民族的”与“世界的”

英国学者斯图尔特在《解析全球化》一书中讨论了这样一个问题：全球化究竟使人类文化更加相似还是更加不同？对此，国人存在两极态度：许多评论者认为，全球化导致了世界范围内文化的同步，各种文化在西化的前提下，只是在一些细节上仍然保留着。这种同步化的统一通常会使传统的生活方式失去支配地位，文化的多样性正快速成为明日黄花，全球化带来了以消费主义、大众传媒、美国方式和以英语语言为核心的单一的世界文化。总的来说，这是一种暴戾的帝国主义的文化方式。另一些分析者则认为，全球化的包容甚至发展了文化的多样性，全球通信与全球市场的沟通常常会强调自身甚至地区的环境，从而使文化进入一种更为良性的循环，在某种意义上甚至是对文化的一种保护。不过，事实所展示的却是：通过所谓的全球化，文化的多样化已经成为同质化与混杂化，看似文化实现了发展，实质上是文化在不同中慢慢失去自己的特性。

中国无疑是当今最吸引世界注目的中心之一，尤其是在2008年以来，这不仅仅是因为其经济发展，也因其文化和社会的转型。中国当代艺术家正以显著增长的频率出现在国际知名的艺术活动中。与此同时，越来越多国际艺术界的人士正在不断地加入和参与到中国的艺术场景中来。中国当代艺术开始进入国际的视野是从20世纪90年代初开始的，并很快转移到市场的流通当中。本来，作品在艺术市场中流通必须要经过创作（生产）——接受（消费）——批评（再生产）这个流程。但1990年代的中国并不具备这种体系，这是因为中国当代艺术活动一开始就是与整个国家现代化、国际化的快速进程相呼应的，它本质上是一个实验和“前卫”的运动，而这种运动在当时中国缺少足够的运作手段以及展示空间，艺术家与他们的作品在本土遭受冷遇，只能通过在北京居住的非专业化的外交人员、外国记者以及一些跨国公司的买办，将中国当代艺术推向西方世界，从而获得认可，取得一种官方的地位。于是当时的中国当代艺术家在生存与自身发展的压力下，纷纷将目光投向海外的展览机会和平台，以1993年第45届威尼斯双年展为发端标志，中国前卫艺术自此开始频繁地出现在国际性大展中：1994年第22届圣保罗双年展；1995年德国“中国！China”展；1995年第46届威尼斯双年展；1999年第48届威尼斯双年展，等等。王广义、徐冰、方力钧、谷文达、张晓刚等一群中国前卫艺术家便由原来的无名小卒一举成为国际大展的常客，具有了国际性艺术家的身份，取得了名誉和经济上的双丰收。至90年代末，中国艺术家通过这样的国际参与逐渐溶入了全球化潮流之中，在因应全球化之需的同时也加速了国内当代艺术的发展。

西方当代艺术制度有一套行之有效的操作流程，中国当代艺术家在参加了一个又一个的国际展览、取得国际身份与丰沛的物质利益的同时，逐渐谙熟这一整套的游戏规则，并在整个过程中对所谓的“国际化”进行不断的反思（实际上是对自身艺术风格是否能够得到西方强势文化话语权认可的反思）。在这一阶段，中国当代艺术家的“全球化”是被动参与而非自动参与，并不具备自觉地从本土向外扩散的意义，这种被动的状态被艺术家与批评家们称为“后殖民主义”。当代艺术的风貌逐渐形成了政治波普与玩世现实主义两种图式。“政治波普”与“玩世现实主义”，这是中国当代艺术教父栗宪庭在20世纪90年代末的一篇题为《当代中国的无聊感——玩世主义剖析》的文章中总结出来的两个概念。这种风格图式在一定程度上体现了90年代中国知识分子在当时的社会环境下走向波普走向玩世的折中与犬儒心理，勾画出“后殖民主义”背景下西方人视野中的中国当代艺术的最主要的图景。当时的中国当代艺术形式本身所强调的政治含义，符合外国人对于中国的政治想象，得到了西方人的认同和欢迎。那些以揭露“中国社会对于人性压抑”为己任的艺术家得到了来自西方世界的表彰，尽管他们画笔下表现的是现实社会的压抑，但大量的经济收入却使他们充分地享受着中国市场化的种种奢华，成为中国社会的新贵。对于来自西方的“艺术旅游者”而言，这种最终指向非西方艺术形态的艺术样式成为中国艺术的标签和标准，并在此基础上展开了其对中国文化的认知过程。玩世主义和政治波普的成功，一方面使得艺术家们将这种国际的畅销风格精致化，并且不断添加政治佐料；另一方面也激励了更年轻中国艺术家将自己刻意投身于“不同政见者”的身份与形象当中。有一段时间，作品是否被政府查封甚至成为该类艺术家被西方关注的标准。这对中国当代艺术的发展显然是一种消极作用，造成风格的单一化和机械化，呈现给国际的是一种扭曲了的艺术境况。

正是这种意识形态对立的立场，导致政治波普和玩世现实主义这类艺术形式在以西方为主导的国际社会中获得了认同。没有这样的背景，中国当代艺术家在国际社会取得成功是不可思议的。因此，所谓“真正平等的对话”只是一种乌托邦，这种成功是中国当代艺术家对西方艺术标准被动的迎合与自身主动的转型为代价而换取来的。当今所谓的“国际化”“全球化”并不代表全世界的认可或全人类的评判，只是西方强势文化操控下的一种主观的审视。玩世现实主义与政治波普也许一开始并不是为迎合西方人而作。但在西方人的强烈反馈之下，本土艺术家逐渐将自身定位于这种符合外来要求的状态，继续巩固和输出这种西方认定的中国形象。所以，对玩世现实主义与政治波普的批评，实质上是对全球同质化的批评，虽然说玩世现实主义是在表现中国的东西，但这些所谓的“中国现状”在本质上只是西方人眼中的中国。西方强势文化所掌握的“国际化”标准不是消灭地域个性、民族特色和本土习惯，而是希望边缘文化中带有此类因素。

中国当代艺术队伍中，包括艺术家与策展人在内，有一群移居海外者，对这些人而言，他们所感受到的全球化进程也许更加明显。他们的作品于20世纪90年代在中西文化的冲突中相遇，由于当时国际舆论对于西方文化霸主地位的反思已经产生，西方开始将“他者”的文化纳入到己身，从而改变原来的文化霸主地位，虽然这仍然是本位主义的表现，但在客观上却创造出一个多视野的西方文化，这对中国的当代艺术无疑是个契机。另外，虽然早期的中国当代艺术对西方人来说十分新鲜，毕竟这个平台和语境是西方化的，重复而雷同的展览终归有厌倦的时候。所以，中国当代艺术一直在不停地“突破”并在无形中产生变化。20世纪90年代初首次在威尼斯双年展上亮相的中国艺术家几乎全都是政治波普和玩世现实主义的代表，但最近两年出现的数量却大大减少，海外艺术家像徐冰、蔡国强等，已经聪明地将自己的视角转换到中国文化中更具代表性的东西。毕竟意识形态上的不同已经不能全部满足文化全球化的需要，反而是更具中国文化内涵的东西得到了西方更大程度上的认可。

全球化最终的发展趋势应是：在“全球化”同化当地文化的同时，也存在着当地文化对强势文化的改造以及对全球化的一种主观认识。对于东西方的大多数人来说，全球化的同质化作用虽然通过资本、人员、信息和视像等媒介跨文化、跨语际地流动，使得文化开始趋向包容。但当它到达特定的区域之后，在一定程度上被当地文化所改造，形成“有地域特色的”全球化文化。西方有学者对此提出“第三空间”的理论，在很大程度上影响了西方人对于外来文化的接纳，这是一个趋势，应该进行更加深刻的思考。作为对于文化转换最敏感的当代艺术，通过“语言”的转换以及形式的多样性，使得本地文化和谐融合到国际背景中，应该是中国当代艺术将来发展的风貌。

中国艺术家必须注意树立全球化观念，把国家形象的塑造置于全球化视野之中，作品的内容和形式既要有地方性、民族性，又要具有全球性，要用外国受众熟悉和乐于接受的艺术语言塑造中国形象。惟其如此，我们才不但能从比较的角度借鉴国外的某些文化资源，而且能够建立起一条为国内外公众普遍认可的中国文化与世界文化对话与沟通的路径。

第十章　中国当代设计艺术思潮

引　言　设计艺术思潮的价值

一、设计与设计艺术思潮

（一）设计的概念及演变

如果以人类打制石器或利用其他材料制造工具作为设计的产生，设计已经有几百万年的历史。在这几百万年中，设计的成果——人造物不仅成为人类演进过程中最重要的“体外器官”，而且设计的观念、方法和程序还对人类的思维产生重大影响。在21世纪，设计已经作为一种文化和日常生活的主要特征而存在。它涵盖了包括三维物体设计、视觉传达设计以及从信息技术到城市环境的整合系统设计。从它最具全球性的定义，即作为所有人造物的观念和计划来看，设计从本质上被视为一件能改进人们生活质量的工具。在艺术设计学研究中，作为研究主体的设计并没有固定的边界，一直处于扩展中。新兴的媒体催生了新的设计活动和新的设计成果。

如今，设计包含丰富的内涵。从词性上讲，作为动词，它既包括发明或创造一件新工具和物品，也包括材料的选择、对材料的加工工艺或技术，或是一种最初的想法；作为名词，它既是设计行为的结果，表示一种过程，也指某种职业。我们日常生活的每一个物品都是经过“设计”的结果，设计已成为日常生活不可或缺的部分。

“设计”一词在汉语中意为“设想”“计划”。在中国古代，最早出现在常璩《华阳国志》中：“柳隐，字休然。……数从大将军姜维征伐，临事设计当敌陷阵，勇略冠军。为牙门将、巴郡太守、骑都尉，迁汉中黄金围督。”① 原为动词，指人在从事某种活动前的计策和对策。汉语中与之相关并意义相近的

① （晋）常璩：《华阳国志》，卷十一。

词有很多：设想、设法、设伏、设难、计划、计谋、计策，以及策划、谋划、谋略等。现在所用的“设计”是英文 Design 的直译，设计词义在西方词汇中的演变分为古典、近代、现代三个阶段。古典阶段指在 15 世纪意大利拉丁文 Disegno，狭义为“描绘”，广义为“艺术家心中的创作意念”，既可以是描绘，也可以是创意和设计，也可看成是创作草图。近代阶段是 18 世纪，初版《大不列颠百科全书》将其定义为艺术作品的线条、形状，在比例、动态和审美方面的协调。现代阶段指在第 15 版《大不列颠百科全书》（1974 年）对其更明确的定义：“Design 是进行某种创造时，计划、方案的展开过程，即头脑中的构思。”一般指能用图样、模型表现的实体，但最终完成的实体并非 design，只指计划和方案。Design 的一般意义是为产生有效的整体而对局部之间的调整。设计艺术学家张道一指出，设计是造物环节中与制造相对应的思维活动。

按照 Design 的当代定义，我国从古代到现代工业确立以前，都有相对应的实践活动，只是这些实践活动是建立在手工制造之上，且在大多数活动中，设计与制造并没有分离。即使在 20 世纪初从日本引进 Design 的概念后，也经历了由“图案”—“工艺美术（实用美术）”—“设计艺术”名称上的变迁。而 Design 译名的变迁，也成为中国内地 20 世纪设计艺术思潮演变的主要线索。

（二）设计艺术思潮

设计艺术思潮，也称设计思潮，是指产生于某一特定的历史时期，受到当时经济、文化、哲学、艺术等因素的影响，在设计艺术领域内表现出来具有一定影响的思想潮流。狭义的设计思潮指一定时期内某种设计理念，个体设计行为所表现出来的共同点或相似点，在设计实践中形成的一种主流思想，或理论上的一个流派。从广义的角度来看，设计艺术领域任何一种新的运动、有一定影响的设计实践都有其思想内核和设计艺术主张，与原有的运动和实践相比，都属于设计艺术思潮。

当然，并不是所有设计史中出现的设计艺术运动和设计实践行为都能成为思潮，只有那些在设计领域形成了较大影响力的运动和实践才能称之为设计思潮。一些设计实践，由于社会经济条件或自身的原因，即使在观念上有所创新，也不一定立刻成为设计思潮。比如在西方现代设计思潮发展中，包豪斯学院确立的设计理念对现代主义设计思潮有重要的意义，其毕业学生、后来成为金属器皿设计师的克利斯蒂·德尔就不接受包豪斯设计理念中对于历史的完全否定[1]，走了一条与现代设计完全不同的设计实践之路。但他的设计实践和观念并没有在当时产生影响。直到20世纪60年代，罗伯特·文丘里对现代主义进行批判以后，后现代主义设计思潮才在设计界出现。成为设计思潮的标准是以其对设计实践或观念产生的影响力，这种影响力在业界的关注度，与学术界对其的研究有关，与设计师是否主观参加某一设计运动或流派无关。[2]

有些设计艺术观念、思想，并不一定以宣言、文章等直接呈现，而体现在设计师的设计作品中，并通过设计艺术评论家或文化研究学者的成果揭示出来。虽然有些观点不一定代表设计师的原有设计意图。美国华裔建筑家贝聿铭享誉世界，其设计作品遍及全球，设计风格并不完全统一。他师从20世纪现代主义建筑大师格罗皮厄斯，早期曾被评论家詹克斯划为现代主义建筑师，后因北京香山饭店、日本美而美博物馆等作品又被归为后现代主义设计风格。但他自己坚持认为他是格罗皮厄斯现代主义设计思想坚定的实践者。

二、设计艺术思潮的价值

从古至今，设计艺术思潮在设计艺术的历史长河中异彩纷呈，为设计艺术活动提供了丰富的思想源泉，其价值体现在以下几个方面。

（一）设计艺术思潮的本体存在价值

作为有影响力的思想，设计艺术思潮的价值首先体现在其本体存在的重要性上。设计艺术思潮或以语言和文字直接反映了不同时代人群对于人类造物的思考和探索，或是从有形的设计成果提炼出人类无形的造物理想和追求，或是后人对前人设计行为和设计成果的概括和总结。这些思想观念集中了人类文化不同历史阶段的智慧和成果，无论这些思潮最后的命运如何，都具有社会历史的本体存在价值。简言之，存在即价值。各种形态的思潮成为人类设计艺术史长河中重要的组成部分。

（二）设计艺术思潮的实践影响价值

设计艺术思潮，有的源自设计活动和艺术创作，有的来自其他艺术流派的

---

① Charlotte & Peter Fiell, *Design of the 20th Century*. Taschen Gmbh, 2005, p. 206.

② 由于设计学术界对于设计思潮确定也存在不同的标准，一些风格的确定也存在差异，有些设计师并不认同一些研究者对于自己设计风格的划分。

影响。这些思潮一经形成，必在设计艺术领域成为关注的焦点。从理论上讲，一种具有较大影响力的设计艺术思潮，总是会为设计实践提供一定的理论指导，进而彰显设计艺术思潮的影响力价值。当然，也要看到另一面，每一种设计艺术思潮在实践中不可能成为“放之四海而皆准的真理”而被所有设计实践者自觉接受。接受者在其设计作品中表现出思潮的影响；反对者撰文发表否定意见，在设计作品中反其道而为之，为新的设计思潮提供现实的“文本”。也有设计师对之不置可否，坚持自己原有的设计观念。

对待设计思潮不同的态度反映了设计师个人认知的差异，设计团体共同学养和学派的差别，或族群、国家政治制度对其不同的考量，这也在一定程度上决定了这种设计艺术思潮在不同地区或群体中的命运。兴起于20世纪初期德国的现代主义设计思潮，通过包豪斯学院在世界引起了相当的关注，许多设计师纷纷仿效。但在德国法西斯执政期间，学院因其思潮中的社会主义民主思想而被迫关闭，但其思想通过流亡海外的师生传播到世界各地，成为“二战”后各国设计实践的主流设计思潮。这种同一思潮在不同国家的命运表明设计思潮因受到各种因素和条件的限制，在实践中指导作用力发挥存在着巨大的差异。在现实生活中，尽管某些设计师或某些设计团体有着共同的设计理念，但在实践中很难将理念、美学、社会和商业等内容与设计相关的不同层面的事物融合在一起。正如美国设计史学家大卫·瑞兹曼在其《现代设计史》中所指出的：“理想化的宣言和理论著作中所宣扬的普遍真理并不存在，相反，他们在其中常常发现的是抵触、冲突和矛盾。”① 总之，设计思潮的实践影响价值是存在的。其间的许多取向差异是值得很好地研究的。

（三）设计艺术思潮的学术启迪价值

在设计艺术学领域，设计艺术思潮的出现可以为其他艺术思潮提供借鉴或启迪。也就是说，设计艺术思潮具有为其他艺术思潮的形成提供参考系或启迪革新的靶标。设计艺术思潮与其他艺术思潮之间并无明显的界限，有的从属于同一类艺术思潮，或是某种艺术思潮在不同领域的表现而已。20世纪60年代的后现代主义思潮率先在建筑设计领域兴起，尔后在其他艺术设计领域和艺术创作领域都涌现过类似的艺术思潮，这种思潮互相影响的现象在当代愈加明显。

---

① ［美］大卫·瑞兹曼：《现代设计史》，185页，北京，中国人民大学出版社，2007。

从另一个角度出发，一些设计艺术思潮也成为其他设计艺术思潮批判和修正的靶标。正如《道德经·四十篇》中所言“反也者，道之动也”。一种思潮产生后对自己的否定也是其前进的方向。20 世纪 30 年代德国现代主义建筑师米斯·凡·德罗提出的“少即多”（Less is More）的口号成为现代主义的标志性理念，可是这一理念在美国建筑家和理论学者文丘里的后现代主义宣言书《论建筑的复杂性与矛盾性》中被批驳为“少就是烦”（Less is bother）。

总体来说，不同时代的设计艺术思潮既为设计实践提供指导，也成为其他设计思潮的思想来源，成为艺术设计领域重要的内涵组成。

第一节　中国当代设计艺术思潮的流变①

中国当代设计艺术思潮的流变速度，是在中国 20 世纪 70 年代末期以后得到迅猛加快的。在此之前，中国设计艺术学作为一个新兴的学科，经历了名称数易、观念论争的流变。

中国早期设计艺术学创建者从国外引入的设计的观念与西方同时代的设计观念相近，出现了陈之佛著的《图案 ABC》（1930 年）、李洁冰编译的《工艺意匠》（1936 年）、雷圭元著的《新图案学》、傅抱石编译的《基本工艺图案法》（1936 年）等著作。这些著作中关于“图案”的内涵，各种形态研究对工业制造的重要性等方面的研究已达到了相当的深度。由于当时国内政治局势、经济条件、科技水平等方面的原因，这些设计观念并没有得到重视。

---

① 本文讨论的中国当代设计艺术思潮的流变，主要讨论中国内地的设计艺术思潮。台湾地区的设计艺术，据台湾学者杨裕富、邱宗成等人的研究，基本延续了 20 世纪前半期发展趋势，50 年代以后，一些设计院校引入西方的现代主义设计观念和教学方法，各种设计艺术思潮在学术界得到很好的讨论；但在工业设计方面相对墨守成规，以模仿和 OEM（代工）为主。这样的状况在中国 20 世纪 90 年代以来的工业设计界同样出现。香港地区的设计思潮 20 世纪 50 年代后受到周边国家及欧美设计思潮的影响，基本没有形成自己独特的风格，直到 20 世纪 70 年代后，视觉传达设计师石汉瑞开始运用中国传统文化元素进行设计，得到好评。而后靳棣强等本地设计师的努力使之成为香港设计界的一种流行风格。在其他设计艺术领域，香港室内设计风格主要是对当时欧美、日等流行设计风格的模仿，而这种“舶来品”在 20 世纪 80 年代后成为内地室内设计界相当长时间内直接模仿的对象。

一、1949 年至 1978 年的设计艺术思潮

从新中国成立的 1949 年到“文化大革命”结束，是中国从传统农业社会向现代化社会转型的实验阶段。新中国成立前长期的战争造成的社会经济发展严重滞后，使新中国成立初期的经济发展举步维艰。为了迅速实现中华民族的复兴，新政权在面对西方国家严重经济封锁的情况下，全面向当时的社会主义强国苏联学习，无论是工业发展道路的选择还是政治体制的建筑。在产业结构上，第一产业比重占据主导地位，而第二产业严重不合理，第三产业——商业则明显不足，现代设计艺术赖以发展的市场因素在中国长期处于初级阶段。从生产方式上，虽然作为现代设计发展的基础——机械化大生产得到推广，但手工业和半机械生产形式在社会长期存在，在广大农村和中西部地区还占据优势。

1949 年新中国成立以后，在全面学习苏联社会主义的历史背景下，伴随着中央美术学院成立实用美术系（1950 年），“实用美术”作为最早的学科名称在学术界确立下来，而中央工艺美术学院成立（1956 年）后，“工艺美术”逐渐取代“图案学”。张道一认为，这一举措原意在拓展“图案”作为造物艺术的前过程的局限，希望包括作为工业发展的后半程的“制造”。但在实践活动中，“工艺美术”的内涵又被人为缩小到以手工业为主的“工艺美术系统”，把包括机器化大生产的部分划分到了这一系统之外，使中国艺术设计学产生了观念的历史倒退①。在设计艺术领域，无论是服装设计、工业用品，还是建筑设计，都以苏联的教育和运作模式为标准。

在这一阶段，为了换取外汇，以手工加工为主的工艺美术品成为国家重视发展的内容。中国艺术设计界的基调变为对“手工业”“传统工艺”和“民间工艺”的强调，与世界现代设计艺术的发展潮流相背离。而民国时期较成熟的“装饰”（decoration）和“设计”（design）观念，在随后的岁月中一度被贴上“资产阶级”的标签，包豪斯、构成主义、风格派、立体主义等西方现代主义艺术和设计思潮也被冠之“没落的、腐朽的形式主义”加以批判②。本来包含

---

① 参见张道一：《走进“人化的自然”》，《设计艺术经典论著选读》，南京，东南大学出版社，2002。

② 对这些运动的批判有的直接受到苏联艺术界的影响，即使像构成主义这样代表苏维埃新艺术的流派在苏联也不能幸免。

现代机器生产内涵的“图案”更是被缩减为“纹样”：用于装饰器物表现的花纹[①]。这些名称的变化，加上国内设计界与外界被人为阻隔，造成了国内艺术设计界与世界的艺术设计不仅在观念上差距扩大，而且在产品制造、加工工艺等多方面形成了巨大的差距。这些差距带来的后果，使中国内地的艺术设计长期处于低水平。

在20世纪50年代初院系调整后，成立了中央工艺美术学院，在许多专业美术院校内也成立了工艺美术系，此时教学特色为强调“四点、三化”（四点为：深入生活、学习传统、强调实践、重视理论；三化为：工业化、日用化、大众化）。专业按照社会需求、学科性质和教育传统等因素进行设置，其中陶瓷和染织两个专业，由于与国内工业生产联系紧密，特别是这两个专业的产品与国家对外经济贸易有关，成为工业化程度最高的专业。在实际教学和实践中，这些院校为社会培养了一大批艺术设计人才，对中国传统手工艺进行搜集和整理，特别是将对民间艺术的重视提到相当的高度。这对新中国成立初期的工艺美术的发展起了相当重要的推动作用。

从20世纪50年代末期到“文化大革命”前，如同经济发展进入大起大落之后的调整时期，工艺美术的发展也与之同步。同苏联关系的恶化使中国的经济发展走上完全独立发展的道路，而“文化大革命”的到来使中国各方面的建设走向停滞或倒退，特别是高等学校的停办和恢复使这一阶段的设计艺术人才培养出现了断层。

总之，这一阶段的中国设计艺术思潮主要是为新生国家的方方面面服务。主张为社会主义服务、为人民服务，设计实践具有很强的民族特性。

二、1979年至1988年的设计艺术思潮

20世纪70年代末，中国结束了长期的动乱，改变了以“阶级斗争为纲”的政治路线，确立发展经济以满足人民群众日益增长的物质文化需求的路线，并发起以打破“两个凡是”为号角的思想解放运动。在这样的历史背景下，设计艺术界也开始对原有设计艺术观念进行反思和梳理。

在设计艺术教育领域，对于传统设计观念的反思是从引入“构成基础教学”开始。1979年4月，香港大一艺术学院院长吕立勋在中央工艺美术学院讲授“平面设计基础”和“立体设计基础”课程，揭开了内地学习西方设计教

---

① 参见郭廉夫、丁涛、诸葛铠主编：《中国纹样辞典》，天津，天津教育出版社，1998。

育基础训练的序幕。吕立勋所受的训练源于其老师王无邪在美国接受的欧洲现代主义设计教育方式。两年后，由中央工艺美术学院教师陈菊盛编著、中国工业美术协会出版的《平面设计基础》风行全国，成为许多院校进行基础教育改革的必备书。而王无邪 1979 年在广州美术学院的讲学也使广州美术学院成为其设计基础教育观念的试验田，20 世纪 80 年代中期日本构成教学法的专家朝仓直已在中国许多院校进行讲学，使日本立体构成在许多院校生根发芽。随后尹定邦在日本和中国香港构成教育课程基础上撰写的《色彩构成》课程讲义，形成了 20 世纪 80 年代初风靡全国各艺术设计院校的“三大构成”课程。这三门课程在中国许多院校内部对原有的工艺美术基础课产生巨大的冲击，一些院校用之替代原有课程。由于“三大构成”本身的局限性以及教师对现代设计思潮的源头——包豪斯学院原有教学理念缺乏了解，在课程实践中不可避免使这些课程沦为新固定模式，学生作业呈现千篇一律的情况。

1982 年张道一发表《图案与图案教学》，对《平面设计基础》提出四点批评：(1)“没有抓住包豪斯在工艺上成功的本质，而是在艺术形式上剥取了一点皮毛”；(2)“不仅没有比过去向前逾越一步，相反地是种后退”；(3)“依这样的‘平面设计基础’，在工艺美术的教学上，不仅会先天不足，必然也会后天失调”；(4)“不论在结构上还是在表述上，其逻辑和概念都是混乱的”①。张先生早年师从著名设计艺术家和工笔花鸟画家陈之佛和庞薰琹，非常了解 20 世纪早期诸多前辈在图案学上取得的成就，他的批评是针对当时“三大构成”课程的不足提出的非常中肯的忠告。但他的这番忠告却引来了引进构成教学法的一些学者的非议，他们也撰文进行反驳。从而引发了更大范围内有关“design”和“图案”“工艺美术”“现代设计”的争论。② 这场争论被称为“搞构成的”与“搞图案的”之间的冲突，不仅仅是名称上的冲突，实际上反映在对外开放的经济环境下，原有的“工艺美术”教学观和国外“现代主义设计”教学观念的碰撞。在学术界进行论争的同时，中央工艺美术学院于 1988 年将各专业中的“美术”改为“设计”，各系名也做出相应调整。此后，其他院校也纷纷效仿进行更名。这场观念上的冲突最后以在 1998 年教育部公布新的高等教育专业目录上，正式以“艺术设计”（本科）学科取代原有的“工艺美术”专业而平息。

---

① 张道一：《图案与图案教学》，载《艺苑》，1982 (3)。

② 由于争论的一方坚持认为自己是中国最早引进现代设计观念的先行者，对于另一方所讨论的“图案”内涵的变迁以及 20 世纪早期陈之佛、李洁冰等前辈的努力也并不知晓，以至于这场论争从开始到结束都是论争双方各自表达自己的观点。

在建筑设计领域却没有这么大的争议。从1981年开始，《建筑师》《新建筑》《建筑学报》相继发表了一系列介绍后现代主义设计思潮的文章和相关方面的内容，这些文章在建筑设计界引起了一定的关注。

1984年，在广州美术学院设计系王受之完成了《世界工业设计史》初稿，这是中国内地最早全面介绍国外工业设计的文献。随后，王受之以"讲师"的身份北上讲学，先后在北京、上海、无锡、南京、杭州等地的多所艺术院校讲授工业设计，使西方工业设计思想在中国得到广泛的传播。

三、1988年至1993年的设计艺术思潮

在中国大多数院校将传统的"工艺美术"专业名称或课程名称更名为"设计"以后，部分院校并没有在实质上理解设计艺术的内涵，在课程设置上依然如故，强调造型基础训练。一方面，由于缺少对西方现代设计观念及其发展脉络的认识，中国设计艺术学在20世纪发展过程中，不可避免地受到同时代美术发展的影响，特别是艺术设计教育（本科）方面。在基础课程设置方面，长期与美术类的课程相同，都以素描、色彩作为设计基础课，并且在教学目标上也没有明显的区别。这种情况在20世纪80年代末才开始改变。以"三大构成"与"设计素描"为代表的基础课程纷纷取代了原有的"图案"课，这样以"工艺美术"主导的装饰课程逐渐被具有设计性质的课程取代。同时，对是称谓"设计艺术"或"艺术设计"之名也发生了争论。最后，以本科专业曰"艺术设计"、硕士研究生专业叫"设计艺术"而结束。本书以艺术学学科的学科系统划分视点统称之为"设计艺术"。

由于长期以来无法厘清设计艺术与艺术（美术）的关系，中国设计教育界对设计艺术的理解更多是停留在"设计是艺术与科学技术的结合"上，强调设计艺术的艺术性和科学性，而忽视了设计的经济属性，特别是设计的市场性内容。这种认知上的缺失导致许多学校在课程设置上忽视与设计相关的市场学、营销学等课程的建构，使设计艺术专业依然停留在美术教育的边缘上。

在设计实践领域，大多数企业为追求利润而采取模仿或改良国外畅销产品的方法进行生产，鼓励创新和培育自己的设计人才并没有得到企业的认同。这样短视的结果导致企业与设计院校之间没有形成良性的关系，而在西方设计教育中对这方面是非常重视的。

此外，由于设计艺术学理论研究长期得不到重视，对于西方现代和当代设计思潮的引入也缺乏系统的翻译和学术的梳理，大部分设计专业教师都只能从第二手资料上获取信息，出现了一些对西方现代设计误读的情况。

四、1993年至2000年的设计艺术思潮

在经历了“Design”名称与内涵的论争之后，中国设计艺术界在20世纪90年代初期或更早的一段时间，进入了全面引进和介绍西方设计艺术思潮的阶段。在这一时期，中国设计界，无论是在建筑领域、工业设计领域，还是在视觉传达设计领域，都受到来自西方各种设计艺术思潮的冲击：开始全面了解过去这半个世纪以来，西方设计界里的各种设计运动和观念。最早是1980年第1期《建筑学报》发表了《由西方现代建筑新思潮引起的联想》《70年代欧美几座著名建筑评介》，使国内建筑界了解到世界当代建筑的发展情况，这是国内第一次出现对“后现代主义”设计艺术思潮的介绍。

总体说来，此阶段中国设计艺术思潮呈现多元化依附特征。在众多的设计思潮中，以符号学理论、后现代主义、解构主义等思潮影响较大。

由20世纪初美国的皮尔斯、奥地利哲学家维特根斯坦和瑞士语言学家索绪尔对符号学所作的重要研究，确立了符号学在人文学科中的重要地位。20世纪60年代，设计学研究者开始对符号学发生兴趣，并将它看做是理解视觉世界的方法。符号学理论认为，人类的思维和语言交往都离不开符号，而人的意识过程本身就是一个符号化的过程，思维无非是对符号的一种组合、转换、再生的操作过程。符号是人类认识事物的媒介，符号作为信息载体既是实现信息存储和记忆的工具，又是表达思想情感的物质手段，只有依靠符号的作用，人类才能实现知识的传递和相互的交往。简言之，人类的意识领域就是一个符号的世界。当代设计学借助符号学的方法使自己由技术——数学或美学——技术的理论过渡到一种具普遍性的理论。它不仅涉及技术的物质性、功能性和审美状态的数值规定，还涉及设计对象的产生、使用和适用与传播功能。

德国哲学家马克斯·本泽对符号学在设计领域的应用作了开拓性的工作。在他的《广义符号学及其在设计中的应用》中，他将物质对象理论划分为四种对象：自然对象、技术对象、设计对象和艺术对象，它们分别通过三种参量，即固有性、确定性、预期性来规定。设计对象是被创造出来的，一方面，它具有技术对象的预期性，即它是按计划制成的，但是它不完全等同于技术对象——由其技术功能的自然规律直接决定。另一方面，它又具有艺术对象审美的内涵或其审美性质的非确定性质，但却不完全具有艺术对象的不可重复性，设计对象的特征之一在于其可重复性。人们从设计对象可以被规划、实施和应用这一观点出发，由此区分出三个阶段：（1）规划阶段，将功能条件和普遍化概念系统与一套所选择的物质媒介的组成材料结合起来，以便能够实现所预期

的设计对象；（2）实施阶段，由物质系统、质料系统、技术功能系统和构成系统来实际地制造出作为产品的设计对象的语义和形态系统；（3）应用阶段，设计对象作为产品或实在物在人的行为系统中发挥功能，用作满足需求的使用对象①。从符号学理论来理解设计无疑给人们提供了一种极有启发的分析方法，但这时在中国设计界的实际应用方面是处在探索中的。

“后现代主义”是用来描述20世纪下半叶兴起的、反对现代主义设计中理性主义的设计思潮。这一思潮最早出现在建筑界。后现代主义设计师认为，现代主义运动带来了没有精神内涵的建筑和设计作品，这在美国建筑师罗伯特·文丘里1966年出版的《建筑的复杂性和矛盾性》一书中，得到很好的体现。

> 我爱建筑的复杂和矛盾。我不爱杂乱无意、随心所欲、水平低劣的建筑，也不爱如画般过分讲究的烦琐或称为表现主义的建筑。相反，我说的这一复杂和矛盾的建筑是以包括艺术固有的经验在内的丰富而不定的现代经验为基础的。除建筑外，在任何领域中都承认复杂性与矛盾性的存在。……我接受矛盾及复杂，目的是使真实有效和充满活力。建筑师再也不能被清教徒式的正统现代主义建筑的说教吓唬住了。②

后现代主义运动的发起者针对现代主义者的理念“装饰即罪恶（卢斯）”、“少就是多（米斯）”、“形式追随功能（沙里宁）”和强调抽象几何形体的建筑，提出要重视表现装饰，主张艺术与大众文化、高雅品味与平民艺术的融合。而文丘里《向拉斯维加斯学习》详细阐述了对拉斯维加斯建筑的研究，促生了建筑象征主义和城市形象研究。戏谑的、游戏的图形开始成为设计师运用的主要设计语言，意大利设计师埃托尔·索特萨斯采用鲜艳的色彩，大胆的、几何的外形。“以艺术的名义下进行设计”成为意大利后现代主义设计思潮的口号之一。

解构主义思潮是西方当代最有影响力的设计思潮之一。“解构”一词最早源自德国哲学家马丁·海德格尔的《存在与时间》。解构主义这个字眼是从

---

① 参见［德］马克斯·本泽、［德］伊丽莎白·瓦尔特：《广义符号学及其在设计中的应用》，徐恒醇编译，北京，中国社会科学出版社，1992。

② ［美］罗伯特·文丘里：《建筑的复杂性与矛盾性》，周卜颐译，16页，北京，中国水利水电出版社，2006。

“结构主义”一词演化而来，又称后结构主义。结构主义理论是一种社会学方法，其目的在于给人们提供理解人类思维活动的手段，解构主义实质是对结构主义的破坏和分解。这一思潮起源于文学评论，是由法国哲学家亚历克斯·德义达在20世纪60年代末期发展起来的一种文学批评方法。德义达认为一篇文本可能有多种不同的理解。因此，可能永远也不能确切地厘清文章所要阐述的内容，也不可能确切地明白文章所表达的意思。解构的目的是通过动摇文章的结构基础来删除文本中无用的部分。

20世纪70年代，德义达的这种方法被运用到建筑设计和室内设计领域，致力于挑战理性的、有序的观念并暴露物体的内部构架。解构主义设计思潮是在现代主义面临危机，而后现代主义却又被某些设计家们厌恶，作为后工业化时期探索形式之一的背景下产生的。这种设计思潮有建筑界最著名的代表设计师加拿大出生的弗兰克·盖里，他设计的西班牙毕尔巴鄂古根海姆美术馆成为当代设计的“圣殿”。

高科技设计又名高技派设计。它是后现代设计诸多流派中的一种设计潮流，最早出现在20世纪70年代的建筑设计领域。这种设计思潮强调视觉上的简朴和优雅，以及采用工业材料或在非工业环境里运用科技采用玻璃、金属、塑料等新建筑材料。这种思潮也被认为是现代主义运动在20世纪70年代以来特别的发展方向。此风格最早由英国建筑斯诺曼·福斯特爵士和理查德·罗杰斯发起。他们在自己的作品里吸收了工业元素，根据美国功能主义建筑师沙利文著名的“形式追随功能”（即著名的3F原则）格言，暴露结构，并在结构的主要部分突出重要的设计元素。这种风格的代表性建筑有香港汇丰银行大厦和巴黎蓬皮杜艺术中心。

波普艺术是“大众艺术”一词的缩写，主要发生在20世纪50年代末的美国和英国。波普艺术家从大众消费和流行文化中获取灵感，使用日常生活中物品的图像来创造。他们公开质疑所谓优良的设计原则，特别是反对现代主义的设计观和价值观。

战后广告与电视媒体的普及，创造出丰裕社会大众消费的特征：用完即丢，随意，强调乐趣，轻松和戏谑。流行文化则创造出价廉、有趣的服饰设计，从而产生出对产品设计影响极大的波普艺术。社会上充斥着拼贴破碎的表现经验与动感的视觉影像。艺术创作以漫画中的数字和字母为题材，以消费大众物体包括可口可乐包装为对象，又包含构架系统的呈现与集合艺术、环境艺术、偶发艺术等风格。20世纪60年代后期的法国和美国抗议浪潮、幻觉化与新科技，以头戴扁平帽造型的切·格瓦拉时代英雄，各个国家的政要、娱乐明星等都是波普艺术热衷表现的对象。20世纪70年代以前的技术发展主要仍然朝向大型化、大量化、高速化等方向。意大利设计师则以激进设计和反设计等前卫风格介入大众消费文化中。

绿色设计也称生态设计、环境设计等。虽然名称不同，内涵却是一致的。其基本理念是：在设计初始阶段就将环境因素和预防污染的措施纳入产品设计之中，将环境性能作为产品的设计目标和出发点，力求使产品对环境的影响降为最小。就工业设计而言，绿色设计的核心是“3R”，即要做到“减少物质和能源的消耗，减少有害物质的排放，而且要使产品及零部件能够方便的分类回收并再生循环或重新利用”。它是20世纪80年代末出现的一股国际设计潮流。早在20世纪50年代，美国设计师理查德·布克密尼斯特·福勒推动在产品的设计中最少化地应用材料和能源，并且以术语“太空舱地球”为之命名，这个名称使得人们开始全面地思考地球的能源。

环保运动对于设计产生直接影响的是美国设计理论家维克多·巴巴纳克。在20世纪60年代末，他出版了一本引起极大争议的专著《为真实世界而设计》。该书关注设计师面对人类最紧迫的问题，强调设计师的社会及伦理价值。他认为，设计的最大作用并不是创造商业价值，也不是包装和风格方面的竞争，而应该成为一种适当的社会变革过程中的元素。他同时强调，设计应该认真对待有限地球资源的使用问题，并为保护地球的环境服务。对于他的观点，当时能理解的人并不多。但是，自从20世纪70年代“能源危机”爆发以来，他的“有限资源论”才得到人们普遍的认可。绿色设计开始得到越来越多的人的关注和认同，成为当代设计艺术思潮中重要的组成。

绿色设计思潮在进行现代化建设的中国，不仅仅是一句时髦的口号，而且是切切实实关系到每一个人的切身利益的事。中国当代设计艺术，无论是在工业设计还是在其他设计领域，不能再重复走西方发达国家“大量消耗能源、破坏环境后再提倡保护”的老路，而应从现在开始就注意在设计中运用这种设计原则，这将对子孙后代，对整个人类社会做出不可估量的贡献。

从20世纪80年代开始，一种追求极端简单的设计流派，将产品的造型化简到极致，这就是所谓的“简约主义”（也称极少设计）。在建筑领域，这种类型的作品的核心是减少使用表现性的媒介，重新发现空间的重要性，极简单和简洁的外形。在工业设计领域，苹果公司2005年推出iPod播放器则是简约主义风格设计的代表。

20世纪80年代兴起的女性主义设计思潮是西方女性主义运动在设计界的直接反映。斯坦福大学学者费蓝为女性主义所下的定义是：“女性主义是确信性别从过去以来，持续为文化架构中的一个基本范畴。”① 作为消费者、设计师、研究者，众多设计表现的对象，女性一直是设计实践的主要参与者。无论是在西方还是东方，在设计史、设计理论和设计实践的文本描述中，设计中的女性角色一直被忽略，如同她们在其他人类社会历史上的境遇。用女性主义方法分析妇女在设计中的地位，其核心是审视父权制度。在大多数设计史叙述文本中，男性的设计行为被认为比女性更具有价值：工业设计往往被认为是现代设计的核心，而编织设计却位于从属地位。女性一般与手工业相联系而消失在现代设计史中。女性主义设计思潮主要是从女性主义理论的角度重新审视女性在设计中的地位和作用，批判原有的历史叙述规则，揭示历史对于女性保持沉默的真正原因。在中国设计院校中学习和从业的女性人数不占少数，但在各自业界表现突出的女性却凤毛麟角，并不完全按照西方女性主义运动的发展脉络，从行业特质、社会环境等方面进行反思，是中国当代女性主义设计思潮的努力方向。

以上所述西方当代设计艺术思潮在中国的设计艺术领域都有不同程度的反映，不仅促使部分中国设计艺术研究者运用西方的研究方法来分析中国当代的设计实践、思索中国设计的发展之路，而且使中国设计艺术在整体上具有他者的情结。这也一方面揭示此阶段中国设计艺术思潮的依附性。另一方面也表明中国设计艺术思想本土化创生的任务是多么艰巨。

五、2001 年以来的设计艺术思潮

本阶段的中国设计艺术思潮具有回归东方设计的表征。

在经历了单向输入西方当代设计艺术思潮的阶段以后，中国设计艺术界在 20 世纪末开始反思，在中国设计逐渐融入世界设计潮流的语境下，探索如何形成自己原创的设计艺术风格。

在工业设计领域，一些东方元素开始出现。“神秘的东方”“传统中国的经典”也成为手机设计师争取中国市场客户的武器。诺基亚的倾慕系列手机，在设计时参考了时装布料的图案和色彩。中兴通讯一款小灵通手机则采用了青花瓷和传统中国家居窗棂的出音孔设计。这些设计虽然在市场上并没有产生预想的效果，但反映了设计师对传统文化因素的重视。奥运会火炬的全球竞标中，入围的前三件作品都以中国传统文化为元素，联想集团设计团队的“祥云”最

① 中国学者罗丽的定义：“女性主义”是女性观察、审视任何事物的思想、主张，是一种基于反父权制政治利益的结盟，是一种未来人类治理的动议，是一种具有特殊政治目标中女性思维方式、行为方式的总和。

后胜出体现了“回归东方”的设计思潮。在视觉传达领域，陈绍华以太极为原型的2008年北京申奥标志是这一思潮的体现，随后他以唐代图案、青花色彩为基调的“娇子”牌香烟包装的设计显现了同样的追求。在服装设计界，中国设计师借助一些服装设计竞赛来展现他（她）们的设计风格。创办于1982年的法国国际青年服装设计大赛，在日本兄弟工业株式会社的赞助下，从1993年5月移师中国，在每年春季的中国国际服装服饰博览会期间举办，已成功举办了十届“兄弟杯”国际青年服装设计师作品大赛。自2003年起，中国服装设计师协会邀请浙江汉帛服饰有限公司共同举办“汉帛”中国国际青年时装设计师作品大赛（简称：“汉帛奖”大赛），延续了国际青年服装设计大赛。比赛以“鲜明的时代感，融会本民族的优秀文化特色”为主题，强调作品应具有鲜明的时代性和文化特征，突出自我风格，表现手法独特，形式完美。在这些比赛中，中国青年服装设计师和在校学生积极参与，与来自世界各地的青年服装设计师一道，展现了中国服装设计的风采。

20世纪90年代以来，中国政府积极参与申请主办世界性的运动会、博览会，以向世界展示中国近几十年以来经济、文化等各方面迅速发展的成果，包括在艺术领域取得的各项成果，并希望带动国内各相关产业的发展，提升中国艺术设计水平和国家形象。从20世纪90年代申办2000年奥运会的标志开始，国内设计师向国外展示中国设计师的设计水平。1999年云南世界园艺博览会标志，2008年北京奥运会申办标志，2008年北京奥运会“中国印”，残奥会志愿者标志，“福娃”吉祥物，以金文为理念的标志系统，以玉文化为核心的奖牌设计等都展现了中国设计师在设计艺术领域探索形成“回归东方”风格方向的努力。

2007年年末广州国际设计周推出的《华人设计壹佰》，集中展示了华人世界一百位艺术设计师近期设计作品和设计理念。这是中国艺术设计界首次超越地域的限制，以族群的眼光整体向世人展现华人设计师的设计。按出版策划方“超平面设计网”的解释，推出这本《华人设计壹佰》的想法是在2005年10月提出的。“他们认为，一个民族要想真正获得世界的认同和尊重，除了经济的自信和崛起，文艺的自信和崛起不容忽视。‘1964年东京奥运会、1988年汉城奥运会，都曾经让奥运主办国的艺术、设计为世界所尊重，它们的艺术和设计由此迅速崛起。而2008年是我们的北京奥运，我们希望在这个时候，让华人设计以一个整体而生动的面貌展现在世界的面前。’”①

这种“回归东方”的设计艺术思潮，至今还在各个设计领域持续涌动中。

---

① 参见超平面网：http：//www.lineoid.com/designer100/。

第二节　中国当代设计艺术思潮的启示

中国当代设计艺术思潮的勃兴，意味着中国设计艺术界对自身发展开始自觉，其启示直接指向未来。

一、中国当代设计艺术思潮的促生因素读解

所谓促生因素，是指直接促进事物产生的因素。任何一种设计艺术思潮的生成，并不是从天而降的，其孕育、产生和发展无不是多种因素共同作用的结果。设计艺术思潮的产生属于人类文化演进的产物，必然受到某一段时间内政治、经济、哲学、科学、技术、艺术运动和流派、消费观念等诸多因素的综合影响。从发生学的角度来看，一方面，设计艺术思潮虽属于思想层面的事物，但通常与一些具体的设计实践相联系，一些设计理念也通过公开的出版物展现出来，因此设计艺术思潮并不是独立产生的，必然受到外界的影响，这其中既有思想文化层面非物质的原因，也有经济、社会层面的物质因素。另一方面，设计艺术思潮在人类社会文化发展中也有相对独立发展的空间和规律，除外部的客观因素影响和作用外，设计艺术思潮内部所形成的流派和传统，都对新的思潮生成产生巨大的作用，在某些条件下，这些因素还起着决定性的作用。

促使设计艺术思潮生成的因素有很多，既有个体的因素，也有社会群体和族群方面的因素。从产生作用的层次来看，有表层、中层和深层的因素。表层因素是一些突发的设计艺术实践，如某一种设计流派的产生或设计理念的发表；中层因素是50年时间段内的物价涨跌、经济形势、消费观念、宗教信仰等方面的变化，如20世纪以来产生的即时享受的消费观对于“二战”后美国“有计划的废止制度”① 的促生作用。而深层因素则是在上百年甚至更久远时间段内气候、地理环境的变迁，如长期的大规模使用非洁净能源、过度地砍伐森林等人类活动导致全球气候变暖促使人们反思人类与环境的关系，环境保护运动的兴起催生了生态设计思潮的出现。

① “有计划的废止制度”，由美国通用汽车公司设计师厄尔提出来的一种设计模式，即在设计新产品时必须有计划地考虑在以后每两年时间一小变，三至四年一大变，造成有计划的“外形老化”过程。此制度以外形的改变激发人们对汽车消费的需求，虽然汽车性能并无多大的改观。

（一）文化艺术思潮、艺术和设计思潮的直接影响

设计艺术思潮从属于整个社会文化艺术思潮，其生成必然受到主流文化艺术思潮的影响。从设计史上设计艺术思潮产生的具体情况来分析，一些设计艺术思潮的生成是受到文化艺术思潮的影响，特别是文学方面的思潮影响，如解构主义思潮是受到法国哲学家德义达的影响而首先在建筑界兴起。有的思潮的生成直接来自艺术运动和设计实践，如20世纪初的现代主义设计思潮，主要受到现代派艺术和社会主义民主思潮的影响而产生的；有的思潮的生成则受到其他社会思潮的直接影响，如20世纪女性主义运动兴起在全社会各个领域产生了巨大的影响，女性主义设计就是这一运动在艺术设计领域影响的结果。这些设计艺术思潮与其他艺术门类的思潮共同作用，在文化艺术界形成一定影响力的思想潮流，对其后思潮的生成又产生一定的作用。这就启示我们，设计艺术界应时刻关注其他学科的变迁动态，注重吸取营养而促进自己的成长。

（二）社会、政治、经济、科技等因素的作用

社会结构、政治体制、经济的发展、科学技术因素等是各种思潮生成的制度和物质基础，思潮虽然属于思想层面的律动，但无法脱离以上因素的制约。中国虽然在20世纪30年代早期引入了西方同时期的现代设计观念和思潮，以“图案学”的名称出现在教育界和工业界，但囿于当时社会制度效率低下、政治气候严峻、科学技术和经济发展水平低下的客观条件，这些当时属于“前卫”的设计艺术思潮无法对中国工业界产生正面的促进，在思想层面也没有产生积极的影响。这表明设计艺术是与社会环境紧密相连的学科和行业。二者具有互为促进的关系。

（三）消费者选择与媒体导向

与其他艺术思潮相比，设计艺术思潮中最具特征的促生因素是消费者选择。在“设计—制作—销售—消费者”这样的流程中，设计师所扮演的角色与“艺术家”有相当大的区别。设计艺术与绘画、音乐等“纯艺术”相比，在很大程度上是以满足消费者的需求作为设计的目的的。消费对于设计艺术活动直接起着支配作用。消费能促进生产，增加就业机会，激励设计师进行创新。设计艺术实践的结果，首先要通过生产环节才能成为产品，如果没有企业主或广告主的选择，再好的创意或设计，也只能是纸上谈兵。好的设计经过制造，通过市场销售得到消费者的认同，设计师的设计风格才能真正具有影响力。如果

市场销售业绩不好，产品可能会中止销售或被销毁。“因为要由使用者来挑选这一简单的原因”，对于任何设计师而言，其设计行为与结果都必须考虑设计产品的最终使用者的各种需求，都希望其作品得到消费者的认同，而不是片面追求个人风格，或是个人设计理念与大众消费观念相妥协。

在中国当代社会环境下，消费者的需求很大程度上受到各种传播媒体的影响。媒体导向对于消费者选择有巨大的影响。广告通过杂志、报纸、电视和网络中的影像，将广告产品与社会地位、舒适的生活和社会认可联系起来。许多消费者对于日用品的第一印象，绝大部分来自各种广告，特别是电视广告的影响，也就是以影像、文本等符号进入消费者的思维中。普通消费者对许多设计风格的认知也来源于报纸、杂志和电视所传播的影像及其读解，而缺少真正的接触。以当代中国轿车为例：在利益的驱动下，中国大多数媒体欠缺社会责任感和环境保护意识，主流媒体只推出轿车销售广告、性能介绍、品牌，向全民推销“拥有轿车就是拥有幸福”的消费理念，几乎没有一个汽车节目反思在中国这样的人口大国，轿车消费对于环境的影响。而这样的媒体导向对于消费者以及设计师的影响是巨大的。拥有豪华轿车与高档住房成为“成功人士”的标志，宣扬奢华的消费观念成为时尚，走上一条与美国20世纪50年代相似的“丰裕社会”之路。企业在设计师“有计划的废止制度”帮助下制造时尚，浪费宝贵的资源。而这种消费被英国设计史学家和批评家雷纳·班纳姆贴切地称为“浪费型文化”①。这表明，设计与消费、设计思潮与社会变迁不是简单的关系。促进设计艺术学科发展、让设计艺术提升民众幸福生活感，需要透过表象而认识本质。

二、中国当代设计艺术思潮的核心命题

（一）全球化语境下民族风格的形成

在全球化的历史条件下，中国当代设计思潮的首要核心命题是探索形成具有民族特色的设计风格与形式——“世界的中国”。一方面，中国设计艺术界将继续消化吸收国外百余年来的设计艺术思潮内涵，了解世界各国的设计艺术思潮及本质。另一方面，传承中华传统文化，吸收民间艺术、民俗文化的元素，应该逐渐成为中国设计师的共识。

---

① 转引自［美］大卫·瑞兹曼：《现代设计史》，333页，北京，中国人民大学出版社，2007。

如果说在改革开放的早期，中国设计艺术界对于设计风格、设计思潮的争议还停留在对西方设计名称和内涵的理解上。那么，当下中国设计艺术界对于设计艺术思潮发展的认识趋向一致：在设计艺术实践的各个领域，如前所述，运用中国传统文化元素的设计开始出现，并且不限于视觉传达设计领域。在设计艺术教育中，设计基础以“三大构成”的课程开始出现变化。例如“传统文化”“平面设计的本土化探索”等课程出现在中央美术学院设计学院的基础课程体系中①。这种变化反映当前中国设计艺术界的积极探索。

（二）人文精神与平民化设计

中国当代社会处于转型时期，经济高速发展，消费社会逐渐形成，但也带来一系列社会问题，如贫富分化、环境破坏等。西方现代设计艺术思潮中的人文精神和平民化也成为中国当代艺术设计思潮的核心命题之一。

西方现代设计思想的核心理念是：设计是民主的工具，可以改变社会的不公平状况。这一思想源自于19世纪兴起于英国的工艺美术运动的精神领袖约翰·拉斯金的社会改良思想，他将英国当时存在的贫穷、失业和恶劣工作条件等问题归为工业化和物质化的结果，呼吁回归手工业。他的“乌托邦”思想在莫里斯等设计师的实践中得到体现。19世纪末奥地利建筑师卢斯在《装饰与罪恶》一书中，将没有功能意义的装饰与社会堕落联系起来。而后兴起的现代主义设计思潮延续这一思想，强调设计必须为大众服务。设计师应该扮演的角色是基于精英知识分子的社会责任感和使命感，而不应成为资本主义商业利润的工具。这一思想在当时处于战争边缘的欧洲没有实现的可能，而最后在美国生根发芽，但美国缺乏欧洲的社会民主主义思潮和社会阶层，为大多数民众服务的现代主义设计思潮最后演变为标志资本主义财富的“国际主义风格”。后现代主义设计针对现代主义缺少历史文脉、舍弃装饰而提出回归历史，强调艺术与大众文化的结合，在波普艺术中直接选取日常生活的普通形象使设计走向普通民众。由于各方面的因素的制约，西方现代设计思潮中的民主思想最终也没有找到实现其理解之地。

作为新兴的经济大国，中国的艺术设计能否成为社会改良的工具还有待观察。2005年《艺术世界》2月号发表欧宁《谁在为穷人设计?》一文，列举了中国当代存在的挥霍之风，而设计艺术越来越趋向于为新兴的富裕阶层服务，建筑师以开发高档楼盘、为个人设计别墅为荣，城市也以“郊区居住，开车到

---

① 参见周至禹：《设计基础教学》，北京，中国人民大学出版社，2007。

市区上班”生活模式进行规划，浪费了宝贵的土地资源和能源，造成了极大的环境问题，而这些问题最大的受害者只能是穷人。他以欧洲最新绿色设计思潮的应用为例，倡导节约、环保和可持续发展的观念，呼吁中国设计界应重视设计的社会责任。

这篇文章对于中国当代设计思潮的形成有着积极的现实意义。如果中国设计师缺乏人文精神和为平民设计的思想，将无异于古代宫廷中的御用画师或匠师，或成为各种企业获取利润的工具，更成为环境破坏、加大贫富分化的帮凶。虽然“平民化设计”可能只是一种理想主义的命题，但在以实用主义为价值取向的当代中国，却是十分必要的。

三、中国当代设计艺术思潮的辐射性力量

设计艺术思潮的辐射性力量是指设计艺术思潮的扩散张力。任何一种设计艺术思潮总是会有一定的辐射力量的。一方面，我们不应该忽视设计艺术思潮的辐射力。另一方面，应该积极应答设计艺术思潮的辐射，这样才能在设计艺术思潮影响中受益。从整体上来看，当下中国设计艺术思潮的辐射方式体现在历时性与共时性辐射两大方面。

（一）历时性辐射力量

由于改革开放程度及经济发展水平的不平衡，国内沿海都市的设计艺术发展水平已经达到相当的水准，而部分内陆城市和乡村，设计艺术的观念与转换处于相对滞后的状况。与沿海发达地区相比，设计发展地域上的封闭性体现出历时性的特点，即内陆的设计艺术思潮普遍落后于沿海都市五到十年，沿海地区的设计艺术对内陆城乡具有历时性的辐射力量，这在室内环境艺术设计方面体现的尤为明显。在家具设计、工业设计方面，内陆流行的设计一般都比沿海流行的设计滞后三到五年。随着互联网的普及，资讯的地域性优势开始逐渐消失，但沿海设计艺术所形成的资金优势、管理优势依然存在。

（二）共时性辐射力量

当代中国设计艺术思潮的共时性辐射力量体现在不同地域的设计艺术实践和设计院校教育中。随着设计艺术领域的发展，中国当代设计形成了以城市为主导的设计中心。这些设计中心对于周边设计的发展具有相当的影响力。

北京长期的政治、艺术、设计教育等的中心地位决定了其在全国的设计中心地位，在引进国外设计理念和思潮方面具有得天独厚的优势。广东珠江三角

洲地区由于处于改革开放的前沿，“近水楼台先得月”的地理优势使之在环境艺术设计、视觉传达设计、服装设计、工业产品设计等领域成为全国的设计中心之一。上海作为经济中心，拥有众多的世界500强企业，设计和制造能力在国内处于领先地位。江苏、浙江等文化、经济大省也纷纷扩建自己的设计艺术教育中心，而中部地区和西部地区的城市也各显神通，在原有艺术教育的基础上创办区域性的设计教育中心。

四、中国当代设计艺术思潮提供的运动空间

在摆脱了百年前的民族灾难之后，中国逐渐走向振兴之路。中国设计艺术自然也是在不断振兴发展中。综观当下的中国设计艺术思潮运动，也为中国设计艺术提供了许多切入与深入的空间领域。

（一）多种维度拓进设计教育

随着对外开放的深入，电脑及互联网的普及使中国设计师拥有与国外同行相同的硬件条件，但相对滞后的设计教育和设计理念使中国设计界仍处于模仿阶段。在利益的驱使下，中国内地的汽车、家用电器、手机等工业产品缺乏创新的设计，让中国工业产品在世界范围成为违反知识产权保护的特例。从西方设计史的演变来看，提升设计教育是提高设计师水平最有效的手段。学习西方设计理念和思潮，创立具有中国特色的设计艺术是首要目标。在各自学校形成独立的设计艺术专业方向和办学特点是提升教育水平的必由之路。当前国内设计专业的学生和年轻设计师，一方面享受到各种电脑图形软件带给设计工作的方便与快捷，另一方面因过分依赖于电脑，受制于软件本身的操作方式与流程，创新力度和深度不够。

在迈向设计大国的进程中，中国艺术设计界认识到不仅通过设计教育要提高设计师的设计水平，还要通过各种设计展览、电视、网络等媒体传播设计理念，提高消费者、业主们对设计的认知能力。设计的最终价值在市场，没有产品的生产，就没有设计。

一句话，中国当代的设计艺术思潮可以在促进设计艺术教育和培训设计师等领域和空间发挥强有力的影响推动作用。

（二）催生和促进“创意中国”

当代设计艺术思潮还可以在催生和促进“创意中国”上发挥重大作用。也就是让设计艺术思潮在促进思考如何设计中国国家形象、族群形象、产品形

象、软实力形象等方面起到实际作用。一定的设计艺术思潮也是先进设计思想或设计理念的体现。因此，努力让特定的设计艺术思潮在促进中国全面成长性发展中发挥效力，是中国设计艺术思潮取向运行的最大空间。

作为目前全球最有潜力的经济增长体，中国已经成为名符其实的产品制造大国。虽然“Made in China”成为遍布全球众多商品的标签，但1亿件衬衫只能换回一架大型客机的现实反映中国设计的缺席，中国设计在全世界的影响力依然有限。“Create in China”（创意中国）应该成为中国设计师奋斗的目标，鼓励创新成为设计界的共识。

分析日本设计的成功之道，思考传统工艺美术对现代设计的影响，反思近30年来设计艺术思潮对中国设计的作用，成为许多学者研究的问题。

第三编

21世纪中国文艺的全球化前瞻

21 世纪的文艺是在两个大的背景下产生的：一是全球化的时代背景；二是后现代的时代氛围。如果从社会学的角度分析，全球化的结果是使得世界各国纳入到全球一体化的进程中，表现在文艺方面则是一方面是文艺同质化，另一方面又出现了多元化的局面。这是由于西方文艺的涌入反而激活了世界各国本民族文艺的复苏，本土文艺得到重视和发展。然而这样的民族本土文艺已经不是、也不可能是传统的、封闭的、单一的民族文艺，而是融合了多元文化背景的开放的、现代的、多元的民族文艺。在这里，民族文艺的基本精神既是全球的，又是民族的，是普世价值和民族特质的辩证统一。

从郑和下西洋到哥伦布发现新大陆，就开始了世界范围内的“全球化”的进程，只不过是由于物质条件的局限，这样的全球化的进程在早期的时候显得非常的缓慢，进入 20 世纪以后，借助于科学技术迅猛发展，更甚的是 20 世纪 90 年代以来，互联网、信息技术的突飞猛进，麦克卢汉所预言的“地球村”已经成为一种可能。空间距离的缩短，并不仅仅意味着时间的减少，更在于文化、文艺资源的共同和共享，普世价值的彰显。

处于这样一个大的时代背景下，中国文艺也同样面临着新的抉择，准确地说 20 世纪 70 年代末以来，从中国实行改革开放起，中国的文艺就面临着这种抉择，而当代中国文艺的发展路程就是在中国文艺和外来文艺的“对话”下展开，而随着“多元互动”和“交流对话”的深入，在已经到来的 21 世纪，中国文艺必将在坚持“多元”和“对话”的原则基础上，更多地展示出国际融合背景中的自我特质。

现时的中国处于大的后现代的时代背景下，中国文艺可以说呈现出分裂、抑或多元的景象，在某种意义上说：当前的中国文艺是处于“后现代背景中的现代尴尬”下。中国文艺虽然看起来是呈现出后现代的特点，但整体还是极力在展示现代主义的精神，还处于需要文化启蒙的时期。因之，21 世纪的中国文艺是要在全球化的背景下，融合世界文艺的共同健康的根基，首先完成文化的启蒙，其次在凸显本民族文艺特质的同时，实现中国文艺的复兴。

文艺的民主是以文艺的多元为前提，文艺的多元对话是文艺全面复兴的基础。大一统的文艺形式，只能也只会约束文艺的创新精神，使得文艺缺乏生命力。基于共同的健康的国民意识与生命基因基础上的多样化的民族文艺形式，才应是 21 世纪中国文艺的必然趋势。

第一章 当代各国文艺现状扫描

第一节 西方（欧美）文艺

西方文艺大致经历了几个不同时期，呈现出不同的艺术精神风貌：希腊古典时期、文艺复兴时期、启蒙运动时期、现代与后现代时期，它们有一个渐进的比较清晰的发展线索。在西方文艺发展的过程中出现了几次大的占主导地位的文艺思潮，这对文艺的发展产生了巨大的影响。到了19世纪末，由于现代主义的异军突起，现代主义文艺逐渐成为主导，而现代主义文艺的独大，也使得文艺的精英化、学院化趋势增强。但同时现代主义也由于内在和外在的原因遭遇了前所未有的危机。

> 20世纪70年代后，欧美现代主义开始全面性地衰退，陷入了苍白、空虚和彷徨的时期。……艺术的前途成为当时人们思考的焦点。以往公认的判断标准受到彻底怀疑，艺术家们开始对自己的艺术立场进行反省，逐渐意识到现代主义的种种弊端：无穷无尽的形式探索走向极端而与生活断裂；“纯艺术”独尊往往散失了社会的亲和力；艺术的自我中心性质所产生的高高在上的“高雅艺术”与大众的文化消费相脱节；完善理性秩序和逻辑结构，一切都经典化、标准化，又产生了新的文化权威和专制。①

毋庸置疑，20世纪的现代化进程史无前例，但是它同时也孕育着发展的危机。到了60年代末，在全球化的背景下，当消费社会图景出现，西方社会也逐渐步入了后工业社会，或说是后现代社会。现代科技在创造着现代文明的同时，也导致了工具理性的畸形发展、人文精神传统的萎缩和人的异化。“生存或毁灭”成为人类面临的新的问题。这一切使得现代艺术家开始重新思考：

---

① 葛鹏仁：《西方现代艺术·后现代艺术》，161页，长春，吉林美术出版社，2005。

艺术的意义是什么？艺术的价值何在？艺术家的社会角色是什么？于是，在现代主义文艺内部逐渐产生了一种自我反动的力量，现代社会自身孕育的反精英、反文化、反社会的文艺思潮和社会思潮相结合，逐渐导致了后现代主义思潮的蔚为大观。在艺术家开始走入社会之后，在反思的基础上，他们更加关注对事物本质的表达，认为艺术应该回归自然、回到大众之中，关注人类的生存环境、关注现实的生存状态。不期然间，西方文艺进入了后现代主义阶段。但由于后现代文艺本身所具有的反动的、解构的、拆解的特性，最终自己本身也将遭到解构，难免匆匆谢幕。

一、后现代主义异军突起

20世纪60年代初，随着科技和经济的迅速发展，现代西方社会进入了后工业阶段，而现代西方文化也经历了一次次新的裂变，随之全面推进到后现代时期。到了90年代初，后现代开始由欧美向亚洲地区扩散。

从20世纪60年代开始，艺术的写实性、唯美性、叙述性和传统的美学观点被全部推翻、艺术的非写实性、反唯美性、非叙述性已经成为当前艺术的主流内容。当代文艺整体呈现的是消费化、日常化、戏耍化、泛大众化的特点。以安迪·沃霍尔为代表的波普主义成为典型的代表，波普艺术表现出日常化、商业化的特点，任何日常用品都可以成为严肃艺术的内容和题材，包括罐头、汽水瓶等。《二百个坎别尔罐头》（安迪·沃霍尔）就是把二百多个罐头并列在一起。虽然波普艺术宣称没有太多艺术家个人情感的参与，追求客观主义、立场的中立，但我们能感受到作品中关于那个时代的反映和缩影。20世纪60年代美国出现了对抗主流的“反文化”社会文化浪潮，在社会不稳定因素的推动下，艺术的反叛性表现得更加激烈。波普艺术反对高雅与低俗的区别，而是把日常生活的主题、通俗的商业文化带入到严肃艺术，把艺术从单一的创造转变为批量性生产——这些从根本上动摇了西方传统艺术。

“后现代主义主张兼容的美学观，横向包容——本土的、外国的、高雅的、俗气的、新的、明鉴的都可以随意撷取。纵向拼接——传统的、古典的、现代的、当代的都可以加以综合……艺术家想怎么创造就怎么创造，也就是说，内容是混杂的，方法是综合的，风格是自由的。后现代主义展示了极度宽容的态度，给予了艺术家百无禁忌的权力。”① 后现代艺术的这种宽容体现在许多艺

① 葛鹏仁：《西方现代艺术·后现代艺术》，162页，长春，吉林美术出版社，2005。

术家的作品中，美国作曲家约翰·凯奇的作品具有影响的是他在舞台上静坐了四分多钟，自然之声音就是他的作品，而在他的作品中渗透了鲜明的东方禅宗思想。这也就进一步确立了杜尚的“让艺术成为非艺术，让艺术等于生活”的理念。

后现代主义文艺所持续的时间不是很长，但它所带来的冲击是异常激烈的，现代精英主义所筑起的文艺的高墙被推翻在地，艺术的距离感顿时消失，人们对文艺重新认识，于是有人甚至慨叹艺术已死。客观的评价，后现代主义文艺所具有的强烈的解构色彩，在解构了现代主义之后，也使自己遭到了解构。

在后现代艺术对现代艺术进行狂风暴雨似的冲击的同时，对后现代文艺本身的反思也在其内部孕育着。正如有些学者所说：“如果说后现代的美是一种‘纯粹的快感和满足’，那么当美不仅仅表现为这种‘快感和满足’，而且是具有多元性多向性多层次多样性的社会历史内涵和文化价值取向；或者说，当西方性灵在文化放纵感性狂欢之后，已经表现出来一种对文化复兴和价值重建的普遍诉求之时，那么，它是否便意味着审美，已经由‘后现代’而走向了‘后现代之后’或‘后后现代’?”① 其实这也符合艺术发展的历史，艺术的历史就是不断革新与反叛艺术自身的过程，求新求变是艺术本身的应有之义。随着社会的发展，由于文艺自身的发展规律，同时由于后现代文艺与生俱来的不足，导致后现代主义思潮在西方文艺界产生了喧哗和骚动之后，终究成为过眼云烟，从而匆匆谢幕。虽然说后现代主义作为一种文艺思潮在当代的西方文艺界已经处于主导地位，但后现代瓦解中心、反对权威的思想已经让西方文艺界的人士经历了一次洗礼，其重要的结果就是实现了德里达的解构“中心”，取消中心从而达到多元并生的目的。在此基础上，西方文艺界不仅仅局限于本土的视野，而且是在全球寻求对话，文艺的多元共生成为一种共识。

二、文艺的回归传统和多元并存

进入 21 世纪以来，虽然没有形成一种占主导地位的文艺思潮，但各种主义的文艺在这个更加开放、多元、宽容的社会背景下共同发展，也使得西方的文艺呈现出了新的特点。

在经历了后现代主义对文艺的消解、解构之后，古典的、浪漫的、现实主义所具有的美学观念受到极大的冲击，得到彻底的消解，美学标准遭到否定，

① 周平远：《维纳斯艺术史》，403 页，上海，上海三联书店，2006。

艺术的标准也受到的质疑，人们开始认真思索后现代带给我们的真正是什么？艺术家们开始对现代、当代艺术进行反思，后现代文艺一支独强的局面有所改变，出现了多元化的态势，而且由于后现代的颠覆、冲击，人们开始重新思考艺术的本质。于是，现实的、浪漫的、古典的等多种文艺形态，在新的背景下，重新受到人们的关注，出现了一种回归传统的倾向。

"其实，早在20世纪80年代，后现代主义作为一种思潮，已显露出了它正在过去或已经过去的迹象。在美国，20世纪八十年代后，美国小说又'自觉归向现实主义'，'后现代主义表现出了正在过去的迹象'。《哥伦比亚美国文学史》称：在20世纪八十年代中期以后，人们可以喘口气说，我们终于把它打发掉了（指后现代主义文学），这一种叫人厌烦、叫人生气、叫人发火的记叙形式，对我们来说，终于结束了。"① 如果说现代主义的美学精神是由悲剧而导致"崇高"的话，那么后现代主义就表现为对"崇高"的消解和颠覆，而没有悲剧和崇高精神的文艺在人类的历史长河中，始终只是短暂的，而平庸的、世俗的、浅陋的文艺，缺乏生命伟力和激情的文艺只能是满足人们一时的情感需要。于是，人们在经历了狂欢之后，就匆匆将后现代主义抛弃了，而它也终究没有能成为世界文艺的主流。后现代主义文艺反对宏大叙事，但在其后出现的后殖民主义、女权主义等文艺思潮，无不呈现出"宏大叙事"理论特点和价值取向。"从'美必须是震动心弦的（毕加索）'到美被定义为纯粹的快感和满足（詹姆逊）再到崇高和美的双峰并峙以及千姿百态的美所构成的对话交往，明显勾勒出西方美学从现代到后现代再到后后现代的历史轨迹与文化逻辑。"②

作为一种文艺思潮，后现代的诞生有其必然性，对文艺的发展也起到了促进作用，但其负面效应也不可忽视，这也就使其终究被现时的文艺所超越。詹姆逊在其《文化转向》一书中指出，构成了西方美学的"一个崭新的前所未有的时代将要开始"，那就是"由新科学主义和新人文主义交汇、渗透、融合而形成一种新理性主义文化精神。是在扬弃了古代、近代和现代美学精神基础上的复活，也是在哲学意义上的更高层次的回归"③。

---

① 许汝祉：《西方对后现代的重新估价》，载《文艺报》，1998－01－01。

② 周平远：《维纳斯艺术史》，404页，上海，上海三联书店，2006。

③ 同上书，405页。

第二节 非西方文艺

一、非西方与西方的同质化

随着全球化的发展，在全球经济的巨大推动下，西方文艺作为强势文艺，在20世纪一直向亚、非、拉等洲迅速推广，这是我们无法否认和必须面对的现实，西方文艺所具有的强势性，使得非西方文艺有着普遍的由对抗到融合的一个过程。非西方国家在社会发展的阶段上都存在一个现代化的过程，而这样的一个过程导致的结果，一方面是西方的侵入，另一方面是非西方的学习。西方国家从近代、现代到后现代是一个不断推进的、累积的、深化的过程（这点和非西方社会很不一样，所以导致非西方文艺与西方文艺的很大不同，这使得西方文艺的发展不曾出现断裂的情况，而非西方文艺都或多或少的存在这种断裂的情况），而非西方的国家是在不断的追赶着不断变化的西方的现代化（这样的结果也导致非西方文艺开始重新对西方文艺和本土文艺有着比较深入的反思）。于是，在西方与非西方的互动中，现代化就产生了丰富性、复杂性和多样性。这一方面是由于许多当地的艺术家在西方学习，回国后随之把西方的艺术在本国尝试开展。随着国际交流的增多，许多本土的艺术家，在走向世界的过程中，逐渐被西方的文艺所同化；另一方面是西方文艺也逐渐吸收了非西方文艺的特点。尤其是20世纪的现代艺术和后现代文艺，更是影响了亚、非、拉各大洲的文艺思潮和文艺形态，在美学观念等方面使得非西方文艺趋同于西方文艺。

哥伦比亚的费尔南多·波提罗（Fernando Botero）从以欧洲大师的经典作品为参考到逐渐创立拉丁美洲艺术的形象。文艺评论界常把他的绘画与“魔幻写实主义”作家马尔克斯相提并论，他是美术中的魔幻写实主义大师，而马尔克斯是文学中的大师，他们都从墨西哥、哥伦比亚这些国家流行的神秘、魔幻的文学中找寻灵感。而西方国家也逐渐从非西方国家的文艺中取得灵感，如高更就跑到大洋洲上创作出《我们从哪里来？我们是谁？我们将要到哪里去?》，毕加索的《亚威农少女》就是受非洲部落的面具影响而产生的。

不同地域文艺间的互相影响，一方面是由于文艺本身所具有的共通性。出现同质化的倾向主要是由于非西方国家也在经历着西方国家的现代化的进程，在在这个过程中所出现的社会问题和文化现象，非西方国家和西方国家有着相同的境遇，这些也必然在他们的文艺作品中得到相应的表现。另一方面也是在于强势文艺凭借自己的巨大影响力向处于边缘的亚、非、拉各国的输入，成为亚、非、拉各国在走向现代化的过程中的一种必然的选择。东亚的现代艺术家模仿西方现代艺术，使他们的作品很像西方的现代艺术类型。19 世纪以来，西方对东方的兴趣越来越大，逐步把东方作为一个研究、学习和借鉴的主要类型看待。西方对东方是矛盾的，一方面，西方人认为东方在经济、政治上是落后的、愚昧的，但也对东方悠久的文化遗产、对东方独特的文化感到巨大的兴趣，特别是 20 世纪初期以来，一批西方学者提出东方文化中的先进思想内容是西方文明中缺乏的因素，因此造成了广泛的对东方传统文化的热情。[①]

在东方国家中，日本对整个西方文化、西方生活方式有着崇拜的心理，从而在整体上学习西方的，其社会的工业化程度非常高，与西方社会差异不大，这也导致日本文艺与西方文艺的同质化程度最高。韩国的社会也很类似，也出现了白南准这样的世界级大师，他使用电视、录像、计算机创作装置艺术，例如他 1992 年的电视装置《凤凰的电子象征声音》是用 60 台电视机做的装置，采用电视机建造了一个好像机器人的形式，每个电视机都播放两种不同的近乎抽象的节目内容，不断重复、循环放映录像带，有很强的视觉特征，表现了信息化时代特有的那种孤独感、隔膜感。21 世纪，全球文艺趣味的发展也同整个文化趋势一样存在着走向同质化的趋势。总之，同质化不是一个简单的文化侵略和文化殖民的“阴谋”，而是社会发展和近代世界文化发展的普遍历史趋势和理想。

二、本土化文艺的发展

虽然全球化导致了全球文艺的同质化的倾向，但亚非拉各国的本土文艺也在外来文艺的刺激下，出现新的生命态势。有一些文艺形式被淘汰，但更有一些本土文艺得以重新焕发了生命活力。而这一方面是由于本土文艺创作者在面对外来文艺的冲击时，开始改造本土文艺，将外来文化和本民族文化融合。

20 世纪 70 年代，欧洲和美国出现了对以西方中心为主导的 20 世纪艺术潮流质疑的思潮。但这股思潮起初并没有在广泛的领域中得到展开，甚至没有波及或影响到整个东方，日本是个例外，绝大多数的亚洲国家与西方之间仍是隔绝的。然而这种质疑的声音，以及随着“冷战”的结束，不同地域文化之间的互相交流，这不仅暗示了西方中心文化之外存在着未被发现和未被认识的共时性的现代文艺观念，而且也预言了多元主义文艺时代的降临。与此同时，它

① 参见王受之：《世界当代艺术史》，北京，中国青年出版社，2005。

无疑在文艺实践上动摇了西方中心主义的价值体系，进而导致了从西方中心的视点向多元文化视点的转移。这种非中心的文艺实践无疑预示了国际文艺发展的新走向——严格划分“中心”与“边缘”的文化版图逐渐被溶解，并带动了包括非西方艺术的多元文艺的崛起。

面对西方文艺的侵入，非西方国家的文艺都结合自己的本土民族特点来积极面对。例如波普艺术对拉美地区产生了极大影响，拉美各国也在吸收英美的波普艺术时，使其具有浓重的拉美特征。美国、英国的波普艺术比较空洞，大多指涉商业文化，而拉美的波普艺术有着社会批判色彩。近几年亚洲的韩国和伊朗电影的崛起，就明显地带有民族的清新、质朴的气息。在好莱坞的冲击下，印度的歌舞电影仍旧呈现出民族特色。而非洲艺术的神秘主义色彩也在现代艺术中得到很好的体现。他们努力把传统观念和现代观念融合起来，从民间传说那里得到灵感，面谱特色的人物、妖魔鬼怪、各种复杂的民间图案，形成复杂的象征性画面。

面对全球化的冲击，尤其是以美国好莱坞为代表的影视的冲击，反而纷纷激活了亚洲、拉丁美洲电影的发展。近年来，韩国和伊朗电影在各大国际电影节的获奖，尤其是韩国电影在本土乃至亚洲所取得的成绩更是有目共睹。韩国和伊朗电影异军突起的原因很多，但有一个非常重要的因素就是他们所展示出来的强烈的民族气息。本土文艺在与外来文艺的对话、碰撞中激活了本民族的部分美学精神和艺术品格。这些影片都是有着极为清晰的本土化的题材定位，而且积极将本民族的传统文化融合到影片中。例如，林权泽在《春香传》中将韩国传统的唱剧潘索里和西方电影艺术有机地融为一体，在《醉画仙》中则将韩国传统的绘画技巧巧妙地纳入了其视觉语言之中，获得了评论界的普遍好评。而以阿巴斯为代表的伊朗电影所呈现出来的清新、质朴的品格更让观众享受到别样美学意境。

第二章　文艺思潮流变原因及共同基因呈现

无论是当代的文艺思潮还是历史上的各个时期所出现的文艺思潮，都无可争议地受到了时代背景、历史文化和哲学思潮以及文艺自身的发展等要素的共同影响。

第一节　文艺思潮流变的原因

一、文化和哲学观念的变革

西方文化经历了从自然主义、现实主义、古典主义、浪漫主义、现代主义到后现代主义的流变，这种文化和哲学思潮的变革导致世界范围文艺的巨大变革，其中无论哪次文艺思潮的更替都是以当时的文化和哲学观念的变革为先导的。丹纳在《艺术哲学》中对决定文艺发展的原因提出了“种族”“时代”“环境”三因素说。

20世纪现代主义文艺的产生更是受到文化和哲学的直接影响，有些艺术家本身就是哲学家，例如萨特，他本人将“存在主义”哲学系统化，同时又创造了《恶心》《脏手》等反映存在主义哲学思想的小说和剧本。而且20世纪中，文艺的这种哲学化的倾向越来越严重。现代哲学对人的异化分析、萨特的存在主义、弗洛伊德的精神分析等对本我、自我、超我的解析，都是以实现人的解放、获得自由为前提，而这些都体现在文艺作品的创作之中。

现实环境的巨变，导致了具有前瞻意识的哲学家对社会发展趋势的思辨。而这相应在文艺创作领域都得到了展现。后现代主义的出现是由于社会的日益商业化、人的符号化，波普运动等后现代艺术的出现，是处在20世纪60年代美国出现的“反文化”运动的大背景中，与“垮掉的一代”等社会文化思潮有着千丝万缕的联系。

朱立元在《当代西方文艺理论》中指出，当代西方哲学思潮大体上分为人本主义和科学主义两大主潮。人本主义思潮的兴起，对文艺产生全方位的深刻影响。弗洛伊德的精神分析学说认为存在主义则是20世纪前半期思想最深刻、内容最丰富、影响最巨大的人本主义思潮，对文艺的发展可以说是影响深远。“存在主义关于人生状态的理论对人的存在的社会状态和心理状态的描述和论证相当确切和深入。从克尔凯郭尔到雅斯贝尔斯，到海德格尔，到萨特和加缪，都特别强调高度主观化、自我化、内向化的个体存在的境况和情态。加缪面对痛苦的荒诞的人生通过再现西西弗斯神话展示人生的苦疫。他用隐喻和象征的手法，表现人们的生存好比不断地把滚落下来的巨石，不断地推向山顶，承受着永无休止的折磨和捉弄。面对这种没有终结和尽头的惩罚，人们只能屈服于自己的命运，或有屈辱感，或有幸福感，或觉得这是对异化的人生状态的顽强的反叛和坚韧的抗争。不管如何理解和阐释，都带有精神胜利和自我解嘲的意味。加缪为了安顿人们的焦灼和凄楚的生态和心态，曾构想出涅墨西斯同海伦相结合的神话，制造出‘适度’和‘美’联姻的幻想。这种良苦的用心，只不过是对无望的人们的一种关爱和抚慰。《等待戈多》好比是《西西弗斯神话》的姊妹篇。《等待戈多》所表现的无限度地精神企盼和《西西弗斯神话》所描写的无休止地体能耗损所蕴含的哲理相契相通。所包含的悲剧意识更加冷酷。悲剧！身亡是痛苦的，但心死岂不更加令人感到恐怖和震惊。”① 现当代人类社会，虽然物质财富得到了空前迅猛的发展，社会福利事业有了很大的增长，但远未能从根本上解决人的自由、幸福和解放问题，绝大多数人尚处于被压抑、被奴役、被束缚的状态之中。这种巨大的无望、失望人生困境其实是人生悲剧性的写照，而当代文艺也从这个方面表现了人生的这种困惑和茫然。

存在主义与“异化”理论的出现有着相似的社会背景的基础，西方马克思主义文艺理论批评，一直以其作为批判的理论指导。马克思的《1844年经济学哲学手稿》1932年问世之后，在西方社会立即掀起一段相当持久的“异化热”。由人的异化理论而导引出对不合理的社会现实的强烈的批判精神，几乎贯穿于20世纪的人学观念以及文艺创作的全过程和各方面。推崇和宣扬异化理论的思想家和文艺家认为，人们的生理和精神的萎靡都是由异化导致。揭露和力图消除异化现象是西方现当代文艺创作的重大命题。对社会各个领域的异化现象比较全面而又深刻地审视和抨击，使得西方现当代的文艺创作取得了巨大的成就。存在主义在文学上的代表无疑是卡夫卡的小说，他的《城堡》和《审判》表现了现当代西方社会的国家机器和法律制度的极度异化现象。而中国在20世纪80年代，也有过关于现代主义异化现象的讨论，但对这一异化现

---

① 陆贵山：《论文艺的人文精神》，载《社会科学战线》，1999（6）。

象并未能有深入的认识。但现代主义作为一种理论，也对中国的文艺创作产生了深刻的影响。中国的文艺也出现了一些代表性的作品。

西方文论界对后现代主义的研究是在20世纪90年代开始趋向落潮，而中国20世纪90年代以来出现的后现代主义的文艺，一方面是随着社会经济的发展，产生了其生存的土壤；另一方面是来源于学术理论界的引进和阐释，以及全球化的文化对话、交流的结果，但后现代主义更多是集中于文学、话剧、美术等领域，而就电影、电视来说，由于其较强的商业特性，20世纪80年代以来中国缺少真正意义上的后现代作品。

二、社会环境的变革

丹纳认为物质文明和精神文明的性质面貌都取决于种族、环境、时代三大因素。“你们已经看到，每个形势产生一种精神状态，接着产生一批与精神状态相适应的艺术作品。因为这个缘故，每个新形势都要产生一种新的精神状态，一批新的作品。也因为这个缘故，今日正在酝酿的环境一定会产生它的作品，正如过去的环境产生过去的作品。这不是单凭愿望或希望所做的假定，而是根据一条有历史证明，有经验为后盾的规则所得的结论。”① 社会环境、时代的变迁必然会随之在文艺上有反应，这种变化是非常明显的。丹纳在谈论荷兰文艺风格为什么会产生变化时说到：“1667年荷兰（佛兰德斯）打败英国海军以后，过去激发民族艺术的风气和思想感情，就有开始变质的迹象。人民太安乐了。”② 随之，人们开始追求享受，他们的艺术风格也产生了明显的转变，“刚毅的古风衰退了”③。

艺术家选择什么样的题材，反映了他们具有什么样的文化心态和文化素养，反映了他们在多大程度上受到特定时代和特定民族的社会文化心理的影响。巴尔扎克的《人间喜剧》是法兰西19世纪社会、历史、文化的百科大典，非法兰西人不可能撰写相同的题材。施特劳斯的《蓝色多瑙河》不仅取材于同名的欧洲河流，而且在音乐传统上来源于欧洲深厚而丰富的圆舞曲文化。中国的汉唐气派也证明了这种观点。汉代的雕塑《马踏飞燕》所表现出来粗犷的风

---

① [法] 丹纳：《艺术哲学》，傅雷译，105页，天津，天津社会科学院出版社，2004。

② [法] 丹纳：《艺术哲学》，傅雷译，335页，天津，天津社会科学院出版社，2004。

③ 同上。

格和汉朝强大的国力相映照，而这种大气磅礴的气势在汉大赋中也有发挥，司马相如的《子虚》《上林》，那汪洋恣肆的文笔才情；司马迁《史记》"究天人之际，通古今之变，成一家之言"所包容的宏阔的宇宙生命意识。而唐朝诗歌所表现出来的宏大的气势和浪漫的激情也是和唐朝包容四海、吸纳万邦的开阔胸襟相匹配的。

20世纪的整个社会正如鲍德利亚所说的，是消费"景观社会"，文艺由个体的创作变成了商品。而资本与消费文化的合谋正在造就着一个同质的社会。资本在全世界范围里的发展，机械化、高科技的、网络化的现代社会使得全球的联系更加紧密。文艺创作作为一种生产模式的出现使文艺传统的膜拜价值被商业社会的展示价值所取代。法兰克福学派对文艺展开了全面的批判，这种工业化、资本化对文艺的冲击和碰撞，不仅在国外，在中国也将会存在一段时间。它使得艺术产生巨大的变迁，纯艺术的古典、传统之美被现代的工业文明造就的商业之美所取代。

三、文艺自身发展的规律

文艺的发展有着自身的特点和规律，自身有着一个流变的过程，有些艺术只能出现在某个特定的时代，某种文艺形式在特定的时代取得适当的发展，和社会的因素有关，和自身的发展也有着必然的联系。神话和史诗只能出现在人类文明的初级阶段，成为人类艺术高不可及的范本。

> 艺术明显区别于其他意识形态之处，恰恰是它的审美属性；正是这种审美属性，规定了艺术与社会生活联系的特殊方式，并使艺术具有特殊的形态与功能，赋予艺术以明显的自律性。惟其如此，虽然社会生活的变动促使艺术或迟或早发生变化，但是艺术的变化往往不是与社会的变迁同步的，也就是说，政治经济的发展并不一定带来艺术的繁荣；这要看新的政治、经济状况是否有利于审美创造的自由发展，能否保证审美主体的独立自主性。况且，审美形式也具有相对的独立性、稳定性；只要它还能适应新的审美内容的要求，就并不因社会生活变迁而发生变异。这些正是艺术的自律性的表现。①

① 赖干坚：《文艺的本质特征与文艺的自律、他律关系》，载《福建论坛：文史哲版》，1995（5）。

艾略特认为当一件新的艺术品创作出来以后，在它之前的所有艺术作品也会随之发生某些变化，原来的理想秩序就会破坏。20世纪的现代小说已经从传统的重视完整的故事情节的叙述，到意识流、魔幻现实主义，更有先锋派小说、“元小说”等完全通过内部的语言结构的置换完成小说的描述，而这些都是文艺自身流变的结果。

第二节 文艺思潮的共同基因

虽然世界各国文艺在不同时期，其表现形态、主导内容呈现出不同的特点，浸染着时代精神和民族特色，但世界文艺得以发展至今，在于它们有着共同的、合理的、良性的基因。西方14世纪到17世纪正处于“文艺复兴”阶段。这一时期中国明朝的李贽提出了“童心说”，也产生了袁宏道等的“公安派”的性灵说。而在实际创作上出现了汤显祖的《牡丹亭》，塑造了一个“为情而死，为情而生”的真性情的杜丽娘这一人物形象。这在一定程度上，可以说是中国继魏晋“人的觉醒”之后的又一次对“人”的发现。人类的历史发展是不同步的，但“人同此心，心同此理”，文艺发展的阶段差异并不能取代文艺的共同基因。不同文艺种类有一个本质上的共同点，就是反映社会生活、表达思想感情、满足审美需求，它们的差异是语言（符号）类型的差异，是“文艺方言”的差异；或者说，不同文艺种类使用的语言符号在所指方面是相同或相通的，它们之间的差异只在于能指方面。

一、文化基因

一个健康社会的文化，应该是具有三种状态：主文化、亚文化、反文化（体现的是一种独立的意识，是相对于主文化的一种批评和补遗），正是这三种文化形式的内在张力、冲突，使得文艺得以健康的成长。虽然世界上各个民族和国家的文化千差万别，但统而观之，那些能够在一定时期取得飞速发展的，在文艺方面取得巨大成就的，基本上都是在三种文化之间保持了一种动态的平衡，他们都保有这样健康的文化基因。

主文化是社会占主导、统治地位的文化，是时代文化的主脉，处于显在状态，它的话语体系和价值观念在社会生活的大部分角落畅通无阻。主文化不等于官方文化，尽管官方文化往往占据时代文化的主流位置。亚文化是时代主流文化的某种附庸，它的话语体系和价值观念常常流行于社会生活的边缘或角落。它虽然有自己的感受和看法，但在一定意义上和主文化是“共谋关系”。反文化则站在主文化的对立面，其价值尺度和行为观念均与主文化相对抗。尽管不能说反文化就一定进步与健康，但它在健康的社会中应该是一个必不可少的存在。因为在多数时候，它可以及时纠正主文化的偏颇。即便是错误偏颇乃至极端反动的反文化，也能够引起强烈的刺激，引发社会文化整体反思，进而促进社会文化的健康与进步。

相对中国社会而言，西方社会的文化系统，往往是主文化与反文化所构成的相对相克，也同时相生相发的结构。如文艺复兴时期文化艺术观念的抗衡，如启蒙运动期间新旧文化的拼死搏击，如近代以来各种新异哲学思想以及因之而起的社会学的、文化学的、美学的、科学的等与传统文化所进行的种种“天翻地覆”的对立与颠覆，其对抗之激烈，发展之快捷，其社会变化之明显……对整体西方文化，甚至对世界文化都产生极大的影响。

总之，一个社会的文艺要想良性、健康的发展，三种文化之间的互补是尤其必要的。主文化所决定的艺术处于一种相对稳定的状况，而其中反文化所决定的艺术，经常在艺术的发展过程中起到一个革新、创新、突破的作用，是非常重要的一支力量。每次文艺思潮的更替，其实就是一次“亚文化”或“反文化”对主文化的反抗。18世纪法国浪漫主义对新古典主义的胜利，以雨果的《克伦威尔》的成功演出为标志，从而使得浪漫主义成为主导文化。纵览世界文艺发展变化的历史，我们能清楚地看到这点。后现代主义是由于现代主义过度精英化，绝对权威的确立使其与现实的社会出现了背离。

我们注意到20世纪中国美术界出现的“玩世现实主义”和“政治波普”这两股艺术潮流，作为90年代中国当代艺术的某种标志和主流艺术的补充，不同程度地揭示出了90年代因为社会转型而导致社会上泛起的一系列失落情绪与无聊情绪。而王小波作为一个边缘的独立思考者，以他睿智的思想和富于情趣的文字关注着时代，反思着社会。

20世纪90年代末期，随着价值规律影响下的市场调节机制的形成和消费文化的成熟，作为文化精英的知识分子逐渐趋向边缘化，这些作家既有的思想资源和道德深度使他们丧失了80年代以来的批判意识和反思精神，很难对90年代以来变动着的社会生活做出有力的反思，中国文学在这一时期走向迷茫。而同一时期，无论是国外的还是中国的独立电影是作为一种反文化而存在，它们在与主流文化保持适当距离的情况下，对当下的现实生存，文化现状做出了自己独立的思考和犀利的评价。他们注重人、更注重表达自我对生活的理解和感悟，他们在用自己的镜头完成着90年代中国的一定意义上的思想启蒙。张元、贾樟柯、王晓帅等的电影没有美化人生、粉饰太平，没有居高临下、俯瞰众生的高姿态，他们以平民的视角还原生命状态、还原生命体验、整理那些碎片化的情感、关怀现实的疾苦和人民的生存状态。而这足以作为主流文化的一种补充，得以健康的、全面的理解中国的现实和文化。如同贾樟柯所说“我是一个在场者，因而我无法回避对自我的拷问”，同时，“我当然是一个旁观者，自然区别于主观地讲述，也区别那种凌驾于一切之上、指手画脚充满优越感的视点”[①]。第六代导演章明在言及《巫山云雨》的创作动机时曾说过，“现在电影有很多空白没有人填补很常规的、很普遍的、具有代表性的中国老百姓的生活是怎样的，最能代表中国老百姓的生活状态的人，他们希望什么？在寻找什么？他们想干什么？想象什么？这个是很重要的。要关注这一点就是关注中国的未来，中国就是由这样一批人构成的。这样的关注就是对中国整个命运的关注”[②]。

二、审美基因

文艺的美学精神首先表现为培育和弘扬人的生命的自由精神。作为历史活动的主体的人只有处于生命的自由状态，表现出生命的自由精神时，才是美的。人的本性是爱美和尚美的。从古希腊雕塑所表现出的“高贵的单纯和伟大的静穆”以及对和谐之美的追求，到中国的“尽美矣，又尽善也”，对真善美的追求是人的本质。

有学者认为，东西方由于文化的差异，在美学观念上有着不同。如西方传统的美学在于对客观自然的忠实的“模仿”，讲究逼真，而中国传统的美学观点重在“写意”，追求神韵。但我们也注意到了“中国传统美学思想，非但不曾将审美主体心理功能的知、情、意割裂了解，仅仅谈意；而且不曾将审美过程中的对象形式和主体能力作划分，而是混沌把握，把二者融为一体。‘意象’便是这样一个审美概念和范畴，它不但是客观对象的状貌和物像，也不单是主体的情和意，而是二者的统一”[③]。我们也讲“真境逼而神境生”，也在追求逼真的情况下，产生充实的生命体验。

---

① 孙健敏：《在世俗的场景中——贾樟柯访谈》，《今日先锋》，第7卷，天津，天津社会科学出版社，1999。

② 陈旭光：《“新生代导演”：文化反应精神历程与电影策略》，载《海南师范学院学报（社会科学版）》，2005（2）。

③ 彭吉象主编：《中国艺术学》，324页，北京，高等教育出版社，1997。

人类的审美意识，即使千差万别，但对美的追求却有着共同点。艺术应具有最基本的启迪、审美功能。虽然当代人的生存状态无法退回到历史的某个朝代，晋唐的书法、宋代的山水、明清的花鸟也难以重新成为当代艺术的主流形式和主导内容，但其中所承载的文化养分或人类智慧永远是世人的宝贵财富，其中暗藏的文化价值观和审美气质，则是民族性的根源。希腊人也认为宇宙是一种秩序、一种和谐，是万物美妙而有规则的安排，而万物又是变化无穷，生生不灭的东西。这种对天地万物的看法与古代中国人完全一致，同样追求天人和谐的审美境界。

三、人文基因

健康的艺术精神是人文精神和自由精神的统一。人文主义是20世纪的两大文艺思潮之一，整个人类艺术史是以“人”为中心展开的，因为艺术是作为主体的人认识、体验客观世界和表现自身思想、感情的手段而存在的。艺术表现人的方法和手段多种多样，但其中再现人的真实形象、表现人的活动和内心世界是主要的手段和方法，世界各个民族、各个时代的艺术家们都以此为目的做了孜孜不倦的探索。

尽管世界各国每一时期的文化表征不同，具体文化模式和社会背景相异，但是文艺得以良性发展在于其中所坚持的作为所有时期艺术精神的内核：自由、民主和理性精神，艺术为人的历史性生存提供了现实的可能。“整个人类艺术史是以‘人’为中心展开的，因为艺术是作为主体的人认识、体验客观世界和表现自身思想、感情的手段而存在的。艺术表现人的方法和手段多种多样，但其中再现人的真实形象、表现人的活动和内心世界是主要的手段和方法，世界各个民族、各个时代的艺术家们都以此为目的做了孜孜不倦的探索，硕果累累。在欧洲，‘文艺复兴’时代（14—16世纪）的美术在这方面取得的辉煌成就，尤其令人瞩目。著名的瑞士文化和艺术史学者布克哈尔特（J. C. Buckhardt，1818—1897）在其著作《意大利文艺复兴时期的文明》中曾经把文艺复兴概括为‘发现世界和发现人’。”①

中国的人文精神有着悠久的传统。中国的文人画，在其本质上是传统人文精神的一种体现。孔子讲“仁者，爱人”，中国的文艺中始终贯穿着这种人文主义的精神。中国魏晋时期的“人的觉醒”也无不高度张扬着人文主义的传统。“中华民族自古以来就有着较深厚的人文精神的传统。当然，这里所说的

① 邵大箴：《人文主义与意大利文艺复兴艺术》，载《群言》，2006（3）。

人文精神与西方文艺复兴时代的人文主义含义并不完全相同。与西方自古希腊以降，一直重视自然科学、高扬自然科学精神不同，中国自古以来，更重视人自身的精神活动与人生状态的体验，也就是更强调人文精神的贯彻。”①

虽然，世界各民族的文艺呈现出各样的特质，但世界各民族的文艺的根基是一样的，而形式的多样只是在每棵树上结的果不一样，我们不能因表象否定实质。

① 朱立元：《人文精神：当代美学建设之魂》，载《华中师范大学学报》（哲学社会科学版），1996（1）。

第三章　中国文艺的全球化前瞻

20世纪90年代以来中国文化处于一个以消费为主、由大众传媒支配的、以实用精神为价值取向的，多元话语共存构成的新的时代文化中。20世纪末到21世纪初的这些年，虽然有着众语喧哗，但缺乏精神和思潮，这十多年没有新的文艺思潮的涌现，如果有一样东西可以称为主义的话，那就是“物质主义”或“技术主义”，看上去热闹非凡，但这只是一些小的技艺在自娱自乐，文艺的思维陷入了停顿。也许这是一件好事，对于中国的文艺界来说，“走向世界”是中国文艺立足于世界民族之林的必然要求，整个中国现代化的进程多以西方为标准的。自1978年开始，中国文艺界就从西方引进了各种各样的理论，各式各样的文艺思潮也涌入中国，在相当短的时间内，中国的文艺出现了繁荣的局面，但由于众多原因，中国文艺界并没能好好地消化吸收这些文艺思潮，对其中一些甚至产生了误读。尤其是1992年以来，具有审美和商品二重属性的文艺的商业属性日益凸显出来，商业属性对审美属性产生了巨大的冲击。“功利主义”取代了艺术审美，文艺的品质良莠不齐。

第一节　中国文艺的现状

一、一元主导下的多元共存

当前中国文艺处于前现代、现代、后现代的多元语境下的一种断裂状况；当代中国文艺的发展是用30年的时间，吸纳了西方从现实主义、浪漫主义、自然主义、古典主义到现代主义、后现代主义的文艺思潮，而中国文艺还需要一段时间来吸收、溶解这各种文艺思潮；这些思潮的对撞、冲突使中国文艺处于断裂的状态。

现代中国处于一个时空压缩的时代，这样的现实处境使得中国文艺也处于压力之下。中国想用几十年的时间走完西方百年的艺术历程是不现实的，吸收不足，营养过剩，造成了中国文艺的消化不良，一方面为了追赶历史的潮流，使得中国文艺总是不断地引入国外的新的理论和样式，被人推着前进，另一方面不能对本身的文艺进行系统的梳理，从而产生了历史的断裂。中国的文艺是悬在空中，在外来文化和文艺思潮的一浪一浪的冲击中，中国文艺还没有来得及认真地去分析，就被巨浪挟裹着前行。

考察中国文艺的现状，不仅要考虑到艺术自身的变化，也需要置身于全球化的语境中，而全球化则是一个非常复杂的语境，这里面多元混杂的现实使得我们文艺传统的一元的思考模式已经不能适应社会的变迁。这就需要我们的文艺创作者有着开阔的文化视野、丰厚的艺术积淀。面对全球化的事实，现在我们无法用一种单一的、统一的语言和理论来描述当下中国乃至世界文艺的现状，也许“多元”能够概括出目前的状态。世界文艺所面临的同一、同质化的倾向，以及西方文艺的中心论，已经在后现代的解构后得到了一定程度的消解，但我们必须面对的一个事实就是目前西方文艺在整个世界范围内的主导优势，我们所要做的不应该是止于学理的批判，而应该是文艺的自救。

二、中国文艺的困境：病态病因的审视与把握

文艺产品既担负着商品的功能与效用，也具有意识形态性与审美性；艺术消费既具有商品消费的属性，同时又是一种精神上的享受和创造。因此，文艺注定要受多种因素的制约。20世纪90年代中期以后，随着中国社会经济的高速增长与都市化进程的不断深入，都市化、跨国经济、全球文化、物质主义文化在中国社会产生巨大的影响。文艺作品的商品属性得到了极大的张扬，实现了由以前的宣传品到商品的转化。当代中国文艺虽然取得了一定的成就，但整体来说，还是不尽如人意，一方面受制于外来的非文艺因素的制约；另一方面是文艺本身观念的陈腐，导致文艺的裹足不前。

我们当前的文艺是翻新有余，但倡导普世价值则不足。当前的主流意识形态并不反对人本精神，也提倡科学与民主，但我们的文化和文艺却始终没有产生根本意义上的具有人文主义精神的作品。虽然在不同的时段，有一些暗含着人文主义精神的文艺作品似灵光一现，但终究是如同流星一般匆匆坠落，终究未能形成繁星点点。

功利多元化体现在中国当代艺术的多个方面，其中最重要的是市场支配一切，官方的和民间的、传统的与现代的、学院的与前卫的都逃脱不了它的阴影。1992年的“广州油画双年展”首开商业性操作的先例，至今，包括几乎一切大型展览都参照了这种模式。就是那些以前卫自居的艺术，后面也摇晃着某种功利的影子。市场化的运作在一定程度上影响了创作者的心态。“如今艺术形式在市场权力、技术统治和工具理性的强大压力之下正在很大程度上放弃

自身的自律性、否定性和对抗性，而表现出对于商品化逻辑和技术的工具逻辑的屈从和妥协。使得艺术形式放弃了对于个性、风格、情调、品位和深度的追求而走向了标准化、格式化、程序化。”①

文化的工业化，使文化产品可量身定做、机械复制、批量生产。文艺产品的“膜拜价值”被“展览价值”② 取代。标准化的、大量生产的文化产品使受众丧失了自己主体的思维和语言，乃至思想，阿多诺将之称为“意义的危机”。在商业化的影响下，文艺也日趋变得日常化和娱乐化。张法提出，在全球化时代，“图像主导”③ 已经成为这一时代文艺作品的主要特征。人类文化历史的发展经历了原始时期的口传媒介、文明时期的文字时代、现代时期的印刷时代、全球化时期的电子时代，而电子文化的艺术主体是图像，而“图像主导”的意义在于，日常生活的审美化，将电视体系的美学原则运用于整体生活之中，抹去了艺术与生活的区别，生活直接等同于艺术。这种等同，则在一定程度上消解了艺术的意义。

当代的文学创作在商业与文学的合谋下，呈现出异常繁荣的景象，尤其是从“女性写作”到“身体写作”（卫慧的《上海宝贝》、棉棉的《糖》）再到被称为“80后”的“青春写作”（韩寒的《三重门》、郭敬明的《幻城》、张悦然的《葵花走失在1890》等），这些都带有明显的商业炒作的特点。当然，20世纪90年代后的当代文艺绝大多数是受商业运作规律支配的（当代文艺可以说只有20世纪80年代是充满激情和理想的文艺时代。随之激情的消逝和理想的幻灭，20世纪90年代的文艺经济实用性不断累积，到了21世纪，呈现出越来越强势的控制）。因为写作《北京娃娃》而成为西方视野中的“另类”“垮掉的一代”的中国代表的春树宣称“想写就写、想怎么写就怎么写，绝不考虑慢慢写的叮嘱与忠告，任何高贵、经典、文本、抒情、意境到了我们这儿统统失效”④。因此我们可以看到他们的作品如同本雅明所说的已经由传统的膜拜价值向展览价值转换。我们能够了解他们的生活状态和生活经历，但我们无法感

---

① 姚文放：《当代审美文化与艺术形式》，载《学术月刊》，1997（4）。

② ［德］瓦·本雅明：《机械复制时代的艺术作品》，王才勇译，19页，北京，中国城市出版社，2002。

③ 张法：《走向全球化时代的文艺理论》，196页，合肥，安徽教育出版社，2005。

④ 转载于曹霞：《自戕的青春，拼贴的游戏——“80后”文学批评》，载《文艺评论》，2007（7）。

受到丰富生活的人生体悟和生命体验。它已经从根本上追问和体验人生的终极意义和价值变成了一种快餐的消费。毕竟“伟大的文学，从不单纯停留在梦幻的层面上，它要涵盖历史，涵盖广阔的现实与责任，涵盖琐碎、艰难而具体的现实人生”①。《红楼梦》之所以成为经典就在于处处体现了作家“对整个人生的很深的感悟、一种哲理性的感悟、感兴、感叹。它引导读者去体验整个人生的某种意味”②。

除了受制于商业化的经济规则的制约，文化观念的制约也是当前中国文艺面临困境的一个重要的原因。文艺的创作需要创作者有正确的文化主导意识，要有开阔的宏观的文化视野，而现在很多创作者是处于文化观念模糊抑或是文化回避的状态，现时出现的文化保守主义倾向也使得当代的文艺创作处于迷失的状态。

“新儒学”主张对传统儒学用现代意识加以改造，以解决现代社会的矛盾，特别是精神世界的危机问题。但由于它并不触动传统儒学的核心观念和价值取向，因而只能流于空想，而且其基本倾向与五四以来及80年代的新人文精神是背道而驰的，因此，在文化上是一种倒退。另一方面，国内一些青年学者从西方引进“后殖民主义”理论，把20世纪80年代以来在人文精神照耀下的文化学术成就看成是西方后殖民主义霸权的产物，并提出一种具有强烈抵制西方文化色彩的所谓建设“本土文化”的口号，这种观点与弘扬民族传统文化的号召正好合拍，增强了力度和权威性，在这种氛围中，“国学热”也悄悄升温，这种倾向同样是对五四和80年代新人文精神的一种逆反。

在全球化背景的冲击下，文艺消费化的倾向、悲剧精神的失落、崇高的消解、娱乐化的侵袭使得中国文艺充满着生存之惑。中国文艺需要寻找一种诗意精神，需要理性的建设，而不是非理性的喧哗。20世纪80年代还未得以建构的人文精神和文化启蒙意识，就在随之而来的90年代商品经济、消费主义的冲击下迅速瓦解，工具理性、技术理性、消费主义成为主导，价值判断迷失，中国的文艺处于一种混乱、芜杂的状态。从整体上由深刻而变轻浮，由努力重建到肆意解构，更是断送了20世纪80年代乃至更早由五四建立起来的精神传统，加速了整个时代在商品经济冲击下的价值迷茫。

文艺观念的偏失使得文艺创作者，在处理“技”与“艺”的问题上，过分

---

① 转载于曹霞：《自戕的青春，拼贴的游戏——“80后”文学批评》，载《文艺评论》，2007（7）。

② 叶朗：《胸中之竹》，126页，合肥，安徽教育出版社，1998。

地追求艺术的技巧和形式，导致了内容的缺失。《庄子·养生主》中庖丁的境界是由技术的解放而带来的自由感与充实感；这正是庄子把道落实于精神之上的逍遥游的一个实例。中国电影早期的大片就由于过分追求感官冲击，视觉盛宴的形式主义从而导致了一片骂声。

艺术总是要表达对于人类命运的关怀、对于人生真谛的追索、对于存在意义的叩问和对于精神极限的挑战，这些人生的终极价值赋予了艺术以深厚的底蕴。当代中国艺术只有加强自己的超越性，才能摆脱目前的种种病态。中国是在进入 21 世纪后才真正出现了后现代主义的土壤和文艺作品。但我们要看到“解构”在德里达那里既有“解”，即破坏绝对的权威，又有“构”的意思，即创生新结构的意思。所以我们需要的是后现代的这种“质疑”精神。中国文艺应当是倡导现代的理性，而非后现代的非理性，后现代只能满足于感官欢愉于一时，而不能获得精神超脱于永久。

第二节　全球化：中国文艺与世界合流

全球化是不可避免的趋势，强势文化的主导地位也是我们所无法回避，那么我们是否就应该是再次闭关锁国，拒西方文明于国门之外呢？这显然是不现实的。我们可以大声疾呼“文化霸权”的侵袭，但面对此“世界潮流，浩浩荡荡”，鲁迅先生的“拿来主义”未尝不是一种可考虑的选择。拿来，取其精华，去其糟粕。我们不要害怕交流，关键是我们要以什么样的一种心态去看待这种交流。以我国唐朝来说，那个时代所具有的包容、开放、大气磅礴的包容天下的胸襟，足以成就其文艺的灿烂辉煌。文化的交流是文艺繁荣的保证，唐朝时的中国文化处于强势，是一种输出文化。而有唐一代，日本先后向唐朝派出了 30 多次的遣唐使，日本可以说在政治、经济、文化、生活等各个方面都受到了中国的影响，但我们能看到，日本并不由此就走向了衰亡，其文化反而是取得了长足的发展，形成了独具日本民族特色的文化，其文艺也是绚烂异常。“明治维新”时期，日本又向西方学习，在发展经济的同时，文艺也是异彩纷呈。

受到强势文化的侵袭是我们无法否认的，但如果我们以民族主义的心态对待，则是惘然。弱势文化为强势文化所吞没，我们是否应该反思弱势文化本身的问题呢？弱势文化该如何应对？在全球化的背景下，面对外来文化，我们要具有的是一种学生心态，不要总以“老子曾经阔过”这种心态来看待外来的文化，一味地去防范，拒斥，这是很好笑，也是非常不现实。中国文化历来遵奉“和而不同”“求同存异”，在矛盾中达到一种动态的平衡，这才是一种合理、健康的心态。文艺有其本身的特性，文艺是为了人的健康、自由、人的生命本质的完善而存在，这是中外文艺的共同的本质，也正是这样，才为中外文化、文艺的交流提供了一个基点。

全球化是一个不争的现实，但它会给中国文艺带来什么呢？一种观点认为，“全球化实际上是强势集团所拥有的国际资本的生产体系和文化体系，在新的历史条件、经济条件、技术条件和文化条件下，按国际分工的需要进行的带有征服性和规约性的扩张、泛化和经济结构、文化结构的调整和重组……企图达到对不同国家进行‘西化’，先分化，再‘同化’的目的，所以，它虽然有为我们的经济发展带来机遇的有利方面，但也同时使我们面临着被‘西化’、‘分化’和‘同化’的危险”①。另一种观点则认为，文化全球化更近于当年歌德基于人性的共同性而提出的世界文学，抹去其中人性论中的唯心思想，文化全球化应该是由世界各民族文学构成的共同体。② 其实，文化的差异共存是一种必然趋势，不是文化一体化，而是文化多元化。世界文艺、文化因不同国度、地域、民族的不同历史渊源、不同历史阶段，当然有着各自的品类风格，文化意识所包括的内容，更是林林总总。但根基所在，无不是对生命觉悟与国民意识的认知与体现。可以说，世界文艺在共同的根基上，才有了合流的可能。

一、合流的可能：世界文艺的共同根基

世界文艺思潮的流变有着共同的基因，具体说来，应该呈现在以下两个方面，而这也是中国文艺在全球化的背景下，能够屹立于世界艺术之林、创造优秀的文艺作品的前提和可能。

我们要确立整体性的文艺观念，中国文艺是全人类文艺的一个组成部分。任何一个民族的文艺都有其特殊性，但也有人类的普遍性，特殊性不过是普遍性的不同显现而已。莎士比亚的戏剧、巴尔扎克的小说、歌德的诗歌、俄罗斯的芭蕾舞、贝多芬的交响乐、伊朗的电影既然能被中国人所认同，中国的文艺也同样能被他国所承认。精神生产开始仅囿于某一特殊群体之中，而且具有强

---

① 陆贵山：《全球化背景下当代中国文化建设和文论建设》，载《深圳大学学报》，2003（2）。

② 钱中文：《论民族文学与世界文学》，载《中国文化研究》，2003（1）。

烈的地域性和民族性特征。于是有古希腊的雕塑、中国的诗歌、古埃及的金字塔，等等。到了资本主义时代，这种情况发生了一个很大的变化："资产阶级，由于开拓了世界市场，使一切国家的生产和消费都成为世界性的了……过去那种地方的和民族的自给自足和闭关自守状态，被各民族的各方面的互相往来和各方面的互相依赖所代替了。物质的生产是如此，精神的生产也是如此。各民族的精神产品成了公共的财产。民族的片面性和局限性日益成为不可能，于是由许多民族的和地方的文学形成了一种世界的文学。"[①] 马克思指出随着经济联系的加深，同时文学也会挣脱地域、民族局限，而为全世界认可。

（一）健康的生命觉悟

人文主义是世界文艺的一条主脉，对人的本性的尊重和张扬、对生命价值意义的终极思考，是优秀的文艺作品中贯穿的灵魂。艺术创造之所以特别关注人和人的形象，是因为人（历史和现实的）的思维和活动，影响着社会的变革和历史的进程，不断引发创作者们的思考和表现的兴趣。"人文主义的主导思想是对人的肯定，反对人的生活受神的主宰，反对宗教的禁欲主义和隐逸生活，提倡现世的奋斗精神，提倡享受现世的欢乐与幸福；人文主义崇尚理性，主张积极探索人与自然的秘密，探究未知。"[②]

欧洲的"文艺复兴"对"人"的发现就凸现了这种人文精神，对人的本体生命之思，促使了人的觉醒，之所以试图恢复古希腊艺术，主要是"古希腊的艺术是人类文明高不可企及的范本"，在于它们的神话、雕塑、悲剧对健康的生命激情、生命力量和生命本真的展示和找寻。中国传统艺术关注人的生命价值和生命存在，具有强烈的人文理性精神，具有辩证性的、整体性思维特征，具有诗性感悟的特色智慧。对于孔子来说，最理想的健康的生命状态就是"暮春者，春服既成，冠者五六人，童子六七人，浴乎沂，风乎舞雩，咏而归"。

（二）健全的国民意识

古希腊自由、民主的政体为其文艺的繁荣提供现实的制度支撑，从而成为西方文艺产生的土壤。它以人为本的思想和哲学思维、科学精神、民主政治、文艺精神，奠定了西方文明的基础。而这点在19世纪末随着全球化进程的展

---

① 马克思：《德意志意识形态》，见《马克思恩格斯选集》，第1卷，254、255页，北京，人民出版社，1972。

② 邵大箴：《人文主义与意大利文艺复兴艺术》，载《群言》，2006（3）。

开，也开始影响到世界其他国家。

健全的国民意识，包括对作为现代公民的权利、责任、义务的全方位认知与体现；包括对现代国体、政体各种品类的洞识，以及与时俱进的历史性把握与审时度势的时代评判。能够在不同时代（时期）科学地判定专制与共和、独裁与立宪、民主与代议……现实存在的顺逆与臧否。

当代中国艺术，尤其要张扬上述的文化基因，在全球化的侵袭和民族化的抗击中形成一种张力，使得中国文化的良性传统得以张扬。

二、合流的体现：普世价值的彰显

全球化不等于“全球一体化”，而是不同文化中具有的普世价值的彰显；在全球化的过程中，不同文化的交流、碰撞必将使得具有普世价值的文化基因得到彰显，从而产生一种文化的趋同性，这是不可避免的历史潮流。

有学者提出西方现代艺术不具有普世性，但我们不能否认西方现代艺术的艺术精神中的主体和核心，是具有积极的因素；其实要彰显中国文艺的主体性，不要以民族主义的观念来看待问题，彰显中国文艺的民族特色不等同于民族主义，更不是民粹主义。对此类问题歌德有过论述：“诗是人类的共同财产。……我们德国人如果不跳出周围环境的小圈子朝外面看一看，我们就会陷入上面说的那种学究气的昏头昏脑，所以我喜欢环视四周的外国民族情况，我也劝每个人都这么办。民族文学在现代算不了很大的一回事，世界文学的时代已快来临了。现在每个人都应该出力促使它早日来临。不过我们一方面这样重视外国文学，另一方面也不应据守某一种特殊的文学，奉它为模范。……对其他一切文学我们都应只用历史眼光去看。碰到好的作品，只要它还有可取之处，就把它吸收过来。”①

歌德认为民族性与人类性虽有区别，但从根本上说又是统一的。对他而言，虽然有不同的种族和民族，但作为人有其相似性和普遍性。“人的普遍的东西在所有的民族中都存在，但如若是以陌生的外表，在远方的天空出现，这就表现不出本来的利益：每个民族最特殊的东西只会使人诧异，就像我们还不能用一个概念加以概括的，我们还没有学会把握的一切别具特色的东西一样，它显得奇特，甚至常常令人反感。因此，必须从总体上看待民族的诗，因为只有这样才能看到和判断出，是丰富还是贫乏，是狭窄还是宽广，是根底深厚还

① ［德］爱克曼辑录：《歌德谈话录（1823－1832）》，朱光潜译，113、114页，北京，人民文学出版社，1997。

是平庸肤浅。”①

全球化不等于美国化，现代化也不等于西方化，中国文艺要立足于中国的现实，中国文艺必须要在全球化的背景下对中国传统的文艺有理性的、客观的审视，那种文化虚无主义和全盘的西化是不可取的，我们首先要完成的是五四后未完成的文化启蒙的任务。中国的文艺复兴虽然与西方的文艺复兴有着不同的历史背景和文化语境，所复兴的内核有着不尽相同的地方，但在全球化的背景下，历史文化有着相通性的条件下，这种复兴是有着历史和现实的可能的。中国文艺复兴关键的问题是复兴什么？怎样复兴？不同的历史承继、文化传承，使得中国有着不同于其他国家的文化现实，但人性和文化的共通性使得在地球村的村民仍然有着相同的选择。

美国的好莱坞大片之所以能够在全世界风靡，主要原因在于其所体现的对国家的忠诚、对爱情的忠贞、对生命的尊重等带有普世的正价值观念，这从根本上为人们所接受。贝多芬的交响乐超越国界为全球所欣赏，也无不体现其独特的对自然生命的感悟以及与命运抗争的生命激情。而20世纪八九十年代以张艺谋为代表的中国第五代导演也在做着这种尝试，《红高粱》中张扬的旺盛的生命力、对生命本能的礼赞，是有着共同的人性基础能够为全世界的人所理解和接受。而陈刚、何占豪共同谱写的小提琴协奏曲《梁祝》之所以为全世界的听众所喜爱，其对爱的追寻、对美的肯定、对生命的礼赞，也正是与世界文艺的共同根基相吻合。《红楼梦》之所以成为经典，是因为小说渗透着作者以中国人的观点对历史的、具体的生活画面的展示，凸显出中华民族的审美观以及对人生终极意义和价值的中国式的追问。

第三节　中国气派与中国作风

一、差异共存：多元文化发展和文化互动的现代语境

每个民族的艺术，在历史的发展中，必然有着本民族的生产方式、生活方式、文化传统以及长期形成的民族心理素质、民情民俗，也包括由此而形成的审美理想、审美经验、审美形态在内的一整套价值系统的相互作用、相互影响

①［德］歌德：《论文学艺术》，范大灿、安书祉、黄燎宇等译，336页，上海，上海人民出版社，2005。

下形成的民族特征。中华艺术是生长在中国境内历史上各民族生活与精神活动的土壤里，因而，支配着中国历史文化的观念体系，也必然渗透着、影响着中华艺术的创作和发展。

西方的一些文艺思潮、文艺现象的产生是有其特定的社会、文化背景和民族传承的，而当下将这些文艺理论引进却不与具体的中国实际结合，是抽空了其精神实质、缺乏精神支撑的，如同是空中楼阁。在全球化的过程中，不可否认西方艺术的主导地位，中国文艺在走向世界的过程中面对的是全球化生存、差异性发展，提出自己的民族化，是必须的一种选择。"如果说全球化意味着特定民族生活方式与全球其他民族生活紧密相连的巨大转型，那么这个转型势必会产生激烈的影响，所以中国现代艺术家们，内心极度渴望一面再现中华民族的全球生活状况，一面又想在全球生活状况中凸现自己的民族个性。全球化成了一种民族创造性的动力。"①

然而，当我们在提出中国气派的时候，我们需要注意几个方面的问题："民族性也不等于大众化，真正的民族性应该是代表现代中国人民最高智慧的东西，普及的东西不一定是民族性的东西，不普及的东西也可能是最民族的。"② 费穆先生的电影《小城之春》把中国美学的神韵在电影中淋漓尽致的表达出来，将东方美学含蓄内敛、欲说还休的中和、节制之美得以呈现在中外观众的面前，虽然，它是小众，但也能够成为中国电影的代表之作，可以说很民族的，很中国的。歌德一再告诫作家、艺术家，一定要认识自己民族的特点，并在作品中显示出民族的特点：文艺作品越具有民族特点，越有利于各民族文学的相互交往，越有普遍的价值。他说："人们必然认识每一民族的特点，这样才能使它保持这些特点并且通过这些特点同它交往……一个真正的、全面的宽容肯定能够做到，如果人们能够使每一个别的人和民族的特点保存下来，因为他们确信，真正有价值的东西会因此而显出来，而它是属于全人类的。"③

要有民族性就必须要拒绝同质化，"当今的艺术发展面临的问题是，怎样从进化论式的所谓'现代性'艺术思维和艺术活动造成的同质化中解脱出来，走向更富于生气的多元化发展。从这种危机中解脱出来的出路不在于简单地复兴古典艺术，而在于从多元性的传统文化过程中重新寻找和生成新的艺术精

---

① 王一川：《文学理论讲演录》，265页，桂林，广西师范大学出版社，2004。

② 王富仁：《中国的文艺复兴》，73页，桂林，广西师范大学出版社，2003。

③ [德] 汉斯·尤尔根·格尔茨：《歌德传》，伊德、赵其昌、任立译，182页，北京，商务印书馆，1982。

神，给当代艺术的发展赋予个性差异和多元性，因而成为与同质化趋势相抗衡的力量”①。而要做到这点，我们就必须大胆的“拿来”。吴冠中为阿纳森著作的《西方现代艺术史》中文译本所写的序文中说：“拿来！这是鲁迅对外国好东西的态度。但拿来谈何容易，不懂拿不来，往往偏拿糟粕来。对西方的现代艺术，不懂，则一概斥之为腐朽资产阶级的。有人说几十年前就有人提倡过现代派，搞不起来，证明现代派不可能在中国传播，这话有理。说明真正的艺术一定根着于自己的土壤和人民之中的，洋人的须眉只能演戏化装时借用，假洋鬼子终于会被识破的。正因为西方流派在中国没有土壤，不会泛滥成灾的，怕它什么？相反，我们需要从其间得到借鉴，扩大自己的视野，探寻造型艺术法则的共同规律。”② 民族文艺的创作，绝不应拒绝吸取外来民族的优秀传统，但吸取外来民族的东西，必须与本民族的文学实际相结合，并化成本民族的东西。“真正具有绝对独创性的民族是极为稀少的，尤其是现代民族，更是绝无仅有。如果想到这一点，那么，德国人根据自己的情况从外部吸收营养，特别是吸收外国人的诗的意蕴和形式，就用不着感到羞耻。不过，外来的财富必须变成我们自己的财产。要用纯粹是自己的东西，来吸收已经被掌握的东西，也就是说，要通过翻译或内心加工使之成为我们的东西。”③

二、本土化生存：超越和发展

丹纳说到日耳曼民族的艺术史的时候认为其艺术品是整个民族的出品，所以与民族的生活相连，生根在民族性里面。“这一片茂盛的花，按照植物的本性和后天的解构，经过树液的长期与深刻的酝酿，才开放出来。”④ 正是这扎根在民族性中、不受时间影响的种族的基本性格，才决定着其产生的艺术特性。希腊人单纯的气质和趣味在其雕塑中得到了淋漓尽致地呈现，臻于尽善尽美，成为他们的民族艺术。

---

① 高小康：《同质化危机与传统艺术的再生成》，载《南京师范大学文学院学报》，2004 (1)。

② [美] H. H. 阿纳森：《西方现代艺术史》，邹德侬、巴竹师、刘珽译，天津人民美术出版社，1986。

③ [德] 歌德：《论文学艺术》，范大灿、安书祉、黄燎宇等译，180 页，上海，上海人民出版社，2005。

④ [法] 丹纳：《艺术哲学》，傅雷译，228 页，天津，天津社会科学院出版社，2004。

越是伟大的艺术家，越是把他本民族的气质表现得深刻。果戈理在《谈谈普希金》中写道："真正的民族性并不是描写萨凡女式长衣，而是民族精神本身。诗人甚至在他描写完全是外人的世界的时候，也可以是民族性的，但是，他要用自己民族自发力量的眼光，用整个民族的眼光看这一世界，这时他是这样感觉和说话的，以致他的同胞觉得这似乎就是他们自己感觉到和说出来的一切。"① 以儒、道为主流代表的中华艺术传统精神具有潜在的现实意义，以其博大精深的文化内涵，将民族精神灌注在中国文艺之中。当然，回归传统不是盲目保守，而是从文化的表象走向文化的深处——超越人类终极关怀，从自然、人性入手，通过艺术来反映人类在终极关怀中所体验的人生境界和对大千世界的种种感悟。

世界上各个民族由于独特的地理环境、传统文化积淀、民族性格的差异必然会体现在具体的文艺上，其表达方式有差异，这是很正常的。作为一个民族要在世界多元化的今天，得到世界认同，发展自己的民族文艺无可厚非，而且也会为世界文艺提供一种认识世界、体悟宇宙、洞察人生的一种新的视点和角度，使得世界文艺更加丰富多彩。问题的关键在于在全球化的今天，我们是要以什么样的态度与方式来处理世界和民族、多元与一元等的关系。

民族性不能简单地等同于传统性，传统也是一个相对的概念，我们说的本土化生存，所提出的要发展具有民族性的文艺，并不是说复古，把传统的东西简单地拿出来再用，正如王富仁先生所说："只有自己的民族文学与世界文学融为一体，才能发展自己的民族文化。民族文化越发展，民族的个性在融会中才能越鲜明，也才越有民族性。民族性不是追求来的，是在现实发展需要中不断壮大，不能摆脱的东西。传统里没有《阿Q正传》，但它是民族的，《女神》不等于《诗经》，但它也是民族的。"② 而同样"民族性也不等于大众化，真正的民族性应该是代表现代中国人民最高智慧的东西，普及的东西不一定是民族性的东西，不普及的东西也可能是最民族的"③。如《阿Q正传》，就是非常民族的，虽然普及面不大。

中国文艺既要彰显独特的民族精神，又要具有一种超越的、崇高的精神力量，要有一种形而上的思辨力量，要关注生命的终极价值，要有悲剧性的超越

---

① ［俄］果戈理：《文学的战斗传统》，满涛译，2、3页，北京，新文艺出版社，1953。

② 王富仁：《中国的文艺复兴》，73页，桂林，广西师范大学出版社，2003。

③ 同上。

精神、悲天悯人的情怀，具有宗教的超越性。首先，要彰显独特的民族精神。"在全球化整合中只有不断保持自己民族的根本特性，使自身具有开放的胸襟和气度，又坚持自我民族的文化根基和内在精神的发扬光大，才能使不断创新的中国文化精神成为人类精神的重要组成部分。"[①] 其次，关注当代的现实生存。文艺既要善于表现历史形象，通过历史来反观现实，寻求历史事件的当代意义，又要立足于现实，在现代生存中传达出当代思考和未来意义。关注人性、时代、环境，深入到人的心灵世界深处和生存、生活、生命的每一个过程，以强烈的生存意识和人文精神关注主体的"人"，是中国乃至世界文艺形象塑造的必然选择。中国的《红高粱》《老井》《可可西里》等一批影片在国际上获奖，也不仅仅是因为向世界展现了中国式的愚昧落后，而是中华民族面对生存灾难所表现出的强烈的生存抗争与生命追求。

德国汉学家顾彬曾说中国作家是只在一个小房子里头，不敢打开他们的眼睛来看世界。中国文艺需要的是一种国际视野。一种文化与另一种文化之间不应是孤立封闭的，而应是互补、互证和互识的，要由隔阂对立走向贯通融合。中国文艺既要有自身的民族根基，又需要"他者"作为文化参照，从而在"民族性"和"世界性"的交融中展开形象塑造、寻求全新发展。中国文艺需要文艺创作者自身提高修养。"从来大境界非大胸襟未易领略"，当代艺术家既需要具备深厚的艺术素养，又需要具备深厚的生活基础，只有内外兼修，才能塑造出大境界的艺术形象。

丹纳在谈到佛兰德斯的艺术受到外来的影响时说到，"一个民族的特性尽管屈服于外来的影响，仍然会振作起来；因为外来的影响是暂时的，民族性是永久的，来自血肉，来自空气与土地，来自头脑与感官的结构和活动；这些都是持久的力量，不断更新，到处存在，决不因为暂时钦佩一种高级的文化而本身就消灭或者受到损害"[②]。

中国的文艺，是面向当下中国的，中国的人的灵魂。中国文艺要有面向当下中国人的那种真诚，要对当下中国的现实有着正确的价值判断，要有自觉的文化立场、深刻的生命体悟，那种超越当下的高谈阔论是无益的。中国文艺要处理好艺与技的关系、内容和形式的关系。

---

① 王岳川：《大国形象需要文化辨认》，转引自徐放鸣、张玉勤：《我们的文艺如何面对中国的"形象焦虑"》，载《文艺报》，2007－03－06。

② ［法］丹纳：《艺术哲学》，傅雷译，263页，天津，天津社会科学出版社，2007。

中国早在20世纪40年代就有过民族化问题的争论，一种观点是以毛泽东为代表的强调民族化就是民族形式，认为为群众喜爱的民间形式是新文艺的民族形式，文艺要为人民服务，普及重于提高，因此“旧瓶装新酒”和通俗化、大众化才是民族化。另一种观点以胡风为代表认为“民间形式”是内容与形式的融合，不能仅仅停留在传统形式上。胡风强调吸收外来文化的营养包括欧化语言和形式，结合中国现实社会斗争来创造民族文艺及其形式。他认为五四新文艺是充满新内容的民族形式，不是“旧瓶装新酒”，不是直接继承或运用固有的民间形式或民族形式。反对各种认为五四新文艺“欧化”“西化”“脱离群众”等论点论调。他整个理论的重点是“启蒙”，是“化大众”，而不是“大众化”，注意文艺的形式也必须具有新的时代的性质和特征。[①] 在战争时期以救亡为主的情况下，以毛泽东为代表的民族化理论更适应形势的需要。但是在今天重新审视这两种民族观，正如李泽厚所说，胡风的民族化认识从理论上显得更为正确。在中国本土文艺的发展过程中，我们要反对文艺保守主义的倾向。朱立元分析了文化保守主义倾向的两种情况：一方面，“新儒学”思潮从海外引入国内，内外呼应，它主张对传统儒学用现代知识加以改造，以解决现代社会的矛盾，特别是精神世界的危机问题。但由于它并不触动传统儒学的核心观念和价值取向，因而只能流于空想，而且其倾向与五四以来及20世纪80年代的新人文精神是背道而驰的，因此，在文化上是一种倒退。另一方面，国内一些青年学者从西方引进“后殖民主义”理论，把20世纪80年代以来在人文精神照耀下的文化学术成就看成是西方后殖民主义霸权的产物，并提出一种具有强烈抵制西方文化色彩的所谓建设“本土文化”的口号，这种观点与弘扬民族传统文化的号召正好合拍，增强了力度和权威性，在这种氛围中，“国学热”也悄悄升温，这种倾向同样是对五四和20世纪80年代新人文精神的一种逆反。他认为这种表面上的民族化实际丢失了人文精神。[②]

过分强调本土化，一味排斥外来文化的影响，很容易滋长一种民族主义情绪，这并不利于文化的交流和文艺的发展。面对文化全球化的潮流，我们的对策应首先是顺应它，同时在不损害本民族文化的前提下利用它来扩大本民族文化的影响，通过与国际社会的交流和对话使得中国的文化研究真正与国际接轨。

---

① 参见李泽厚：《中国现代思想史论》，71～79页，天津，天津社会科学出版社，2003。

② 参见朱立元：《美的感悟》，上海，华东师范大学出版社，2001。

第四节 中国的“文艺复兴”

2006年12月7日《南方周末》刊登了刘军宁的《中国，你需要一场文艺复兴!》，一时间在中国文艺界引起了极大的争论。接下来《南方周末》又刊载了秋风、陈丹青等人的文章，对中国文艺复兴的可能性、条件及现实基础展开讨论。紧接着《艺术评论》也在2007年第5期组织文章参与了讨论，展开学理的辨析，赞成者有之，反对者亦有，争论的焦点是落在中国是否具备文艺复兴的条件、文艺复兴的概念辨析、在当下的中国讨论文艺复兴有何意义，进而将文艺复兴延伸到更广的社会层面，提出文艺复兴和道德重建的问题。

刘军宁指出：“中国的文艺复兴是一个思想与观念的开放过程。这样的复兴是一种双向的开放，既是对自身与外部的开放，也是对过去与未来的开放。所以，在中国谈文艺复兴必不能回避对中国自身传统的接续，同样不能回避对外来传统的引进。文艺复兴并不意味着重新发现和模仿古代，它是一个充满创造的伟大运动。只有充分的双向开放，才有可能产生伟大的人物，产生伟大的作品。”① 我们可以理解为在全球化的背景下，中国文艺的发展有个重要的议题那就是双向开放和创造发展，这样一种开放的心态，则是中国文艺实现复兴、走向世界所必备的。这种多元开放的心态也正是全球化世界的一种必然选择。

他同时指出“文艺复兴的价值中枢是人文主义。对中国而言，人文主义的觉醒和归来，也已是不可逆转的潮流。文艺复兴在中国的使命就是要复活长年冬眠的灵魂，使每一个人真正成为独立、自由、平等的人，具有完全人格的人。……中国需要文艺复兴正是基于这样的道理：个人的觉醒，个体尊严的确立，是每个社会乃至整个人类都必须走过的路，没有东西之分”②。他还说明文艺复兴不是“复古”，“文艺复兴是欧洲历史上乃至影响到全人类的一次人文主义思想解放运动。文艺复兴虽然以发掘和研究古希腊和古罗马的文化遗产为旗帜，但欧洲的文艺复兴绝不是复古，而是在复古表象下的创新。一些人出于对中世纪令人窒息的社会制度和宗教专制的不满，从古希腊和古罗马文化中寻找灵感，找到了科学精神，重新发现了人性，科学研究之风也愈来愈盛。他们也因此提倡人文主义，谋求人性解放。这是针对中世纪经院哲学和专制教权的

① 参见刘军宁：《为了每个人眼中的那尊严的眼神》，载《艺术评论》，2007 (5)。

② 刘军宁：《为了每个人眼中的那尊严的眼神》，载《艺术评论》，2007 (5)。

一场革命，是一种了不起的创新”①。

中国的文艺复兴并不是回归传统，中国文艺的发展首先是文艺思想、美学观念和文化观念的变革和发展。文艺复兴是要寻找中国的文艺之魂，这既不是民族民粹主义也不是民族虚无主义，全球化所体现的是一种心态，一种开放、包容的精神追求和人文心态。中国的文艺要发展自己的美学观念：正如道家的“道”体现的是绝对自由之精神，要求通过将有限的自然超越为无限来呈现，这就是庄子的“大美”；从刹那见永恒，以咫尺见千里，是中国艺术家创造艺术意境的切入点。中国文艺的复兴不是复古，而是要超越，是基于现代精神与中国传统艺术精神之精华的综合的提升。提倡民族文艺的复兴，但我们要反对两种倾向，即复古主义和民族主义。在中国历史上，民族性往往是走向封闭的一个跳板，向传统复归的一个口号。

早在20世纪初，胡适先生就提出过“文艺复兴”的概念，当时主要着眼于新文化运动。现在人们倡议文艺复兴，其目的是“对个人的发现和确立个体价值”。五四新文化运动和20世纪80年代的文化思潮也都致力于批判传统，摧毁旧的文化、宗教、信仰、道德、家庭等社会组织，以此达到解放人、释放人、确立个体价值的目标。文艺复兴只是一个途径，落脚点在于人，文艺的目的在于人，在于对人的重视，如陈寅恪所说的“独立之思想，自由之人格”，中国需要人文主义在本土扎根。李长之在抗战期间的重要代表作《迎中国的文艺复兴》就是这一思想的代表性的论著。他的方法是尝试直接探入五四，在对五四的再思中建构新的文化。在对五四的反思中，李长之将五四视为“现代”过程的一个并不完美的起点。他在书的序言中开宗明义指出：“我的中心意思，乃是觉得未来的中国文化是一个真正的文艺复兴。五四并不够，它只是启蒙。那是太清浅、太低级的理智，太移植，太没有深度，太没有远景，而且和民族的根本精神太漠然了！我们所希望的不是如此，将来的事实也不会如此。在一个民族的政治上的压迫解除了之后，难道文化上还不能蓬勃、深入、自主和从前的光荣相衔接吗？现在我们应该给它喝路，于是决定我的书为‘迎中国的文艺复兴’。”②

复兴什么是不得不面对的问题。中国的文艺复兴，不是复古，也不是西方文艺复兴的简单翻版，而是从全球化的视角来重新审视中国文艺的利弊得失，张扬中国文艺的特质。对人的尊重，自由、民主、平等、博爱等普世价值的追

---

① 刘军宁：《为了每个人眼中的那尊严的眼神》，载《艺术评论》，2007（5）。

② 转引自张颐武：《以李长之的文艺复兴论为起点》，载《艺术评论》，2007（5）。

求与张扬，将是中国文艺的灵魂之所在。复兴的应该是一种精神，敢于想象、开拓思考、独立思辨的精神，寻找真正属于民族的东西。

中国的文化启蒙一直没有进行得彻底。五四运动在于一定程度上起到了文化启蒙的作用，但五四的缺点就在于对传统的彻底否定，其局限在于没有对传统的再发现。20世纪80年代的新启蒙运动，其文化寻根在一定程度上开启了对中国传统文化的再思考，而新世纪以来“新儒学”运动的开展，又使得对中国传统文化和文艺的关注，达到新的高潮。但“新儒学”也有其不足，似乎有“唯儒为尊”“唯古为大”的倾向，对传统文艺的重视，力图从中挖掘出一些带有民族特点的文艺特征是中国文艺发展一条途径，但我们要注意的是在全球化的今天，在关注“异”的同时不把“异”绝对化，而也要注意“同”。当然文艺复兴有着综合性和整合性，欧洲的文艺复兴是将希腊罗马的古典文化传统和基督教的神学文化传统有机地整合了起来。因此，要实现文艺复兴，就必须反对保守主义，向一切优秀文化遗产开放胸怀。

一个时代有一个时代的艺术，一个民族有一个民族的艺术，我们要用发展的眼光来看文艺的发展，21世纪的中国文艺可以复兴，但不必复古。“在艺术本身的领域内，某些有重大意义的艺术形式只有在艺术发展的不发达阶段上才是可能的。”对于古希腊艺术，“就某方面还是一种规范和高不可及的范本”①。当然我们复兴的也是一种最本质的文艺的精神和全人类健康的生命基因。

一、文化的启蒙

中国需要文艺复兴，但文艺复兴的前提更应该是文化的启蒙。虽然中国文艺作品有一些呈现出后现代的特质，但整个中国还是需要现代性的文化启蒙。所谓启蒙运动，是用理性主义批判地审视一切旧制度、旧习俗和旧道德，继承和发展了人文主义。中国传统的儒、道文化都对艺术产生了重要的影响，尤其是儒学更是渗透到民族文化的集体无意识中。孔子学说的“礼乐精神”和“实用理性”对两千多年的中华传统文化产生了巨大而深远的影响。然而，负面影响也存在。“孔子的艺术观以仁为基础。儒家学说的观念体系，虽然促进了艺术与社会的紧密联系，赋予它一时代的是使命感和进取精神，但在历史长河中，却也给艺术发展带来过附庸于封建政治与道德说教的消极影响，压抑和束

① 马克思：《政治经济学批判导言》，见《马克思恩格斯选集》，第2卷，28、29页，北京，人民出版社，1995。

缚了艺术的个性化创造。”① 中国艺术要在21世纪得到全面的发展，曾经中断了文化启蒙运动必须得以延续。对传统文化怎样实现“转化性的创造”是文艺复兴的一个前提。“中国的文艺复兴，束缚我们的是封建时代的文化传统。”② 我们需要的是以整个人类文化为背景来观照中国的传统文化。

中国文艺必须既要能够深入地把握中国传统艺术精神的实质，又要具备我们这个时代所具有的现实感、时代感和精神力度。形式的模仿只能招来大家的诟病，关键是艺术灵魂的寻找，如同中国电影的大片一样，只是一味地模仿国外大片的形式，而脱离了中国的时代背景和现实人生，与人们的生活格格不入。同样，“85新潮”未能被国内正统的美术圈接受，主要是由于它基本是对一段西方艺术模仿的历史。模仿也是一个学习的过程，不能彻底否定，但最关键的是要能够融入自己的特色，找到自己的文艺的精神所在。

这种文化启蒙，首先是人的意识的觉醒，是健康的生命觉悟与健全的国民意识的确立。中国传统中不缺乏人文主义的资源。这种思想的不自由、人格的不独立和个体的无尊严不仅仅是来自于现有的社会体制的缺陷，而且更大程度上是源于中国文化的历史的弊端使然。中国的“文艺复兴”是借他人之酒杯浇自己之块垒，与其说是“复”，倒不如说是“兴”，是在批判继承中国民族传统文艺，世界各国优秀文艺基因基础上的创新和发展。其重点在于创新。借助文艺复兴，欧洲人产生了巨大的文艺活力和创造力，正如恩格斯所说：“这是一个需要巨人，也产生巨人的时代。”那么在多元文化背景下，中国文艺借助于文艺复兴，也必将迸发出前所未有的文艺活力。

中国的文艺复兴是历史的必然，是中国的政治、经济、文化发展到一定程度后必然的选择。中国需要文艺复兴，并不是要一场运动，而是要将这种文艺复兴中所流露出来的人文主义精神渗透到中国文艺创作之中。

二、中国艺术精神的寻找：“独与天地精神之往来”

在全球化的文化背景下，在获得世界性的审美共识的形式框架中，注入中国文化的民族精神和东方魅力，是中国文艺由传统走向现代复兴的必由之路。要实现中国文艺的复兴，我们首先是要确立这样的观念。中国文艺的精神是什么？中国的儒、道、佛思想观念的渗透，对中华艺术的发展和传统艺术精神的

---

① 李希凡：《中华艺术通史》，总序，7页，北京，北京师范大学出版社，2006。

② 王富仁：《中国的文艺复兴》，50页，桂林，广西师范大学出版社，2003。

形成，都有着不可估量的作用。

独立思辨的入世精神：中国有着对人的主体价值确认的传统，文艺竞相争鸣的历史，先秦的诸子百家，而汉代董仲舒的“罢黜百家，独尊儒术”使得中国文化、文艺出现了一元主导的局面；到了魏晋南北朝的时候，“人的觉醒”和“文的觉醒”是中国文艺的又一次高潮。孔子和庄子引领了中国文艺“为人生而艺术”和“为艺术而艺术”两条道路。而徐复观认为二人殊途同归，都是“为人生”①。无论怎样，中国文艺都有着很强的入世精神。所以要复兴的是一种精神，敢于想象、开拓思考、独立思辨的精神和艺术特质。

徐复观就音乐探索孔子的艺术精神，他指出“由孔子所传承、发展的‘为人生而艺术’的音乐，绝不曾否定作为艺术本性的美，而是要求美与善的统一，并且在其最高境界中得到自然的统一；而在此自然的统一中，人与乐是相得益彰的。但这并不是仅艺术的自身就可以达到的。如前所述，艺术是人生主要修养手段之一，而艺术最高境界的达到，却又有待于人格自身的不断完成。这对孔子而言，是由‘下学而上达’的无限向上的人生修养透入到无限的艺术修养中，才可以做得到。而此时之乐（音：LE），是与一般所说的快乐，完全属于两种不同的层次，乃是精神‘上下与天地同流’的大自由、大解放的乐（音：LE）”②。

终极思辨的超越精神：“道”是中华艺术精神追求的审美最高境界，是中华艺术精神最根本的特征——艺术的灵魂。“中国哲学就是‘生命本身’体悟‘道’的节奏。道具象于生活、礼乐制度。道尤表象于艺。灿烂的艺赋予道以形象和生命。道给予艺以深度和灵魂。”③“儒”“道”都视人与宇宙为一体，即人与自然的和谐统一，也包括人对自然的征服与改造，努力在探究宇宙与人生的关系，主张的“独与天地精神往来，而不傲睨于万物”。中国的自然哲学基本上是关于自然生命的哲学，但这种生命哲学不同于西方叔本华、尼采、柏格森等的生命哲学所有悲观的、反理性的特质，而始终肯定生命积极向上的发展。“天行健，君子以自强不息”，中国哲学所讲的天地之道的种种理论，也就是中国艺术美的创造所遵循的哲学基础，其中包含着艺术美创造的根本法则。中国艺术重视虚实、动静、刚柔、聚散等对立因素的巧妙统一，重视在多样的变化中取得井然有序的结构，这与中国哲学所讲的天地之道直接相关。美国美

---

① 徐复观：《中国艺术精神》，103 页，桂林，广西师范大学出版社，2008。

② 同上书，23 页。

③ 宗白华：《美学散步》，80 页，上海，上海人民出版社，1999。

学家苏珊·朗格指出艺术的“生命的形式”，她说：“你愈是深入地研究艺术品的结构，你就会愈加清楚地发现艺术结构与生命结构的相似之处。”①

兼容并蓄的开放精神：中华艺术史的发展，虽以汉民族为主体，但也不是那么纯粹，同样也吸收了世界各民族艺术中的丰富的营养。所以，我们要坚持“拿来”，而又不泯灭自己独创的个性特征。“盛唐之音”虽仍以汉文化为主体，但又“胡气氤氲”。胡曲与胡舞在唐代更是大为流行，唐宫廷十部乐中，《天竺乐》《高丽乐》《龟兹乐》《安国乐》《疏勒乐》《康国乐》《高昌乐》七部都是胡调乐曲。至于佛教造像（壁画、石刻、雕塑）的进一步中国化和民族化，在龙门石窟与敦煌莫高石窟的演变中更显得十分清晰和突出。

在坚持以上几种精神的过程中还需要处理好“艺”与“道”的关系问题，这个问题也是理解“中国艺术哲学、艺术精神的核心、关键和根本”②。孔子《论语·述而》中提出“志于道，据于德，依于仁，游于艺”。“志于道”是根本，“据于德，依于仁”，是在行为上具体地实践道，“游于艺”则是在实践道之外，还要有广泛的兴趣爱好，尽可能涉猎、通晓、掌握各种技艺。《庄子》庖丁解牛中技与艺的关系是，技是末，道是本，但技最后可以通于道。在庄子看来，达到了神化之境的技艺本身即是道的表现。艺与道也是相通、一致的。③ 在把握好“艺”与“道”基础上，真正实现“独与天地精神之往来”的最高艺术境界。庄子思想的出发点及其归宿点，是由老子想求得精神的安定，发展为要求得到精神的自由解放，以建立精神自由的王国，其象征也就是“游”，而达到“游”的条件是“无用与和”④。“无用”也即是康德的《判断力批判》中“纯粹无关心的满足”。而这也应该是中国艺术精神所要达到的境界：对生命的尊重，对艺术形式的体认。老庄的生命状态是“天地与我并生，而万物与我为一”的生命；自己的精神即天地的精神；自己精神的自由活动，即是“独与天地精神之往来”，这当然是最充实的生命、最充实的精神。

“老、庄思想当下所成就的人生，实际是艺术的人生，而中国的纯艺术精神，实际系由此一思想系统所导出。”⑤ 徐复观认为，老庄的“道”固然是有理论的、形而上的意义，但实际上是一种最高的艺术精神。虽然老庄一开始就

① ［美］苏珊·朗格：《艺术问题》，55页，北京，中国社会科学出版社，1983。

② 刘纲纪：《艺术哲学》，532页，武汉，武汉大学出版社，2006。

③ 参见刘纲纪：《艺术哲学》，533页，武汉，武汉大学出版社，2006。

④ 徐复观：《中国艺术精神》，48页，桂林，广西师范大学出版社，2008。

⑤ 同上书，35页。

不像儒家那样有意识的以艺术为人生修养之资，并作为人格完成的境界。他们只是把其看成是扫荡现实人生，以求达到理想人生的状态。他们只是把道当作创造宇宙的基本动力。然而，若关注老庄所达到的人生境界，本无心于艺术，却不期然而然地会归于今日所谓艺术精神之上。“当庄子从观念上去描述他之所谓道，而我们也只是从观念去加以把握，这道便是思辨的、形而上的性格；但当庄子把它当作人生的体验而加以陈述，我们应对于这种人生体验而得到了悟时，这便是彻头彻尾的艺术精神，并对中国艺术的发展，于不识不知中，曾经发生了某种程度的影响。”①

中国艺术的复兴就是要在文艺中保有这种生命、精神的持久性。“在艺术上，持久性比独特性更重要，集中的、瞬间的价值命里注定要被持久性所超越。这就解释了为什么德拉克洛瓦一心想成为一个纯粹的‘古典主义者’。这种持久性历来是艺术的一大标准，从中产生神秘感来。你会惊奇地断定希腊艺术在多少个世纪以后仍然在拨动人的心弦。原始的绘画在被发现之时如同今日一样，令我们感受到艺术的诞生。起始时的灿烂令人目眩，艺术从来如此。在拉斯科洞穴中，最打动我们的便是那种潇洒自在，自由驰骋！宛如一个生命在我眼前苏醒。事实上，支配这一艺术的准则与其说是来自先决的密码，毋宁说是来自创造的天性，它的发展被视为生命一般。”② 我们期待中国文艺在21世纪有着全新的境界！

结语：艺术的终结？

当代世界各国的文艺发展确实遇到了困境，导致了思想深度的平浅化和精神信仰的缺失，这也让关注文艺发展的人提出了沉重的命题：文艺之死！艺术死亡概念的提出是基于两种可能的危机：一是艺术的哲学化、形而上，逐渐变成烦琐的经学，缺乏了艺术本该具有的灵动和生命的气息；另一种就是艺术的世俗化（庸俗化），形而下，逐渐变得缺乏对人的精神的提升，不能给人以审美的感受、生命的体悟。而这也就是人们所说的艺术已死，毫无疑问，这种认识是过于偏激。

---

① 徐复观：《中国艺术精神》，37页，桂林，广西师范大学出版社，2008。

② ［法］雅克·德比奇：《西方艺术史》，3页，海口，海南出版社，2002。转引自田本相主编：《世界艺术史丛书·总序》，东方出版社，2003。

黑格尔（“美学演讲录”）和阿瑟·丹托（《艺术的终结》）都从艺术的哲学化这个角度来讨论“艺术死亡”的话题。美国学者阿瑟·丹托（Arthur·Danto）在《艺术的终结》中完全接受了黑格尔的观点，承认“艺术随着它本身哲学的出现而终结”①。他引证马里于斯·德·萨亚斯的诗说明：

艺术死了。
它现有的运动绝非生命力的征兆；
它们也不是死前痛苦地挣扎；
它们是尸体遭受电击时的机械反应。②

从黑格尔的艺术解体论到当代西方出现的文学、艺术终结论，都对文学艺术的未来作了悲观主义的预测，他们所谓的艺术的终结，是说艺术将被哲学所取代。因此，他们所说的“终结”，实际是艺术史的中断，而不是把它看做艺术发展史上出现的否定之否定，更不是旧的扬弃、新的萌发的推陈出新的过程。这种艺术“解体论”和“终结”论，对于黑格尔来说，是对他自己所深刻阐发了的辩证法的发展观的背叛。同时，这也是他的辩证法的形而上学的一面和不彻底性的重要标志。对于当代西方的终结论者，则说明他们不仅没有冲破黑格尔的精神哲学的锁链，而且他们又深深地陷入了西方后现代的技术理性王国的困惑之中。③

刘纲纪也认为“艺与道的统一从现在看来也就是艺术与哲学的统一”④。他认为黑格尔预言艺术将为哲学所取代是没有根据的。“艺术的必要性是深刻地植根于人类社会生活的需要之中的，只要人类存在，艺术就不会消亡。艺术虽然不会为哲学所取代，但在自身的发展中却会日益地趋向和接近于哲学。因为人类科学文化的发展将会日益地要求艺术突进到宇宙人生的最深层的本质中

---

① ［美］阿瑟·丹托：《艺术的终结》，欧阳英译，74页，南京，江苏人民出版社，转引自李衍柱：《艺术的黄昏与黎明》，载《东方论坛》，2004（4）。

② ［美］阿瑟·丹托：《艺术的终结》，欧阳英译，74页，南京，江苏人民出版社，转引自李衍柱：《艺术的黄昏与黎明》，载《东方论坛》，2004（4）。

③ 李衍柱：《艺术的黄昏与黎明》，载《东方论坛》，2004（4）。

④ 刘纲纪：《艺术哲学》，542页，武汉，武汉大学出版社，2006。

去，而不是停留在对感性形象的描绘和再现上。在现代世界艺术的发展中，我们也已经看到哲理性的增强是一种带有普遍性的重要趋势。艺术不会成为哲学概念的形象图解，但它将日益包含着对宇宙人生哲理的更深刻的探求和揭示"①。文学艺术是人类社会生活的奇葩，只要有人类的存在，就会有文学艺术。海德格尔说："人是能言说的生命存在。……唯有言说使人成为作为人的生命存在。"②

艺术终结论的另一个原因就是艺术的庸俗化：艺术远离审美和社会。正如美国现代艺术史家阿纳森所讲"一门艺术，如果放弃了纯美学的思考的特权。从历史的角度看，就无法成为表现社会的优秀部分的工具，它会由于狭隘和冷漠导致自身的灭亡"③。后现代艺术在多元化中丧失了风格，也丧失了自我，更穷尽了对社会意义的诠释。由于经济文化的一体化趋向愈来愈明显，商品艺术化、艺术商品化，打破了传统的艺术观念，后现代艺术彻底地将艺术日常化，导致模糊了艺术与非艺术的界线，这种没有持久性的文艺的庸俗化潮流，也必将成为过眼云烟、难免被历史所淘汰。

人充满劳绩，但还
诗意地安居于这块大地之上。

艺术是为了人而存在的，也是因为人才存在的。

一切艺术的最高目的就是为了人的灵魂的救赎与安顿；艺术绝不会灭亡。

艺术，作为人类本质力量的对象化，将成为人的永远的精神家园！

---

① 刘纲纪：《艺术哲学》，543页，武汉，武汉大学出版社，2006。

② ［德］海德格尔：《诗·语言·思》，彭富春译、戴晖校，165页，北京，文化艺术出版社，1991。

③ ［美］H. H. 阿纳森：《西方现代艺术史·80年代》，曾胡、钱志坚译，北京，北京广播学院出版社，1992。

主要参考文献

著作类

[美] 韦勒克．文学思潮和文学运动的概念．北京：中国社会科学出版社，1989

[美] 艾布拉姆斯．镜与灯——浪漫主义文论及批评传统．北京：北京大学出版社，1989

[英] 福克纳．现代主义．北京：昆仑出版社，1989

[英] 布雷德伯里等．现代主义．上海：上海外语教育出版社，1992

[美] 卡尔．现代与现代主义．长春：吉林教育出版社，1995

[美] 杰姆逊．后现代主义和文化理论．西安：陕西师范大学出版社，1986

[荷] 佛克马等．走向后现代主义．北京：北京大学出版社，1991

[法] 利奥塔尔．后现代状态——关于知识的报告．北京：三联书店，1997

[美] 罗斯诺．后现代主义与社会科学．上海：上海译文出版社，1998

[美] 格里芬．后现代精神．北京：中央编译出版社，1998

[美] 凯尔纳等．后现代理论．北京：中央编译出版社，1998

[德] 科斯洛夫斯基．后现代文化．北京：中央编译出版社，1998

[法] 利奥塔等．后现代主义．北京：社会科学文献出版社，1999

[法] 利奥塔．后现代道德．北京：学林出版社，2000

[英] 伊格尔顿．后现代主义的幻象．北京：商务印书馆，2000

[加] 麦克卢汉．麦克卢汉精粹．南京：南京大学出版社，2001

[英] 麦克盖根．文化民粹主义．南京：南京大学出版社，2001

[英] 默克罗比．后现代主义与大众文化．北京：中央编译出版社，2001

[美] 鲍德韦尔等主编．后理论：重建电影研究．北京：中国社会科学出版社，2000

[美] 艾伦编．重组话语频道．北京：中国社会科学出版社，2000

[美] H. H. 阿纳森．西方现代艺术史．北京：北京广播学院出版

社，1992

［法］艾黎·福尔．世界艺术史．张译乾，张延风译．北京：长江文艺出版社，2004

［英］米歇尔·康佩·奥利雷．非西方艺术史．彭海娇，宋婷婷译．孙宜学校．桂林：广西师范大学出版社，2004

［法］赖那克．阿波罗艺术史．李朴园译．上海：上海书店出版社，2004

［法］丹纳．艺术哲学．傅雷译．天津：天津社会科学院出版社，2007

［德］本雅明．机械复制时代的艺术作品．王才勇译．杭州：浙江摄影出版社，1996

［德］尼采．悲剧的诞生．熊希伟译．北京：华龄出版社，1996

［美］杰姆逊．后现代主义与文化理论．北京：北京大学出版社，1997

［美］塞缪尔·亨廷顿．文明的冲突与世界秩序的重建．周琪，刘绯，张立平，王圆译．北京：新华出版社，2002

［美］约翰·拉塞尔．现代艺术的意义．常宁生译．北京：中国人民大学出版社，2003

中国社科院外文所编．现代主义文学研究资料（上、下）．北京：中国社会科学出版社，1989

王岳川等编．后现代主义文化和美学．北京：北京大学出版社，1992

张国清．中心与边缘——后现代主义思潮概论．北京：中国社会科学出版社，1998

王宁．超越后现代主义．北京：人民文学出版社，2002

李何林．近二十年中国文艺思潮论．西安：陕西人民出版社，1981

贾植芳等．中国现代文学的主潮．上海：复旦大学出版社，1990

马良春等．中国现代文学思潮史（上、下）．北京：北京十月文艺出版社，1995

朱寨．中国当代文学思潮史．北京：人民文学出版社，1987

陆贵山，王先霈．中国当代文艺思潮研究．北京：中国人民大学出版社，1989

何西来．新时期文学思潮论．南京：江苏文艺出版社，1985

曹文轩．中国八十年代文学现象研究．北京：北京大学出版社，1988

宋耀良．十年文学主潮．上海：上海文艺出版社，1988

陈剑晖．新时期文学思潮．广州：广东高等教育出版社，1989

张志忠主编．中国当代文学艺术主潮．北京：中国社会科学出版社，1994

朱寨、张炯主编．当代文学新潮．北京：人民文学出版社，1997

王一川．中国形象诗学．上海：上海三联书店，1998

张德祥．现实主义当代流变史．北京：社会科学文献出版社，1997

周政保．精神的出场——现实主义与今日中国小说．太原：山西教育出版社，1999

陈顺馨．社会主义现实主义理论在中国的接受与转换．合肥：安徽教育出版社，2000

俞兆平．写实与浪漫．上海：上海三联书店，2001

张跌．圣地之外——20世纪中国文学的寻根意向．北京：时代文艺出版社，1993

陈国恩．浪漫主义与20世纪中国文学．合肥：安徽教育出版社，2000

陈晋．当代中国的现代主义．北京：中国文联出版公司，1988

陈晓明．无边的挑战——中国先锋文学的后现代性．北京：时代文艺出版社，1993

尹国均．先锋试验——八九十年代的中国先锋文化．北京：东方出版社，1998

张颐武．从现代性到后现代性．桂林：广西教育出版社，1997

陈晓明．仿真的年代：超现实主义文学流变与文化想象．太原：山西教育出版社，1999

陈顺馨．中国当代文学的叙事与性别．北京：北京大学出版社，1995

荒林．新潮女性文学导引．长沙：湖南文艺出版社，1995

陈慧芬．神话的窥破——当代中国女性写作研究．上海：上海社会科学院出版社，1996

徐坤．双调夜行船——90年代的女性写作．太原：山西教育出版社，1999

王绯．画在沙滩上的面孔——90年代世纪末文学的报告．太原：山西教育出版社，1999

张志忠．九十年代的文学地图．太原：山西教育出版社，1999

邓晓芒．灵魂之旅：九十年代文学的生存境界．武汉：湖北人民出版社，1998

王晓明编．人文精神寻思录．上海：文汇出版社，1996

愚士选编．以笔为旗——世纪末文化批判．长沙：湖南文艺出版社，1997

周伦佑．反价值时代——对当代文学观念的价值解构．成都：四川人民出

版社，1999

王家新等编．中国诗歌：90年代备忘录．北京：人民文学出版社，2000

王又平．新时期文学转型中的小说创作潮流．武汉：华中师范大学出版社，2001

陈晓明．表意的焦虑：历史祛魅与当代文学变革．北京：中央编译出版社，2002

黄曼君主编．中国20世纪文学理论批评史．北京：中国文联出版社，2002

王永生主编．中国现代文学理论批评史（上、下卷），贵阳：贵州人民出版社，1985

温儒敏．中国现代文学批评史．北京：北京大学出版社，1993

庄锡华．二十世纪的中国文艺理论．上海：上海三联书店，2000

夏中义．新潮学案．上海：上海三联书店，1997

南帆．冲突的文学．上海：上海社会科学院出版社，1992

汤学智．新时期文学热门话题．西安：陕西人民教育出版社，1997

白烨编著．文学论争20年．武汉：华中师范大学出版社，1998

严家炎．中国现代小说流派史．北京：人民文学出版社，1989

杨义．中国现代小说史（1—3卷）．北京：人民文学出版社，1986、1988、1991

陈美兰．中国当代长篇小说创作论．上海：上海文艺出版社，1991

兴安编．蔚蓝色天空的黄金——当代中国60年代出生代表性作家展示．北京：中国对外翻译出版公司，1995

马原编．中国作家梦——当代文坛精英访谈录（上下）．北京：长江文艺出版社，1996

孙先科．颂祷与自诉——新时期小说的叙述特征及文化意识．上海：上海文艺出版社，1997

吴义勤．中国当代新潮小说．南京：江苏文艺出版社，1997

常昌富等选编．大众传播学：影响研究范式．北京：中国社会科学出版社，2000

陆扬等选编．大众文化研究．上海：上海三联书店，2001

祁述裕．市场经济下的中国文学艺术．北京：北京大学出版社，1998

周宪．中国当代审美文化研究．北京：北京大学出版社，1997

周宪主编．世纪之交的文化景观——中国当代审美文化的多元透视．上

海：上海远东出版社，1998

孟繁华．众神狂欢——当代中国的文化冲突问题．北京：今日中国出版社，1997

樊星．世纪末文化思潮史．武汉：湖北教育出版社，1999

戴锦华．隐形书写——90 年代中国文化研究．南京：江苏人民出版社，1999

戴锦华主编．书写文化英雄——世纪之交的文化研究．南京：江苏人民出版社，2000

王晓明主编．在新意识形态的笼罩下——90 年代的文化和文学分析．南京：江苏人民出版社，2000

王晓明．半张脸的神话：90 年代批判．南方日报出版社，2000

戴锦华．雾中风景：中国电影文化 1978—1998．北京：北京大学出版社，2000

陆扬，王毅．大众文化与传媒．上海：上海三联书店，2000

赵毅衡．礼教下延之后——中国文化批判诸问题．上海：上海文艺出版社，2001

王岳川．中国镜像：90 年代文化研究．北京：中央编译出版社，2001

黄力之．中国话语：当代审美文化史论．北京：中央编译出版社，2001

何言宏．中国书写：当代知识分子写作与现代性问题．北京：中央编译出版社，2002

贺仲明．中国心像：20 世纪末作家文化心态考察．北京：中央编译出版社，2002

周月亮，韩骏伟．电视剧艺术文化学．北京：中国传媒大学出版社，2006

曾庆瑞．守望电视剧的精神家园，北京：中国传媒大学出版社，2006

[法] 巴赞．电影是什么？．北京：中国电影出版社，1987

陈犀禾．跨文化视野中的影视艺术．北京：学林出版社，2003

桂青山．电影创作类型论．北京：中国电影出版社，2001

桂青山．影视创作文化学．北京：北京师范大学出版社，2007

周安华．影视文化论稿．北京：北京广播学院出版社，2001

胡星亮主编．西方电影理论史纲．北京：中华书局，2005

王志敏．现代电影美学基础．北京：中国电影出版社，1996

张智华，史可扬．中国电影论辩．南昌：百花洲文艺出版社，2007

张德祥．现实主义当代流变史．北京：社会科学文献出版社，1997

李赣，熊家良，蒋淑贤主编．中国当代文学史．北京：科学出版社，2004

高文升主编．中国当代戏剧文学史．桂林：广西人民出版社，1990

王新民．中国当代戏剧史纲．北京：社会科学文献出版社，1997

金汉，冯云青、李新宇主编．新编中国当代文学发展史．杭州：杭州大学出版社，1997

洪子诚．中国当代文学史．北京：北京大学出版社，1999

胡星亮．中国话剧与中国戏曲．北京：学林出版社，2000

蔺海波．90 年代中国戏剧研究．北京：北京广播学院出版社，2002

廖全京．中国戏剧寻思录．北京：文化艺术出版社，2005

谢晋．我对导演艺术的追求．北京：中国电影出版社，1990

[丹麦] 梅特·希约特．丹麦电影与国际化战略．后理论：重建电影研究．北京：中国社会学出版社，2000

黄会林．黄会林影视戏剧艺术论集．北京：北京师范大学出版社，2002

张智华，史可扬．中国电影论辩．合肥：百花洲文艺出版社，2007

高名潞．中国前卫艺术．南京：江苏美术出版社，1997

尹吉男．独自叩门——近观当代主流艺术．北京：三联出版社，1993

中国美术馆．中国美术年鉴 1949—1989. 桂林：广西美术出版社，1993

王明贤，严善錞．新中国美术图史 1966—1976. 北京：中国青年出版社，2000

陈履生．新中国美术图史 1949—1966. 北京：中国青年出版社，2000

美术研究编辑委员会．美术研究．北京：人民美术出版社，2002

刘淳．艺术—人生—新潮：与四十一位中国当代艺术家对话．昆明：云南大学出版社，2003

吕澎．20 世纪中国艺术史．北京：北京大学出版社，2007

郎绍君，水天中．二十世纪中国美术文选（上、下卷）．上海：上海书画出版社，1999

孙振华等．艺术与社会——26 位著名批判家谈中国当代艺术的转向．长沙：湖南美术出版社，2005

王受之．世界当代艺术史．北京：中国青年出版社，2005

何平．西方艺术简史．成都：四川文艺出版社．2006

河清．艺术的阴谋——透视一种"当代艺术国际"．桂林：广西师范大学出版社，2005

肖鹰．中西艺术导论．北京：北京大学出版社，2005

徐复观．中国艺术精神．桂林：广西师范大学出版社，2007
许江主编．人文艺术．北京：中国美术学院出版社，2006
王一川．文学理论讲演录．桂林：广西师范大学出版社．2004
张法．走向全球化时代的文艺理论．合肥：安徽教育出版社，2005
陆贵山．中国当代文艺思潮．北京：人民大学出版社，2002
周平远．维纳斯艺术史．上海：上海三联出版社，2006
王岳川主编．西方艺术精神．北京：高等教育出版社，2005
朱维之．中国文艺思潮史稿．天津：南开大学，1988
朱立元．当代西方文艺理论．上海：上海华东师范大学出版社，2005
余虹．艺术与精神．北京：北京社会科学文献出版社，2000
丁亚平．艺术文化学．北京：北京文化艺术出版社，2005
长北．中国艺术史纲．北京：商务印书馆，2006
彭吉象．中国艺术学．北京：高等教育出版社，1997
蒲震元．中国艺术意境论．北京：北京大学出版社，1995
胡经之．文艺美学．北京：北京大学出版社，1999
王富仁．中国的文艺复兴．桂林：广西师范大学出版社，2003
邱紫华．悲剧精神与民族意识．武汉：华中师范大学出版社，2000
徐寒主编．世界艺术百科全书．长春：吉林文史出版社，2006
宋宝珍．世界艺术史·戏剧卷．上海：东方出版社，2003
胡志毅．世界艺术史·建筑卷．上海：东方出版社，2003
蔡良玉，梁茂春．世界艺术史·音乐卷．上海：东方出版社，2003
纪令仪．世界艺术史·电影卷．上海：东方出版社，2003
欧建平．世界艺术史·舞蹈卷．上海：东方出版社，2003
王潮选编．后现代主义的突破——外国后现代主义理论．敦煌文艺出版社，1996
易英．从英雄赞歌到平凡世界——中国现代美术思潮．北京：中国人民大学出版社，2004

论文类

陈伟军．九十年代现实主义："命名"的尴尬．文艺争鸣，1999（3）
雷达，任东华．新世纪文学初论．文艺争鸣，2005（3）
石秋仙．新时期电影美学思潮嬗变，齐鲁艺苑，2003（4）
张立群．论新时期中国电影的民族化进程——以第三、四、五代导演为例

. 青岛科技大学学报（社会科学版），2004（3）

陈墨．少年的诗章——对陈凯歌电影的一种读解．当代电影，2006（1）

桂青山．现实主义电影与当代中国．当代电影，2006（5）

郝建．第六代命名式中的死亡与夹缝中的话语生命. http：//ent. sina. com. cn/m/2007－05－08/ba1545095. shtml

周星．悲喜交加的时代征候——论新中国喜剧电影的艺术变迁. http：//www. filmsea. com. cn/zhuanjia/article/200112072410. htm

尹鸿，唐建英．冯小刚电影与电影商业美学．当代电影，2006（6）

张仕勇．从六届“百合奖”获奖作品看我国电视电影的发展特点. 电影评介，2006（16）

石川．重读吴贻弓：一种诗化电影的历史际遇与现实困境．当代电影，2006（3）

姜志强．当代中国社会思潮的发展轨迹．广西社会科学，2006（2）

朱洁．影像抒写的诗篇——“诗散文电影”审美特性初探．南京师范大学文学院学报，2004（1）

史鸿文．论“第六代导演”的电影美学风格．河南科技大学学报（社会科学版），2006（4）

张刚．一条路走到底——兼谈我的喜剧观．电影文学，2000（2）

张燕．全球化时代，中国电影“民族化”之思考．北京电影学院学报，2002（1）

路海波．电影“民族化”质疑．电影作品，1985（1）

王丽娟．新时期“电影民族化”讨论综述．南京师范大学文学院学报. 2003（4）

王宁．后殖民语境与中国当代电影，当代电影．1995（5）

庄锡华．80 年代人性人道主义的两次讨论．文艺争鸣，2001（5）

韩少功．文学的根．作家，1985（4）

李庆西．寻根——回到事物本身．文学评论，1988（4）

韩少功．爸爸爸．人民文学，1985（6）

阿城．棋王．上海文学，1984（7）

贾平凹．商州初录．钟山，1983（5）

陈思和．当代文学中的文化寻根意识．文学评论，1986（12）

金丹元．试论中国影视美学的文化属性．戏剧艺术，2001（4）

曾耀农．后殖民主义与新时期影视．湖州职业技术学院学报，2005（2）

桂青山．“后现代”与当代电影．电影艺术，2003（4）

张智华．后现代主义与影视艺术．文艺研究，2003（增刑）

张智华．电视艺术的世界性与民族性．中国电视，2000（7）

王林．我看“85”十年．江苏画刊，1995（10）

王岳川．后现代语境中的中国文艺问题反思．涪陵师专学报，2001（2）

殷国明．个性与传统：建立一种博大的美学胸怀——关于全球化声浪中中国文艺理论建设的思考．文艺理论研究，2001（6）

黄力之．全球化背景下的中国问题与中国话语——中国审美文化走向的一个观察视角．文艺理论与批评，2001（3）

陈长生．全球化时代文艺面临的挑战与选择．周口师范高等专科学校学报，2000（6）

朱立元．雅俗界限趋于模糊——90年代“全球化”语境中的中国审美文化之审视．常德师范学院学报（社会科学版）

何萍．全球化与中国未来．江海学刊，1999（5）

乐黛云．全球化语境中的多元文化发展．社会科学辑刊，2002（1）

钱中文．文化、文学中的现代性与后现代性问题．社会科学辑刊，2002（1）

童庆炳．全球化时代的文学和文学批评会消失吗？——与米勒先生对话．社会科学辑刊，2002（1）

陈定家．走向新世纪的文艺之思——中国文论最新热点问题研究述要．浙江社会科学，2001（3）

殷国明．全球化浪潮与现代中国文艺美学的拓展空间．社会科学，2003（2）

荣文仿．略论全球化与中国文艺学发展之关系．中国文学研究，2002（3）

王开国．全球化与民族文化或文学．西南民族学院学报（哲学社会科学版），2002（2）

刘延玲．全球化背景下的文化和文艺理论研究．社会科学管理与评论，2004（2）

高建平．全球化背景下的中国美学．民族艺术研究，2004（1）

王岳川．新世纪中国文艺理论的前沿问题．社会科学战线，2004（2）

王元骧．强化文艺理论研究中的独立自主的意识——浅议“全球化”语境下文艺学的应对策略．河南师范大学学报（哲学社会科学版），2005（3）

周文中．全球化与中华文艺．中央音乐学院学报，2005（2）

后记

本书作为北京师范大学研究生精品课程项目中的一本，由桂青山教授任主编，负责全书的大纲设计、各编与各章内容的基本建构，统筹整体的研究与写作，并负责指导第一编、第二编（上）、第三编的具体撰述，最后进行全书的统稿。副主编张智华教授、梁玖教授负责指导第二编（下）各章的具体撰述。具体各章的撰稿人为——

杨柳：第一编；

余志为：第二编（上编）；

张智华、孙玉杰、杨洋、李楷：第二编（下编）中第四、五、六、七章；

杨梦婉、梁玖：第二编（下编）第八章；

张夕远：第二编（下编）第九章；

李炅：第二编（下编）第十章；

陶家璇：第三编。

由于分别撰写，各章著述的文字风格难免参差；由于水平及时间所限，研究与论述尚存不少缺憾与不足。在此，敬请业界大家与广大读者，给予批评指导，以利进一步修改、提高。